江苏省社会科学基金资助出版（批准号20HQ029）

A Study on the Disability Writing
in Contemporary Chinese Literature

中国当代文学
残疾书写研究

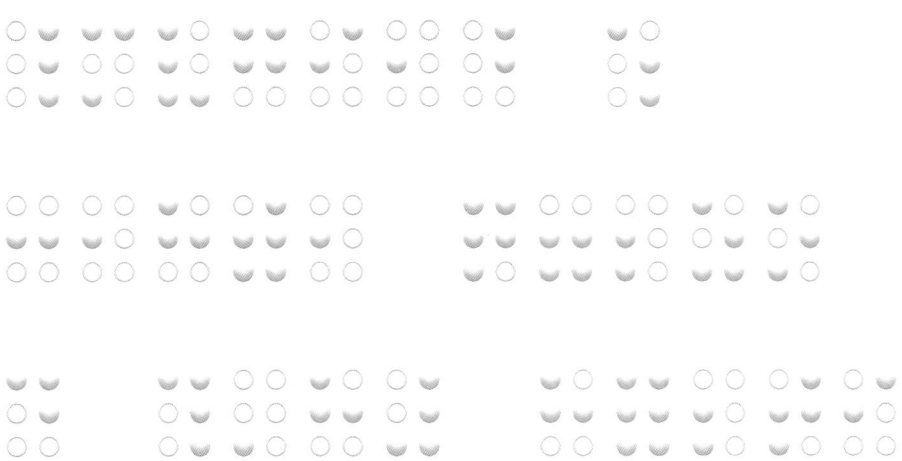

薛皓洁　著

中国社会科学出版社

图书在版编目(CIP)数据

中国当代文学残疾书写研究／薛皓洁著．—北京：中国社会科学出版社，2023.12
ISBN 978-7-5227-2857-5

Ⅰ.①中… Ⅱ.①薛… Ⅲ.①中国文学—当代文学—文学研究 Ⅳ.①I206.7

中国国家版本馆 CIP 数据核字(2023)第 246697 号

出 版 人	赵剑英
责任编辑	慈明亮
责任校对	季　静
责任印制	戴　宽

出　　版	中国社会科学出版社
社　　址	北京鼓楼西大街甲 158 号
邮　　编	100720
网　　址	http：//www.csspw.cn
发 行 部	010-84083685
门 市 部	010-84029450
经　　销	新华书店及其他书店
印　　刷	北京君升印刷有限公司
装　　订	廊坊市广阳区广增装订厂
版　　次	2023 年 12 月第 1 版
印　　次	2023 年 12 月第 1 次印刷
开　　本	710×1000　1/16
印　　张	14.25
插　　页	2
字　　数	243 千字
定　　价	79.00 元

凡购买中国社会科学出版社图书，如有质量问题请与本社营销中心联系调换
电话：010-84083683
版权所有　侵权必究

目 录

绪 论 …………………………………………………………（1）
第一章　残疾文学：残疾书写的产生、发展与研究 ……………（7）
　　一　外国文学残疾书写的产生与发展 ……………………（7）
　　二　中国文学残疾书写的产生与发展 ……………………（22）
　　三　中外文学残疾书写的研究现状 ………………………（36）
第二章　人物形象：基于"异体"的典型人物 …………………（57）
　　一　英雄式的"执着者"形象 ……………………………（58）
　　二　理性型的"启蒙者"形象 ……………………………（64）
　　三　符号化的"残疾者"形象 ……………………………（68）
第三章　修辞载体：附于"异体"的深刻隐喻 …………………（75）
　　一　"残疾"用作社会病症隐喻 …………………………（77）
　　二　"残疾"用作文化现象隐喻 …………………………（90）
　　三　"残疾"用作伦理道德隐喻 …………………………（97）
第四章　叙事策略："双向多元"的叙事模式 …………………（108）
　　一　故事空间与话语空间的双向互动 ……………………（109）
　　二　身体叙事与身份构建的双轨并行 ……………………（116）
　　三　多元视角与多重叙事的交叉递进 ……………………（125）
第五章　主题思想：与苦难抗争、让生命增值 …………………（135）
　　一　无视世俗偏见，追求平等爱情 ………………………（137）
　　二　直面社会歧视，捍卫人格尊严 ………………………（144）
　　三　对抗苦难命运，实现人生价值 ………………………（152）
第六章　残者心声：残疾人作家的残疾书写 ……………………（162）
　　一　残疾人作家残疾书写的典型类别 ……………………（165）
　　二　残疾人作家自传体作品的书写范式 …………………（185）

三　残疾人作家自传体作品的价值取向 …………………………（196）
结　论 ………………………………………………………………（206）
参考文献 ……………………………………………………………（210）
后　记 ………………………………………………………………（222）

绪　　论

"残疾"是一种特殊的身体现象,是指人的心理、生理或解剖功能上的缺陷或异常。何谓"残疾人"?在相当长的历史时期内,国际国内对残疾人没有明确、统一的定义。"残疾人"常常被描述为失能者、残废人、残障人、功能障碍者、身心障碍者等。"没有概念,我们便无法将我们对法律的思考转变为语言,也无法以一种可理解的方式把这些思考传达给他人。如果我们试图完全否弃概念,那么整个法律大厦将化为灰烬。"① 世界卫生组织《国际功能、残疾和健康分类》将残疾问题概括为"残疾是有关人的问题,是直接由疾病、创伤或其他健康状况造成的结果"②。2006年12月13日联合国大会通过的《残疾人权利公约·序言》指出,残疾是一个演变中的概念,残疾是伤残者和阻碍他们在与其他人平等的基础上充分和切实地参与社会的各种态度和环境障碍相互作用所产生的结果;《残疾人权利公约》第1条将残疾人界定为:"残疾人包括肢体、精神、智力或感官有长期损伤的人,这些损伤与各种障碍相互作用,可能阻碍残疾人在与他人平等的基础上充分和切实地参与社会。"③ 1990年12月28日第七届全国人民代表大会常务委员会第十七次会议通过的《中华人民共和国残疾人保障法》将"残疾人"定义为:"残疾人是指在心理、生理、人体结构上,某种组织、功能丧失或者不正常,全部或者部分丧失以正常方式从事某种活动能力的人。残疾人包括视力残疾、听力残疾、言语

---

① [美]埃德加·博登海默:《法理学:法律哲学与法律方法》,邓正来译,中国政法大学出版社1999年版,第486页。

② World Health Organization, *International Classification of Functioning, Disability and Health*, ICF, Geneva: WHO, 2001, p.20.

③ General Assembly of the United Nations, *Convention on the Rights of Persons with Disabilities*: Resolution/Adopted 2007, A/RES/61/106, Article 2.

残疾、肢体残疾、智力残疾、精神残疾、多重残疾和其他残疾的人。"① 不同国家由于文明程度的差异对待残疾人的态度是不一样的，不同历史时期残疾人的社会地位也存在明显的差异。从残疾人称谓的历史演变和残疾人定义的不同表述中可以看出，人们对残疾概念和残疾人群体的认知是一个不断变化、不断深入的过程，随着历史的发展和社会的进步，人们对待残疾人的主观态度也经历了从漠视、偏见、歧视向理解、尊重、关爱的转变，反映了人类文明进步的历史进程。

从艺术角度看，由于残疾人在身体上与健全人存在明显的差异，其残疾的身体常常被认为是"常体之外"的一种"异体"。与健全人的"身体"一样，残疾人的"异体"也是人的主体性和自觉意识的载体。"残疾"是人类社会的一种现象，是文学创作的重要素材，是与之相关的各种社会问题的载体，可以为作家提供观察社会的特殊视角，为读者奉献审视社会现实的情境体验。残疾人虽然在身体上发生了某种生物结构或者生理功能的变异，但他们与健全人一样，既受到情绪、情感、本能、欲望等内驱力的作用，也受到社会、经济、文化等外驱力作用。由于残疾人对人类社会有着特殊的感知，与周围的环境形成了独特的伦理关系，其与众不同的"异体"也就自然而然地成了文学作家的书写对象。从社会学的角度看，残疾人是指全部或者部分丧失以正常方式从事某种活动能力的人；从医学的角度看，残疾人是指在心理、生理、人体结构上，某种组织、功能丧失或者不正常的人。本书的基点是：残疾是一种病理性的身体损伤，不是身体上的某种疾病，因此，残疾书写是有别于疾病书写的，二者不能混为一谈。从创作主体来看，残疾书写大致可以分为"健全人作家的残疾书写"和"残疾人作家的残疾书写"这两类，其共同特征就是不仅关注残疾人因生理缺陷而导致的能力限制、身心痛苦，而且也涉及残疾人周围的生存环境、社会文明和伦理道德。然而，相对于中国当代文学中残疾书写的大量出现，学界以"残疾"为对象的研究则远远不够，这就为本研究留下了较大的空间。

"残疾"是人的一种特殊的存在状态，"残疾"作为一种常见的社会现象，是文学作品不能回避、也无法回避的一个特殊问题。在中国当代文

---

① https：//www.baidu.com/link？url=mV8VyDtIOXAGTL5DxEMeMCGPfo5ofkQBpBW5hU5OPtIH2MsC4FqzcDYnBZTUTnf5&wd=&eqid=bafc8c530001d3050000000563687d0f.

学作品中，有关残疾题材或含有残疾人物的作品很多，这不仅与中国当代的政治、经济、文化等社会现象密切相关，而且也与中国当代精神文明的发展相互牵涉。中国当代文学的残疾书写得益于历代残疾书写的精神激励，得益于现代残疾书写的艺术启迪和西方残疾书写的参考借鉴。为了进一步拓宽中国当代文学残疾书写的研究视角，更加深入地探讨中国当代文学残疾书写的文本意义、时代意义、社会意义，更加科学地分析中国当代文学残疾书写的艺术特点，我们将以辩证唯物主义和历史唯物主义为方法论的指导，以分析中外文学残疾书写的发展历程和研究现状为前提，以"残疾书写"的文本为基础，引入镜像理论、人格特质论、创伤理论、文学伦理学的研究视角，力求在参考、借鉴现有研究成果的基础上，较为全面、客观、系统地分析中国当代文学残疾书写中的人物形象、修辞载体、叙事模式、主题思想、书写范式和价值取向，旨在挖掘残疾书写对各种社会现象和文化现象的折射，揭示残疾书写在中国当代文学发展中的地位与作用。

本书共分为六章。绪论部分主要阐述研究的缘起、目的、意义，研究的思路、方法、路径等。

第一章主要追溯中外文学"残疾书写"的产生与发展，分析国内外"残疾书写"的研究状况。"残疾"是人的一种特殊的生存状态，"残疾书写"是中外作家文学创作的重要组成部分，"残疾人物"是古今中外文学作品中与众不同的典型形象。本章一方面从梳理中外文学作品中的残疾人物形象入手，考察中外文学"残疾书写"的起源与发展，探讨不同历史时代"残疾书写"的特点；另一方面从研究背景、研究对象、研究方法等角度入手，探讨中外"残疾书写研究"的产生、发展及现状，为全球化语境下传承中国历代残疾书写艺术、借鉴西方残疾书写研究方法、拓展中国当代文学残疾书写研究视野、探索中国当代文学残疾书写的美学意蕴奠定坚实基础。

第二章主要探讨基于"异体"的典型人物形象。"残疾"是一种特殊的身体现象，由于残疾人与健全人相比存在明显的身体缺陷或智力差异，"异体"一词便常常被用指残疾人的残疾身体。中国当代文学中的残疾人物形象，既具有基于"异体"而存在的共性，又具有一定时代、地域、阶层人物所特有的个性；既受到作者创作意图的影响而体现时代的特点和要求，又被用以寄托作者对社会、人生等问题的态度与倾向。本章将中国当代文学残疾书写的典型人物形象分为英雄式的"执着者"形象、理性型的"启蒙者"形象、符号化的"残疾者"形象，分析残疾人基于其"异体"的主体性和自觉意识，探讨作者在塑造典型人物的过程中，如何通过对残疾英雄个体生存体验的刻画，赋予人物示范、批判和反思的功能；如何通过理性型"启蒙者"与生存环境的冲突，建构"文明与愚昧冲突"的文化批判主题，揭示政治运动给知识分子带来的"伤痛"，反思"伤痛"的文化根源；如何利用"疯子""傻子""癫子""拐子""哑巴"等符号化的"残疾者"形象，使"残疾"与特定的时空环境相联系，与现实的社会问题相对应，与具体的社会心理相贯通，发挥其独特的符号意义和隐喻功能。

第三章主要研究中国当代文学残疾书写的修辞载体。"残疾"是人的一种特殊生存状态，一种对社会现实的指证，一种帮助人们认识世界、了解社会、解析人生的工具。"残疾"既是作家文学书写的对象，也是作家借以表达倾向的叙事符号。聋子、瞎子、哑巴、疯子、傻子、瘸子等作为一种物化意象，常常被用作中国当代文学残疾书写的修辞载体，构成色彩斑斓的隐喻世界，推动作品情节的发展，驱动读者进入作家所设定的象征系统，引领读者从虚构的情节走向联想的世界，从作品的特殊现象走向对与其相关的一般现象的思考。本章首先解读中国当代文学中的"残疾"意象，探讨相关作品如何借助"残疾"隐喻各种社会病症，剖析特定时代的疯狂和人性的邪恶，引发人们对各种社会病症的深刻反思；其次，在分析作品文化寓意的基础上，探析作品如何以"残疾"为工具，构建意蕴深厚的隐喻世界，揭示乡村文明与城市文明的冲突，表现传统文化与现代文化的矛盾，再现不同时代的文化现象；最后，从解析残疾人物的语言符号意义入手，探讨相关作品如何利用"残疾"隐喻现实社会中的人性善恶，表现社会活动中的人性变异，引发读者对社会道德伦理问题的深刻思考。

第四章主要研究中国当代文学残疾书写的叙事策略。叙事作为话语的虚构，与现实世界之间是有一定距离的，叙事的视角、线路、语言、方式是可变的，不同叙事策略产生的叙事效果也是不一样的，中国当代文学残疾书写的叙事特色主要体现在空间的互动、结构的双向和视角的多元。本章首先探讨残疾书写如何以"残疾"为媒介构建双向互动的叙事空间，利用故事空间与话语空间的互动，实现文学空间与现实空间的对接、虚拟空间与现实空间的互动，营造亦真亦幻的叙事氛围和身临其境的感觉效果，采用"超现实主义"手法，在荒诞与现实之间架起想象的桥梁，揭示作品荒诞情节背后的社会现实；其次，探讨残疾书写如何借助残疾人物身体性存在所处的情境，以身体叙事和身份建构形成双轨并行的叙事线路，通过明暗交织、环环相扣的事件，推动作品情节的发展，揭示社会规制对人的身体欲望的压制，表现身体表象掩盖下的人性变异，展示身体现象与身份构建的关系，让人们从残疾人的生存现实中看到"人"的残疾；最后，探讨残疾书写如何利用多元视角（作为傻子的"我"的视角、似傻非傻的"我"的视角、全知全能的"我"的视角）与多重叙事（叙述者只讲述人物知晓事件的限制叙事、叙述者不做主观评论的客观叙事、叙述者无所不在无所不知的全知叙事）的交叉递进，构建超越常理的叙事空间，架起勾连历史与当下、虚幻与现实的桥梁，将作者对事件的主体体验转化为作品的文字，使"健全人"世界中的各种现实问题一览无遗。

第五章主要研究中国当代文学残疾书写的主题思想。文学书写是人的一种精神活动，主题思想是通过作品的人物形象或语言体系显示出来的创作意旨，凝结了作家的观点、倾向、思想和情感，是文学作品的灵魂所在，既体现了作者的世界观、人生观和价值观，也蕴含着作者个人对现实世界的理解、对书写对象的把握和对情感理想的寄寓。残疾、苦难、爱情、人权、命运等是不同作家残疾书写的共同主题，附着了作品人物对待生活的态度，融合了作家对相关社会问题的看法。本章围绕中国当代文学残疾书写"两点三线"的叙事图谱，从残疾人的"苦难"与"抗争"这两个点出发，沿着"无视世俗偏见、追求平等爱情""直面社会歧视、捍卫人格尊严""对抗苦难命运、实现人生价值"的三条线路，揭示中国当代文学残疾书写"与苦难抗争、让生命增值"的主题思想。

第六章主要研究残疾人作家的残疾书写。残疾人作家的残疾书写是中国当代文学的重要组成部分。残疾人作家在作品中既像健全人作家那样将"残疾"作为隐喻或象征符号，又将"残疾"作为情节设计、人物刻画、冲突缘起、情节发展、思想表达等作品要素的核心。本章首先分析残疾人作家"残疾书写"的三种典型类别：展现穿越困境、摆脱局限、自强不息、积极进取的"励志篇"，维护残疾人的人身权利、呼唤公平正义的"呐喊篇"，引导读者求索生命意义、给人带来深刻人生启示的"沉思篇"；其次探讨残疾人作家自传体作品的三种书写范式：生理困境与心理体验的双向互动、生死思索与自我超越的交叉递进、身体残疾与社会病症的隐喻关联；最后分析残疾人作家自传体作品的价值追求，揭示其"为党、为国、为人人"的价值取向。

　　文学是人类生活的一种表现形式，是反映社会现实的一面镜子。在世界发展的历史长河中，只要有人存在，就一定有"残疾"存在，"残疾"也一定是文学创作的永恒话题。我们将中国当代文学残疾书写作为研究对象，就是要通过对相关作品的解读、分析、探究及评论，将作家引导读者进入文本语境、参与话语建构、品味作品意蕴的艺术追求展现出来；就是要通过对中国当代文学残疾书写的社会学、伦理学以及哲学、美学等多角度的审视，揭示相关作品的文学价值、历史价值和社会价值，为丰富中国当代文学研究提供学术参考，为弘扬社会主义核心价值观、消除歧视、倡导公平正义、推进精神文明建设奉献智力支撑。

第一章

残疾文学：残疾书写的产生、发展与研究

在人类数千年的文学活动中，"残疾书写"一直是中外文学创作的重要组成部分。从《希腊神话》中的独眼巨人基克洛普斯、古希腊戏剧《俄狄浦斯王》中以"肿胀的脚"而知名并刺瞎自己双眼的俄狄浦斯，到莎士比亚戏剧《李尔王》中被挖去双眼的葛罗斯特伯爵、《理查三世》中的"驼背暴君"理查三世、《亨利六世》中的"疯子国王"、弥尔顿《力士参孙》中的盲人参孙、塞万提斯笔下疯癫可笑的堂吉诃德、歌德笔下被魔鬼弄瞎双眼的浮士德、雨果《巴黎圣母院》中独眼耳聋驼背的卡西莫多、夏洛蒂·勃朗特《简·爱》中的疯女人和受伤致残失去一条胳膊与一只眼睛的罗切斯特、梅尔维尔《白鲸》中的独腿船长亚哈；从《庄子》的《养生主》中的独脚右师、《德充符》中被砍掉一只脚的鲁国人王骀，到司马迁《史记》中刺杀秦始皇的瞎子高渐离、罗贯中《三国演义》中拔矢啖睛的夏侯惇、施耐庵《水浒》中的独臂武松、《红楼梦》中的癞头和尚和跛足道人、《济公全传》中的济颠僧、《聊斋志异·画皮》中的疯乞丐、《儒林外史》中的范进、鲁迅《狂人日记》中的"狂人"、《长明灯》中的"疯子"、《白光》中精神失常的陈士成、曹禺《雷雨》中精神失常的繁漪等，再到本书所涉及的中国当代文学中的各类残疾人物，林林总总，不一而足。古今中外文学作品中的残疾人物形象为何如此层出不穷？中外作家为何乐此不疲地热衷于残疾叙事？"残疾书写"在中外文学史上的地位与作用又是如何？这既是本书的逻辑起点，也是本书探索中国当代文学残疾书写之美学意蕴的根本动因。

一　外国文学残疾书写的产生与发展

文学是认识世界、了解世界、表达世界的方式和手段，是再现人类社

会现实生活的一种书写形式；文学是语言文字的艺术，是社会文化的一种重要表现形式，是反映社会现实的一面镜子；文学是人学，文学抓住了人，也就抓住了生活，抓住了社会现实。在世界发展的历史长河中，只要有人存在，就一定有"残疾"存在，"残疾"也一定是文学创作的永恒话题。文学作品中的残疾人物形象，既具有基于"异体"而存在的共性，又具有一定时代、地域、阶层人物所特有的个性；既受到作者创作意图的影响而体现时代的特点和要求，又被用以寄托作者对社会、对人生等问题的态度和倾向。

西方文学中的"残疾书写"最早出现在《希腊神话》之中。《希腊神话》是人类童年时期的产物，也是欧洲早期的文学形式之一。它将现实生活与幻想交织在一起，生动地描绘了一幅古希腊人的社会生活图景。在很长一段时间里，《希腊神话》一直被认为是雅典的阿波罗多洛斯（公元前180—前120年）的作品，但现今已经被证明是托名之作。据学者考证，《希腊神话》实际上成书于公元2世纪。据此推断，外国文学中的残疾书写的起源时间应当是一世纪之初。神话并非现实生活的科学反映，而是远古时代的人类由于相信现实世界之外存在着一种超自然的神秘力量，从而对自然产生敬畏与崇拜后的产物。从一定意义上说，《希腊神话》是原始氏族社会的精神产物，体现了古希腊人对现世生命价值的追求和对善良邪恶的态度。《希腊神话》中的人物形象大致可以分为两类：一类是神与人的后代、半神半人的英雄，他们体力过人，勇猛非凡，是智慧与力量的化身；另一类是妖精魔怪及其后代，他们凶狠残暴、桀骜不驯，是妖异与邪恶的化身。

《希腊神话》中妖异邪恶的神怪大多都被赋予了两类形象："半人半兽类"和"怪异残疾类"。"半人半兽类"包括大地女神、万物之母盖亚（Gaea）与塔尔塔洛斯（Tartarus）最小的儿子怪物提丰（Typhon）、提丰之妻众妖魔之母半人半蛇怪物厄喀德那（Echidna）、提丰与厄喀德那所生的九头水蛇海德拉（Hydra）、提丰与厄喀德那所生的狮头羊身蛇尾的喷火妖怪奇美拉（Chimera）、提丰与厄喀德那所生的狮身人面怪物斯芬克斯（Sphinx）、在与奥林匹斯众神大战中失败而被打入地狱的蛇足巨人癸干忒斯（Gigantes）、喜食人肉尤其喜食儿童的牛头怪弥诺陶洛斯（Minotaur），等等。"怪异残疾类"包括天神乌兰诺斯（Uranus）与大地女神盖娅（Gaea）结合所生的独眼巨人基克洛普斯三兄弟（Cyclopes）、海神福尔库斯（Phorcys）与刻托（Ceto）结合所生的三人一体的独眼女妖格赖埃（Graeae）、海神波塞冬（Poseidon）与海仙女托俄萨（Thoosa）所生的独眼食人巨人波吕斐摩斯（Polyphemus），等等。

《希腊神话》中的"怪异残疾类"神怪是西方文学"残疾书写"的雏形，他们与"半人半兽类"神怪一道代表着妖异与邪恶。独眼巨人基克洛普斯三兄弟、三人一体的独眼女妖格赖埃、独眼食人巨人波吕斐摩斯等具有"身材怪异、独眼残疾"的共同体貌特征。如此人物形象一方面体现了作者对善良与邪恶的认识，另一方面也体现了作者对"残疾"的态度。在《希腊神话》中，"残疾"被划入了"他者"之类，被赋予了"与魔怪同类、与邪恶为伍"的特征。可见，"残疾形象"在西方古代文学中是善良的天敌、邪恶的象征，是被用来作为一种"书写符号"，在作者展现"智慧战胜野蛮、英雄战胜邪恶"的过程中发挥了独特作用。

"残疾形象"代表丑陋、象征邪恶的情况在古希腊作家索福克勒斯（Sophocles）的戏剧《俄狄浦斯王》中得到了改善，作者借助人物的身体"残疾"，表现了富有典型意义的"人与命运"冲突。作品主人公俄狄浦斯自幼命运多舛，生父忒拜国老国王拉伊奥斯从神谕中得知儿子长大后将会杀父娶母，遂用铁丝穿其脚踵，令一仆人将其抛之荒野。俄狄浦斯长大以后，智慧超群、大公无私、热爱人民、忠于邦国。一天，俄狄浦斯因受到了一伙路人的凌辱，一怒之下杀了四个人，其中包括微服私访的亲生父亲忒拜国老国王拉伊奥斯。后来，俄狄浦斯因为智除人面狮身女妖斯芬克斯，而被忒拜民众拥戴为王，并且娶了老国王的王后——他自己的亲生母亲为妻，一下子成了杀父娶母的罪人，可他对此一切却毫不知情。为了平息流行的瘟疫，按照神的启示，俄狄浦斯着手寻找杀害老王拉伊奥斯的凶手，结果却发现凶手原来就是他自己。杀父娶母的命运最终还是降临到他的身上：俄狄浦斯在百感交集中刺瞎了自己的双眼，并且自我放逐。在索福克勒斯的笔下，俄狄浦斯是集智慧、仁德、勇敢、坚强于一身的人格化身，他的悲剧表现了"人的意志与命运的冲突"，亲生父亲将其脚踵的"刺残"暗喻了命运的力量强大，自己刺瞎自己双眼的"自残"之举象征了人的品格崇高，全剧寄托了作者对待人生的态度与倾向，表现了人的崇高与伟大：明知命运的力量无比强大，却仍然不愿屈服于它，仍然要不畏艰险、全力以赴地去反抗、去斗争。

到了欧洲文艺复兴期间，"残疾书写"大量出现在英国的莎士比亚、弥尔顿、西班牙的塞万提斯等著名作家的作品之中。在《李尔王》《力士参孙》《堂吉诃德》等作品中,作者塑造了一系列令人难忘的"残疾形象",并将"残疾"作为推动情节发展、表现作品主题思想的艺术手段。

英国剧作家莎士比亚戏剧中的"残疾书写"相当丰富,四大悲剧之一的《李尔王》中就有"傻子""瞎子""疯子"等残疾人物。傻子（Fool）是剧中的丑角,朱生豪将其译成"弄人",卞之琳译为"傻子",梁实秋译为"弄臣",还有人将其译为"愚人"。《李尔王》中的"傻子"是四大悲剧中丑角里出场次数最多、台词最多的一个,与许多其他人物相比,傻子虽然只是一个小角色,但他在剧中却有着非常突出的鲜明形象,发挥了不可或缺的作用。"傻子"在舞台上,貌似愚蠢、滑稽可笑,或似傻非傻,或诙谐俏皮,时而借自贬以贬人,时而借自嘲以嘲人,既缓和了紧张的悲剧氛围,又推动着剧情向前发展。"傻子"是莎士比亚刻意设计出来的叙事符号,其言行被赋予了极大的自由度:"他有人民的智慧,能看清人、事、物的实质,他又有弄人的面具,在面具下说真话不受责罚。"[①]《李尔王》中的葛罗斯特伯爵,也是作者刻意塑造的一个残疾形象,他因听信谗言不幸落入逆子爱德蒙的圈套,放逐了无辜的长子爱德加,后因同情李尔而被李尔的二女儿里根的丈夫康华尔公爵以叛国罪挖去双目、赶出家门、命丧荒野。借助于葛罗斯特伯爵双目被挖的"残疾书写",莎士比亚给人们发出了重要警示:有眼无珠、忠奸不分、真假不明、是非不辨的人,最终只是作茧自缚、任人摆布,搬起石头砸自己的脚。"疯癫"情节是莎士比亚推动剧情发展的一大发明,剧中被葛罗斯特伯爵放逐的长子爱德加,在逃亡途中将自己伪装成"疯丐"。他赤身裸体,身上只裹着一方毡毯,到处乞讨流浪,终于等来机会与爱德蒙进行决斗,并将其打败。爱德加的"疯癫",不是疾病学意义上的"残疾",而是他避难求生的一种手段,更是莎剧的一种修辞手法。爱德加装成"疯丐"、等待时机、复仇成功的情节,是莎士比亚笔下的一个隐喻,它向读者和观众暗示了作者"残疾书写"的思想内涵:忠奸对立、善恶必报,真、善、美最终必将战胜丑、邪、恶。

英国盲人文学家约翰·弥尔顿的长篇诗歌《力士参孙》的主人公大

[①] 张君川:《时代的风暴——论〈李尔王〉》,中国莎士比亚研究会编《莎士比亚研究》,浙江人民出版社1983年版,第107页。

力士参孙，是以色列的民族英雄，被情人大利拉所出卖，被异族统治者腓力斯人弄瞎了双眼。参孙虽然遭受了巨大的生理痛苦和心理创伤、陷入了一种疯癫状态，但他始终念念不忘复仇，利用腓力斯权贵让他在祭神宴会上表演武艺的机会，以大力士特有的撼山动地的千钧之力，折断了支撑神殿大厅的柱子，使得整个神殿轰然倒塌，参孙自己也与那些腓力斯权贵们同归于尽。"任何忧郁缘起于燃烧，伤害心智与判断力，因为当体液被点燃或燃烧时，它在特征上使人们兴奋与发狂，希腊人称之为狂热，我们称之为疯癫。"① "疯癫"是弥尔顿"残疾书写"的叙事符号，他在《力士参孙》中将"疯癫"解释为清教徒从上帝获得的神圣启示，让参孙在疯癫中获得神的帮助，积聚自我救赎的力量。参孙的疯癫复仇寄托了弥尔顿打败罗马教廷、恢复共和的理想："神派遣疯癫精神来到他们中间，/挫伤他们的心智，/使用疯癫欲望促使他们，/赶快叫来他们的毁灭者。"② 参孙的复仇意志是弥尔顿恢复共和之决心的真实写照，参孙的疯癫不是病理学意义上的疯癫，而是上帝神启的正义化身。弥尔顿借悲剧性残疾人物参孙中计、被囚、失明、被凌辱却矢志不渝、疯狂报仇雪耻的情节，表达了自己的政治遭遇和理想信念，将自己因英格兰共和国失败遭受打击后的身心状态以"残疾书写"的形式投射到了作品主人公参孙的身上，给参孙的"疯癫"赋予了坚韧不拔的人性品格和不惜牺牲的救赎精神，彰显了弥尔顿在王政复辟时期的内心痛苦和不屈不挠的斗志，诉说了弥尔顿自己的政治遭遇和理想信念，颂扬了为高尚事业不惜牺牲、英勇斗争的意志品格和自我救赎精神，突出地表现了作品人物的内心感受，使作品充满了震撼人心的强大力量。

被誉为西班牙文学世界里最伟大的作家塞万提斯也是一个残疾人，以"勒班多的独臂人"而闻名于世。他的代表作长篇小说《堂吉诃德》，被誉为欧洲文学史上第一部现代小说、西班牙古典艺术高峰；他所塑造的残疾人物——堂吉诃德，是一个家喻户晓、世人皆知的典型形象。堂吉诃德不满当时的社会现实，但既不知问题的根本原因在哪里，又不知应当如何去解决，于是就整日耽于幻想，立志恢复古代的骑士之道。他拉着邻居桑

---

① M. Ficino, "Three Books on Life", J. Radden ed., *The Nature of Melancholy: From Aristotle to Kristeva*. Oxford: Oxford UP, 2000, pp. 88-93.

② John Milton, *The Works of John Milton with an Introduction and Bibliography*, Oxford University Press, pp. 1675-1678.

丘·潘沙做自己的仆人，游走天下、锄强扶弱、铲除不公、匡扶正义，做出了许多与时代相悖、匪夷所思的事情，结果却四处碰壁。塞万提斯笔下的堂吉诃德具有人物的两重性：虽然他经常神志不清、疯癫可笑，但他代表着高尚的道德、无畏的精神、英雄的行为、对正义的坚信以及对爱情的忠贞。堂吉诃德的"疯癫"是塞万提斯"残疾书写"借以推动作品情节发展的手段。虽然他愈是疯疯癫癫，造成的灾难就愈大，几乎谁碰上他都会遭到一场灾难，但他优秀的品德也愈发鲜明。堂吉诃德是一个理想主义者的化身，他的"疯癫"也是一种隐喻，折射出的是一种甘愿为被压迫者奉献全部力量甚至牺牲自己生命的大无畏精神。

德国伟大的文学家歌德的诗体悲剧《浮士德》也包含了"残疾书写"的内容。作品主人公浮士德是一个勤学精进的饱学之士，具有占卜、天相、魔术、炼金术等诸多本事。歌德在故事的开篇创造了一个魔鬼与上帝争论的场景：魔鬼瞧不起人类的理性，认为人只能终身受苦、一事无成。但上帝坚信，像浮士德这样的人类代表，虽然有弱点，也难免出现过失，但在理性和智慧的引导下，最终一定会有所作为。魔鬼与上帝打赌，发誓将浮士德引入邪路，使其堕落。魔鬼找到浮士德时，他正处于烦闷与苦恼之中。他深感自己知识渊博，但却毫无用武之地，渴望能够了解宇宙的神秘，承担起世上的一切苦乐。于是魔鬼趁机与浮士德约定：魔鬼甘愿做浮士德的仆人，满足浮士德的一切需要；但在浮士德感到满足的一瞬间，浮士德的灵魂归恶魔所有，来生做魔鬼的仆人。浮士德喝了魔鬼的返老还童的汤，重获了青春，体验了爱情，得到了国王的封赏，内心燃起了对事业的渴望。他率领民众围海造田，奋力实现自己改造自然、造福人类的伟大理想。魔鬼派人捣毁了民众的家园，弄瞎了浮士德的眼睛，还召唤死神为浮士德挖掘墓穴。双目失明的浮士德听到了铁锹掘土的声音，以为人民已经响应他的号召开始动工兴建家园了，于是非常高兴、满足而死。魔鬼赢得了约定，正要夺取浮士德的灵魂，但就在这时，天上的光明圣母派来一群天使守护浮士德的灵魂进入了天国。浮士德双眼被魔鬼弄瞎的"残疾书写"，虽然只是歌德笔下的一个隐喻，但它既暗示了人类在探索自然、改造自然、追求理想道路中的艰难曲折、凶险劫难，又对作品阐释"追求不懈、永不满足"的"浮士德精神"起到了推波助澜的作用。如此观点虽然不一定得到人们的完全认同，但一定程度上呼应了歌德本人的预言："这部戏剧将始终是一个明摆着的不解之谜，不断地给人以愉悦并让他们忙个不停。"①

到了 19 世纪，欧美文学的"残疾书写"得到了长足的发展，既有对"残疾代表丑陋、残疾象征邪恶"的历史传承，又有"残疾只是表象、善良才是实质"的艺术表达，还有"残疾虽是一种苦难、残疾催人奋进"的意旨传达。法国作家维克多·雨果的长篇小说《巴黎圣母院》、英国小说家威廉·萨默塞特·毛姆的长篇小说《月亮与六便士》则是最典型性的代表之作。

《巴黎圣母院》的主人公卡西莫多天生奇丑无比：几何形的脸，四面体的鼻子，马蹄形的嘴，眼睛不但小而且还被棕红的眉毛所包围，右眼被一颗大肉瘤完全盖住，牙齿则是横七竖八地排列着，嘴巴更是如同撕裂一般，还从里面露出一截长长的牙齿。故事一开头，雨果就利用特写镜头将一个"怪物"的形象注入了读者的脑海中。相貌奇丑、面目狰狞的卡西莫多，一出生就被丢弃在巴黎圣母院门口。副主教克洛德·弗洛罗将他收为养子，抚养他长大，让他在圣母院内做敲钟人。屋漏偏逢连夜雨，命运多舛的卡西莫多 14 岁时又被钟声震破了耳膜，双耳听力严重受损。从此，他变得沉默寡言、乖戾疯狂，对周围的一切充满敌意，但对恩人克洛德却是百依百顺。虚伪、奸诈、好色的克洛德迷上了美丽的吉卜赛艺人埃斯梅拉达，吩咐卡西莫多去将她抢来。抢人失败后，卡西莫多被判处在广场中央遭受鞭笞之刑。众人用石块、罐子砸他，克洛德表现得无动于衷，埃斯梅拉达却不计前嫌，喂水给他喝。克洛德用刀刺伤埃斯梅拉达的心上人菲比斯，又倒过来嫁祸于埃斯梅拉达。可怜的吉卜赛姑娘被屈打成招，被法庭判处绞刑。卡西莫多挺身而出，将埃斯梅拉达从绞刑架上救下，抱进了巴黎圣母院内藏了起来。克洛德半夜潜入，试图奸污埃斯梅拉达。卡西莫多闻声及时赶来，在将潜入者扔出屋去的同时，发现此人竟然是自己的恩人克洛德。感恩与崇拜、疑惑与失望一起涌上心头，卡西莫多百感交集，陷入深深的痛苦之中。可怜的吉卜赛姑娘最终没能逃脱被绞死的厄运，道貌岸然的伪君子克洛德副主教也被卡西莫多从圣母院的塔顶推了下去。在《巴黎圣母院》中，"残疾"被雨果用作"书写符号"，在表现"善与恶""丑与美"的作品主题中发挥了重要作用。天生独眼、驼背、跛足的卡西莫多与一表人才、道貌岸然的克洛德形成了鲜明的对比：卡西莫多虽然有

---

① 祝彦：《圆球的坠落和浮士德之死——感悟魏玛》，《外国文学评论》1993 年第 3 期。

着奇丑无比的"残疾"外表,但他怀有一颗知恩图报和善良淳朴的人心;克洛德虽然披上了慈善无比的宗教外衣,但却隐藏着一颗虚伪丑恶、肮脏淫荡的人心;收养卡西莫多只是克洛德一时的善举,虚伪、狡猾、奸诈才是其真正的本性。

《月亮和六便士》的主人公思特里克兰德是一个证券经纪人,拥有一个富裕、美满的家庭:妻子美丽端庄,孩子聪明可爱。然而,事业有成、家庭幸福只是一种表象,思特里克兰德成天处于压抑和窒息当中,希望找到真正属于自己的自由空间,做一回真正的自己。他先是魔鬼附体般地在夜校学画画,然后又抛家舍业离开伦敦远赴巴黎学画。由于痴迷绘画,他穷困潦倒,差点病死。经过诸多的磨难与转折,这位灵魂孤独者终于来到了梦想中的塔希提岛,与当地姑娘爱塔结了婚,安心在这远离文明社会的海岛上从事自己所喜欢的绘画。然而,不幸还是降临了,他感染了麻风病。在病逝的前一年,他双眼的视力每况愈下,但还是在接近盲人的状态下,完成了一幅无与伦比的巨型壁画,自己也因为心力交瘁和麻风病所导致的身体溃烂而死。爱塔遵照他的遗言焚毁了挂满壁画的屋子,甚至一根木头也没有留下。《月亮和六便士》被人们称为"半自传体"小说,其情节与毛姆本人的经历存在着诸多相似之处。作者结合自己的亲身经历,以独特的残疾叙事视角将读者带入自己对艺术与生活关系的思考之中。思特里克兰德抛家弃子、疯狂投身艺术创作、双目失明几乎成了瞎子却仍然痴迷于自己的绘画理想等情节,都是作者利用"残疾书写"引导读者了解其创作意图的刻意安排,"当读者终于破译了作者的圈套,从情节中解读出'自由'二字时,才发现装疯卖傻的叙述者仅是作者促使读者进行思考的工具。毛姆就是这样运用叙述者的方式灵活调节着读者、作者、人物的关系,在不损坏读者的独立自信的前提下使读者不知不觉地接受其引导,调整自己的观念、认识并最终同作者趋向一致,直至最后全部接受作者的思想"[①]。

"疯女人"是19世纪欧美文学"残疾书写"的独特现象,诸多作家不约而同地塑造出这一具有时代特征的典型女性形象。"疯女人"通常都是相貌丑陋、行为怪异、言辞激烈的受压抑者和反叛者,都是主流社会的

[①] 胡全新:《论〈月亮和六便士〉的现代性》,《湘潭大学学报》(哲学社会科学版) 2002年第26期。

"弃儿"、男权社会的"牺牲品"。在文学作家的笔下,"疯狂,既是女人的命运,又是女性的本质……疯狂是一种女性疾病,因为得这种病的女人要比男人多得多"①。在诸多"疯女人"的文学形象当中,英国女作家夏洛蒂·勃朗特《简·爱》中的伯莎·梅森最为典型,她与美国女性主义作家帕金斯·吉尔曼《黄色墙纸》中的"我"、英国作家约翰·福尔斯《法国中尉的女人》中的莎拉、意大利作家亚米契斯《卡尔美拉》中的卡尔美拉等一起,构成了欧美文学史上一道绚丽多彩的风景线。这些"疯女人"不仅得到了人们太多同情与怜悯,而且也引发了人们对女性问题的深刻思考。

夏洛蒂·勃朗特《简·爱》中的"疯女人"伯莎,是男主人公罗切斯特的前妻,年轻时曾以端庄美貌而著称,后因精神分裂被家人认为是个没有情感的"疯子"。精神残疾的她不但没有得到丈夫的悉心照顾,反而被幽禁在桑菲尔德庄园中一个没有窗户的阁楼里。阁楼里常常传出"狂野、刺耳、尖锐"的声音,有时还听到人与人打斗的声音。阁楼里有什么秘密?是谁在发出魔鬼般的笑声?虽然读者始终都看不到伯莎的真实颜面,但都会对这个疯女人产生强烈的好奇心。伯莎的精神分裂引发了丈夫罗切斯特的反感,他开始对妻子表现出鄙夷和蔑视,"我从来没有爱过她,敬重过她,我甚至都不了解她","她的趣味使我反感,我发现我无法同她舒服地度过一个晚上,甚至白天里的一个小时"。罗切斯特将众人带到阁楼上,向人们展示了那个似人非人的"淫荡的妻子",试图证实他囚禁这个"恶劣的野兽般的疯子"实属是无奈之举。其实,伯莎的"疯癫"是男权中心主义对其身体和灵魂实施规训的结果,这种规训不仅表现为对她人身自由的限制,而且表现为对她内在情感上的孤立。伯莎的"疯癫"是夏洛蒂·勃朗特"残疾书写"的一个隐喻,伯莎"疯癫"面具下隐藏着作者心中的"理性"世界。伯莎在"疯癫"状态的潜意识里,似乎还清醒地意识到男权中心主义是限制女性自由的罪魁祸首。她将复仇的利剑直指囚禁她多年的"牢笼"——桑菲尔德庄园,不仅用一把火将其化为灰烬,而且以纵身火海的"凤凰涅槃"之举以示抗争。伯莎不仅烧毁了剥夺其人身自由的牢笼,而且也摧毁了限制女性自由的男权中心主

---

① [美]伊莱恩·肖瓦尔特:《妇女·疯狂·英国文化(1830—1980)》,陈晓兰、杨剑锋译,兰州大学出版社1998年版,第2页。

义大厦；伯莎的"疯狂之举"不但是其内心深处反叛冲动的尽情释放，而且似乎也是作者心理情境的自然流露和对个性解放的殷切向往。

帕金斯·吉尔曼《黄色墙纸》小说中的"我"是一位喜爱写作的中产阶级知识女性，因为产后失调患上了轻微的抑郁症，被其身为内科医生的丈夫安排在一座殖民时期旧城堡中曾经用作育婴室的房间里，被迫接受"休息疗法"。"我"被限制了人身自由，被剥夺了工作权利，不得照看自己的孩子，不得出门，不得写作，不得做任何自己喜欢做的事情，唯一可做的就是面对育婴室那恐怖的生活环境。在这种身心极度压抑的生活中，"我"只能对着房间墙壁上那丑陋可怕的黄色墙纸发呆。虽然整天都被困于房间里，"我"仍然暗地里偷偷写作，"除了浑身乏力无法创作外，只要我高兴，什么也阻止不了我的创作。""我"日夜观察墙壁上的黄墙纸。虽然黄色的墙纸已经剥落得乱七八糟，墙上还残留着一道道发黄的条纹，但"我"却能看见一个奇怪的女人影子在那鬼魅般的图案后面爬行。墙纸的魔力使"我"萌发了要帮助那个女人爬出来的冲动，"我立即起床去助她一臂之力，我拉她摇，我摇她拉，黎明前我们就剥掉了好几码墙纸"，"我到底还是出来了……我已经把大部分墙纸都扯掉了，所以你再也没法把我赶回去了！"小说的最后，"我"成了真正的疯子，变成了如墙纸里的女人一样，沿着四壁不停地爬行。帕金斯·吉尔曼通过对旧城堡、破旧的房间及丑陋的墙纸的描绘，刻画出一个传统的家庭囚室的图景。"我"逐步走向"疯癫"最终成为被困在黄色墙纸后面的"疯女人"的情节，"我"撕下大片黄墙纸、帮助受困的爬行女人从牢笼般的图案中出逃的情节等，都是作者"残疾书写"的重要组成部分。"黄色墙纸"是作者笔下的一个隐喻，既象征限制女性自由的桎梏，同时也折射男权中心主义的残忍。"我"由一个中产阶级知识女性沦为"疯女人"的经历，反映了广大被压迫、被摧残的妇女同胞的命运。小说结尾"我"最终成为真正疯癫的悲剧结局，让女性读者看到"我"的幻象中多了一个自己：既可怜，又无助，却又不愿意放弃为争取自由而去不懈努力。

文学源于历史，历史的发展既为文学的发展提供时代背景，又给文学的创作带来更多的源泉与灵感。19世纪末以来流行的非理性主义哲学，如叔本华和尼采的意志主义哲学、柏格森的生命哲学、弗洛伊德的精神分析学说等，都对20世纪初尤其是第一次世界大战后的西方文学产生过广泛而又深远的影响。世界大战不仅给西方世界带来了严重的经济危机、社会危机、精神危机，也给"残疾书写"提供了与时代相关的人物素材。

美国作家威廉·福克纳长篇小说《士兵的报酬》的故事背景设定在第一次世界大战前后，主人公空军飞行员唐纳德·马洪因头部重伤致残，大脑丧失记忆、眼睛失明，从纽约回到位于佐治亚州的家乡。马洪的未婚妻塞西莉，爱上了另一个男人乔治·法尔，并且与他一起私奔。战争中丈夫阵亡的寡妇玛格丽特，爱上了因伤重残的马洪。虽然双方的交往遭到了左邻右舍的非议，但到最后玛格丽特还是与马洪结了婚。这部作品的情节虽然非常简单，但作者通过对身体残疾和心理创伤的交叉叙事，使残疾主人公马洪成为折射战后西方社会的一面镜子：战争给马洪带来了严重的身体创伤，毁了容、失去了记忆、丧失了光明；战争使马洪的心理遭受巨大打击，回乡后遭到周围人的冷漠与疏远，由此而变得沉默寡言。战争本身就是一种创伤性记忆，失语是马洪经历创伤之后的无奈选择。福克纳的"残疾书写"所表现的，是美国资本主义经济繁荣背后国民的精神空虚和道德堕落。战争给人类带来巨大灾难，战争导致了无数个像马洪那样的残疾者。战争给马洪的身体和心理造成了严重的创伤，由此而导致的失语症、性功能丧失只是一种表象，其背后反映出的是战争影响下社会所呈现出的一种病态。那些残疾老兵们战后得到应有的抚慰了吗？没有！身体创伤和心理创伤才是社会给这些"士兵的报酬"（Soldiers' Pay）。福克纳的"残疾书写"敦促人们对战争危害进行深刻思考，使得战争与残疾引发了"对于整个社会和文化结构性的'松动与震撼'，以及由此提供给人类的'震惊和恐惧'是如何被人类克服并有可能最终拯救人类"[1]。

英国作家 D. H. 劳伦斯最后一部长篇小说《查泰莱夫人的情人》的故事背景也是第一次世界大战前后。男主人公克利福·查泰莱出身贵族，父亲是男爵，母亲是子爵的女儿。克利福兄弟俩都参加了第一次世界大战，长兄哈白·查泰莱战死，克利福本人也因伤致残，失去了性能力，成了一个因下身瘫痪整日与轮椅为伴的残疾人。克利福开始写小说，成了一名小说家、矿场主、一个不能让妻子过正常生活的丈夫。妻子康妮尽其所能地照顾她那心理扭曲的丈夫，陪伴着他那早已"死亡"的躯体，但这一切都无法遏制她内心狂野的性冲动，没有性爱的夫妻生活使得她的身心备受折磨，几乎要崩溃的她与庄园猎场看守人、退役军人梅勒斯发展成了

---

[1] 赵静蓉：《文化记忆与身份认同》，生活·读书·新知三联书店 2015 年版，第 106 页。

情人关系，她从他那强健而又男性味十足的身躯上体味到了真正的男性之爱。二人的私情暴露后，康妮选择了与克利福离婚并与梅勒斯结合。战争极大地影响了人们对伤残本质的认识，劳伦斯在《查泰莱夫人的情人》中的"残疾书写"，让人们重新思考和认识战争给人们带来的身体残疾和心理创伤。因战争而严重致残的克利福，虽然身体已经逐步康复，但人却渐渐变得精神恍惚、抑郁寡欢，对任何事情都心不在焉，经常一个人坐在那里发呆，整个人似乎只剩下一个毫无感觉的"空壳"；克利福的身体残疾间接地导致了康妮的身体创伤和心理创伤，剥夺了康妮做母亲的权利。情爱缓解了康妮和梅勒斯的生理需求，二人在真实的性爱体验中实现了身心创伤的自我救赎。战争扭曲了人的自然本性，劳伦斯的"残疾书写"让康妮回归了自然，回归了本性，表现了以康妮为代表的女性与命运抗争的勇敢精神，反映了劳伦斯对他那个时代人们所持的愚昧性欲观的批判与反抗，体现了作者对战争后果的冷静思考，折射出作者对现代人性问题的思考，以及对两性关系的人文关怀。

20世纪是一个残疾人作家人才辈出的时代，他们的奋斗精神感动世人，他们的"残疾书写"打动世人，他们对世界文学的贡献不亚于健全人作家。

被誉为"阿拉伯文学泰斗"的埃及盲人作家塔哈·侯赛因，3岁时患眼疾未得到很好治疗而双目失明，但他聪明好学、勤奋刻苦，终于获得了埃及大学的博士学位，并成为该校文学院的阿拉伯文学教授。由于在文学方面建树卓著，塔哈·侯赛因被欧洲多所大学授予名誉博士称号，被选为埃及作家协会主席。塔哈·侯赛因一生致力于文学创作，出版过多部历史传记小说、散文集、文艺批评论集。塔哈·侯赛因最著名的自传体长篇小说《日子》，用独有的平静而深沉的残疾书写笔法，以自己的残疾人生为线索，叙述了一个令人怜悯的盲童成长为闻名埃及全国的一流作家、被誉为阿拉伯文豪的奋斗历程，深刻揭示了一系列带有普遍性的社会问题，在阿拉伯古代文学和现代文学之间、阿拉伯文学和世界文学之间发挥了重要的桥梁纽带作用。

爱尔兰残疾人作家克里斯蒂·布朗，刚出生不久便患了严重的大脑瘫痪症，头部、身躯、四肢都不能活动，但他却以惊人的毅力自学成才，借助唯一能动的左脚按动打字键盘进行文学创作，出版了一部自传、三部小说和三部诗集，成为爱尔兰人民引为骄傲、世界知名的文学家。在其自传体小说《我的左脚》中，克里斯蒂·布朗对自己、也对像他一样的残疾人提出了一系列发人深省的问题："我"是谁？上天为什么要将"我"囚禁在这样一副残缺的身体里？"我"有资格去谈恋爱吗？"我"的人生有何意义？如何使"我"的人生更有意义？克里斯蒂用唯一可动的左脚踢开了囚禁"我"的那扇大门；他的"残疾书写"，不仅真实记录了一个残疾人的辛酸经历与心路历程，而且以真挚的感情、动人的情节、优美的语言、简明的道理，打动了所有残疾人和健全人的心，帮助残疾人找到了本应属于自己的"左脚"，助力他们发挥作为"人"的作用，哪怕是一个微不足道的人。

苏联作家尼古拉·阿列克谢耶维奇·奥斯特洛夫斯基，在苏俄内战中身负重伤，后因严重关节炎而导致全身瘫痪、双目失明，被诊断为重度残疾，但他不肯向命运屈服，以惊人的毅力和顽强的精神实践自己的生命誓言，用了3年时间，在病榻上创作了长篇自传体小说《钢铁是怎样炼成的》，讲述了保尔·柯察金极不平凡的人生经历，与读者分享了他对生活的切身体验，对人生价值、人生意义的哲学思考。《钢铁是怎样炼成的》是一部具有重要时代意义的作品，作者用自己的亲身经历向世人显示：这世上从来没有超级英雄。真正了不起的人，都是从生活的熔炉里千锤百炼而产生的。保尔·柯察金的残疾人生感动了一代又一代的人，呼唤出一大批具有自我牺牲和奉献精神的人物，使人们在回忆往事的时候，不会因为虚度年华而悔恨，也不会因为碌碌无为而羞愧。

感动世界的美国残疾人作家海伦·凯勒，两岁时因突发猩红热丧失了视觉和听觉，成了既聋又盲的残疾人。海伦听不到别人声音、看不见别人的表情，只能用手去感知老师发音时喉咙、嘴唇以及脸部表情的变化，然后再进行成千上万次的模仿与纠正，直到发音完全正确为止。凭着坚强的毅力，经过艰苦的努力，海伦终于学会了说话，掌握了与人沟通和从事学习的要诀。在老师莎莉文的帮助下，海伦凭借自己顽强的意志，最终顺利从哈佛大学毕业。海伦虽然看不见、听不见，但她对生命的热爱，对光明和自由的渴望与追求，克服困难、超越自我的勇气和毅力，令人感动，使人震撼，催人奋进。海伦一生共创作了14部作品，其中《我的一生》《我感知的神奇世界》《走出黑暗》《假如给我三天光明》《海伦·凯勒日记》等的"残疾书写"，既激励了无数的残疾人，更感动了众多的健全人。全文800多字的《假如给我三天光明》，被誉为"世界文学史上无与伦比的杰作",用自传体散文的形式,以一个残疾女子的视角,告诫世人应当珍惜生命,珍惜造物主所赐予的一切。海伦的"残疾人生"令人感慨万千、发人深省,海伦的"残疾书写"让人感动、催人奋进,它"赋予日常事务以新意,并且激发一种类似超自然的感觉;通过唤醒人们的意识,使它从惯性的冷漠中解放出来,看着眼前的世界是多么可爱和奇妙"①。

20世纪中后期女性主义的第二次浪潮,促进了女性主义文学"残疾书写"的迅猛发展,许多被湮灭于历史尘烟中的残疾形象被重新挖掘出来,残疾书写的视角不再仅仅局限于家庭、婚姻等方面,妇女之所以成为"疯女人"的原因分析更加深入,"残疾隐喻"也扩大到了种族歧视、殖民主义、社会冲突等诸多领域。美国非洲裔女作家托尼·莫里森著名长篇小说《宠儿》中的女黑奴塞丝,为了获取自由,只身从肯塔基农庄出逃,逃亡途中被奴隶主追捕。为了不让孩子像自己一样继续为白人做一辈子的奴隶,塞丝毅然举起手中的钢锯,割断了刚刚会爬行的爱女宠儿的喉咙。宠儿阴魂不散,于18年后化作一个少女重返人间,向母亲塞丝复仇。宠儿一系列的放纵行为使得她家所在的124号住宅成了一座充满恐怖与凄凉的凶宅,使得母亲塞丝陷入深深的自责之中。塞丝弑女的极端母爱行为既是对罪恶奴隶制度的一种反抗,也是这位母亲内心挥之不去的阴影。"宠儿"是塞丝屈辱过去的象征,内疚感不断纠缠着塞丝的内心,使她无论如何无法忘记过去,并且由此变得麻木、迟钝和偏执。在万般无奈的情况下,塞丝只好通过劳动来缓解内心的伤痛。塞丝竭尽全力弥补当年的弑女行为,不计后果地满足宠儿的所有要求。当塞丝无法再满足宠儿的欲望时,小女儿丹芙勇敢地走出家门向黑人社区求助,架构起一座连接塞丝与黑人群体的桥梁。通过黑人妇女歌唱式的驱鬼仪式使得124号住宅中的一家人彻底摆脱了宠儿的纠缠,被重新纳入黑人群体之中,成为黑人社区的帮扶对象。莫里森笔下的塞丝具有典型的疯人特质,她的"疯癫"表现为她弑女行为的残忍和从种植园出逃时的决绝。通过"残疾书写",莫里森塑造了一个心灵被扭曲的典型人物形象,将一个边缘人格障碍的精神残疾者、一个饱受身体、精神双重折磨的可怜女性呈现给读者。塞丝虽然

---

① [英]阿兰·德波顿:《旅行的艺术》,南治国译,上海译文出版社2012年版,第157页。

表面癫狂，却具有反传统、反权威法则的非理性激情。她的弑女行为表面上看是一种疯狂与凶残，实质上也是一种痴情的母爱和极限的抗争，一种对白人暴虐的"病态式"应激反应，既增加了黑人心理创伤叙事的真实性和震撼性，又隐喻了美国黑人奴隶摆脱奴隶制和寻求主体性回归的坚定，并且还在一定程度上颠覆了官方的所谓理性文明。宠儿的病态人格与怪诞行为也是莫里森"残疾书写"的组成部分，表面上看宠儿的复仇是在追究塞丝当年的弑女之罪，实质上宠儿在疯狂报复母亲时，自己也是受害者和牺牲品。宠儿的"残疾人生"所隐喻的是残酷的奴隶制对黑人群体造成的不可磨灭的伤害，它"将我们生存于其中的现实生活撕开一条血淋淋的破口，让我们看到平时所无法看到的冷峻、严酷、黑暗、丑陋的生命真相"①。《宠儿》的问世充分说明，"疯女人形象在前后跨越一个多世纪的不断发展和演变中，折射了世界女性自我意识的觉醒，显示出一条女性意识由淡而浓，由隐而显，由传统到现代的发展演变轨迹"②。

21世纪世界文学的"残疾书写"，既是对优秀文学传统的继承，又是当代文学精神的体现。值得一提的是安妮·芬格（Anne Finger）的作品集《叫我亚哈》（*Call Me Ahab*，2009），书名使人一下子联想到19世纪美国小说家赫尔曼·梅尔维尔长篇小说《白鲸》中的独腿船长亚哈，书中人物既有割掉自己耳朵的梵高，又有委拉斯奎兹作品中的侏儒；既有《圣经》中的巨人歌利亚，又有莎士比亚《李尔王》中双目被挖的葛罗斯特伯爵。安妮·芬格以"新瓶装旧酒"的方式，让人们重新体会到世界文学史和文化史上对"残疾"的丰富表现。在《叫我亚哈》中，安妮·芬格采用了讽刺性批判的手段，从21世纪的视角去重现"残疾书写"的历史，既不是对历史上作家笔下残疾人物的简单复制，也不是纪录片式的反映当代社会现实。安妮·芬格对历史残疾人物进行的重塑，不是简单的隐喻或象征，不是悲剧受害者的再现或残疾原因的再挖掘，而是将复杂的、活跃的、具体的文学史上的残疾人物，置身于现实日常生活的场景之中，将互文性线索巧妙地组合在一起；通过碎片化的结构形式、越界的喜剧艺术等的时态变化，引导读者正确面对"残疾"这一紧迫的当代问题。

---

① 摩罗：《破碎的自我：从暴力体验到体验暴力》，《小说评论》1998年第3期。
② 窦芳霞：《女性意识的混沌与觉醒——试论英美女性文学中"疯女人"形象的发展演变》，《广西大学学报》2009年第6期。

二 中国文学残疾书写的产生与发展

中国传统文学思想倡导"神韵",认为文学是人与自然相互作用的产物,如果没有人与自然之间生命节律的共振,就产生不出美妙的文学作品。中国古代的文学家常常在歌咏自然中寻求生命体验和审美体验。《周易》以"天人感应"来看待生命,是中国古代哲学对人与自然关系的一种阐释,既承袭了上古神话的思想内核,又启迪了后世形成的文学思想。"神话"是远古人类的一种文化现象,反映了不同民族的文化属性。我们在本章上一节中提到,西方文学中的"残疾"书写最早出现在《希腊神话》——欧洲早期的文学形式中,"半人半兽类"和"怪异残疾类"神怪是西方文学"残疾书写"的雏形。无独有偶,"半人半兽类"和"怪异残疾类"神怪也是中国文学"残疾书写"的雏形。据《春秋世谱》记载,被誉称为"中华文明的本源和母体"的华胥,在去雷泽郊游的途中,发现了一个大大的脚印,就好奇地将自己的脚踏在大脚印上,突然觉得有一种被蛇缠身的感觉,于是就有了身孕,怀孕了十二年之后,生下了一个人首蛇身的孩子——伏羲。在中国古代神话中,除了"半人半兽"的伏羲之外,还有同时具有兽、人、神三种形态的夸父,"身形似蛇、身长千里、面孔似人、周身红色"的烛龙,"浑身雪白、口说人话、通万物之情"的白泽,"人面马身、有虎纹、生鸟翼、声如榴"的英招,"人面豺身、背生双翼、行走如蛇"的神怪化蛇、脚踏风火轮、身着虎皮的千臂巨神哪吒,瘸着腿拄着一根铁制拐杖的八仙中资格最老的神仙铁拐李等,这些人物共同构成了中国文学的原始"残疾形象"。虽然中国汉籍中记载的盘古、伏羲、女娲、夸父等神话大多都是战国(公元前475—前221年)以后才出现的,但也远远早于《希腊神话》的成书时间公元2世纪,因此,我们可以初步断定,中国文学原始"残疾形象"的出现时间应当远远早于西方文学。

战国时期是中国历史上的重大变革时代,也是思想和文化最为辉煌灿烂的时代。以孔子、孟子、老子、墨子、庄子、荀子等为代表的不同学派,纷纷著书立说,阐述政见,针砭时弊,互相论战,形成了"百家争鸣"的局面,促进了人文与社会科学的日益繁荣。在《墨子》《孟子》

《庄子》《荀子》《韩非子》《离骚》《左传》《国语》等诸多的著作中，《庄子》以其与众不同的"残疾书写"而独树一帜。

《庄子》一书中，身体畸形的"残疾形象"众多，他们或肢体残疾，或佝偻驼背，或是先天不足，或是后天形成。这些常人眼中游离于正统审美情趣之外的"畸人"，却充满了人生智慧，超然于众多世人。庄子在《大宗师》中明确阐述了他对待"残疾"的态度："畸人者，畸于人而侔于天"，畸人是"不合流俗而合于自然的人"。畸人虽然因为身体残疾，一生中会比常人遭遇到更多的坎坷和磨难，但只要正视这种命中注定的磨难，就能看清世相，做出常人所不及的事情来。《庄子·养生主》中的独脚右师，因为遭受刖足之刑而残疾，但他不是怨天尤人，而是泰然处之。庄子以右师的例子说明：人的外观是上天所赋予的，人生要顺应自然，追求外在的名利不但没有意义，而且会有损自己的本性；每个人都有独立生命的价值，一只脚的人也会磨炼出适应环境的能力，也能顶天立地地活在世上。《庄子·大宗师》中的子舆，"曲偻发背，上有五管，颐隐于齐，肩高于顶，句赘指天"，但"伟哉！夫造物者将以予为此拘拘也"。在庄子看来，无论美丑或畸怪，都是自然的造化，所以残疾人不必因此而畏缩不前。《庄子·德充符》虚构了六个肢体残缺、外形丑陋不堪的人物形象。鲁国受断足之刑的兀者王骀，学问与孔子的学生不相上下，能够"游心乎德之和……视丧其足如遗土也"，以自身的言行证明：人的外在形体只是其精神赖以栖息的场所，而精神生命与"道"的回归才是衡量人是否具备完整道德的标准；曾受刖足之刑的申徒嘉与子产辩论时不卑不亢地指出，"自状其过以不当亡者众；不状其过以不当存者寡。知不可奈何而安之若命，唯有德者能之"，认为残疾人应当不以残疾而自卑，而以道德为首要；因为犯罪而被砍掉脚趾的叔山无趾向孔子求学，孔子曰："子不谨，前既犯患若是矣。虽今来，何及矣！"对曰："吾唯不知务而轻用吾身，吾是以亡足。今吾来也，犹有尊足者存，吾是以务全之也。"叔山无趾的回答深深打动了孔子，孔子勉励众弟子："夫无趾，兀者也，犹务学以复补前行之恶，而况全德之人乎！"叔山无趾只是个残疾人，还这样通过好学来弥补之前的错误，更何况是肢体无缺的人呢。《庄子·德充符》中另外三个丑怪人物是哀骀它、闉跂支离无脤、甕㼜大瘿。跛脚驼背、貌丑骇天下的哀骀它，外形丑怪不堪，虽然没有权位和俸禄，却能拯救他人于水火，广受众人的爱戴信任；因跛脚、驼背、无唇而得其名的闉跂支离无脤和脖子上长个囊状大瘤的甕盎大瘿,虽然身体残疾、形象丑陋,但都"德有所长而形有所忘,人不忘其所忘而忘其所不忘"。庄子将"畸"化为"德"的外显符号,称残疾人为"畸人",并赋予他们超越世俗的力量。"庄子的美学同他的哲学是浑然一体的东西,他的美学即是他的哲学,他的哲学也即是他的美学。"① 在庄子看来,任何人活着都要有独立的意志和坚忍不拔的精神,真正的生命价值在于效法天然,超越樊笼之外。庄子笔下的"畸人",不为外在形象所牵累,不受世俗风气所羁绊,以认之、安之、顺之的态度看待残疾,以思之、行之、抗之的行为对待命运,在纷乱的世界中保持一份特殊的冷静,置身于和谐的道德境界,以内在的精神来实现自我的存在价值。在庄子的笔下,"畸人"承载着作者对世俗的厌倦与反抗,用一种独特的存在方式和话语形式,以自己的残疾人生揭示出人类社会的残疾,以积极的抗争促进社会的不断进步,以向上的精神给世人以力量和指引。

先秦两汉是中国古代传记文学发展的辉煌时期,在众多史家中,就有双目失明后创作《国语》《左传》的左丘明和以腐刑赎身死、忍辱偷生写成《史记》的司马迁。他们在这些历史文学巨著中,刻画了大量基于历史传说的"残疾人物形象"。

据《左传》记载,先秦著名音乐大师师旷,自幼酷爱音乐,为一心研究音律而不骛其他,甚至不惜刺瞎自己的双眼。当了晋国掌乐太师后常以"盲臣"自称,以民为本、犯颜直谏。晋侯曰:"卫人出其君,不亦甚乎?"对曰:"或者其君实甚。良君将赏善而刑淫,养民如子,盖之如天,容之如地。"师旷坚信音乐的社会功能,以乐谏君,最早提出了"民贵君轻"的主张,坚持用音乐来传播德行。

据《史记》载,齐人孙膑,军事家孙武的后代,曾与魏将庞涓一起学兵法,"庞涓恐其贤于己,疾之,则以法刑断其两足而黥之,欲隐勿见"。孙膑脸上被刺字、被剜去两块膝盖骨后成了一名残疾人而再也无法站起来。然而,受刑致残的非常打击不仅没有使孙膑萎靡不振,反而使他下定决心活得更加坚强、更加有意义、更加有价值。在齐国使者的帮助下,孙膑回到了齐国,被齐威王任命为军师,他以超群的智慧和过人的胆

---

① [日] 川端康成:《川端康成精品集》,叶渭渠、唐月梅译,复旦大学出版社 2008 年版,第 34 页。

识，首创"田忌赛马"的制胜法则而赢得大将军田忌的信任，采用"减灶法"在马陵之战大败魏军，创造了中国战争史上"围魏救赵"的光辉战例，率军袭击魏国首都大梁，使魏国元气大伤，失去霸主地位。为了使自己的军事思想得以继承与发展，孙膑克服残疾所导致的生理痛苦和心理创伤，写出了反映战国时期兵家思想的代表作《孙膑兵法》，被世人誉为继《孙子兵法》之后中国古代最著名的军事著作。

据《战国策》载："周有砥厄，宋有结绿，梁有悬黎，楚有和璞。"和璞即和氏璧，璞是没有经过琢磨的玉。楚国琢玉能手卞和，在荆山得到一块璞玉，献于不识货的楚厉王，厉王以欺君之罪砍掉卞和的左脚；武王即位后，卞和再次献玉，又被砍去右脚；文王即位，命人剖开此璞，方知真乃稀世之宝，将其琢成举世闻名的"和氏璧"，"感其忠、怜其刑，封和为零阳侯，和辞而不就"。《后汉书·蔡伦传》："蔡伦，字敬仲，桂阳人也。""永元九年，监作秘剑及诸器械，莫不精工坚密，为后世法。自古书契多编以竹简，其用缣帛者谓之为纸。"蔡伦自幼年入宫，成了一名宦官，东汉和帝刘肇时为中常侍，后加尚方令。蔡伦虽为一名残疾人，但心灵手巧，总结以往造纸经验、革新造纸工艺，终于制成了"蔡侯纸"。蔡伦造纸术被誉为中国古代"四大发明"之一，对人类文化传播和世界文明进步做出了杰出的贡献。

"文化刻写在身体上，我们关于身体的信仰，对于身体的感知，以及赋予它的特性，无论是本意还是象征的，都是被文化所建构的。身体总在被发明出来。"[①] 中国古代传记作者在记述人物事迹的过程中，虽然总是渗透性地寄托自己的某些情感、想象或者推断，但和创作小说不同，他们的"残疾书写"总体说来都是建筑在纪实性基础上的，所记述的历史残疾人物有音乐家、有军事家、有发明家，还有普普通通的工匠，身体残疾只是这些人物的共同表象，坚毅、励志、重德、忠义、智慧、胆识等才是作者"残疾书写"的核心要义。

除了历史人物传记之外，中国古代的"残疾书写"还大量出现在寓言、传说当中，如《列子·汤问》中的"愚公移山"、《韩非子》中的"郑人买履""守株待兔"、《庄子》中的"刻舟求剑"、《战国策》中的

[①] Katharine Young, "*Introduction*" *of Young Katharine Bodylore*, The University of Tennessee Press, 1933, p. xvii.

"画蛇添足"、《笑林》中"长竿入城""一叶障目"等，这些作品塑造了一系列"傻子"形象。作者创造出这些"傻子"的目的，绝无贬低残疾人的意思。"傻子"在相关作品中仅仅是一种表达思想的叙事符号，所起的作用是"让叙事更加生动、使说理更加透彻"。《韩非子》中的郑人有欲买履者，先自度其足，而置之其坐。至之市，而忘操之。已得履，乃曰："吾忘持度！"反归取之。及反，市罢，遂不得履。人曰："何不试之以足？"曰："宁信度，无自信也。"这位郑人只相信事先量好的尺码，不相信自己的脚，不仅闹出了大笑话，而且连鞋子也没买成。故事背后的道理是：做任何事情都要灵活变通、随机应变，不能墨守成规、固守己见。《列子·汤问》中的《愚公移山》，年近90岁的"愚公"家门前有两座大山挡住出路，他不顾年迈体弱，决心挖山开路，每天挖山不止。聪明的"智叟"笑他太傻，认为"甚矣汝之不惠！以残年余力，曾不能毁山之一毛，其如土石何？"愚公却说："虽我之死，有子存焉。子又生孙，孙又生子，子又有子，子又有孙；子子孙孙，无穷匮也；而山不加增，何苦而不平？"愚公的精神感动天帝，"帝感其诚，命夸娥氏二子负二山，一厝朔东，一厝雍南"。"愚公"大智若愚，"智叟"眼光短浅；世上无难事，只怕有心人。"愚公"矢志不渝的决心、坚韧不拔的精神，不仅感动了天帝，而且激励了一代又一代的后人勇往直前。

"残疾"作为人类身体的一种自然现象，常常被作家借以隐喻事物之间的相似之处。"盲人骑瞎马""聋者之歌""盲人摸象""哑子吃黄连"等涉及残疾的成语，虽然后来逐渐演变成对残疾人的刻板印象，并且带有使残疾人"污名化"的嫌疑，但在中国古代文学中，"残疾"更多的是被作者用以表达思想的叙事手段，鲜有要贬低残疾人的意思。《淮南子·原道训》有一段话："夫内不开于中而强学问者，不入于耳而不著于心，此何以异于聋者之歌也？效人为之而无以自乐也，声出于口，则越而散矣。"说的是聋子学别人唱歌，发出声音却听不到歌声；不知自己唱得如何，怎么快乐得起来呢？后来据此而出的"聋者之歌"就成了一句成语，形容人在模仿别人的行为时实际上并不了解其中真义。《世说新语》以"残疾"为叙事符号赞扬人的才思敏捷：东晋名士殷仲堪、桓玄、顾恺之，抽签玩文字游戏，看谁的故事最惊险。桓曰："矛头淅米剑头炊。"殷曰："百岁老翁攀枯枝。"顾曰："井上辘轳卧婴儿。"殷之参军云："盲人骑瞎马，夜半临深池。"用长矛的尖头淘米，在剑的尖头烧火做饭，当然是惊险。百岁老翁攀爬在一根干枯的树枝上，的确是险得很。井台的辘轳上睡着一个婴儿，听起来更加惊险。瞎子骑着一匹瞎眼的马，黑夜中走在深深的水池边，真是险得不能再险了。殷仲堪是个孝子，曾因为父亲病危哭瞎了一只眼，本来是忌讳谈瞎子的，听到此句，也不免叹道："咄咄逼人！""跛脚状元"的故事表现了残疾人的聪明睿智：宋太宗觉得王世则是个不登大雅之堂的跛脚人，想将状元赐给江南才子谢文魁，殿试时出了两道不利于残疾人竞争的题目。先是让二人跑步用笔击鼓，比谁先。王虽然跑不过谢，但他"掷笔击鼓"，先于谢敲响堂鼓；太宗继而命二人各将两桶水分别提上殿，先者胜。谢提来一桶后去提第二桶，王提来一桶后便道"好了！"太宗问："为何只提一桶就好了？"王答："天下江山只一桶（统）。"太宗心悦诚服，将状元赐给了王世则。"独眼探花"的故事展示了残疾人的不卑不亢：清代独眼学人刘凤诰考科举，殿试时乾隆帝因其残疾而不悦，故出难对："独眼不登龙虎榜"，刘脱口对曰："半月依旧照乾坤"。帝又出一联："东启明，西长庚，南箕北斗，朕乃摘星汉"，刘对道："春牡丹，夏芍药，秋菊冬梅，臣是探花郎。"帝拍案叫绝："真乃奇才也"，遂钦点王为探花。

　　明清两代是中国古典小说创作的繁荣期，不仅诞生了《红楼梦》《三国演义》《水浒传》《西游记》四大名著，而且还问世了《儒林外史》《聊斋志异》《济公全传》等家喻户晓的通俗小说，"疯癫"是这些作品中最典型的"残疾书写"。《红楼梦》中的癞头和尚和跛足道人、《济公全传》中的济公和尚、《聊斋志异·画皮》中的疯乞丐、《儒林外史》中的范进等，都是以"疯癫"为特质的典型人物形象。

　　在《红楼梦》中，"只见从那边来了一僧一道：那僧则癞头跣脚，那道则跛足蓬头，疯疯癫癫，挥霍谈笑而至"。两人约定"趁此何不你我也去下世度脱几个，岂不是一场功德？"癞头和尚和跛足道人游走于现实与梦幻之间，时隐时现地充当智慧的化身、作者的化身。他们的言行看起来荒诞疯癫，实际上是在警示甄士隐、林黛玉、贾宝玉、柳湘莲等人自救、自度，提醒众人千万不要随名利而来、逐情欲而去。癞头和尚、跛足道人在书中虽然只是两个不起眼的"小角色"，但作者却赋予了他们推动故事情节发展的"大使命"。他们时而充当度化世俗之人的使者，置身于故事之中，时而以旁观者的身份，置身于故事之外，以第三人称叙述视角看待故事中的人与事，为当局者点破迷津。曹雪芹在《红楼梦》中的"残疾书写","不是反映性和再现性地完成对现实世界的真理性表达，而是通过虚构、想象甚至幻想、梦境去掌握现实，以一种足与世界的复杂性相匹配的繁复的叙事，完成具有审美性和超越性的表达"①。"假作真时真亦假，无为有处有还无。"癞头和尚与跛足道人，一僧一道，一个癞头跣脚，一个跛足蓬头，不仅在残缺外貌上相互统一，而且在得道与疯癫上相互结合，更为难能可贵的是二人作为"悟道者"，洞悉兴亡的本质，给世人警醒，明是非曲直。作者正是以这僧道二人"外残内善"的典型特质，反讽了清王朝外表承平盛世、内里危机四伏的局面，寄托了作者对人生、对社会的深刻思考。如此说道是否公允，作者在《红楼梦》开篇就已定下了基调："满纸荒唐言，一把辛酸泪！都云作者痴，谁解其中味？"

《儒林外史》中的书生范进，立志考取功名，考了二三十年，屡试屡败，穷困潦倒、无法维生，受尽了众乡邻的奚落与嘲讽。当范进向岳父胡屠夫借钱去乡试时，却遭到了尖刻的嘲讽："像你这尖嘴猴腮，也该撒泡尿自己照照！不三不四，就想天鹅屁吃！"在得到中举消息时，面对报录单，范进看了一遍，又念一遍，自己把两手拍了一下，笑了一声，道："噫！好了！我中了！"说着，往后一跤跌倒，牙关咬紧，不省人事。老太太慌了，慌将几口开水灌了过来。他爬将起来，又拍着手大笑道："噫！好！我中了！"笑着，不由分说，就往门外飞跑，把报录的人和邻居都吓了一跳。走出大门不多路，一脚踹在塘里。挣起来，头发都跌散了，两手黄泥，淋淋漓漓一身的水"。作品"一拍、一笑、一说、一跌"的细节描写，将范进中举后喜极致疯的状态刻画得淋漓尽致。中举后的范进虽然踹进泥塘、蓬头垢面、狼狈不堪、丑态百出，但他却被众人欢呼簇拥，各路阿谀谄媚蜂拥而至：邻里给他送米送酒，称呼他"范老爷"；岳父对他毕恭毕敬，改称他为"贤婿""文曲星"；乡绅张静斋也与他称兄道弟，送他房子和银两。科举制度扭曲了范进等众多士子的人格灵魂、扼杀了读书人的生命活力。"八股之害，等于焚书，而败坏人才，有甚于咸阳之郊所坑者！"② 屡试屡败的经历使范进冷漠麻木，陷入了深深的自我怀疑之中，文人的最后一丝傲骨也被磨平。范进中举后的狂喜而疯只是表面现象，科举制度的罪恶才是作者要讽刺的真正对象。作品的残疾叙事围绕

---

① 计文君：《论〈红楼梦〉的空间建构》，《红楼梦学刊》2013年第5期。
② （清）顾炎武著，陈垣校注：《日知录校注》，安徽大学出版社2007年版，第912页。

"屡试不中、一日高中、欣喜若狂、疯癫失常"而展开，向读者呈现了一个封建社会知识分子醉心功名的腐儒形象，对封建科举文化进行了无情的辛辣嘲讽，使旧时代知识分子心灵扭曲、人格失落的精神面貌一览无遗。

20世纪初中国现代文学的"残疾书写"，以"疯癫"人物形象的塑造为开端，既有对古代优秀文学书写的继承，又体现了挑战封建文化传统的时代精神。"疯癫"是一种典型的精神残疾现象，也是现代文学作家"残疾书写"的聚焦对象。中国古代文学中的"疯癫"人物形象，更多的是超凡脱俗、狂放不羁。《红楼梦》中的癞头和尚、跛足道人是智慧的化身、度人的使者，《济公全传》中的"济颠僧"是神灵的化身、济世的菩萨，《儒林外史》中的范进是腐儒的代表、嘲讽的对象。在中国现代文学中，作者转而从人与外部世界的分裂和人与自我的关系中表现"疯癫"。在中国现代文学作家的笔下，"疯癫"褪去了"神授"的色彩，更多地体现出人与生存环境的对抗。现代"残疾书写"所塑造的"疯子"和"狂人"，往往都背离传统的伦理纲常，不受封建礼教的约束，他们的疯狂言行已经不再作为来自上天的启示，而是作为一种挑战封建势力和传统文明的手段。鲁迅《狂人日记》中的"狂人"、《长明灯》中的"疯子"、曹禺《雷雨》中由文雅变得疯癫的繁漪等，都是用疯癫的行为方式来展示自我觉醒的最典型的人物形象，他们"无疑是现代中国的先知者、先觉者，封建礼教、专制文化的反抗者，真相的揭露者，真理的宣示者"[①]。

鲁迅的《狂人日记》以日记的形式表现了"狂人"的精神世界，在对现实、幻觉、梦境与回忆的交叠呈现中反映了狂人对"吃人"现象的探究与反省。"狂人"发现赵贵翁、小孩子、路人甚至赵家的狗都有一种怪异的眼光，发觉似乎所有人都怕他、都想害他，认为大哥与刽子手假扮的医生合伙试图借看病之名实施"吃人"，猜测妹子是被大哥、母亲以及"我"吃了。尽管终日生活在担心"我要被吃了"的恐惧中，但在恐惧之余却仍然大声疾呼："你们可以改了，从真心改起！要晓得将来容不得吃人的人，活在世上！""吃人"象征的是现实世界中封建礼教对人的精神和肉体的侵蚀和迫害，"狂人"对周边人的狂妄警觉隐喻了对整个黑暗的封建社会的审视。"狂人"没有将自己与"吃人"的人划清界

---

① 石万鹏、刘传霞：《中西方疯癫认知观与中国现代文学疯癫话语建构》，《济南职业学院学报》2010年第6期。

限，而是将自己放在与其等同的位置加以谴责。从表面上看，"狂人"是一个完全符合病理学特征的精神错乱、敏感多疑、混淆现实与虚幻的不折不扣的疯子。从文学修辞的角度看，"狂人"是一个政治隐喻："狂人"是在"发疯"中认识到封建文化"吃人"本质的，一旦病愈，"狂人"便回到常人的世界中去了，因此也失去了洞察历史真相的能力。"狂人"的心态与当时觉醒中的知识分子的心态是一致的：看到了封建制度对人的迫害，内心充满了苦闷与绝望，却又时刻不忘自己唤醒大众的使命；"狂人"的一言一行"表现的不仅是狂人的疯狂体验，而且，更主要的是表现了一个狂人被治愈也即'被消灭'的历程"①，其震撼力、警醒力对当时的知识分子来说是无比巨大的。

曹禺话剧《雷雨》中的繁漪，在周朴园的专制意志下，只是一只花瓶、一个玩物。她既得不到爱情，更没有幸福，甚至还丧失了做人的尊严。繁漪对周家庸俗枯寂的生活难以忍受，对冷漠的家庭环境感到烦闷，对极度的精神束缚感到痛苦，被压抑的愤懑无处发泄。她试图挣脱封建礼教的束缚，但难以抗拒的环境使她逐步由文雅走向变态、由倔强变成疯狂："热极了，闷极了，这里真是再也不能住的。我希望我今天变成火山的口，热烈烈地冒一次，什么我都烧个干净，那时我就再掉在冰川里，冻成死灰，一生只热热地烧一次，也就算够了。我过去的是完了，希望大概也是死了的。哼，什么我都预备好了！"②繁漪是20世纪初知识女性的缩影，她的"疯狂"是一种病态的反抗，表现出的是一种原始野性，虽然最终导致了自己的毁灭，但也撕破了周家这个"最圆满、最有秩序"家庭的面具，使得封建礼教的罪恶浮出了历史的地表，展现了知识女性强烈的主体意识和义无反顾的自救决心。

中国现代文学中"残疾书写"所塑造的"疯癫"人物形象，是特定历史时代发展的产物，承担着反映社会现实的历史重任。20世纪三四十年代"残疾书写"塑造的"疯子"，大多都是迷茫的知识分子和被压迫、被伤害的底层民众：路翎《财主底儿女们》中的大儿子蒋蔚祖温文尔雅、柔弱畏怯，受家庭内部倾轧和妻子放浪行为的刺激而成为疯子，逃离家庭后与乞丐为伍，最终烧毁住所、跳入长江，了结了豪门阔

---

① 陈晓兰：《现代中国"疯狂"观念的衍变——中国现当代文学中的狂人与疯子》，《上海文学》2005年第12期。

② 曹禺：《曹禺选集》，人民文学出版社2002年版，第71页。

少的一生；施蛰存《魔道》中的"我"是一个处于新旧文明交叉口的知识分子，对自身的存在价值心存迷惑与疑虑，精神情感无处寄托，整天承受着恐怖思绪的折磨，堕入"魔道"成为臆想症的"疯子"，头脑中经常涌现出各种荒诞的欲望，终日处于不切实际的幻想之中；沙汀《兽道》中的女仆人魏老婆子，儿媳被乱兵轮奸后上吊而死，她向政府喊冤告状得不到理睬，反而被指责为"随便制造谣言来败坏风俗"，孙儿也因病而夭折，一连串的打击使魏老婆子精神失常，成了疯子，整天裸着下身，在街上游荡；徐訏《精神病患者的悲歌》中的白蒂，不满父亲为了利益欲将她嫁给一个贵族公子，在对父亲的鄙视与渴望精神自由的困扰中心理失衡，精神忧郁，终日游走于正常与"疯癫"之间，吸烟、喝酒、赌博，整晚混迹于下流场所，成了家人眼中的"疯子"；张爱玲《金锁记》中的曹七巧，嫁给了残疾人姜二少爷，欲爱而不能，性格严重扭曲，行为变得乖戾，但她拥有"一个疯子的审慎和机智"，在财欲与情欲的压迫下，破坏儿子的婚姻，将儿媳妇折磨致死，用最为病态的方式报复曾经伤害过她的社会。有学者指出，"在二十世纪被当作高超感受力的标志、能够显示'超凡脱俗的'情感和'愤世嫉俗的'不满情绪的那种讨厌的、折磨人的疾病，是精神错乱"[①]。中国现代文学"残疾书写"所塑造的"精神错乱的疯子"，都是现实社会中的小人物，他们的"疯"是普通民众难以逃脱的悲剧性宿命，是封建传统文化所致，是当时社会生存环境所致，他们将人们引领进入了一个非理性世界，让人们更加清醒地认识现实生活的本来面目。

20世纪50年代，抗美援朝和社会主义建设成为当时中国社会的主旋律。时代呼唤战斗英雄和建设者英雄，当代文学中出现了一批描写解放战争和歌颂社会主义新农村、新生活、新风尚实践者的作品，塑造出了一大批战斗英雄和新中国建设者英雄，自传体小说《把一切献给党》中的残疾主人公吴运铎就是兼有战斗英雄和建设者英雄"双重身份"的典型人物形象。他在抗日战争时期参加革命，先后担任新四军皖南小河口修械所钳工、子弹厂政治指导员、第二师军工科科长和淮南军工部副部长，为了研制炮弹他多次负伤，左眼被炸瞎，左手四指被炸断。终身残疾的伤痛不仅没有摧残吴运铎的意志，反而激发

---

① [美]苏珊·桑塔格：《疾病的隐喻》，程巍译，上海译文出版社2003年版，第34页。

出他"把一切献给党"的崇高信念和执着追求。他凭着对党和革命事业的忠诚,以超乎常人的坚强毅力继续战斗在军工事业第一线,主持无后坐力炮、高射炮、迫击炮等多项课题研究,为国家培养了一批年轻的兵工专家,为我军装备现代化作出了积极贡献,用信念和坚强书写了不平凡的人生。吴运铎生命不息、战斗不止、刻苦钻研、顽强拼搏的精神深深地鼓舞了当时的青年一代,使他成了当时家喻户晓的"中国的保尔·柯察金"。

20世纪60—70年代,中国当代文学的创作受当时政治气候的影响程度很深,个体、个性等私人性因素被忽视,"残疾书写"也进入了"断档期"。80年代的启蒙思潮推动了文学观念的更新,文学创作也逐渐淡出了意识形态的中心区域,开始转向对文学自身审美价值的追求,作家们更加重视艺术表现形式的多样化,当代文学的"残疾书写"也在艺术表现手法上进行了积极的探索,塑造了"疯子""傻子""癫子""瘸子""断手""瞎子"等一系列残疾人物形象。

"疯子""癫子"属于精神残疾,是新时期文学"残疾书写"的第一类典型形象。古华《芙蓉镇》中的"秦癫子"被划为"右派分子",被强迫跪砖头、被挂黑牌游街、被罚扫大街,万般无奈中只好靠装疯卖傻进行自我保护。宗璞《我是谁》中的韦弥在"文化大革命"中与丈夫一起被诬陷为"特务",遭受了非人的批斗,丈夫被迫自杀身亡,感到自己也处于被社会排斥的威胁之中,因自我认同产生障碍而导致了精神失常。余华《一九八六年》中的主人公历史教师,在"文化大革命"中被逼而疯,妻子与他离了婚,他却成天叫着"妹妹"寻找妻子,在疯癫的幻觉中用钢锯对自己的身体进行凌迟、自戕。刘克《飞天》中的女主人公飞天,美丽、端庄、善良、纯情,在"文化大革命"中被权极一时的"支左"部队的政委奸污,在政治压力和身心摧残的双重作用下而变疯。格非短篇小说《傻瓜的诗篇》中的莉莉,父亲对她怀有不伦之念,她后来又被一中年警察长期占有,身心严重创伤,后又因失恋成为"疯子"进了精神病院,医生杜预勾引并玩弄了她。为了长期与她保持关系,杜预给了莉莉很多安慰和治疗,病情好转的莉莉不理杜预,欲火中烧的杜预将其他精神病人当成莉莉,最终沦为了疯子。上述众多"疯子"的人生充满了苦难,他们的遭遇令人同情、使人难受。然而,"艺术品就不是让人舒舒服服享受的,像在沙发上睡大觉那样。真正的艺术品就是随时让你感到不舒服,因为恰恰在你不舒服的时候，这里才有真实性"①。在上述作品中，"疯癫"可以引发混乱、制造事端，疯子行为的不可预测变成了文本本身的不可预测，故事变化的线性逻辑被解除，反常规的人物形象和叙事形式既吸引了读者的注意力，又唤起了人们对罪恶的警惕和对历史的反思。形形色色的"疯癫"人物，或是用"疯癫"与社会周旋，向既有社会规范宣战的智慧者，或是被时代的疯狂和人性邪恶所吞噬的受害者。他们乖戾的性格、癫狂的语言、怪异的行为，隐喻了时代的疯狂和人性的邪恶，引发了人们对"文化大革命"灾难的深刻反思，透视出了现实社会的种种病症，开启了新时期文学的疯癫叙事模式。

"傻子"也属于精神残疾，是新时期文学"残疾书写"的第二类典型形象。余华的短篇小说《我没有自己的名字》中的"傻子"是一个以挑煤为生的苦力，长期生活在被调侃、被愚弄、被呵斥、被责骂的环境中，但他渴望得到尊重，特别希望别人叫他的本名"来发"，最终还是被迫彻底放弃了对名字的渴望。迟子建的短篇小说《采浆果的人》中的大鲁、二鲁是一对"傻兄妹"，在市场经济的大潮中，坚持顺应自然的生存之道，不为浆果可能的经济利益所动，而那些所谓的"健全人"却聪明反被聪明误，最终反被贪欲和私心所累。莫言长篇小说《檀香刑》中的赵小甲，智商还不如孩童，虽然行为乖张、言语荒诞，但他看问题的视角更接近童真，更能清楚地看到事物的本真，更能深刻地揭示人性中的善恶。阿来长篇小说《尘埃落定》中麦其土司家的二少爷，由于人"傻"，所以不谙世事，只按本性处世，凭直觉行事，与功名利禄格格不入，但他深受底层百姓的拥护和爱戴。阎连科中篇小说《黄金洞》中的二憨，言语听起来傻里傻气，却能道出一种客观真实，他所叙述出来的故事，有着憨傻者独有的价值判断。迟子建短篇小说《雪坝下的新娘》的主人公刘曲，是个开豆腐坊的小商贩，被县长的儿子当作练习武功的活靶子，被打得昏死大半年，醒来后成了傻子，丧失了自由主体的地位，沦为了屈从于狂暴权力的牺牲品。迟子建短篇小说《雾月牛栏》中的宝坠，被继父失手打倒，使脑袋撞到了牛栏上，导致部分意识丧失而成了"傻子"，使他从世俗情理的规约中解脱出来，具有了区别于常人的特殊灵性，获得了对自然、对生命的自发体认。上述作品中的"傻子"，是作者借以叙事的语言

---

① 何帆、文祥编：《现代小说题材与技巧》，中国文联出版公司1989年版，第205页。

符号，是揭示人性丑恶的显微镜。依托"傻子"这一符号化的人物形象，社会普通民众的生存状态得以一一呈现。"傻子"的故事折射出了"健全人"世界的荒谬，"傻子"的视角为作品叙事开辟了更加广阔的空间，"傻子"的行为引领人们进入一个非理性世界，令人更加清醒地认识生活的本来面目，使作品的叙事产生出"陌生化"效果，使作品主题更加鲜明、内涵更加深刻。

"瘸子""断手"属于肢体残疾，是新时期文学"残疾书写"的第三类典型形象。莫言短篇小说《断手》的主人公苏社，在对越自卫反击战中失掉了右手，回归社会后英雄的光环逐渐淡去，由于自身存在许多不足而被周围人冷淡，处于人生的十字路口。这时候左臂天生畸形的留嫚给了他及时的帮助，使他从一个落魄的英雄转变成自食其力的劳动者。古华短篇小说《爬满青藤的木屋》中的断臂知青李幸福，是一个下放接受再教育的"被改造者"，但他以一个理性型的"启蒙者"角色，给了处于野蛮愚昧桎梏下的盘青青以现代文明的启蒙，使其摆脱了丈夫王木通的野蛮蹂躏和残酷虐待。苏童中篇小说《刺青时代》中的主人公安平是一个肢体残疾者，因需借助拐杖才能行走而被人称为"小拐"，被视为"另类"而遭人欺侮，为复仇而拜师习武，模仿黑帮会在胳膊上刺青，复仇不成额头上反被刺上了"孬种"二字，渐渐变成了一个孤僻而古怪的幽居者。莫言短篇小说《屠夫的女儿》中的小女孩香妞儿天生没有脚，是伦理缺失和道德沦丧的受害者，一直生活在生理残疾和心理痛苦的双重困扰之中。王安忆的短篇小说《阿跷传略》中的主人公阿跷是一个肢体残疾者，虽然他有"跷脚"的残疾，但他是幸运的，上学时同学们没有歧视他，工作中同事照顾他，众人的关怀使他找回了失落已久的尊严，鼓起了勇敢面对生活的信心。上述作品中的"肢体残疾者"，都是服务于作者文学叙事的语言符号，他们有的做主角、有的当配角，有的从正面、有的从反面，以其身体的残缺与心理的创伤隐喻了当时的社会现实，在社会需要强化伦理道德的时候，发挥了文学教化的巨大力量。

"瞎子"属于视听残疾，是新时期文学"残疾书写"的第四类典型形象。胡功田中篇小说《瞎子·亮子》的主人公四瞎子，因事故而双目失明，在按摩院当了一名按摩师，省城医院治好了他的眼睛，但他因为不愿看到"阳光下的世界太肮脏"，故意用石灰弄瞎了自己的双眼而回到了黑暗之中。关仁山长篇小说《麦河》的主人公白立国，因病双目失明而成为"瞎子",但他用自己的智慧与胆识支持、配合村干部工作,使鹦鹉村成功完成土地流转,实现了土地的集约化生产,走上了致富之路。刘庆邦短篇小说《光明行》的主人公凌志海,在采煤过程中被哑炮炸瞎了双眼,残疾的身体赋予了他与矿长直接对话的权利,让他有了不畏权贵、依"残"犯上的勇气,产生了维护残疾职工权益的冲动,使正义得到了伸张。莫言短篇小说《民间音乐》中的流浪艺人"小瞎子",是个温文尔雅、超凡脱俗具有音乐天赋的奇才,与唯利是图、尔虞我诈的生意人形成了鲜明的对照。他的演奏有着净化心灵的力量,不仅使得人们的污言秽语销声匿迹,而且使得人们忘记了自私、超脱了庸俗。毕飞宇长篇小说《推拿》中的盲人推拿师们,以推拿服务实现自己的人生价值、用不同方式抵制社会对残疾人的歧视、捍卫自己做"人"的尊严、追求与健全人的身份平等。上述作品中的"视力残疾者",由于自身身体的缺陷,比健全人承受了更多的生存压力和精神痛苦,然而,在面对残疾所带来的生理、心理问题和生活中的各种苦难时,他们却能够笑对人生、自立自强,为健全人树立了直面苦难、勇敢生存的榜样。

　　残疾人作家的"残疾书写"是中国当代文学的又一重要内容。1983年,双腿瘫痪的残疾人作家史铁生在《青年文学》第1期发表短篇小说《我的遥远的清平湾》,获得了当年的"全国优秀短篇小说奖"。此后,中国当代文坛涌现出了史光柱、王占君、阮海彪、车前子、叶廷芳、夏天敏、杨嘉利、贺绪林、张云成、刘水、显晔、黄冗、孙卫、马爱红等一大批有影响力的残疾人作家,为当代文学的"残疾书写"发展注入了独特的力量。

　　中国当代残疾人作家"残疾书写"的数量较大、题材较广,样式较多,包括小说、诗歌、剧本、散文、儿童读物等,在文坛产生较大影响的有:史铁生的《我的遥远的清平湾》《老屋小记》《病隙碎笔》《务虚笔记》,张海迪的《轮椅上的梦》《绝顶》《生命的追问》,史光柱的《心上的橄榄树》《藏地魂天》,王占君的《白衣侠女》《蝎子沟暴动》,车前子的《三原色》《明月前身》,阮海彪的《死是容易的》《欲是不灭的》,朱彦夫的《极限人生》,夏天敏的《乡村雕塑》,杨嘉利的《我要站起来》,赖雨的《爱只是伤害》,陈媛的《云上的奶奶》,等等。随着现代信息技术的发展,残疾人作家残疾书写的形式也呈现出多样化的趋势。残疾人作家的文学创作,既有传统形式的书面写作,又有现代形式的网络写作,许多残疾人作家还开设了网络博客、论坛、沙龙，让更多的残疾人作者有了发表自己作品的平台。

残疾人作家"残疾书写"的主题是多样化的，既有用自传体形式表现身残志坚、自强不息主题的"励志篇"，又有用杂文形式表现残疾人生存困境、揭示世人对残疾人的偏见、呼唤社会公平正义的"呐喊篇"，还有小说体裁的揭示社会现实、探究人生目的、求索生命意义的"沉思篇"。残疾人作家的"残疾书写"，具有"与苦难抗争、让生命增值"的作品思想主题和"为党、为国、为人人"的共同价值取向。残疾人作家的"残疾书写"，寄托了他们的理想与情感，蕴含了他们对现实世界的理解，体现了他们的人生观、价值观、创作观，彰显了残疾人的生命力、想象力、创造力和感召力。借助于"残疾书写"，残疾人作家用残缺的身体，书写出了健康又富有哲理的思想，既为残疾人突破生存环境制约、摆脱身体和精神桎梏、实现自我超越树立了"笑对人生"的榜样，同时也给健全人提供了穿越困境、摆脱苦难、书写美丽人生的伟大力量。

三　中外文学残疾书写的研究现状

残疾人是人类社会的一个特殊群体，如何对待残疾人可以从一个侧面反映一个国家的文明水平。"残疾研究"作为一个新的学术研究方向，20世纪70年代以来在西方得到了快速的发展。随着西方残疾人权利运动的兴起，关注弱势群体的残疾文学得到了学术界越来越多的重视，并逐渐成为文学理论研究的热点。然而，我国学者对这一领域的涉足相对较少，对残疾问题的研究背景、研究对象、研究方法等都缺乏较为深入的了解。"改革开放"以来，残疾人这一特殊群体在我国得到了越来越多的关注与关爱，新时期文学中的残疾书写如雨后春笋般地纷纷问世，残疾人的形象、心声、生存状态等以文学作品的形式不断被呈现于广大读者面前，"残疾书写"也逐步成为我国新时期文学不可或缺的重要组成部分。如此文学现象的出现，势必带来新的研究。然而，到目前为止，国内关于残疾文学的研究尚处于起步阶段，相关的研究成果也比较有限，除了对以"残疾书写"而著名的单个作家或对含有残疾人物形象的单个作品有过一些个案研究外，目前还很少见到较为全面、系统的残疾文学研究成果问世。

"残疾"是一种特殊美学的载体，带有残疾的"异体"形象是对崇尚"匀称和美"的古典主义的反叛。"残疾"虽然貌似丑陋，但残疾文学作家通过对"丑"的书写，将"残疾"作为崇高优美的配角和对照，把一个特殊群体的生存状况呈现出来；通过"和滑稽丑怪的接触已经给予近代的崇高以一些比古代的美更纯净、更伟大、更高尚的东西"[①]。"残疾书写"研究就是要将这些纯净、伟大、高尚的东西挖掘出来，就是要从人性解剖、人格重建、人文关怀、历史反思等视角切入，在分析残疾书写的人物形象、叙事策略、隐喻象征、修辞特点、伦理道德、价值取向等的基础上，探讨残疾书写在文学发展史中的地位与作用；就是要从哲学、美学、社会学、伦理学等多角度出发，审视残疾书写对各种社会现象和文化现象的折射，揭示身体残疾作为寓言工具所携带的社会批评和文化反思信息；就是要从分析残疾书写的文本意义、符号意义、象征意义出发，进而将作品的文学价值、社会价值揭示出来，唤起人们对残疾人的人格尊重、生存关注和人性关怀。无论从丰富文学批评的分析概念来看，从拓宽中国当代文学的研究范畴来说，中国当代文学残疾书写的研究都不失为一个紧迫而又重要的课题。

分析国外文学残疾书写的研究现状，应当从西方人对"残疾"的定义开始。据世界卫生组织2011年《世界残疾报告》的估计，世界各地的残疾人的人数大约为10亿人，约占全球总人口的17%。在西方，"残疾"是一个有争议的概念。随着婴儿潮一代步入老年，越来越多的人认为，每个人都是"暂时健全人"或者是"尚未残疾的人"，如此观点正在越来越多的人的思想中产生强烈的共鸣。持"暂时健全人"观点的人士认为：残疾或有可能成为残疾，是所有人共有的身份所体现的一个方面。与种族和性别不同，残疾是不固定的，是无形的，因为一个人可能在生命中的任何时候突然地残疾，而不是从出生开始残疾。在医学界，"残疾"主要指身体缺陷、活动限制、参与限制等物理或生理属性。在社会学界，"残疾"主要指因生理或心理原因而导致生活和社会活动受限的残疾人。西米·林顿在1998年出版的《称之残疾：知识和身份》（*Claiming*

---

① [法]雨果：《克伦威尔·序言》，《雨果论文学》，柳鸣九译，上海译文出版社1980年版，第35页。

Disability: Knowledge and Identity）中认为，"残疾"是一种独特的社会身份，而非医学或法律身份；"残疾"不是躯体化的或本质主义的，而是一个人主动"主张"的社会建构的公共地位，残疾人代表着一个"固化"的群体。西米·林顿主张将残疾人视为一个具有共同团体意识的独特群体："如今我们无处不在……我们都被捆绑在一起，不是因为我们的集体症状，而是因为社会和政治环境将我们塑造成一个群体。"①

西方人对残疾问题的关注点，突出了同情、正义和公民权利。随着残疾的定义被扩展、争论和理论化，残疾的叙述也在不断地多元化。技术在塑造这些不断变化的残疾和叙事概念方面发挥了重要作用。就像"残疾"的概念在不断变化一样，文学的界限在当代语境中正变得越来越不稳定，一些作家和文学评论家甚至宣称，"小说是一只垂死的动物"②。在一个让人对不断飞来的世界各地新闻、图片感到眼花缭乱的技术时代，"当涉及对传统文学形式的持续参与时，读者表现出了一种注意力缺陷"③。数字技术作为一种新型工具，不仅可以吸引读者的注意，而且可以更广泛地传播残疾故事，可以产生新的体裁、写作形式和语言类型，例如，以数字化的新形式将单词、图像和肢体动作组合在一起。如此残疾叙事在手语诗歌中或在 YouTube 上都可以看到。虽然西方人对于"残疾"的定义众说纷纭，但大多数学者都认为，"残疾"有可能成为人文学科的一个革命性的关键范畴，"残疾"应当作为一个积极的批判立场、一个可能会"行动"的主体或一个可能被"理论化"的因素，而不是仅仅作为一个被动的研究对象；残疾研究不仅可以为残疾的人生经历、作品的体裁和文本的叙事提供新的看法，而且可以为 21 世纪的所有人都具有灵活的身份意识和依赖技术的方式提供一个新的视角。

西方的"残疾研究"发端于 20 世纪 60—70 年代的英国。随着残疾人一系列争取自身权利运动的开展，西方学者们也开始了相关的"残疾研究"。当时的反伤残隔离联盟提出了残疾研究的"社会模式"（social model），主张"残疾"是一种社会建构，残疾之所以成为问题，是因为社会的歧视政策，而非残疾人个体的原因。1975 年，英国开放大学（The

---

① Simi Linton, *Claiming Disability: Knowledge and Identity*, New York: New York University Press, 1998, p.4.

② Philip Roth, "The Novel Is a Dying Animal", 2009, *YouTube*, Web. 14 March, 2011.

③ Will Self, "The Novel Is Dead (This Time It's for Real)", *The Guardian*, 2 May, 2014.

Open University）组建了"残疾研究"的课题组,由南非作家、心理学家、社会活动家、反种族隔离协会创始人维克·芬克尔斯坦（Vic Finkestein, 1938—2011）领衔,尝试开设"残疾研究"课程。随后,该课程又被引入美国和加拿大的部分高校。1981年,美国残疾人社会学家欧文·K. 佐拉（Irving K. Zola, 1935—1994）创办了《残疾研究季刊》（Disability Research Quarterly）,"残疾研究"从此有了自己的学术平台。此后,美国又出现了《文学与文化残疾研究学刊》（Journal of Literary & Cultural Disability Studies）、《残疾文学学刊》（Journal of Literary Disability）等多个专门研究"残疾文学"的学术期刊。

国外"残疾研究"主要包括：西方解构主义的代表人物、法国学者雅克·德里达（Jacques Derrida, 1930—2004）的失明研究和声音与现象研究,法国哲学家、社会思想家米歇尔·福柯（Michel Foucault, 1926—1984）的疾病、精神病研究,美国历史学家、生命伦理学家戴维·J. 罗斯曼（David J. Rothman, 1937—2020）的疯人院研究,美国社会学家、符号互动论代表人物欧文·戈夫曼（Erving Goffman, 1922—1982）的创伤研究,美国文学评论家莱斯利·亚伦·菲德勒（Leslie Aaron Fiedler, 1917—2003）的怪诞研究,美国作家、艺术评论家苏珊·桑塔格（Susan Sontag, 1933—2004）的疾病隐喻研究,美国密歇根大学教授托宾·希伯斯（Tobin Siebers）的残障美学研究,美国现代语言协会大会主席迈克尔·贝鲁贝（Michael Bérubé）的残疾叙事研究,西米·林顿（Simi Linton）的残疾人社会身份研究,莎伦·斯奈德（Sharon L. Snyder）和大卫·T. 米切尔（David T. Mitchell）的残疾人文化地位研究等。

西方学者"残疾研究"影响较为广泛的专著或论文集主要有：米歇尔·福柯的《精神病与人格》（Maladie mentale et personnalité, 1954）、《疯癫与非理智——古典时期的疯癫史》（Folie et déraison—Histoire de la folie à l'âge classique, 1961）[1],保罗·亨特的《耻辱：残疾的体验》（Stigma: The Experience of Disability, 1966）,大卫·罗斯曼的《疯人院的发现》（The Discovery of the Asylum, 1971）,莱斯利·亚伦·菲德勒的《怪物：神话图像的秘密的自我》（Freaks: Myths and Images of the Secret

---

[1] 1965年,该书的英译本出版,书名改为《疯癫与文明——理性时代的精神错乱》（Madness and Civilization: Insanity at the Age of Reason）。

Self，1978)，苏珊·桑塔格的《疾病的隐喻》(Illness as Metaphor, 1978)，米歇尔·费恩、阿德里安·阿施的《残疾妇女：诗学、文化、政治学论文集》(Women with Disabilities: Essays in Psychology, Culture, and Politics, 1988)，西米·林顿的《称之残疾：知识和身份》(Claiming Disability: Knowledge and Identity, 1998)保罗·K. 朗莫尔的《我为什么烧掉了我的书和其他关于残疾的文章》(Why I Burned My Book and Other Essays on Disability, 2003)，罗斯玛丽·加兰-汤姆森的《非凡的身体：美国文化和文学中的身体残疾形象》(Extraordinary Bodies: Figuring Physical Disability in American Culture and Literature, 1997)、《女性主义残障研究》(Feminist Disability Studies, 2005)、《残疾研究：一个领域的出现》(Disability Studies: A Field Emerged, 2013)，雷纳德·J. 戴维斯的《腰向后弯：残疾、非现代主义及其他困难地位》(Bending Over Backwards: Disability, Dismodernism, and Other Difficult Positions, 2002)，莎伦·斯奈德和大卫·米切尔的《残疾的文化地位》(Cultural Locations of Disability, 2006)及《美国诗学中的残疾萦绕》(Disability Haunting in American Poetics, 2007)，爱丽丝·霍尔的《文学与残疾》(Literature and Disability, 2016)，阿托·奎森的《审美的紧张：残疾和表征的危机》(Aesthetic Nervousness: Disability and the Crisis of Representation, 2007)，爱德华·拉里西的《浪漫主义时期文学中的盲人与盲目》(The Blind and Blindness in Literature of the Romantic Period, 2007)，托马斯·G. 库塞的《身体象征：当代生活写作中的残疾》(Signifying Bodies: Disability in Contemporary Life Writing, 2009)，爱丽丝·霍尔的《残疾与现代小说：福克纳、莫里森、库切与诺贝尔文学奖》(Disability and Modern Fiction: Faulkner, Morrison, Coetzee and the Nobel Prize for Literature, 2011)，克莱尔·巴克的《后殖民主义小说与残疾：特殊儿童、隐喻和物质性》(Postcolonial Fiction and Disability: Exceptional Children, Metaphor and Materiality, 2011) 等。

西方学者"残疾研究"影响较为广泛的论文主要有：莎瑞·瑟伯的《残疾和畸形：评关于残障状况的文学论述》(Disability and Monstrosity: A Look at Literary Discourses of Handicapping Conditions, 1980)，伦纳德·克里格尔的《残疾作为文学中的一种隐喻》(Disability as a Metaphor in Literature, 1988)，苏珊·温德尔的《迈向残疾的女权主义理论》(Towards a Feminist Theory of Disability, 1997)，娜奥米·舒尔的《作为隐

喻的失明》(Blindness as Metaphor, 1999), 雷纳德·J. 戴维斯《瘸子的反击：残疾研究的崛起》(Crips Strike Back: The Rise of Disability Studies, 1999), 辛西娅·彼得斯的《聋人美国文学：从狂欢到正典》(Deaf American Literature: From Carnival to the Canon, 2000), 布兰达·乔·布鲁格曼的《聋人、文字、修辞：语言和交流的遗产》(Deafness, Literacy, Rhetoric: Legacies of Language and Communication, 2001), 杰夫里·马克的《可见的残废：疤痕及其他毁容性的呈现》(The Visible Cripple: Scars and Other Disfiguring Displays Included, 2002), 维安·苏伯查克的《一条腿站立：假肢、隐喻和物质性》(A Leg to Stand On: Prosthetics, Metaphor and Materiality, 2005), 布兰达·乔·布鲁格曼的《关于残疾，自愿讲述》(Delivering Disability, Willing Speech, 2005), 汤姆·莎士比亚的《残疾的社会模式》(The Social Model of Disability, 2006), 雷纳德·J. 戴维斯的《聋人与身份之谜》(Deafness and the Riddle of Identity, 2007), 尼尔斯·克劳森的《再次实践解构主义：D. H. 劳伦斯〈盲人〉中的失明、洞察力和语言的迷人背叛》(Practicing Deconstruction, Again: Blindness, Insight and the Lovely Treachery of Words in D. H. Lawrence's *The Blind Man*, 2007), 大卫·波特的《经典中的盲人：女性主义、视觉中心主义和夏洛蒂·勃朗特的〈简·爱〉》(The Blindman in the Classic: Feminisms, Ocularcentrism and Charlotte Brontë's *Jane Eyre*, 2008), 克莱尔·巴克和斯图亚特·默里的《残疾的后殖民主义：全球残疾文化和民主批评》(Disabling Postcolonialism: Global Disability Cultures and Democratic Criticism, 2010), 艾米·维达利的《看看我们所知道的：残疾和隐喻的理论》(Seeing What We Know: Disability and Theories of Metaphor, 2010), R. 加登的《讲述关于疾病和残疾的故事：叙事的局限与教训》(Telling Stories About Illness and Disability: The Limits and Lessons of Narrative, 2010), 普赖斯·玛格丽特的《精神残疾和其他艺术术语》(Mental Disability and Other Terms of Art, 2010), 海伦·米克沙的《残疾的非殖民化：全球范围的思考与行动》(Decolonizing Disability: Thinking and Acting Globally, 2011), 斯图亚特·默里的《从弗吉尼亚的妹妹到星期五的沉默：当代写作中的存在、隐喻和残疾的持久性》(From Virginia's Sister to Friday's Silence: Presence, Metaphor, and the Persistence of Disability in Contemporary Writing, 2012), 乔治娜·克里格的《失明与

视觉文化：目击者的叙述》（Blindness and Visual Culture：An Eyewitness Account，2013），亨德里克斯·L. 鲍曼和约瑟夫·J. 默里的《21世纪的聋人研究："聋人增长"与人类多样性未来》（Deaf Studies in the 21st Century："Deaf Gain" and the Future of Human Diversity，2013），等等。

20世纪80年代以前，西方的"残疾研究"主要局限于医学层面，"残疾"更多地被看作是一种"医学、生物学"现象。残疾问题研究一直是医学、心理学和社会工作的专利，残疾研究的主要路径一直都是"医学模式"（medical model）或"社会模式"。到了20世纪80年代末和90年代，基于社会和政治权利的运动和立法变革引发了学术界对残疾问题更多的新认识。在文化研究发展的推动下，"残疾研究"引起了人文学科学者们的持续关注。研究者们开始借鉴残疾人权利运动和民权运动的范式，拒绝将残疾视为一种病理学问题，或将其视为一种必然需要治愈、康复或掩盖的问题，强调要更多地关注残疾人作为历史上受压迫群体的地位。残疾逐渐成为教育、社会学、社会政策、文学和文化研究所关注的一个重要领域，而不仅仅是其传统的应用健康科学的学科家园。随着残疾人权利运动的深入展开和人文学者的不断加入，跨领域的学术合作研究也随之展开，文学、语言学、人类学、社会学、后殖民研究以及女性主义研究等学科的理论逐步被应用到了残疾研究之中。

"残疾研究"作为一个学术领域的形成与社会变革以及不同学科学者的加入密切相关。1996年出版的《残疾研究读本》（The Disability Studies Reader）是"残疾研究"领域的重要批评文集，主编雷纳德·J. 戴维斯（Lennard J. Davis）在第一版的导言中宣布了"残疾研究"的诞生："'残疾研究'并不是简单地从某人的头脑中出现的，更恰当的说法应该是：'残疾研究'已经酝酿多年，只是在最近才认识到自己是一个政治的、话语的实体。应当从历史角度理解该领域的形成，认识与其他关注权利和社会正义的跨学科领域对话的重要性。"[①] 在2006年出版的《残疾研究读本》第二版导言中，雷纳德·J. 戴维斯重申了"残疾研究"领域的崛起："大约十年前，当我写下《残疾研究读本》的导言时，我宣布了一个新的研究领域的出现……令人欣慰的是，在不到十年的时间里，一切都发生了变化。残疾研究在美国、英国和全世界都有教授……而残疾课程也在整个

---

① Lennard J. Davis, ed., *The Disability Studies Reader*, 1st ed., New York: Routledge, 1996.

大学的院系里讲授。许多学者和活动家的努力已经取得了成果，一个完全合法的研究和讨论领域诞生了。"[1]

从 20 世纪 90 年代起，"残疾研究"作为一个学术领域开始获得越来越多的认可，"该领域在学科范围、方法论和文化范围等方面的多样性，既是一种优势，也是一种挑战：残疾研究继续提出了困难、复杂的问题，丰富了社会政策运动、政治运动以及社会科学和人文科学中的学术研究"[2]。1997 年，"残疾研究"被美国规模最大的语言文字学术年会——现代语言协会年会（Modern Language Association Convention）所重视，年会专门开辟了"残疾文学"这一话题论坛，供感兴趣的学者们进行专题讨论。从此以后，"残疾研究"作为一个研究领域得到了西方学界的认可。在美国现代语言协会第 125 届年会上，大会安排了"残疾文学专题"。弗吉尼亚大学的马希亚教授的发言，对沉湎于自杀、徘徊于优雅与疯癫之间的英国女作家、文学批评家弗吉尼亚·伍尔夫的疾病体验及其隐喻的动机进行了解读，分析了伍尔夫自身残疾与其所塑造的残疾人物之间的微妙关系。卡迪福大学的罗恩教授以"残疾"作为切入点和问题视角，解析了残疾人物背后的隐喻意义及作品的主题思想。南加州大学的卡纳什·肯特教授以"带有行为问题的慢性叙事"为题，论述了《在斯寇·山迪亚特对小船之祝福》中的种族与残疾问题。残疾史学家保罗·朗莫尔从争取民权"浪潮"的角度来理解残疾研究的历史，将残疾人集体身份和残疾文化运动联系在一起。

到了 20 世纪 90 年代后期，残疾理论研究学者们已经开始自觉地拒绝心灵与身体、医学与社会之间的分裂。在他们看来，"虽然残疾的身份是社会建构的，但它们仍然是有意义的、真实的，这是因为它们是复杂的体现"[3]，"残疾是通过个人身体和社会环境的互动而产生的"[4]，"残疾不能脱离社会现实，残疾确实预先存在于塑造我们对它的理解的语言符号系统

---

[1] Lennard J. Davis, ed., *The Disability Studies Reader*, 2nd ed, New York：Routledge, 2006.

[2] Rosemarie Garland-Thomson, "Disability Studies：A Field Emerged", *American Quarterly* 65.4 (2013), p.917.

[3] Tobin Siebers, *Disability Theory*, Ann Arbor：University of Michigan Press, 2008, p.30.

[4] Tom Shakespeare, "The Social Model of Disability", Lennard J. Davis ed., *The Disability Studies Reader*, 2nd ed, New York：Routledge, 2006, p.201.

或社会力量之中"①。在文化研究发展的推动下，残疾研究学者们主张："残疾研究不是一个边缘的'装饰性学科'，而是一个关键的分析框架；文学和文化文本应当被视为残疾研究的重要内容，应当被作为对身体进行批评研究的核心。"② 此类残疾研究被称为"文化模式"（cultural model）或者"文学性残疾研究"，它颠覆了"社会模式"理论对"残疾"和"损伤"的传统区分。对于文化批评家来说，"社会身份甚至身体的物质性不能预先存在，也不能从语言和文化系统中分离出来。残疾作为一种隐喻的地位，与后殖民主义、女权主义等密切相关"③。

尽管残疾研究在不同国家、不同学科中的传播是不平衡的，但自千禧年以来，新的体制、结构支持和接受程度的变化导致了"残疾研究"范围的不断扩大。在2009年出版的《贝德福德文学批评术语》（*The Bedford Glossary of Critical and Literary Terms*）中，编者明确将"Literary Disability Studies"作为专门"文学研究"词条，并且用了相当大的篇幅对其进行了详细介绍。托宾·希伯斯教授在《残疾理论》（*Disability Theory*，2008）一书中提出了"残障美学"（Disability Aesthetics）这一概念，分别从"正常人"对残障的审美以及残障者本身的美学创造这两方面对"障碍美学"进行了阐发，并以此确立了"障碍/残障/残疾"的价值，为审美预设提供了批判的框架。希伯斯认为，现代艺术的成功是因为"它将残障作为美的特别视角"，"人类的身体是审美产物的主体也是客体，艺术家运用了一些一般被认为是超出艺术范畴的材料：比如残片、废弃物、垃圾、身体部位等，这些材料对于艺术作品的意义是重大的，不仅是因为它们使艺术看上去更真实，而且因为它们为美学开辟了新的天地"④。

在2012年的现代语言协会年会上，主席迈克尔·贝鲁贝（Michael Bérubé）宣布："残疾研究"学科业已形成，我们不能再将其看作是一

---

① Henri-Jacques Stiker, *A History of Disability*, Ann Arbor: University of Michigan Press, 1999, p. 56.

② Dan Goodley, *Disability Studies: An Interdisciplinary Introduction*, Los Angeles; London: SAGE, 2011, p. 15.

③ Henri-Jacques Stiker, *A History of Disability*, Ann Arbor: University of Michigan Press, 1999, p. 14.

④ Tobin Siebers, *Disability Theory*, Ann Arbor: University of Michigan Press, 2008, p. 23.

个新的研究领域了。21世纪对残疾研究的跨学科、跨领域的理解，应当将其作为一个"学术调查领域"、一个"政治活动领域"、一个"理论、教学法和实践的矩阵"，该学科最近的一个分支"批判性残疾研究"正是为了解决这些问题：它承认残疾的多样性并将其理论化。按照罗斯玛丽·加兰-汤姆森的观点，"残疾"应当被看成是"一个公民和人权的问题、一个少数民族身份的问题、一个文化和艺术的批判分析类别"。①

西方学者的"残疾研究"主要针对某种残疾、某个特定时期、某个特定作家或某部文学作品而展开，其切入点主要有三个方面，一是特殊语境中的残疾个体，二是残疾意象与隐喻，三是残疾与性别、与种族的关系等。

就"特殊语境中的残疾个体"而言，西方学者的研究主要侧重于残疾与生存、残疾与心理、残疾所带来的社会冲突、残疾人作家的残疾人生体验、残疾与作品情节和主题之间的关系等方面。根据莎伦·L.斯奈德和戴维·T.米切尔的观点，残疾是"一个拐杖，文学叙事依靠它的表现力、破坏性潜力和分析性洞察力；残疾人物在叙事中支撑着正常状态，他们被暂时作为悲剧人物、'破坏性'人物、甚至是'不正常'的人物，一旦他们完成了这一单一维度的功能，就被迅速地从叙事框架中移除，并在最后恢复新的正常感。文学写作要依赖于残疾，并将其作为'角色的库存'，作为一种快速的隐喻性捷径，以传达社会的无序，或告诉读者社会环境不恰当的偏差"②。在伦纳德·J.戴维斯看来："残疾视角可以为思考所有的小说提供一种丰富而有成效的方式，为整个文学理论和批评领域注入活力。怪诞、凝视、对话、视觉理论、法律等都开始被不同视角的残疾批评所涉及。文学研究的生存很可能不属于适者生存，而属于瘸子、跛子和瞎子，他们都可能成为可以适者生存的人……对残疾表现艺术的文学分析挑战了中心/外围的二元结构，随着时间的推移，许多学者都开始看到这些残疾人身份研究中的那些'他们'，最终是'我们'的社会集体的成

---

① Rosemarie Garland-Thomson, "Disability Studies: A Field Emerged", *American Quarterly* 65.4 (2013), p.917.

② David T. Mitchell and Sharon L. Snyder, *Narrative Prosthesis: Disability and the Dependencies of Discourse*, Ann Arbor: University of Michigan Press, 2001, p.47.

员……看到残疾这一看似狭窄的主题被纳入了文学研究之中。"① 迈克尔·贝鲁贝在2005年出版的《残疾与叙事》中认为:"'残疾'需要一个故事,'残疾'——非常不可知,这就加强了讲述残疾故事的必要性。虽然残疾人往往甚至将描述和解释他们身体和历史的方式视为不正常,但这种对故事的需求激发了人们关于残疾的文学叙述。"② 爱丽丝·霍尔认为:"'残疾'不仅'需要一个故事',而且语言也是很重要的。随着时间的推移,讨论残疾的语言不可避免地会发生变化,语言的重要性不仅仅是政治正确性的问题,而且是因为它对于残疾的思考、写作、理论化和想象是必不可少的。语言塑造了期望,传达了对残疾身份和行为的具体体验。为了批判、挑战和重写传统上理解残疾的故事和结构,语言也是至关重要的。"③

就"残疾意象与隐喻"而言,西方学者主要探讨残疾在文学作品中的隐喻功能,挖掘人物形象背后的隐喻意义,考察作品如何将残疾与各种社会病症相关联。美国作家、艺术评论家苏珊·桑塔格在《疾病的隐喻》一书中指出,"疾病被当作修辞手法或隐喻加以使用"④;美国密歇根大学文学教授莎伦·L.斯奈德在《残疾研究:促进人文学科》中认为:"目盲或许可以理解为人性对于未来的短视,腿瘸有可能是对社会意识形态缺陷的反映,耳聋则暗示领导对民众建议的充耳不闻,等等"⑤;包括罗斯玛丽·加兰-汤姆森、雷纳德·戴维斯、大卫·米切尔等在内的学者们,都将"残疾"和"健全"作为文学批评性研究的核心,他们不仅分析了残疾作家的作品和健全人作家描写残疾人物的作品,而且在隐喻层面探讨文学文本中的残疾问题。罗斯玛丽·加兰-汤姆森认为,"应当注意作品中与感伤、浪漫、哥特式或怪诞传统相关的元素,应当从隐喻或美学角度,而不是从政治角度

---

① Lennard J. Davis, "Crips Strike Back: The Rise of Disability Studies", *American Literary History* 11.3 (1999), pp. 500-512.

② Michael Bérubé, "Disability and Narrative", *PMLA* 120.2 (2005) Print, p. 570.

③ Alice Hall, *Literature and Disability*, Routledge, Taylor & Francis Group, London and New York, 2016, p. 8.

④ [美]苏珊·桑塔格:《疾病的隐喻》,程巍译,上海译文出版社2003年版,第5页。

⑤ Sharon L. Snyder, *Disability Studies: Enabling the Humanities*, New York: Modern Language Association of America, 2002, p. 25.

来解读残疾人物"①;艾米·维达利认为,"学者们应该更密切地参与残疾隐喻研究,以便找到在残疾隐喻的边缘批判性地、道德地、越轨地和创造性地开展工作的方法"②。斯图亚特·默里在论述当代文学的残疾隐喻时指出,"文学写作为人们进入更广阔的残疾研究领域提供了重要途径,因为它有可能接触到不同的人群,并找到关于残疾的叙述途径,特别是家庭和社会网络,历史和地理位置,以及政治背景。虚构作品在公共论坛中代表残疾,他们邀请读者思考共鸣、认同的过程,以及残疾如何重新配置我们与文本和文学写作形式之间的关系。在人文背景下对残疾的研究,本身就是一种抵制残疾是个人悲剧或病理化的医学问题这种观点的方法"③。爱丽丝·霍尔 2016 年出版的《文学与残疾》(Literature and Disability),从政治、伦理和美学的视角向读者介绍了英美残疾研究的情况,论及了残疾的文学表达所开启的同情心、少数族裔地位、社会关怀和公民身份叙事、残障视角对文学作品结构、体裁和叙事形式的影响、残疾文学文本阅读与写作的方式方法等问题,认为"残疾研究是建立在挑战残疾人社会边缘化基础之上的,残疾在文学和文化研究中不是一个边缘问题,而是思考文学文本和文学理论的一个中心和变革性的关键范畴。因此,文学写作远没有复制残疾人在社会和政治生活中的缺失,而是着迷地回到了残疾本身的话题。在某些情况下,残疾的表现被用作一种隐喻性的捷径,意味着更广泛的社会焦虑,并支持规范的定义"④。

就"残疾与性别的关系"而言,西方学者认为:女性与残疾人在文学作品中属于常常被忽略、被边缘化的群体,但女性作家比男性作家具有更强烈的抒发自我情感的愿望,更倾向于将残疾人物塑造成正直、善良、令人同情的形象,当她们笔下的男性遭遇残疾之后,男性所代表的对女性的绝对权威往往都被解构,比如,英国小说《简·爱》中罗切斯特因疯

---

① Rosemarie Garland-Thomson, *Extraordinary Bodies: Figuring Physical Disability in American Culture and Literature*, New York: Columbia University Press, 1997, pp. 10-11.

② Amy Vidali, "Seeing What We Know: Disability and Theories of Metaphor", *JLCDS* 4.1 (2010), p. 51.

③ Stuart Murray, "From Virginia's Sister to Friday's Silence: Presence, Metaphor, and the Persistence of Disability in Contemporary Writing", *Journal of Literary and Cultural Disability Studies* 6.3 (2012), pp. 241-258.

④ Alice Hall, *Literature and Disability*, Routledge, Taylor & Francis Group, London and New York, 2016, p. 4.

女人放火致残后与简·爱的结合等。

就"残疾与种族的关系"而言,西方学者常常从人权、民主、平等概念入手,以"残疾"为视角审视文学作品所反映的性别歧视和种族歧视问题,他们的主要观点是,"残疾研究在文学中的表现是多层次的……如果能够将这些层次的奥秘一一揭开,我们就能够更好地理解文学、更强烈地抵制歧视,更积极地倡导公平正义""文学作品中塑造的残疾人形象对于社会现实起到了重要的见证(witness)与协调(negotiation)的作用""'见证'意味着现实主义式的记录书写,而'协调'则说明残疾文学的文本对社会现实有着反作用力,并在博弈的过程中潜移默化地改变着现实"①,等等。此外,特别值得一提的是桑德拉·吉尔伯特(Sandra Gilbert)和苏珊·古芭(Susan Gubar)的女性主义文学批评经典著作《阁楼上的疯女人:女性作家与19世纪文学想象》(The Mad Woman in the Attic: The Woman Writer and the Nineteenth-Centry Literary Imagination,1979),她们在该书中重读了19世纪著名女作家如简·奥斯汀、玛丽·雪莱、勃朗特姐妹、艾米莉·狄金森等人的作品,打破民族、地域与时间等诸多限制的疆界,将19世纪英美女性文学视为一个整体进行了综合研究,对19世纪女性作家笔下的女性形象进行了梳理,挖掘出了存在于19世纪女性文学传统中"疯女人"这一关键词。她们认为,在19世纪父权制中心下的女性作品中,经常出现被高度模式化了的"天使"(angel)和"怪物"(monster)的女性形象,这两种女性形象被女性作家充分利用,是她们克服女性作者身份焦虑的对策,是她们反叛父权中心文学权威的武器和手段;她们"创造出了一个个的虚构世界,对父权制下生成的形象和形成的传统进行了严肃而激进的修正"②。

与国外的相关研究比较,中国残疾文学研究起步较晚、成果也相对比较少。可以检索到的中国台湾的残疾文学研究成果有:台湾中山大学孙小玉教授的研究报告《失能者的论述、叙事与传记》、东海大学陈惠萍的硕士学位论文《"常体"之外》、台东师范学院儿童文学研究所廖素珠的硕士学位论文《九十年代台湾少年小说中的身心障碍儿童形塑研究》、南华大学应用社会学系张恒豪、苏峰山的论文《台湾教科书中的障碍者意象

---

① 转引自陈彦旭《美国文学中残疾人形象之流变研究》,《东北师大学报》2015年第1期。
② Sandra M. Gilbert and Susan Gubar, *The Mad Woman in the Attic: The Woman Writer and the Nineteenth-Century Literary Imagination*, New Haven and London: Yale UP, 2000, p. 17.

分析》等。限于资料等方面的原因，本书未对港台文学中的残疾书写进行研究。

在中国大陆地区，随着美国苏珊·桑塔格《疾病的隐喻》、法国米歇尔·福柯《疯癫与文明》等著作的传入，中国文学中的残疾书写逐渐引起了人们的关注。大陆地区残疾文学研究从研究对象区分大致可以分为四类，从研究方法区分大致也可以分为四类。

就研究对象而言，中国大陆地区对残疾书写的研究包括："对西方残疾文学研究的评介""对中国当代文学中'残疾问题'的整体性研究""对中国当代文学'残疾书写'的个案研究"以及"对不同作家残疾书写的比较研究"四个方面。

1. 对西方残疾文学研究的评介

文献检索显示，我国学者对西方残疾文学的研究尚处于起步阶段，以"残疾"为关键词、以"世界文学"为搜索范围，在"中国知网"的检索结果表明，学术论文共31篇，博士、硕士学位论文共19篇，但真正关于外国文学残疾书写的研究只占其中的一半左右，主要包括陈彦旭的《美国文学中残疾人形象之流变研究》《隐喻、性别与种族——残疾文学研究的最新动向》、高仕的《娃娃阿比：残疾人与中外非虚构文学》、航鹰的《外国影坛上的残疾人形象》、胡志明的《再生与共生——简论大江健三郎文学中残疾儿主题的文化意蕴》、倪正芳的《镜像、残疾与巨人——类型化的"拜伦式英雄"》、柯建华和李婧的《论奥康纳残疾的"亚当"与女性意识写作策略》、李碧芳的《〈达洛卫夫人〉与〈查泰莱夫人的情人〉中残疾的隐喻》、杨明蕊的《呐喊自由——从查泰莱男爵的残疾来看查泰莱夫人婚外恋的合理性》、甄蕾的《两个身着天使外衣的残疾灵魂：奥菲莉娅和沈凤喜比较研究》；林啸轩的博士学位论文《大江健三郎文学论——立足边缘，走向共生》、熊辩的硕士学位论文《雷蒙德·卡佛小说中的残疾人物书写》、陈雷的硕士学位论文《书写残疾——卡森·麦卡勒斯小说中的残疾人物形象研究》、梁英的硕士学位论文《田纳西·威廉斯〈玻璃动物园〉中残疾的隐喻》、刘召云的硕士学位论文《卡森·麦卡勒斯笔下的"残疾"书写》、宋高的硕士学位论文《论大江文学中"对残疾的接受"——从〈个人的体验〉到〈静静的生活〉》、张智浩的硕士学位论文《对小说〈个人的体验〉的再认识——论决定自我救赎独特性的"残疾"》等。

上述成果主要从国外残疾文学的发展历史、研究动态、研究方法，以及从残疾人人权、残疾人物形象、残疾隐喻、残疾主题等视角出发，对不同作家、作品的个案进行研究，但相对于数量众多的外国文学残疾书写而言，上述研究的成果总量偏少；关于外国文学残疾书写的研究大多属于情况介绍，缺乏较为深入细致的评述；关于作家作品的研究涉及面比较狭窄，且主要局限于残疾人物形象和残疾人物隐喻这两个方面。尽管如此，现有研究对笔者进行中国当代文学残疾书写的研究还是具有一定的参考和启示意义的。

2. 对中国当代文学中"残疾问题"的整体性研究

文献检索显示，我国学者对中国当代文学"残疾问题"的整体性研究，主要集中在对当代文学或新时期文学中"残疾书写"的研究上，可检索到的博士、硕士学位论文有：北京大学刘伟的博士学位论文《"异体"的诱惑——论"新时期"小说中的"残疾"叙事》，南京师范大学付用现的博士学位论文《中国当代小说残疾叙事的主题研究》，山东师范大学李敏的博士学位论文《"伤痕"与"反思"文学中的创伤叙事》、王伟的硕士学位论文《论新时期以来小说中的"傻子"叙事》、李伟的硕士学位论文《新时期文学中的"傻子"叙事》等；对中国当代文学"残疾现象"的整体性研究的学术论文主要有：陈庆艳和吴月华的《论中国文学作品中残疾人形象流变》、于海阔的《怎样看文艺作品中的残疾人问题》、付用现的《新时期以来残疾叙事小说中的情爱叙事解析》、陈力君的《新时期文学的疯癫主题研究》、张艳玲的《中国现当代小说中的傻子形象分析》、王玥的《"傻子视角"的魅力——中国当代小说"傻子"视角初探》、刘旸的《理性反思下的文化寓言——论新时期小说中的白痴形象》、马卓昊的《分析中国现代文学中的"傻子"形象》、沈杏培和姜瑜的《当代小说中傻子母题的诗学阐释》、游婉冰的《新时期小说中的傻子特性分析》、肖治华的《新时期中后期小说中傻子形象研究》等。

上述学位论文大致可分为两类，一是残疾叙事研究，二是残疾人物形象研究。前者主要论述残疾书写叙事语境的特点与创作主体的身份意识关系，探讨残疾叙事的文学、文化和社会意义；后者主要涉及中国当代文学残疾书写中的人物形象，尤以"傻子""白痴"形象的研究居多，主要考察了"傻子"的成因，分析了"傻子"叙事视角的特殊功能。上述研究最具代表性的是刘伟和付用现两位博士的学位论文，前者主要从残疾叙事的种类、范式、"视角""动力""人物"等层面切入，论述"残疾"的美学功能、政治意义、伦理意蕴；后者主要从孤独体验主题、道德探寻主题、情爱平等主题、苦难救赎主题等层面切入，解析残疾叙事的多元化态势和四个主题的思想内涵及诗学意义。虽然上述研究在一定意义上丰富了中国当代文学残疾书写的审美批评，但研究重点主要聚焦在"残疾叙事"和"残疾人物"这两个点上，涉及作品大多是健全人作家的残疾书写，缺少对中国当代文学残疾书写的全视域、整体性、多角度的审视，也没有对残疾书写在中国当代文学发展史中的地位与作用予以论述，这也给本书的研究留下了较大空间。

3. 对中国当代文学"残疾书写"的个案研究

文献检索显示，我国学者对中国当代文学"残疾书写"的个案研究的成果较为丰富，较具代表性的博士、硕士学位论文有：张建波的博士学位论文《逆行的游魂——史铁生论》、王伟丽的硕士学位论文《"残疾文学"的中国范本——残疾与作家史铁生》、李玲的硕士学位论文《残疾与爱情的哲学思考——史铁生创作论》、刁蒙蒙的硕士学位论文《论毕飞宇小说中的边缘人形象书写》、刘树升的硕士学位论文《边缘人的极端存在》、陈超文的硕士学位论文《韩少功残障人物的书写动机与方式》、郝艳萍的硕士学位论文《张海迪创作论》等；"中国知网"可检索到的"残疾书写"个案研究的学术论文有100多篇，其中较具代表性的有：曾钰雯的《从"民间叙事"谈莫言的〈民间音乐〉》、赵玉君的《沉重的"秋千架"——莫言〈白狗秋千架〉的人性视角》、贺绍俊的《盲人形象的正常性及其意义——读毕飞宇的〈推拿〉》、林双的《毕飞宇〈推拿〉中盲人的身份焦虑》、荣松的《残疾意识与人类情感——史铁生小说新论》、张宏婕的《生命的突围——论史铁生笔下的残疾意象》、张小平的《论史铁生的"残疾"世界》、陈建生和黄助昌的《神性之"边城"，诗性之"寓言"——解读迟子建的〈采浆果的人〉》、刘倩的《迟子建小说中对"生命圆全"的追求》、赵秀莲的《论阎连科小说〈受活〉》、巫文广的《"疯子"的精神世界探析——从〈秦腔〉谈起》、陈超文的《韩少功残障人物的书写动机与方式》、张彬的《浅论〈没有语言的生活〉的主题》、郑腾川的《废墟中的眺望——〈男人的一半是女人〉寓言批评》、廖学新的《生存体验的隐喻话语——东西〈没有语言的生活〉之惊鸿一瞽》等。

上述对中国当代文学"残疾书写"的个案研究，大多都是针对以残疾书写而著名的单个作家或单部作品而展开的论述，主要涉及"残疾人物形象""残疾书写主题""残疾叙事视角""残疾意象隐喻""残疾生命意义"等。虽然此类研究公开发表的成果较多，但大多都是零散性的、个案式的、碎片化的研究，且研究对象主要集中在莫言、毕飞宇、贾平凹、阎连科、迟子建、韩少功等著名作家及其作品上，而对从事中国当代文学残疾书写的更多作家、更多作品的研究还有待进一步深入。此外，对残疾人作家残疾书写的研究也只集中在史铁生、张海迪等知名作家身上，对面广量大的其他残疾人作家的残疾书写的研究则显得远远不够，这也为本书的研究留下了比较大的余地。

4. 对不同作家残疾书写的比较研究

文献检索显示，我国学者对中国当代文学"残疾书写"的比较研究成果主要有两种，一是中国文学作品与外国文学作品的比较，二是中国文学作品与中国文学作品的比较。前者主要包括李丽的《飞出囚笼的"天使"——对〈爬满青藤的木屋〉和〈玩偶之家〉的比较分析》、李春仁的《两个傻瓜：从"吉姆佩尔"到"丙崽"》、南平的《娃娃阿比：残疾人与中外戏剧影视文学》、王烈霞的《〈尘埃落定〉与〈喧哗与骚动〉中的傻子视角解析》、张彩虹的《存在与时间：从约克纳帕塔法到马尔康——对〈尘埃落定〉与〈喧哗与骚动〉的比较解读》、汪洁的《傻子所投射的诗意镜像——〈喧哗与骚动〉和〈爸爸爸〉中傻子形象的平行比较》、胡泽球的《从新视角看"傻子"人物——〈喧哗与骚动〉和〈爸爸爸〉中傻子主人公比较研究》；后者主要包括：方克强、刘小平的《"道"的隐遁与显现——重读〈爸爸爸〉和〈树王〉》、陈若晖的《疯傻映像——论〈尘埃落定〉中的傻子与〈秦腔〉中的疯子形象》等。

上述学术论文主要通过对两部或两部以上作品中有着共同残疾具象的残疾人形象进行比较分析。其中，中外作品比较研究侧重作品主人公所代表的不同文化背景下的残疾形象，解析作品所展现的文化特点，但对二者所体现的民族性、人性问题、宗教哲学意识，以及二者所共通的精神内蕴的研究还有待进一步深化；中国文学作品与中国文学作品的比较大多是分析相关作品中相似的残疾符号建构、探讨残疾书写的思想内涵，但对相关作品的叙事策略、语言特色以及残疾表象背后的隐喻意义的比较分析不多。虽然此类研究的成果比较少，但也可以为笔者研究中国当代文学残疾书写提供不同的视角借鉴。

就研究方法而言，大陆地区对残疾书写的研究主要包括：从叙事学的角度研究"残疾书写"的叙事技巧、从心理学的角度研究"残疾人作家"和"残疾人物"的心理特征、从文学伦理学的角度解析"残疾书写"的道德诉求、从疾病学的角度研究"残疾的隐喻"四个方面。

1. 从叙事学的角度研究"残疾书写"的叙事技巧

文献检索显示，我国学者从叙事学角度对中国当代文学"残疾书写"叙事技巧的研究主要包括：李娟的硕士学位论文《史铁生之叙事与困境》、宋园华的硕士学位论文《一种永恒的意味——史铁生的宗教信仰叙事研究》、颜瑾的《叙事的空白——评〈白狗秋千架〉的叙事策略》、毛莉菁的《论〈尘埃落定〉的叙述方式和叙事策略》、何占涛的《〈受活〉絮言的叙事模式》、胡国威的《论〈活着〉的叙事艺术》、杨剑龙和李伟长的《"为故乡树起一块碑子"——论〈秦腔〉的叙事方式与情感表达》、夏豫宁的《论毕飞宇小说的身体叙事》、焦红涛的《"身体的叙事"——阎连科小说的一种读法》、林玮的《论阎连科小说的身体叙事》、梁鸿的《"残缺之躯"：乡土中国的感性形象——〈受活〉的身体叙事》、屠志芬的《宿命的泥淖——〈耙耧天歌〉叙事结构分析》、罗聿言的《由〈尘埃落定〉的"傻子视角"看叙述角度》、张素英的《傻子视角：上帝的第三只眼——析〈尘埃落定〉的叙事视角》、黎醒的《论严歌苓"文革"记忆叙述的独特视角》、葛雪梅的《人类精神困境的突围——史铁生残疾人小说主题意蕴的探求》、董莘的《史铁生残疾主题小说的精神内核》、王天霞的《论长篇小说〈麦河〉的生态叙事》、杨慧的《"真假疯人"的癫狂表演——解读〈芙蓉镇〉的政治叙事学》等。

除了前面所提及的对"残疾叙事"的整体研究之外，我国学者对中国当代文学"残疾书写"叙事技巧的研究大多集中在单个作家、单个作品上，此类研究主要从叙事策略、叙事模式、叙事结构、叙事风格、叙事视角、叙事主题等方面入手，从象征主义叙事、生态学叙事、政治学叙事、心理治疗式叙事、宗教情怀叙事等批评视角切入，研究作品对残疾人物的生存困境、残疾人自立自强的奋斗精神、残疾人与生存环境的冲突等问题的表现手法，探讨相关作品关于人生、命运、生存意义等主题思想，分析作品观察视点的转换、叙述方式的切换、叙事内容的跳转等技巧，阐释作品表层叙事与故事深层意蕴对话的美学效果。上述关于残疾书写叙事技巧的研究，涉及面较宽，涉及的作家、作品也比较多，为本书进行中国当代文学残疾书写叙事策略的综合研究奠定了良好的基础。

2. 从心理学角度研究"残疾人作家"和"残疾人物"的心理特征

文献检索显示，我国学者从心理学的角度解读"残疾人物"心理特征的研究成果主要包括：丁秀花的硕士学位论文《史铁生创作的意象类型和心理动因》、苏喜庆的硕士学位论文《生命的追问——当代残疾作家创作心理研究》、郝艳萍的硕士学位论文《张海迪创作论》、苏喜庆的《自卑与超越——中国当代残疾作家创作心理初探》、吴俊的《当代西绪福斯神话——史铁生小说的心理透视》、马超的《跨入成年期时心灵的震颤——〈山上的小屋〉的心理分析》等。

文献检索显示，从心理学角度研究中国当代文学"残疾书写"，主要是运用心理学的研究方法，以史铁生、张海迪、朱彦夫、阮海彪等残疾人作家的作品为例，探讨残疾人作家文学创作的动机，分析残疾人作家的创作心理机制，透视残疾人作家的心理体验，阐释残疾人物的残疾意识、自卑情结、绝望体验、死亡焦虑以及生活感悟，揭示作品折射出的独特生命之光。据初步统计，全国市级以上作家协会中的残疾人作家已有四百多位。相对于残疾人作家人数众多、作品量较大的现实情况，此类研究的涉及面较小，成果较少，对作品内涵的深度挖掘不够。尽管如此，上述研究成果也可以为笔者进行中国当代文学残疾书写的研究提供一定的方法论上的借鉴。

3. 从文学伦理学角度解析"残疾书写"的道德诉求

文献检索显示，我国学者从文学伦理学角度解析中国当代文学"残疾书写"的研究成果主要包括：何昕的博士学位论文《疾病叙事的生命伦理研究》、邓寒梅的《20世纪末中国小说精神病叙事的伦理诉求》、沈光浩的《论毕飞宇〈推拿〉诗性伦理建构》、傅敏和李坤玉的《〈推拿〉的人格书写》、谢有顺的《中国小说的叙事伦理——兼谈东西的〈后悔录〉》《尊灵魂，叹生命——贾平凹、〈秦腔〉及其写作伦理》《重塑灵魂关怀的维度——建构一种新的文学伦理》、胡山林的《对人本困境的思考——史铁生创作的中心》、陈丽华的《莫言〈檀香刑〉中的人性书写》、杨晨雨的《〈尘埃落定〉中傻子视角透露出的人性》《阎连科残病叙事小说中的乡村伦理诉求》、吴欣的《〈芙蓉镇〉：疯狂时代的人性拷问》、赵慧的《〈尘埃落定〉——人性没落的寓言》、司同的《疼痛与抚摸——〈务虚笔记〉的叙事伦理审视》等。

上述学术论文主要从自然生命、精神生命以及社会生命的三重伦理维度，分析作品中残疾人物与社会互动所反映的社会伦理状况，阐释作家残疾叙事的伦理诉求、呼唤对残疾人的伦理关怀，但对"残疾"折射的社会病症、"残疾"所引发的人性异化、残疾叙事的诗性伦理建构、残疾书写所蕴含的生命伦理思想等只是有所涉及，并未进行详细的解读和深入的剖析。此类研究的成果虽然不多，但对笔者研究中国当代文学残疾书写的价值取向具有一定的示范意义。

4. 从疾病学的角度研究"残疾的隐喻"

文献检索显示，我国学者从疾病学的角度研究"残疾的隐喻"的研究成果主要包括：谭爱娟的硕士学位论文《论文学作品中的残疾书写及其隐喻》、黄燕云的硕士学位论文《中国新时期小说之残疾现象研究》、程光炜的《关于疾病的时代隐喻——重识史铁生》、赖雅琴的《疾病隐喻——论史铁生小说的"残疾"书写》、李经启的《论阎连科小说中的疾病隐喻》、马丹的《论余华小说中的疾病隐喻》、赵双花的《隐喻：通往真实之门——读东西中篇小说〈没有语言的生活〉》、郑腾川的《废墟中的眺望——〈男人的一半是女人〉寓言批评》等。

上述研究成果有的从疾病学的角度研究残疾书写中的"残疾隐喻"，有的从残疾的基本内蕴、所处时代、环境病态、文化痼疾、哲学隐喻等角度考察"人的残疾"，有的从审美角度探讨残缺丑等残疾隐喻与残缺美之辩证关系，还有的将残疾看作是一种身体上的疾病，研究残疾书写中的"残疾隐喻"，揭示残疾人生存现实反映出的"人"的残疾。从严格意义上来说，残疾本身不是身体疾病，而是某种身体上的缺陷，"疾病书写"与"残疾书写"也不是同一概念，二者是有一定区别的。上述研究大多不是将残疾与疾病进行严格的区分，而是将二者混为一谈，不加区分地统称为疾病。因此，上述研究在研究视角的选择上是有一定的偏差的。尽管如此，上述论文无论是对残疾书写的隐喻研究，还是为笔者关于中国当代文学中"残疾"用于社会疾病隐喻、"残疾"用于文化现象隐喻、"残疾"用于伦理道德隐喻的研究奠定了一定的基础。

综上所述，相对于中国当代文学中残疾书写的大量出现，学界所开展的研究则远远不够，虽然有的文章对某一作家的研究颇显功力，对某部作品的解析颇有见地,在某些方面的挖掘也颇为深刻,但较为全面、深入、系统地论述中国当代文学中残疾书写的论著目前尚未见到,本书可以在一定程度上弥补上述不足。"残疾"是一种特殊美学的载体,带有残疾的"异体"形象是对崇尚"匀称和美"的古典主义的反叛。"残疾"虽然貌似丑陋,但残疾文学作家通过对"丑"的书写,将"残疾"作为崇高、优美的配角和对照,把一个特殊群体的生存状况呈现出来;通过"和滑稽丑怪的接触已经给予近代的崇高以一些比古代的美更纯净、更伟大、更高尚的东西"①。本书就是要将中国当代文学残疾书写中的这些纯净、伟大、高尚的东西挖掘出来,就是要使更多的有识之士意识到"残疾"是一个值得重视的批评范畴,就是要揭示残疾书写的文学价值、历史价值和社会价值,为丰富中国当代文学研究尽一份绵薄之力。

---

① [法]雨果:《克伦威尔·序言》,《雨果论文学》,柳鸣九译,上海译文出版社1980年版,第55页。

第二章

人物形象：基于"异体"的典型人物

人的身体是生成性的、流动性的，并且每时每刻都处在与世界的复杂交流和多元互动之中。"残疾"是一种特殊的身体现象，是指人的心理、生理或解剖功能上的缺陷或异常。由于残疾人在身体上与健全人存在明显差异，其与健全人所不同的"异体"便成了"残疾"的代名词；由于残疾人的"异体"也是人的主体性和自觉意识的载体，"残疾"便成了文学书写的对象和用以携带批判与反思信息的工具，不仅为作家提供观察社会的窗口，而且为读者提供批判现实的视角。然而，残疾仅仅是人的生物结构或者生理功能的某种变异，残疾人的生存，既受到情绪、情感、本能、欲望等内在驱力的作用，也受到社会、经济、文化等外界驱力的作用。由于残疾人对人类社会有着特殊的感知，与周围的环境形成独特的伦理关系，其与众不同的"异体"也就自然而然地成了文学作家塑造"人物形象"的独特视点。

在中国文学的发展历程中，人物形象大多都是以传统意义上的健全人为中心而塑造的。虽然中国古代文学作品《庄子·德充符》中一下子出现了6个残疾人物，以一群超越自我的形象出现读者面前，其言行和思想能给人以多视角的启迪，但更多作品中的残疾人物，大多都是像《水浒传》中的侏儒武大郎一样生活在社会底层的小人物、边缘人物，且大多属于被欺压、被嘲弄的对象；中国现代文学塑造了一大批残疾人物形象，犹以精神残疾者居多，如《长明灯》中的"疯子"、《狂人日记》中的"狂人"、《祝福》中的祥林嫂、《白光》中的陈士成、《原野》中的金子、《雷雨》中的繁漪、《精神病患者的悲歌》中的白蒂、《财主底儿女们》中的蒋蔚祖、《疯妇》中的双喜妻、《金锁记》中的曹七巧等。在上述作品中，鲁迅的《狂人日记》，第一次将残疾人作为作品的主人公，通过"狂人"这一典型人物的所思所想，揭示、控诉封建社会的"吃人"本质，但总体说来，中国现代文学中以残疾人为主人公的作品并不太多。在中国当代文学中，残疾人的形象变得丰富多样起来，尤其是进入新时期以后，文学对残疾人的关注方式开始出现了复杂多元的变化，更多以人格平等的价值标准审视残疾人物。基于视力残疾、听力残疾、肢体残疾、精神残疾等不同情状的"异体"，当代作家塑造出了一个又一个有血有肉、栩栩如生的典型残疾人物形象。

典型人物是具有鲜明特点和个性的人物，是叙事性文学作品中塑造的具有代表意义的人物形象。文艺创作是作家再现生活和表现感情的统一，一定程度上带有作家的主观色彩，文学形象的塑造也与作家的认识能力、思想水平、艺术技巧密切相关。按照恩格斯的观点，作家在其文学创作的过程中，"除细节的真实外，还要真实地再现典型环境中的典型人物"①。艺术形象的个性化是文学创作中的一个关键问题，作家对典型人物的塑造离不开生动的个性描写。然而，写出了人物的个性并不等于就写出了一般。典型人物之所以成为典型，是因为作家通过个别表现出了一般，通过偶然揭示出了必然，通过现象反映出了本质。作家对典型人物的塑造，既应反映特定社会生活的某些现象，又应揭示社会关系发展的规律性和事物的本质特征。中国当代文学中残疾人物的典型性，既具有基于"异体"而生存的共性，又具有一定时代、地域、阶层人物所特有的个性；既受到作者创作意图的影响而体现时代的特点和要求，又被用以寄托作者对社会、人生等问题的态度与倾向。综观中国当代文学的残疾书写，基于"异体"的典型人物形象大致可以分为英雄式的"执着者"形象、理性型的"启蒙者"形象、符号化的"残疾者"形象等三种类型。

一 英雄式的"执着者"形象

英雄崇拜是人类共有的心理情结，是世界各民族普遍的一种文化现象。正如英国历史学家托马斯·卡莱尔（Thomas Carlyle）所言："英雄崇拜，是存在的，正如它以前永远存在、到处存在一样，只要人类存在一

---

① 《马克思恩格斯选集》第 4 卷，人民出版社 1996 年版，第 683 页。

天，它就不会停止。"① 中华民族是一个崇尚英雄的民族，中国历代文学也是一部英雄形象众多的文学史。新中国诞生于英雄辈出的解放战争硝烟中，20世纪50年代的抗美援朝和社会主义建设更是需要英雄、崇拜英雄、塑造英雄、歌颂英雄的年代。于是，塑造"英雄人物"也就自然而然地成为当时文学创作的时尚做派。

20世纪50—70年代被称为"火红的年代"，既是人人都希望自己能成为万众敬仰的英雄、个个都期盼自己的人生步入崇高的年代，也是中国文学英雄叙事广为盛行的年代。当时，"社会主义现实主义"成为文学创作的主导性方法，缅怀抗日战争、解放战争、抗美援朝战争的战斗英雄、塑造社会主义建设的创业英雄成为这一时期文学创作的主要类型。《保卫延安》（杜鹏程，1954）、《铁道游击队》（知侠，1954）、《林海雪原》（曲波，1957）、《红日》（吴强，1957）、《敌后武工队》（冯志，1958）、《烈火金刚》（刘流，1958）等描写中国人民解放事业的战争小说先后问世，刘洪、杨子荣、刘胜、魏强、史更新等一批战斗英雄的形象深深地感动了读者，他们无限忠诚、机智勇敢、不怕牺牲、浴血奋战的英雄精神在人们心中树起了不朽的丰碑。与此同时，《三里湾》（赵树理，1955）、《山乡巨变》（周立波，1958）、《创业史》（柳青，1959）、《艳阳天》（浩然，1964—1966）等歌颂新农村、新生活、新风尚实践者的创业小说登上了文坛，王金生、刘雨生、梁生宝、萧长春等一批以创业精神而著称的英雄人物成了读者所崇拜的偶像，他们对党的无限忠诚、大公无私、自力更生、艰苦奋斗的品格等，都是英雄精神为新中国建设者树立的光辉榜样。

黑格尔认为："一切伟大的历史人物——这种人自己的特殊的目的关联着'世界精神'意志所在的那些重大事件。他们可以称为英雄。"②。20世纪50—70年代中国文学中的英雄人物，大多都是作家在迎合时代需要之目的的驱使下而塑造的，他们笔下的英雄形象往往都与所谓的"世界精神意志"相关联，作家的创作受到了当时主流意识形态和文艺政策的影响，作品中的英雄成了一种理想主义的化身，呈现出一种固定的模式。

---

① ［英］托马斯·卡莱尔：《英雄与英雄崇拜》，何欣译，辽宁教育出版社1998年版，第12页。

② ［德］黑格尔：《历史哲学》，王造时译，生活·读书·新知三联书店1956年版，第69页。

无论是战斗英雄还是创业英雄，都是清一色的无产阶级阶级利益的维护者、奉献者和牺牲者。英雄的个人情感与身心创伤，除非被纳入阶级范畴、民族的框架，否则是不能够被讲述的，因为在当时的社会环境下，"英雄形象"既要顺应党和国家、人民群众建设新时代的政治需要，又不允许有任何的"瑕疵"。于是，英雄便失去了常人的普通与平凡，从现实的"人"转变为"神"，因此也丧失了其真实存在的合理性。然而，由于残疾英雄形象的塑造有其特殊的一面，残疾"异体"的形象基点、残疾人物的意志品质、残疾与环境的矛盾冲突等一系列因素，使得残疾文学中的英雄形象在作为阶级意志化身的同时，具有了非残疾文学中的人物形象所不具备的描写要素，从而给英雄形象的政治化、理想化、神圣化特征添上了异体化、合理化和真实化的色彩。《把一切献给党》中的主人公吴运铎，就是这一时期典型的基于异体的英雄式的"执着者"形象。

吴运铎的自传体小说《把一切献给党》，是50年代影响较大的一部传记作品，既是作者前半生的客观描述，也是其思想境界、人格风范的真实写照，因此被称为"生活的教科书"。吴运铎祖籍湖北汉阳，1917年出生于江西萍乡，在煤矿做过童工、当过儿童团长，抗日战争全面爆发后，投奔新四军，参加了革命。抗日战争时期部队的条件非常艰苦，尤其缺少枪械。由于曾经在煤矿做过一段时间的机电工学徒，吴运铎被安排到了枪械修理所。其实，他从未接触过枪，也根本不会修枪，但他抱定一条信念：投身革命队伍，就是要听党的话，跟党走。吴运铎和战友们一起，白手起家，建立兵工厂，制造步枪、平射炮等。他一次次地冒着生命危险，试制各种枪支弹药。他三次身负重伤，炸瞎了左眼，炸坏了右腿，炸断了左手腕骨和四根手指，身上留下了大大小小的无数伤疤。

1951年的国庆节，吴运铎作为中央人民政府政务院、中华全国总工会的特邀全国劳动模范代表，参加了国庆观礼。10月5日，《人民日报》发表了《钢铁是怎样炼成的——介绍中国的保尔·柯察金兵工功臣吴运铎》的长篇报道。至此，"中国的保尔吴运铎"的名字传遍了全中国。然而，真正使吴运铎家喻户晓的原因并非他在军工领域的流血与奉献，而是缘于一本书的出版，这本书就是吴运铎的自传体小说《把一切献给党》。这本书来得太及时了，新中国成立初期的社会主义建设太需要吴运铎这样"生命不息、战斗不止"的英雄了！

顺应时代的需要固然是《把一切献给党》风靡全国的重要原因，但基于异体的"英雄式的执着者形象"也是这部作品打动读者的重要力量。吴运铎只有小学四年级的文化,进行文学创作面临诸多困难,工人日报社的编辑任家栋曾在该书的创作过程中给了他很大的帮助。虽然作品在刻画吴运铎这一英雄人物时使用了许多迎合时代需要的语言,但吴运铎这一基于异体的"英雄式的执着者形象"的塑造,是建筑在作品主人公真实经历基础上的。吴运铎这一残疾英雄形象本身,既有文化水平低、工作岗位平凡等平常人的普通与平凡,又有忠于党和人民、不怕牺牲、乐于奉献的英雄品格。在身体残疾与工作生活的矛盾冲突中,伤残的疼痛从未被他视作一种苦难,因为"把一切献给党"的崇高信念和执着追求,使他残疾身体的疼痛被忘却、被转移、被升华,使他成为中国的保尔·柯察金,成为万人崇拜的英雄偶像,并在那个激情燃烧的岁月里发挥了革命人生观教育的巨大作用。

在20世纪80年代初的"反思文学"潮流中,人们对人性、人情、人道等问题给予了更多的关注,作家笔下的英雄形象也从迎合政治需要、追求完美崇高,转向身陷怀疑现实与坚持理想的矛盾之中。在控诉"文化大革命"的文学作品纷纷问世的时候,张一弓将笔墨转向对"十七年"历史的沉思上。张一弓创作了《犯人李铜钟的故事》,塑造了李铜钟这样一个基于异体的"英雄式的执着者形象",开创了中国当代"暴露文学"之先河。

《犯人李铜钟的故事》主人公李铜钟是李家寨大队的"瘸腿支书",出生在逃荒路上,当过长工、参加过抗美援朝,是一位复员残废军人。大春荒中的李家寨,已经断粮七天,村民们饿得连李家寨的榆树皮都给剥光了,为了不让乡亲们饿死,党支部书记李铜钟以个人的名义,向老战友——靠山店粮库主任朱老庆借出了5万斤玉米,分配给乡亲们以度饥荒。一夜之间,这样一个救民于水火的"瘸腿支书",却成了勾结靠山店粮库主任,煽动不明真相的群众闹事,抢劫国家粮食仓库的首犯。当县公安局来抓他时,他主动投案自首,心甘情愿地成为阶下囚,并在受审时因心脏病发作而死去。

从一定意义上来说,李铜钟是一个与人民同甘共苦、救民于水火的真正共产党人,一个为维护共产党人全心全意为人民服务的宗旨而英勇献身的殉道者,一个具有现实意义的普罗米修斯式的人民英雄,一个新时期残疾文学书写塑造的重要典型人物。李铜钟这一悲剧英雄形象的审美价值,就在于作者通过悲剧主人公的胆识与牺牲,展现了人类自身的崇高与不朽,表现了一个共产党员的高贵品格。在灾难降临的时候,这位"瘸腿支书"将党性、党的传统、党和人民的联系看得高于一切,将解救全村居民作为自己最大的职责。在李铜钟看来,让全村的居民去逃荒是一个支书的最大耻辱,只有"违法借粮",才能缓解人民群众的燃眉之急。用他自己的话说,"我要的不是粮食,那是党疼爱人民的心胸,是党跟咱鱼水难分的深情,是党老老实实、不吹不骗的传统"。坚持党性和维护法纪,在大饥荒的特殊环境下发生了矛盾冲突。《犯人李铜钟的故事》用物质极度匮乏时人的崇高精神作为比照手段,既表现了矛盾冲突的尖锐性,又使得矛盾在李铜钟执着的英雄行为中得到完美的化解。作品以李铜钟沦为阶下囚、成为牺牲者的情节,表现了一名真正的共产党人不计个人得失、敢于担当的高尚品格。李铜钟的入狱,反映出了导致其悲剧结局的时代因素。他的英雄壮举既来自其崇高理想的驱使,又来自其自然本性和质朴良知,更体现了这位悲剧英雄身处逆境、执着坚守的正能量。"瘸腿支书"李铜钟带着侵犯国家粮库的罪名平静地离开了人世,但其"英雄式的执着者形象"却在读者心中激起了久久难平的波澜。

  20 世纪 90 年代初,在党中央提出文艺要"弘扬主旋律,提倡多样化"的要求以后,中国当代文学中的英雄形象也呈现出多样化的趋势。作家在创作过程中,摆脱了传统审美观念的束缚,改变了一味讴歌英雄、神化英雄的定势,既表现了英雄与时代的关系,又解构了英雄的人性和情感,还将人物内心深处的隐秘与痛楚暴露出来,使得人的生存状态具体化到英雄人物身上,进而对人类的生存困境予以拷问。在世纪之交,作家艾伟将对英雄人性本质的剖析和对人类生存困境的关注作为残疾书写的对象,创作了长篇小说《爱人同志》,塑造了一个与众不同的"另类"英雄形象。

  《爱人同志》讲述了青年教师张小影与对越自卫反击战伤残英雄刘亚军的婚恋故事。"爱人"象征一种情感关系,"同志"则象征一种政治关系,政治与情感的矛盾冲突构成了作品情节发展的核心要素。战争中的刘亚军,每次战斗打响时总是冲在最前头,在一次侦察敌情时被地雷炸伤失去了双腿,醒来后发现自己被社会、政府、媒体冠上了"英雄"称号。他从内心拒绝甚至是反抗这种身份,因为"英雄"身份的获得同时也意味着身体的终身残疾和美好人生的丧失。张小影与刘亚军的结合,被媒体争相报道为"花季少女爱上了战斗英雄"。一场接一场的报告会、政协委员的头衔等虚虚实实的东西,一度使刘亚军对"英雄"的身份产生了空前的热情,并对自己的未来充满了憧憬。然而,一阵风光之后,他才发现自己陷入了生活的平庸和莫大的痛苦之中。社会对英雄的热情已经不像先前,"英雄"的身份也已经成了昨天的故事,他早应该悄然退出历史的舞台了。"伤残"的光环无法再依赖国家民族的宏大叙事而得到升华,残疾的身体也逐渐回归到残疾本身,成了给个体带来生活困境的障碍和麻烦。在试图重建自我的过程中,刘亚军首先面对的就是从英雄到凡人的角色转变。然而,身体的残疾给他带来的是无助和怨气,坐在轮椅上面对居高临下的局长,他只能在心里嘀咕:"他娘的,人残疾了就没有平等可言,说话时也得抬着头。"张小影的到来,曾经是一种安慰,使刘亚军暂时缓解了内心的痛苦;与张小影的结合,也是一种刺激,使他不时地意识到残疾身体对家庭生活的影响。身体创伤的经历已经转化为终身无法抹去的创伤性记忆,像幽灵一般无休无止地纠缠着他余下的人生。刘亚军也曾经有过一种自救的渴望与冲动,他当过门卫、捡过破烂,试图通过自身的努力融入社会,过一个真正的"人"的生活,但他最终还是失败了。他感到自己不仅不是一个合格的丈夫、父亲,甚至也不是一个合格的"人"。他空虚、寂寞、自卑、恐惧、绝望,在婚姻生活中扮演了"自虐"与"施虐"的双重角色。他对张小影的谩骂与伤害,说到底是一种无奈的变态反抗。试问:有多少人认真关注过"残疾英雄"这一"美名"背后的东西呢?万般无奈下的刘亚军最终只好选择以自焚作为了断,他的死是一种无奈之举,是其性格逻辑发展的一种必然,更是一种孤独生存困境下的理性自觉。

必须指出,吴运铎、李铜钟、刘亚军虽然都是不同时代造就的英雄,但就像人与人之间具有巨大差异一样,英雄与英雄之间的差异也同样巨大。吴运铎"英雄式的执着者形象"是以"把一切献给党"的崇高信念为支撑,以残疾身体的疼痛被忘却、被转移、被升华而塑造的;李铜钟"英雄式的执着者形象"是以共产党员敢于担当的高尚品格为支撑,以身残志坚、救民于水火的胆识和不怕牺牲的勇气塑造的;刘亚军"英雄式的执着者形象"则是与二者完全不同的"另类"英雄形象,他执着追求的是残疾个体与社会联系中自我存在的意义。吴运铎和李铜钟是英雄中的英雄,刘亚军则是英雄中的凡人。在现实生活中,可能英雄中的凡人要远远多于英雄中的英雄。刘亚军伤残后的生存困境、精神痛苦，难道吴运铎和李铜钟没有经历过吗？只是作品没有专门表现而已！对时代与个人、政治与人性之间错综复杂关系的探索，对残疾英雄个体的生存体验和复杂心理的剖析，对其人格特征、人性特点和精神追求的深入挖掘，构成了《爱人同志》这部作品的哲理透析力、人性洞察力和艺术感染力。

二 理性型的"启蒙者"形象

在"文化大革命"的十年期间，人性、个体尊严、人的价值得不到应有的重视，文学发展的内容和形式都陷入了僵化的沼泽。新时期文学具有"将人从蒙昧、从'现代迷信'中解放'启蒙'的历史任务……人道主义、主体性等成为80年代'新启蒙'思潮的主要'武器'，是进行现实批判，推动文学观念更新的最主要'话语资源'"[1]。人道主义思潮首先表现在"伤痕文学"的书写上，卢新华的短篇小说《伤痕》引发了新时期"伤痕文学"和"反思文学"的创作热情，徐迟的报告文学《哥德巴赫猜想》掀起了追求知识、崇尚科学的社会热潮。在新时期的文学创作中，革命的主题已经渐行渐远，尊重知识、尊重科学、尊重人才成了一时的风尚。在20世纪80年代的残疾文学书写中，典型人物形象不再是吴运铎那样文化水平低、工作岗位平凡、不怕牺牲、乐于奉献的"执着者"了，而是一系列具有一定文化素养、文明素质和特殊生存能力的理性型"启蒙者"残疾人物形象。

古华1983年发表于文学月刊《十月》上的《爬满青藤的木屋》，是当时"伤痕文学"和"反思文学"中的典型作品。作者塑造了知青李幸福这样一个理性型的"启蒙者"形象，通过书写人物与环境的冲突，建构了"文明与愚昧冲突"的文化批判主题，揭示了"文化大革命"给知识分子带来的"伤痛"，反思了"伤痛"的文化根源，为残疾文学融入"伤痕文学"和"反思文学"的大潮作出了积极贡献。

《爬满青藤的木屋》中的知青李幸福，"文化大革命"初期大串联中丢失了一只手臂，因此被人们戏称为"一把手"。由于"一把手"干不了

---

[1] 洪子诚：《中国当代文学史》，北京大学出版社2007年版，第203页。

重体力活，就被林场发配去"绿毛坑"帮助王木通、盘青青夫妇守林子。守林员王木通没有文化，除了巡山守林外，最大的能耐就是发酒疯、家暴、对盘青青发泄兽欲。在这个与世隔绝的瑶家深林腹地，李幸福这个被发配下来接受再教育的"被改造者"，反而成了"启蒙者"。李幸福有知识、懂科学，与他残疾身体相联系的一切也都是书籍、收音匣子、圆镜、香胰子、雪花油等象征知识和科学的东西。他虽然身体残缺，却因为相信知识、相信科学，而具有了完整的"启蒙者"形象。因为他"要教盘青青和两个娃儿认字、学广播操！把盘青青喜的哟，嘴角眉梢都是笑。就连两个娃儿，也一天到晚地跟着'一把手'的屁股转"。王木通烧山灰引发了山林大火后，抛下盘青青，领着两个孩子逃离火场。李幸福冲入火场护住了珍稀树种、救出了盘青青，并且与其一道私奔。王木通依然守着那爬满青藤的木屋，另娶了一个广西寡妇，每晚继续做那生儿育女的事。

　　从一般意义上说，"启蒙"一词的含义是普及新知，帮助接受新生事物、摆脱愚昧和迷信，其实质是人的思想的解放和社会主体素质的提高。"启蒙"的本意在于彰显精神的力量，强调的是理性的自由。"启蒙"一词的英文 enlightenment、德文 die aufklaerung，都是来源于对法文 les lumières 的翻译。在法文中，les lumières 的字面意义是"光"或"光明"，而"光"总是让人产生遐想，总是激起人的希望，其总体意涵是指在理性之光的照耀下走出黑暗与蒙昧。斯宾诺莎指出："遵循理性的指导，我们是直接地追求善，是间接地避免恶。"[1] 古华《爬满青藤的木屋》的男主人公李幸福遵循理性的指导，给处于野蛮愚昧桎梏下的盘青青以现代文明启蒙，使她摆脱了王木通的蹂躏与束缚，扮演了一个理性的"启蒙者"角色。在李幸福的启蒙下，盘青青发生了巨大变化：从认为"男人打她骂她也是应份的"、温顺地"被男人搂在发着汗酸味的腋窝里"，到"怕傍黑上床，去闻男人身上的汗酸味"；从"每天傍黑一上床，就执拗地脸朝墙壁，像被木钉钉在那里，任男人拉和推，也不肯转过身子来"，到"渐次滋生出一种反抗""敢和自己的男人硬碰死顶"；从"嫁鸡随鸡，嫁狗随狗"的蒙昧无知，到敢于"背着男人替另一个后生子做了件事"。到后来，盘青青在爱情上的觉醒与追求，反而给了李幸福一种"启蒙"："你呀，不像个人，还不如爬在我家木屋上的青藤！""随便你。反正你到

---

[1] [荷] 巴鲁赫·德·斯宾诺莎：《伦理学》，贺麟译，商务印书馆1983年版，第220页。

哪里，我就跟你到哪里。"在觉醒后的盘青青的鼓励下，李幸福终于与其一道出走，踏上了追求真正爱情的幸福之旅。

《爬满青藤的木屋》建构了一套全新的启蒙话语，以王木通愚昧无知、专制蛮横、蹂躏女性的劣行，与盘青青亲近文明、渴望自由、积极抗争的举动相比照，揭示了愚昧与文明的对立与冲突，衬托出李幸福这个理性型"启蒙者"的残疾人物形象，推动了知识对传统乡村意识的反动，发起了对传统伦理道德的挑战，促成了盘青青女性意识的觉醒。盘青青由蒙昧无知到开化觉醒、由温顺驯服到勇敢抗争、由与愚昧为伍到与文明合流的每一点进步，都得益于李幸福这个知识型残疾人的启蒙，而盘青青随李幸福的出走则更具有中国式"娜拉出走"的深刻内涵，其中折射出的人性和伦理层面的价值意旨，既值得读者反复揣摩、细细体会，也给评论家留下了巨大的解析空间。

与古华的《爬满青藤的木屋》不同，莫言短篇小说《断手》和航鹰短篇小说《明姑娘》中的男主人则处于"被启蒙"的位置，原因是他们本来是健全人，成为残疾人以后无法面对残酷的现实，陷入了失望、迷茫和痛苦之中无法自拔，而先天残疾的女主人公则成了他们的启蒙者和引路人，给了他们继续生存的知识、经验、勇气和决心。

莫言1986年8月发表于《小说选刊》的短篇小说《断手》，是当时具有代表性意义的残疾文学作品。男主人公苏社在对越自卫反击战中失掉右手，被戴上了英雄的光环。村里给他盖了新房，备齐了家具，他也和同村的一位姑娘谈起了恋爱。然而，由于他有几分自吹自擂，喜欢夸大其词，企图躺在战功簿上饭来张口、衣来伸手，两个月里差不多吃遍了全村。随着时间的推移，苏社逐渐被人们所冷落，到女朋友家中蹭饭吃也遭到了未来岳父的冷嘲热讽。他感到委屈、尴尬、迷茫、痛苦，一度陷入死死活活的胡思乱想之中。正当这位自身存在诸多不足且被世俗社会冷落的残疾青年处于人生的十字路口时，留嫚出现了。留嫚虽然天生畸形，左臂短小，像一条丝瓜挂在肩膀上，但她在世俗鄙夷的眼光下成长，在命运的捉弄下自强，练就了强大的心理素质，积累了丰富的生存经验。留嫚是苏社正视残疾的心理辅导师，用"一只手照样活、比两只手都没了的要知足"等朴实话语燃起了苏社的生存希望；留嫚是苏社生存技能的启蒙者和示范者，她教苏社如何用一只手和牙齿配合从井中打水，如何用一只手擀面，如何用一只手采桑养蚕。虽然小说到此戛然而止，但主人公的结局却是不言而喻的：苏社一定会重新融入社会，一定会从落魄的英雄转变成自食其力的劳动者。

航鹰的短篇小说《明姑娘》中的男主人公赵灿，原本是大学物理专业的高材生、运动场上的健将、民乐队的核心人物，却因偶然原因而双目失明。他无法面对突如其来的残疾，失去了继续生活的信心，独自坐在雪花飞舞的松花江畔，试图将自己冻死，却遇见了人称"明姑娘"的叶明明，并在叶明明的耐心劝导下放弃了自杀的念头。赵灿进了一家盲人工厂，恰巧和明姑娘在同一车间。车间主任把接送赵灿上下班的任务交给了明姑娘，当赵灿从声音上辨别出明姑娘就是在江边劝告自己的女子时，不禁甚感不安；他在公共汽车上发现这个无微不至地照顾自己的姑娘竟然也是一位盲人时，顿时感到震惊与羞愧。"明姑娘"不仅是赵灿上下班的引路人，而且也是他生活中的启蒙者。在明姑娘的帮助下，赵灿的面貌焕然一新。然而，不幸再度降临，赵灿又不慎将腿摔断了，使他再度陷入了消沉与悲观。在明姑娘的持续关怀和鼓励下，赵灿再度摆脱消沉，恢复了工作与生活的信心。

消沉与悲观是后天残疾人致残初期常见的应激反应，他们致残后的生活信心和生存模式大多都要经历一个自我破毁与重新建构的过程。明姑娘充当了这个重新建构过程中的"启蒙者"，每当赵灿对未来感到失望、陷入悲观时，都是她给了赵灿继续生活下去的勇气。在明姑娘看来，身体的残缺与完整、眼睛的"明"与"暗"都是不重要的，重要的是要有一颗上进的心。当赵灿觉得"没有瞎子技术员"，准备"死了钻研学问的心"的时候，明姑娘用符合时代精神的启蒙话语再次点亮赵灿的心："咱们厂就有盲人工程师，人就是要脱离愚昧，脱离寻食、繁殖、生存竞争的动物性，做一个对别人、对大家、对社会有用的人！"

"启蒙"的重要任务是用科学知识来消除神话和幻想，用理性精神来破除迷信与盲从，使人摆脱蒙昧的束缚，达到一种思想上、政治上的自主性。《爬满青藤的木屋》《断手》《明姑娘》等一系列作品，通过娓娓道来的残疾叙事，塑造了李幸福、留嫚、明姑娘等一个个理性型"启蒙者"形象，构建了当代文学"残疾书写"的启蒙语境，将残疾人这一特殊群体的生存状况呈现出来，引发了人们对基于残疾身体的人的价值和生存意义的深刻反思，既丰富了新时期文学启蒙叙事话语的生产，又为中国当代文学的启蒙实践作出了积极贡献。

三 符号化的"残疾者"形象

在新时期文学发展的过程中,"文学创新的压力持续困扰众多作家,在这一情势下,文学探索、调整的步伐加速"[①]。20世纪80年代中期是新时期文学发生转折的重要时刻,艺术形式的革新逐渐拉开了帷幕,各种新的表现手法也一点点从作家们的笔端渗化出来,文学创作更加重视艺术表现形式的多样化和作品的深度、广度和特色。中国当代文学残疾书写在艺术表现手法上进行了一系列的大胆探索,符号化的"残疾者"形象就是这种探索的显性成果。"疯子""傻子""癫子""哑巴"等残疾人物被用作作者借以表达倾向的叙事符号,比如,古华《芙蓉镇》中的"秦癫子"、从维熙《第七个是哑巴》中的杨亚、宗璞《我是谁》中的韦弥、余华《一九八六年》中的主人公历史教师等,都是"文化大革命"那个特殊年代的"残疾者"。其实,这些人原本并非是"疯子""哑巴"。"疯子身份"是他们处于"文化大革命"特殊政治生态环境中的无奈选择;"哑巴"既是知识分子内心高洁的文学隐喻,也是对那个荒唐时代的"无声"控诉。"哑巴"这张护身符帮助他们用"无言"表达了与所处环境以及当时主流政治意识形态之间的紧张关系。"沉默"是他们对心中压抑的一种无声宣泄,是直面生存困境、婉转表达抗争的一种特殊形式。

鉴于作家笔下"残疾者"的类别较多,本节仅以"傻子形象"为例予以阐述、分析和评论。由于"傻子"属于智力残疾,其言论可以不受现实环境的制约,其行为可以不受社会规制的束缚,作家可以将其作为艺术表现的工具,使其与特定的时空相联系,与现实的社会问题相对应,与具体的社会心理相贯通,发挥其符号意义和隐喻功能。在中国当代文学残疾书写中,"傻子"的符号化作用主要表现为两点:一是将"傻子"作为一种物化意象,推动作品情节的发展,驱动读者进入作家所设定的象征系统,使作品的象征性与现实性自然而然地熔于一炉;二是将"傻子"作为叙事主体,把第一人称视角和第三人称视角同时叠加到他们身上,使其成为工具性的"万能者",具有全知全能的权力而位居作品文本之上,明

[①] 洪子诚:《中国当代文学史》,北京大学出版社2007年版,第291页。

察一切,调度一切。此外,由于符号化的"傻子"形象在发挥隐喻、象征作用的同时,还超越了家族、阶级、人伦、个人立场所限定的叙事图谱框线,利用"傻子"作为叙事主体既可以使作品人物回归真实化和生活化,又可以创造出一种陌生化的效果,让作品的叙事摆脱理性的束缚,得以在更加广阔的空间自由展开。

余华的短篇小说《我没有自己的名字》,是当代残疾文学书写中将"傻子"作为一种物化意象、推动作品情节发展的典型作品之一。作品主人公"我"是一个傻子,一个靠挑煤为生的苦力,一个受人辱骂、遭人捉弄、逆来顺受的"小人物"。没有人知道"我"的名字,没有人将"我"当人看待。由于名字是人的尊严与话语权的象征,所以"我"也特别渴望得到尊重,特别希望别人叫他的本名"来发"。当药铺的陈先生喊他"来发"时,傻子总是激动得心里咚咚直跳。然而,人们却似乎都忘记了傻子的名字,人们大多数都叫他"喂,喂",权贵许阿三等人用形形色色的名字戏弄他:看到傻子打喷嚏时叫他"喷嚏",从厕所里出来时叫他"擦屁股纸",招手让他过去时叫他"过来",挥手让他离开时叫他"滚开",还有"老狗""瘦猪"等各种侮辱性的名字应有尽有,想怎么叫就怎么叫。傻子"我"成年累月生活在被调侃、被愚弄、被呵斥、被责骂的环境之中,感受不到任何的世间温暖,体验不到些许的人间友善,只能在无尽的屈辱中与小黄狗为伴,借以慰藉他那被重度创伤的心灵。可是,许阿三等人却仍然不肯放过他,他们甚至扯开黄狗的后腿,逼傻子与黄狗配为"夫妻";傻子将骨瘦嶙峋的小狗养得肥肥壮壮,许阿三等人却将其猎杀、烹食,就连唯一称呼过傻子"来发"的陈先生也成了许阿三等人诱骗傻子、猎杀黄狗的帮凶。随着时间的推移,傻子"我"彻底放弃了对名字的渴望:"以后谁叫我来发,我都不会答应了。"依托傻子"我"这一符号化的人物形象,作者将现实中处于社会底层民众的生存状态书写出来,使得社会恶势力对弱势群体的束缚与摧残跃然纸上,使得陈先生之流道貌岸然、媚俗从众、迷失自我的假斯文嘴脸暴露无遗,使得"理性世界"本身的残缺与病症更加发人深省。傻子"我"从渴望有自己的名字到甘愿放弃自己的名字的过程,是社会底层民众对抗残酷社会现实的真实写照,是傻子对人性彻底失望时的自我放逐和对"文明世界"的彻底拒绝。以寓言的形式表现代表人类本真性格的傻子与代表人性丑恶面的社会恶势力之间的冲突,引发人们对道德滑坡与信仰失落问题的重视,是作者塑造符号化"傻子"形象的用意所在。"傻子被放逐的悲剧命运与庸众合法化的存在构成了强烈的反讽,这是存在的悖论和荒谬,是对欺诈与暴力人性更为彻底的揭示和否定。"①

迟子建的短篇小说《采浆果的人》的情节也是围绕"傻子"这一"符号化残疾者"而展开的。故事发生在群山环绕、交通不便、只有十来户人家的金井村。种地是村民唯一的生存之道,"从来没有事情能阻止得了秋收,但今年例外,一个收浆果的人来了"。收浆果的人一声吆喝,激起了金井村人的挣钱欲望,"秋收的人们扔下了手中的镐、铁齿、镰刀、耙子等农具。他们纷纷回家拿起形形色色的容器,奔向森林河谷,采摘浆果"。健全人都沉浸于用浆果换现钱的狂热与欢快之中,智障人大鲁和二鲁兄妹俩却认为"秋收才是天经地义的事",他们像往年一样忙着秋收,他们收完了土豆、白菜、大头菜,腌了两缸酸菜、一缸咸菜,把余下的菜下到窖里,准备好了越冬的猪饲料,享受着属于自己的秋收喜悦。"天空悄然凝聚了一团又一团的乌云,雪越下越大,到了清晨,雪深近两尺……人们纷纷奔到窗前,看着苍茫的大地,一个个目瞪口呆",金井村人一年的收获都被掩埋在大雪之下,人们"扑倒在雪地上哭了起来,哭他们的土豆、白菜和红红的萝卜,好端端地就被冬天给糟践了"。

《采浆果的人》围绕大鲁、二鲁这对"符号化的傻兄妹",构建了一个童话般的现代寓言,给出了现代化进程中乡村生活的一个真实缩影。在市场经济的大潮中,收购浆果的商业行为扰乱了金井村春耕夏耘、秋收冬藏的自然经济形态,将村民引入了现代化的喧嚣之中。"一年一度的秋收本来像根缜密坚实的绳子,可是那些小小的浆果汇集在一起,就化成了一排锐利无比的牙齿,生生地把它给咬断了",农耕文明的价值体系和生活方式成了拜金主义、消费主义的手下败将。在"魔力浆果"的作用下,物欲、私心、贪心等从人性中最隐秘的角落里爬了出来。突如其来的大雪使得摘浆果换现钱的喜悦瞬间转变成了内心的恐慌和无穷的懊恼,浆果由生活中的点缀一下子变成了生活的全部,颠覆了金井村人的全部生活。"在秋收的间隙,大鲁、二鲁也采了浆果,只不过他们只采了很少的一种。"在他们的潜意识中,浆果是"最美的镶嵌",而不是生活的全部。大鲁、二鲁顺应自然的生存之道是人的"本性"使然,村民们追求金钱

---

① 蔡勇庆:《象征的存在——余华小说人物形象论》,《中南大学学报》2009年第6期。

的生存哲学是"贪欲"所致,两种不同目的的浆果采撷所蕴含的人生寓意不言而喻。大鲁、二鲁天生愚钝、智不如人,其榆木疙瘩似的愚钝和泥土般的诚实是那样的天真可爱;健全人聪明反被聪明误,其被金钱与贪欲扭曲的人性是那样的可憎可笑。马克思曾经指出,"全面发展的个人……不是自然的产物,而是历史的产物。要使这种个性成为可能,能力的发展就要达到一定的程度和全面性,这正是以建立在交换价值基础上的生产为前提的,这种生产才在产出个人同自己和同别人的普遍异化的同时,也生产出个人关系和个人能力的普遍性和全面性"[①]。马克思这里所说的"生产"是指物质生产,"异化"是指生产导致的人性片面发展。借助《采浆果的人》这个现代寓言,迟子建将读者引入了对人性的拷问和对人生的思考之中:在物欲横流、危机四伏的现代社会中,大鲁、二鲁不为欲望所动、不与利禄为伍的人性美德还管用吗?在市场经济不断冲击田园生活、乡村文明的时候,人类精神世界的"桃花源"又在哪里?这是作者留给读者深刻思考、自由作答的现实问题。

　　阿来的长篇小说《尘埃落定》的主人公麦其土司家的二少爷也是一个符号化的"傻子",他被附着了"人"的符号意义与生命价值。由于人"傻",二少爷按本性处世,凭直觉行事。每天早晨醒来,他先动一下身子,找到身上一个又一个部位,再向中心、向脑子小心地靠近,然后提出问题:我在哪里?我是谁?二少爷虽然是统治阶级的一员,但他也是一个在土司制度的特殊时空中人性被严重扭曲的悲剧性人物。他生活在时代变迁的边缘,既是历史的参与者,又是历史的旁观者,曾经预感到文明时代即将来临,也曾经尝试过接近现代文明,但他始终无法挣脱封建土司制度的束缚。因为"傻",他不谙世事、与功名利禄格格不入,只是按既有的天性去认识和体验生活;因为心地善良,他架起大锅炒麦,救济那些濒临死亡的饥民,从而深受底层百姓的拥护与爱戴。他的哥哥用尽心机逼父亲逊位,不料自己却被仇人刺死,失去了继位的机会,二少爷却出人意外地成了父亲无可选择的土司继承人。可是,二少爷却"清清楚楚地看见了结局,互相争雄的土司们一下就不见了。土司官寨分崩离析,冒起了蘑菇状的烟尘。腾空而起的尘埃散尽后,大地上便什么也没有了"。面对现代文明的到来,土司制度最终还是退出了历史的舞台,像尘埃一样随风逝

[①] 《马克思恩格斯全集》第46卷,人民出版社1979年版,第108—109页。

去。在权力让亲情变味、野心使人性变异的时代中,"傻子"二少爷并未泯灭人类原本的质朴与野性,他更接近本原、更难能可贵。借助于符号化的"傻子"二少爷,作者力图告诉读者:无论你是聪明人还是傻子,在浩瀚的人类历史时空中都只是一粒微小的尘埃;历史的尘埃落定之后,人类如何置身于历史而超越人生的困境,人性的善恶、人与人之间的和谐、人的生存意义等,才是现代人更应该去思考、去追问的现实问题。

莫言的长篇小说《檀香刑》以其艺术表现手法上的创新而著称,评论界对其中各类人物都有过大量的评述,但对傻子赵小甲的符号性意义和作用却鲜有论及。《檀香刑》中的刑场其实是一个人性的实验场,傻子赵小甲就是这个实验场最直接、最客观的观察者和叙述者。赵小甲是个成年男子,但其智商还不如孩童。赵小甲成天生活在自己的世界之中,虽然傻子的本能使他看问题没有好坏善恶之分,但他具有一种非常特殊的"功能"——能不时地看到人的不同本相。在他眼里,杀人无数曾任清朝刑部大堂首席刽子手的父亲赵甲被幻化成一只瘦骨伶仃的黑豹子,丰满妖娆、风流泼辣、与人相好的老婆眉娘被看成是一条水桶般粗细的白蛇,县太爷钱丁被看成是一只胖乎乎的白虎,衙役们是一群穿衣戴帽的大灰狼,辛勤劳作的轿夫则是苦命的驴。赵小甲是檀香刑的参与者,他目睹了这场刑罚的全部过程,看清了众人的本相:他们一个个都是狼、虎、豹、蛇、驴之类的动物化身。在行刑、观刑的过程中,所有的人都显现出了本性中邪恶、兽性的一面。恩格斯曾经说过,"人来源于动物界这一事实已经决定人永远不能完全摆脱兽性,所以问题永远只能在于摆脱得多些或少些,在于兽性或人性的程度上的差异"[①]。赵小甲这样一个符号化的"傻子",虽然行为乖张、言语荒诞,但其看问题的视角却更加接近童真,更能看清事物的本来面目,更能深刻揭示人兽之间的密切相关性,更能引导人们关注人的天性中"恶"的一面,启发人们认识"恶"的危害。赵小甲会"看本相"的情节貌似一场滑稽可笑的闹剧,但作者正是利用"傻子"的视角让人们看到了人在人兽之间的切换,使人们真切地感受到存在于人身上的荒诞。符号化的"傻子"不仅使作品产生了"陌生化"的叙事效果,而且也有利于帮助读者看清人的"人""兽"两面性,认清现实世界中人

---

① [德] 恩格斯:《反杜林论》,《马克思恩格斯选集》第3卷,人民出版社1972年版,第140页。

性的真正本质。

阎连科的中篇小说《黄金洞》是又一个人性实验场，作品以傻子"二憨"的视角，用第一人称讲述了一个没有亲情的家庭中父子之间争夺金矿的控制权和对女人的性控制权时所产生的种种矛盾。父亲贡贵占有黄金、占有女人，黄金使他的欲望极度膨胀；狡诈奸猾的女人桃，为了黄金，不惜抛夫弃子与贡贵同居，暗地里又和贡贵的儿子贡老大相好；贡老大想独占金矿和桃，试图掐死父亲；父亲不满老大，利用二憨监视老大，并酝酿杀死这个老大；桃也想独占金矿，就勾引二憨并利用他对抗贡老大。傻子二憨"我"，既是第一人称叙述者，也是故事中的人物。叙事从"我"的视角出发，围绕"我"的所见、所闻、所感而展开。因为叙述者二憨是个傻子，所以他叙述出来的故事，有着憨傻者独有的价值判断。二憨始终与他所处的情境保持一种若即若离的关系，对父亲和桃之间、老大和桃之间的男女关系一直保持一种莫名其妙、不理不管的态度。傻子二憨的视角，跳出了常人的感知经验，摆脱了道德伦理的束缚，使得他与情境的体验关系发生了异化，他的叙事也就更加显得既憨傻离奇，又率直逼真。在二憨的眼里，"世界像粪，我用力想呀想呀才想起原来像是粪；我爹和到寿的老猪一样儿，哼哼着爬上山梁来""爹活活是一头猪""大哥也是一头猪"。二憨的言语听起来傻里傻气，却也道出了一种客观的真实。阎连科正是利用了二憨这个符号化的"傻子"，才使得所谓的"正常人"在物欲、性欲面前的丑恶嘴脸暴露得一览无余，使得现代社会伦理关系的异化得以充分揭示，使得现代人在追逐金钱、沉溺女色中的人性堕落表现得极致，使得一张张被欲望所扭曲的面孔活生生地呈现在读者面前，使得"黄金洞"滋生贪欲、催生乱伦、引发谋杀、泯灭人性的作品主题更加鲜明，使得作品表面文字背后的内涵更为深刻、警示也更加发人深省。

西班牙人文学者奥尔特加主张"艺术的去人性化"，认为去人性化的方法很多，"其中有一种，极其简单，只需改变惯常的视角即可"[①]。为了改变惯常的叙事视角，中国当代文学残疾书写构建了"傻子"这一"符号化的残疾者形象"，用以作为作品叙事的主体。文学作品的叙事离不开

---

① [西]奥尔特加·伊·加塞特：《艺术的去人性化》，莫娅妮译，译林出版社2010年版，第33页。

叙事主体，作品人物一方面是主体，在事件中具有行动和思考的能力；另一方面又是客体，是叙述者的产物，其行动受叙述者的驱使。在传统小说向现代小说的转变中，叙事主体发生了变化，作者在写作时"不是创造一个理想的、非个性的'一般人'，而是一个'他自己'的隐含的替身"①。因此，"符号化的残疾人"也就顺理成章地成了残疾文学书写中的"隐含替身"。与鲁迅《狂人日记》等中国现代文学中的"残疾"书写有所不同，中国当代文学"残疾"叙事的价值立场多为"反思"而非"反讽"，体现了社会文化语境变迁对"残疾"书写的影响。塑造典型性残疾人物形象、利用"傻子"作为叙述主体，将多重视角叠加到"傻子"身上，使得他与作品中其他人物之间的互动具有某种不可预测性，这不仅能使得受作者支配的叙述者的叙事能力被拓展放大，从而为叙述打开一个超越常理的广阔的叙事空间，而且还能够使得作品产生非残疾文学所难以达到的"陌生化"效果。

---

① ［美］韦恩·布斯：《小说修辞学》，华明等译，北京大学出版社1987年版，第80页。

第三章

修辞载体：附于"异体"的深刻隐喻

语言是人类表达情感和认识世界的工具，语言中的隐喻是人的思想活动的结果。认知语言学认为：从语言性质的角度看，隐喻不属于纯粹的语言范畴，而属于认知的范畴，日常语言中的隐喻表达只是隐喻概念系统的浅层表现；文学语言是一种有别于日常语言的话语，不同于人与人、面对面交谈时的话语，更多地类属于一种形象化的语言和艺术化的语言。文学作家借助语言中的隐喻，可以把抽象的思维转化为直观的视觉形象，将纷繁复杂的大千世界勾连成一个相互关联、易于把握的整体。"隐喻渗透于所有话语之中，无论是日常话语还是专门话语。我们在任何地方、任何时候都根本无法找到哪怕是一段只具有纯粹字面意义的话"[1]；"没有隐喻，一个人就不能进行思考"[2]，"没有隐喻，就没有真正的表达和真正的认识"[3]，"人们如果不借助隐喻就无法讨论一些概念，因为这些概念本身就有深刻的隐喻性，如果将之分解为一些非隐喻的组成部分，其本质就不得不丧失"[4]。在文学语篇中，作者常常借助隐喻来说明读者了解不深、理解不透的事物，作者选定一个隐喻，就可以用此作为语篇意象，支配整个语篇的脉络，形成语篇的信息流。

T. S. 艾略特认为，"用艺术形式表现情感的唯一方法是寻找一个'客观对应物'；换句话说，是用一系列实物、场景、一连串事件来表现某种特殊的情感；要做到最终形式必然是感觉经验的外部事实一旦出现，便能

---

[1] Nelson Goodman, *Languages of Art: An Approach to a Theory of Symbols*, Indianapolis: Hackett Publishing, 1992, p. 80.

[2] [美] 苏珊·桑塔格：《疾病的隐喻》，程巍译，上海译文出版社2003年版，第83页。

[3] [德] 弗里德里希·尼采：《哲学与真理——尼采笔记选》，田立年译，上海社会科学院出版社1993年版，第77页。

[4] Iris Murdoch, *The Sovereignty of Good*, London and New York: Routledge, 2001, p. 75.

立刻唤起那种情感"①。艾略特在这里所说的"那种情感的""客观对应物"实际是指主体与客体在文学艺术上的象征关系。普通的词语、直接的描述只能平淡无奇地传达表象的东西,象征性语言通过隐喻可以揭示出表象背后的事物本质。象征性互动理论把人看作是一种具有象征行为的社会动物,认为人类的象征活动是一个具有创造意义的过程,"人与人之间通过传递象征符号和意义相互作用和相互影响"②。由于残疾人因其"异体"而处于一种特殊的生存状态,各种残疾现象对理解现实的社会生活也具有特殊的象征意义。

"文学最终是隐喻的、象征的。"③ 隐喻与象征是重要的修辞手段,在文学语篇的建构中起着重要作用,对作品的人物刻画、情节设计、语言信息、文体效应等产生重要影响。文学语言是一种形象化、艺术化的语言,文学文本是用语言构建起来的虚拟世界,文学语言的特点之一就是运用隐喻性的语言,使得生活中看似没有意义的意象变得清晰起来,通过暗示唤起读者的某种感觉和感情,促使读者沿着意象所指引的路线进入文学语篇的意境,引领读者从虚构的情节走向联想的世界,从作品的特殊现象走向对与此相关的一般现象的思考。"艺术的最终目的就是要加强,甚至如果有必要的话,是要激怒人们的道德意识"④,"文学是特定历史阶段伦理观念和道德生活的独特表达形式,文学在本质上是伦理的艺术"⑤。文学是社会现实的反映,是人生体验的文化表征;伦理是人与人之间的道德关系,使人与人友善地联系在一起;残疾是人的一种特殊生存状态,可以折射人与人之间的微妙伦理关系。在文学作品当中,"目盲或许可以理解为人性对于未来的短视,腿瘸有可能是对社会意识形态缺陷的反映,耳聋则暗示领导对民众建议的充耳不闻,等等"⑥。

有论者认为:"既然世间万物绝不可能尽善尽美,总有不同性质、不

---

① 李赋宁:《欧洲文学史》(第3卷上),商务印书馆2001年版,第70页。

② 郭庆光:《传播学教程》,中国人民大学出版社1999年版,第52页。

③ [美] 克林思·布鲁克斯:《形式主义批评家》,赵毅衡编《"新批判"文集》,中国社会科学出版社1988年版,第487页。

④ N. Mailer, *Advertisements for Myself*, New York: Rinehart, 1959, p.326.

⑤ 聂珍钊:《文学伦理学批评:基本理论与术语》,《外国文学研究》2010年第1期。

⑥ Sharon L. Snyder, *Disability Studies: Enabling the Humanities*, New York: Modern Language Association of America, 2002, p.25.

同程度的残缺，那么就这个意义上来说，任何人都可说是'残疾人'。有的人肢残，有的人智残，这是我们通常所说的残疾人。……我们与残疾人相比，都有残缺，只是残缺的内容有所不同而已。"① 身体是人类生理存在的基础，是人类一切活动的载体，也是文学作品修辞的载体。正因如此，中国当代文学的残疾书写并没有将残疾人的残缺仅仅看作是个体生命的痛苦体验，而是以残疾人的残缺为参照点，审视人类广义上的残疾问题，从尊严、人性、道德、伦理等层面去探讨残疾人的生存困境。英国唯美主义大师王尔德认为，"艺术家承认生活的事实，但是他把生活的事实转化为美的形象，使其成为怜悯或者恐惧的载体，并且显示出它们的色彩、奇观以及真正的伦理含义，通过它们建造一个比现实本身更真实的、更有崇高内涵的世界"②。王尔德的这种文学观点，是反对文学艺术家将自己的观点硬塞给读者，主张作者主观倾向的自然而然的流露。恩格斯也认为文学作品的倾向性应当隐蔽在艺术描写的真实性之中，主张"作者的见解愈隐蔽，对艺术作品来说就愈好"③。如何将作者的见解隐蔽起来，"隐喻"就是最好的方式。中国当代文学的残疾书写，将"残疾"作为一种物化意象，用作文学修辞的载体，隐喻各种社会病症、透视各种文化现象、折射社会的伦理道德，将现实中的各种道德问题转化为人物与环境的矛盾冲突，反映作家对残疾人与社会关系的思考，再现现实的社会问题、文化问题、善恶冲突和道德现象。

一 "残疾"用作社会病症隐喻

文学具有社会和文化的双重属性，社会生活是文学书写的重要源泉，文学源于社会生活，但又高于社会生活。文学能动地再现社会、影响社会发展，影响人的人生态度、生活风格、道德风俗、审美趣味。"作为审美文化意识形态的文学艺术作品，都是作家主体对一定的社会生活意识流与

---

① 沙叶新：《我们都是"残疾人"》，《中国残疾人》1996年第12期。
② [英] 奥斯卡·王尔德：《作为艺术家的批评家》，赵澧、徐京安主编：《唯美主义》，中国人民大学出版社1988年版，第174页。
③ [德] 恩格斯：《致玛·哈奈克斯》，《马克思恩格斯选集》第4卷，人民出版社1972年版，第463页。

情感流的以审美语言形式的再现、叙述、表现、描绘与创造的精神产物。"① 中国当代文学残疾书写再现、叙述、表现、描绘各种社会现象，主要是通过残疾人物与现实社会的互动而实现的。在现实生活中，残疾人由于身体的某个部位的功能丧失而带来个人行动和能力受到限制，经常遭受来自社会、他人的歧视、嘲弄和压迫，他们与社会和他人之间的关系往往也比健全人要更加复杂。法国人类学家勒内·吉拉尔认为，人是趋向于迫害的，社会人群是"潜在的迫害者"，他们在选择迫害对象时所依循的标准，除了文化与宗教的因素之外，"还有纯粹的身体标准：生病、精神错乱、遗传畸形、车祸伤残，甚至一般残废习惯上都成为迫害的对象"②。中国当代文学残疾书写所刻画的残疾人物，既有因病、因伤致残后遭到歧视与迫害的，更有因为歧视与迫害而致残的。因此，残疾书写作家笔下的残疾人已经不是严格意义上的病理学概念，而是一种特殊的生命现象，一种用作社会病症的隐喻，一种帮助人们认识世界、懂得社会、解析人生的工具。

　　精神残疾是一种典型的残疾现象，具体表现为精神分裂、言语怪异、行为错乱、痉挛狂躁、歇斯底里。疯癫意味着愚蠢无知，意味着偏离理性的轨道。然而，现实生活中极少有人一生下来就是疯子。人之所以成为疯子，往往都是由于受到某种刺激、迫害，其程度超出了人的身心所能承受的极限，从而才变成疯子的。"疯子"是文学创作中屡见不鲜的人物设置，他们成为"疯子"的原因是多种多样的，而因为迫害而成为疯子则是其中最主要的原因。中国当代小说尤其是新时期的残疾书写塑造了一批"疯子"形象，如古华《芙蓉镇》中的"秦癫子"和王秋赦、宗璞《我是谁》中的韦弥、朱晓平《桑树坪纪事》中的青女、余华《一九八六年》中的历史教师、张炜《九月寓言》中金祥的老婆，等等。在残疾书写作家的笔下，"疯子"往往都是社会现实问题所致，"疯癫"是作者借以叙事的符号，是他们揭示社会问题的手段。通过讲述关于"疯癫"的故事，他们向既有社会规范宣战，揭示人间的丑恶现象、探究生命的存在价值。在中国当代作家的笔下，"疯子"们乖戾的性格、癫狂的语言、怪异的行

---

　　① 全国权：《文学艺术创造过程论试谈——二论"文艺是社会生活的反映"》，《延边大学学报》1994年第1期。

　　② [法]勒内·吉拉尔：《替罪羊》，冯寿农译，东方出版社2002年版，第26页。

为透视出了现实社会的种种病症。

　　古华获得首届茅盾文学奖的长篇小说《芙蓉镇》，是20世纪80年代初期影响最大的长篇小说之一，作品一出版就立即引起了巨大的轰动，并陆续被改编成电影、话剧、歌剧以及多种地方戏曲，还被译成英、法、日、俄、德、意等多种文字出版。《芙蓉镇》是一部借人物命运演绎20多年乡村生活变迁的小说，它浓缩了不同时期政治气候和经济形势的变化，展现了政治对农村生活和人物命运的深刻影响。作品的主要人物共有四个，一是从知识分子沦为"铁帽右派"、人称"秦癫子"的秦书田，二是因"成分论"而被打成"富农婆"、因勤劳致富而被打成"黑鬼"的"芙蓉姐"胡玉音，三是嫉妒、贪婪、虚伪、号称"政治女将"的公社书记、县委书记李国香，四是号称"土改根子"、全靠"吃运动饭"发迹的流氓无产者王秋赦。文献检索表明，评论界对胡玉音、李国香、王秋赦的论述比较多，而对外号为"秦癫子"的秦书田的关注却相对较少。恰恰就是这位"秦癫子"以及由他的"疯癫"而构成的隐喻，使得作品产生了一种悲剧性的美，形成了一种黑色幽默式的荒诞。

　　"人存在着，其本质必然是悲剧性的；人面对自然，面对社会，面对自己，都要不可避免地陷入困境——甚至是不可克服的困难……文学的基本使命之一就是在这样一些较高的社会学层面上或是在哲学层面上来表现人的永无止境的痛苦以及在痛苦中获得的至高无上的悲剧性快感。"[①] 古华在《芙蓉镇》的开篇中说，"在下面的整个故事里，这几个主顾无所谓主角配角，生旦净丑，花头黑头，都会相继出现，轮番和读者见面的"。秦书田是一个悲剧人物，但古华却给了他一个喜剧的角色，就像传统戏曲中给一个好人画上丑角的脸谱，使他成为丑角。马克·吐温说过，"在生活的舞台上，学着像个演员那样感受痛苦，此外，也学着像旁观者那样对你的痛苦发出微笑"[②]。秦书田之所以被称为"秦癫子"，就是因为他常常会在面对痛苦时发出微笑。疯疯癫癫的行为是他保护自身的武器，是他面对困境所呈现出的理性生命力。借助"疯癫"，他与现实进行了顽强的搏斗；装痴扮傻，使他获得了生存下去的机会和捍卫自己人格尊严的可能。"秦癫子"被无辜划为"右派分子"，被强迫跪砖头、被连续批斗、被挂

---

① 曹文轩：《20世纪末中国文学现象研究》，北京大学出版社2002年版，第19—20页。
② 潘智彪：《喜剧心理学》，三环出版社1989年版，第272页。

黑牌游街、被罚扫大街，受尽了各种屈辱与折磨，但他整日里"穷快活，浪开心"，走路的时候也总是哼着广东音乐《步步高》，"好像他的黑鬼世界里就不存在着凄苦、凌辱、惨痛一样"。可是，"莫看他白天笑呵呵，锣鼓点子不离口，山歌小调不断腔，晚上却躲在草屋里哭，三十几岁一条光棍加一顶坏分子帽，哭得好伤心"。福柯认为，"身体是来源的处所，历史事件纷纷展示在身体上，它们的冲突和对抗都铭写在身体上，可以在身体上面发现过去事件的烙印"①。秦书田的疯癫行为，秦书田的笑与哭，是"文化大革命"这场政治运动铭写在他身体上的印记，具有极其深刻的隐喻意义。"秦癫子"表现出来的笑，不是通常意义上的欢快之笑，而是面对强大的国家机器和政治压迫所发出的无可奈何的苦笑，这种笑的背后是饱含辛酸泪的哭，是对阶级斗争扩大化的"左"倾错误的一种哭诉。大队召集"黑五类分子"训话，点名点到"秦癫子"时，秦书田会立即响亮地应答"有！"并且一溜小跑来到大队党支部书记面前双脚一并，摆一个"立正"姿势，右手巴掌平举齐眉敬一个礼："报告上级，坏分子秦书田到！"秦书田近乎滑稽的行为举止是其"疯癫"的组成部分，"秦癫子"的身份使他得以"像旁观者那样对痛苦发出微笑"。人类不同身体部位所患的疾病有着不同的社会隐喻。秦书田的疯疯癫癫，是那个极其荒谬残酷的时代所造成的"疾病"，是极"左"的政治语境中产生出来的疯癫，是一种超出了残疾概念的隐喻。

　　身体话语是一种书写历史的有力方式，秦书田的"疯癫"是极"左"时代所威逼出来的，而作为威逼行为实施者之一的王秋赦，却在那个疯狂时代结束时变成了真正的疯子。王秋赦的"疯"与秦书田的"癫"具有同样深刻的隐喻意义。王秋赦是从小住祠堂、吃百家饭长大的，一直改变不了流氓无产者的劣根性。他在土改期间因为出身"正牌雇农"而被工作队选为"土改根子"，负责看守地主的浮财，但他却乘机与地主的小老婆通奸；他嘴馋成癖、偷懒成性，卖光了家具，典当尽了衣物；他坚持自己"死懒活跳，政府依靠；努力生产，政府不管；有余有赚，政府批判"的人生信条，对乡邻乡亲们哄、唬、诈、骗；他在"文化大革命"中被提拔为大队党支部书记兼革命委员会主任，对秦书田、胡玉音二人打骂威逼、百般刁难。如此一个懒散无赖的小混混、一个依靠运动攫取权力和人

---

① 汪民安：《身体的文化政治学·导言》，河南大学出版社2003年版，第4页。

们劳动果实的流氓无产者,"文化大革命"结束时也变成了一个四处游荡的"疯子":"千万不要忘记啊——","文化大革命,五、六年又来一次啊——""阶级斗争,一抓就灵啊——"!王秋赦的"疯癫"与秦书田的"疯癫"一样,有着极其深刻的隐喻意义,他的"疯癫"象征着当时社会的非理性"癫狂";他的癫狂的呼号,喊出了一个可悲可叹的时代的尾音,暗示了真、善、美必将战胜丑、邪、恶的历史发展规律。

除了秦书田、王秋赦这两个"疯癫"之外,古华在《芙蓉镇》中还设置了许多意象,用以象征那个时代的荒诞与疯狂。秦书田、胡玉音与其他那些"黑五类分子"一起被统称为"牛鬼蛇神",他们每天必须用"扫街"来"赎罪";所有"牛鬼蛇神"的"家门口都必须用泥巴塑一尊狗像,以示跟一般革命群众之家相区别,便于群众专政";强体力劳动时只给他们吃三两饭,要加饭可以,但是要跳"黑鬼舞";秦书田、胡玉音申请结婚,王秋赦的答复是:"两个五类分子申请结婚……婚姻法里有没有这个规定?好像只讲到年满十八岁以上的有政治权利的公民……可是你们哪能算什么公民?你们是专政对象,社会渣滓!"秦书田表面显得很平静,依然故我地装疯卖傻道:"王支书,我们、我们总还算是人呀!再坏再黑也是个人……就算不是人,算鸡公、鸡婆、雄鹅、雌鹅,也不能禁我们婚配呀!"秦书田、胡玉音被批斗时,戏台上挂着"得了哮喘病似的煤汽灯",秦癫子"像只布袋似地"被扔到了台上,"会场上鸦雀无声,仿佛突然来了一场冰雪,把所有参加大会的人都冻僵了"。从语用学的角度看,"牛鬼蛇神"是"文化大革命"期间践踏人权的政治用语,也是文学作品中的隐喻性语言,古华在这里又加入了"鸡公、鸡婆,雄鹅、雌鹅、狗"等动物意象,使得作品的象征色彩更加强烈;从语义学的角度看,秦书田的"疯言疯语",是对王秋赦故意刁难、干涉婚姻自由的一种另类抗议,是对强权政治随意践踏人权的一种变相呐喊;"哮喘病似的煤汽灯""像只布袋""突然来的一场冰雪"等意象,既生动形象地象征了那场"文化大革命"的病态所导致的人与人之间冷若冰霜的关系,又让读者看到了一幅阶级斗争扩大化、肆意侵犯民众人格尊严的肃杀场景。正如古华在作品中所感叹的那样:"那是什么样的年月?一切真善美和假恶丑、是与非、红与黑全都颠颠倒倒、光怪陆离的年月,牛肝猪肺、狼心狗肚一锅煎炒、蒸熬的年月。正义含垢忍辱、苟且偷生,派性应运而生、风火狂阔。"

宗璞的短篇小说《我是谁》是20世纪新时期文学创作的第一篇"反思"之作。作品女主人公韦弥和丈夫孟文起,于"一九四九年春从太平洋彼岸回国,又从上海乘飞机投奔已经解放了的北京"。在"文化大革命"中,夫妻双双被诬陷为"特务"和"牛鬼蛇神"。丈夫孟文起遭受了惨无人道的批斗,不堪其辱而"挂在厨房的暖气管上"自尽,韦弥也因此精神崩溃而成了"疯子"。陷入癫狂状态的韦弥反反复复地询问自己:"我是谁?"在幻觉中,韦弥将校园里假山上的石头看成是"一副副狰狞的妖魔面目。凹进去的大大小小的洞,涂染着夕阳的光辉,宛如一个个血盆大口";将教授们、讲师们、丈夫、自己都看成是"只会蠕动的虫子",将那位物理学泰斗看成是"一条驼背的、格外臃肿的虫子";在幻觉中,她看到"周围一片花海,觉得自己是雪白的,纯洁而单纯,觉得世界是这样鲜艳、光亮和美好";她还看到黑色的天空中出现了一个由雁群排列成的明亮的"人"字。最后,她用尽全身的力量高喊:"我是——!"她毅然决然地向前冲进了湖水,投身到她和丈夫孟文起所终生执着的亲爱的祖国——母亲的怀抱,"那并不澄清的秋水起了一圈圈泡沫涟漪,她那凄厉的、又充满了觉醒和信心的声音在漩涡中淹没了"。

隐喻具有与人的社会存在、生命意义等问题密切相连的依附关系,是作家用文学艺术形式阐释人类生存现象的巧妙手段,"怪异的词语只能使我们迷惑不解;常规的词语只能传达我们已知的东西;而正是通过隐喻,我们才能更好地把握一些新鲜的事物"[①]。《我是谁》不足5000字,虽然情节非常简单,但语言却颇显怪异,隐喻与象征也十分深刻,原因之一就是宗璞基于作品女主人公韦弥看似疯疯癫癫的举止、反反复复的追问,设计了一系列象征意义极强的意象,用以折射知识分子在那个不堪回首的年代里的内心痛苦,隐喻强权政治所导致的种种社会病症。有论者指出,"不管文明世界在主观上意欲撇开和否认自身与疯癫关联的愿望和行动多么强烈、顽强,也不管文明多么进化、理性多么发达,疯癫与文明始终像一对孪生兄弟、像一枚硬币的正反面那样唇齿相依,并共同构成和维持着自身的主体性和整体结构,任何外在力量和内在斗争都无法撕裂和抹煞这种天然的、本质的、深刻的胶着或模糊状态"[②]。福柯曾在《疯癫与文明》

---

① [英] 泰伦斯·霍克斯:《隐喻》,穆南译,北岳文艺出版社1990年版,第18页。
② 唐小祥:《"疯癫与文明"的悖论》,《牡丹江大学学报》2015年第2期。

中指出:"疯癫不是一种自然现象,而是一种文明的产物。没有把这种现象说成疯癫并加以迫害的各种文化的历史,就不会有疯癫的历史。"① 韦弥的"发疯"是"文化大革命"那个特殊历史时期的产物,它令人想起了莎士比亚笔下文艺复兴时期哈姆雷特的"发疯"。哈姆雷特因其父王被叔父谋害、王位被叔父篡夺、母后被叔父强娶、"葬礼上的饭菜被直接端到了婚宴的饭桌上"而陷入疯癫状态;韦弥因为被诬陷成"特务、黑帮红狗"、被剃成了阴阳头、被批斗毒打而精神恍惚;哈姆雷特反复发出了"是生,还是去死"的自问,韦弥多次发出了"我是谁"的追问。正如"是生,还是去死"是《哈姆雷特》的核心意象一样,"我是谁"也是《我是谁》的核心意象,其隐喻意义极其深刻。韦弥满怀一腔报效祖国的热血从大西洋彼岸飞回祖国首都北京,呕心沥血地从事细胞学研究,可一夜之间却成了"特务",被揪出来批斗,受尽了毒打与侮辱,丈夫也因不堪折磨而悬梁自尽。"特务""牛鬼蛇神""黑帮的红狗""杀人不见血的铁杆反革命""狠毒透顶的反动权威"等一顶顶政治大帽子,压得她难以喘息、天旋地转、精神错乱,并且产生了一连串的幻觉。在谈到《我是谁》的创作时宗璞曾说:"直接触发是看到中国物理学的泰斗叶企荪先生在校园食堂打饭……他走路时弯着背,弯到差不多九十度,可能是在批斗会上炼出来的。一个人被折磨成那样,简直象一条虫,我见了心里难受万分,'文革'的残忍把人变成虫!生活中人已变形了,怎能不用变形手法呢! 于是我写了《我是谁》,抗议把人变成虫,呼吁人是人而不是虫,不是牛鬼蛇神!"② 韦弥在幻觉中所看到的一切似乎都变了形,但这一切都是作者精心设计的用以隐喻残酷社会现实的种种意象。简单罗列一下作品中意象与现实的对应关系:瘦长的、圆胖的、各式各样的小娃娃/显微镜下的植物细胞,一朵朵洁白的小花/被迫害者们的纯洁之心,一本正经地爬着的虫子/身陷囹圄仍潜心治学的知识分子,奇形怪状的假山石/凶神恶煞的造反派,凹进去的大大小小的洞/形形色色的政治陷阱,被剃成的阴阳头/侮辱人格的迫害手段,骷髅、蛇蝎、虫豸/灭绝人性的恶人,一群集合在一起的飞雁/真正意义上的"人"。上述子意象围绕着"我是谁"这

---

① [法]米歇尔·福柯:《疯癫与文明——理性时代的疯癫史》,刘北成、杨远婴译,生活·读书·新知三联书店1999年版,第5页。

② 宗璞、施叔青:《又古典又现代——与大陆女作家宗璞对话》,《宗璞文集》,华艺出版社1996年版,第464页。

一核心意象,构成了作品的意象体系,为读者提供了"一个窥视'文革'特定环境中知识分子心灵及生存状况的窗口,从这个窗口望过去,映入眼帘的是那哈哈镜中既清晰又荒诞的种种形象"①。韦弥带着"觉醒和信心"毅然决然地冲入了湖水,以终结生命的形式终结了强加在自己身上的痛苦。韦弥的死既是一个生命个体的悲剧,更是整个社会的悲剧。然而,"悲剧不但没有因为痛苦和毁灭而否定生命,相反为了肯定生命而肯定痛苦和毁灭……因为在道德(尤其是基督教道德即绝对的道德)面前,生命必不可免地永远是无权的,因为生命本质上是非道德的东西,——最后,在蔑视和永久否定的重压之下,生命必定被感觉为不值得渴望的东西,为本身无价值的东西"②。韦弥以结束生命的方式对强权政治进行了最后的反抗,她的死不仅使得"我是谁"的反复追问更加发人深省,而且使得其渴望社会关注"人"、尊重"人"的声声呼唤如雷贯耳、震耳欲聋。

宗璞的《我是谁》、古华的《芙蓉镇》将视角对准了"文化大革命"那个特殊年代的各种社会病症,通过作品主人公真真假假的疯癫行为和癫狂话语,隐喻了那个时代的疯狂和人性的邪恶,引发人们对"文化大革命"灾难的深刻反思;余华的中篇小说《一九八六年》则另辟蹊径,将视角对准"文化大革命"之后的一九八六年,以一个在"文化大革命"期间被逼疯的历史教师的疯癫幻觉和自戕表演,引导读者从历史的角度审视"文化大革命"的罪恶,探索人性中的邪恶,提醒和告诫善良的人们不能麻木、不能忘记历史。

《一九八六年》用时空交错的叙事形式再现了"文化大革命"期间和"文化大革命"之后的岁月:"文化大革命"结束后1986年的初春时节,"十多年前那场浩劫如今已成了过眼烟云,那些留在墙上的标语被一次次粉刷给彻底掩盖了。他们走在街上时再也看不到过去,他们只看到现在"。这个疯子是一位历史教师,人们"都知道他是在'文革'中变疯的,他的妻子已和他离婚,他嘴里叫着'妹妹',那是在寻找他的妻子"。疯子一瘸一拐地走进了小镇,来到火星四溅的铁匠铺里。疯子伸出手去抓

---

① 陈进武:《反思文学的力度及其局限——重读宗璞的短篇小说〈我是谁?〉》,《湖南工业大学学报》2013年第1期。

② [德]弗里德里希·尼采:《悲剧的诞生》,周国平译,生活·读书·新知三联书店1986年版,第17、276页。

那块烧得通红的铁块,"一接触到铁块立刻响出一声嗤的声音,他猛地缩回了手,将手放进嘴里吮吸起来。然后再伸过去。这次他猛地抓起来往脸上贴去,于是一股白烟从脸上升腾出来,焦臭无比";疯子一瘸一拐地走到大街上,"他嘴里大喊一声:'劓!'然后将钢锯放在了鼻子下面,锯齿对准鼻子。不一会钢锯锯在了鼻骨上,发出沙沙的轻微摩擦声。……不一会儿工夫整个嘴唇和下巴都染得通红,胸膛上出现了无数歪曲交叉的血流……他喘了一阵气,又将钢锯举了起来,举到眼前,对着阳光仔细打量起来。接着伸出长得出奇也已经染红的指甲,去抠嵌入在锯齿里的骨屑,那骨屑已被鲜血浸透";疯子"将菜刀高高举起,对准自己的大腿,嘴里大喊一声:'凌迟!'菜刀便砍在了腿上。他疼得嗷嗷直叫。他重新将菜刀举过头顶,嘴里大喊一声后朝另一侧大腿砍去……第二天天快亮的时候,"那疯子依旧坐着,身上绳子捆得十分结实,从那时到现在他一动不动","疯子还被捆着,疯子已经死了,躺在一个邮筒旁,满身的血迹看去像是染过一样"。前不久的一天,疯子历史教师的妻子和女儿一起去废品收购站卖旧时的报刊,在乱七八糟的废纸中,"突然发现了一张已经发黄、上面布满斑斑霉点的纸",上面写满了炮烙、剖腹、斩、焚、击脑、棒杀、剥皮等古代酷刑的名称。以上就是故事的核心内容,情节十分简单,但寓意却非常深远。

《一九八六年》似乎在诉说"文化大革命"对一位教师的迫害,但这位疯子疯狂自戕的背后却暗藏着一个深邃的隐喻世界。作品主人公叫什么名字?他没有名字,读者只知道他是一位历史教师。"没有名字的历史老师"也是一个隐喻:他疯了,他的身上承载着许许多多的惨痛历史;历史教师是国家历史、民族历史的传播者,讲述历史的目的是让人们以史为鉴、不让历史的悲剧重演。余华为什么给作品安上发现一张纸、上面写满历朝历代形形色色酷刑的情节?这仍然是一个隐喻:"文化大革命"时代的血腥暴力自古以来历代都曾出现,这样的历史为什么重演?历史教师为什么疯了的问题读者很容易理解,但历史教师为什么自戕?这"自戕"背后的隐喻又是什么?"自戕"使得历史的记忆、现实的刺激与古代的刑罚、当代的暴行构成了共时性的存在;"自戕"是余华用来透视现代"文明人类"邪恶的一面镜子。福柯认为:"现代社会是这一种知识和话语权全面控制的社会,与过去的前现代社会相比较而言,残酷的刑罚式的、肉体折磨式的、非人道的控制方式在现代社会消失得无影无踪,取而代之的是一个表面上'文明化'、'人道的'，但却更彻底全面的规训和控制的社会。"①像福柯一样善良的人们总是以为，时代已经进入了20世纪下半叶，野蛮的暴力已经被文明驱逐。然而，严酷的现实所反映的是："人永远不能完全摆脱兽性！"②要不，"文化大革命"中为何有那么多人"兽"性膨胀？为什么有那么多的人参与了对知识分子的疯狂施虐？"自戕"是一种自我施虐，虽然历史教师精神失常后按古代刑罚的自我施虐的行为惨不忍睹，但他一次次的血腥自戕引导着读者的视域从"个人疯狂"向"现实疯狂"转换，"自戕"的隐喻就在于它以一种独特的形式告诫人们：人性中残存着"恶"，它一旦失控，人就会"恶"性膨胀，就会无可避免地出现人性的裂变、走向野蛮与疯狂。疯子自戕的场面不堪入目，疯子的处境令人同情，但人们"愉快地吃着，又愉快地交谈……说起了白天见到的奇观和白天听到的奇闻"，人们对疯子采取的是冷漠、拒绝的态度，他们只会像阿Q和华老栓等人一样充当麻木的看客。余华说过，"所有这一切他们都看到都听到，但他们没有工夫没有闲心去注意疯子，他们就这样走了过去。……十年前那场浩劫如今已成了过眼烟云，那些留在墙上的标语被一次次粉刷给彻底掩盖了。他们走在街上时再也看不到过去，他们只看到现在"③。余华创作《一九八六年》的目的，就是要借历史的经验警醒人们：人身上有着其他动物所没有的恶，这种恶如果得不到控制，"文化大革命"的浩劫在人类历史上的任何时间、任何一个地点都有可能再度发生；就是要通过自己的作品把人们从"性本善"的陶醉中唤醒，引导人们关注自身天性中"恶"的一面，启发人们认真反省导致暴力罪恶的根源；就是要告诫麻木而善良的人们，不要忘记过去的历史，不要让历史的悲剧在任何时候重演。

　　隐喻是文学语篇生成与理解的重要机制，是作家创造性使用语言的重要手段和源泉。上述作品中的"疯子"，大多都是特定历史时代所致，他们的疯癫行为是不合理的社会秩序和话语霸权所导致的结果，并非真正病理学意义上的"疯癫"；他们中大多都是披着"疯子"外衣的智慧者、清

---

① [法]米歇尔·福柯：《规则与惩罚》，刘北成、杨远婴译，生活·读书·新知三联书店2007年版，第48页。

② [德]恩格斯：《反杜林论》，《马克思恩格斯选集》第3卷，人民出版社1972年版，第98页。

③ 余华：《现实一种》，作家出版社2014年版，第127页。

醒者、正常人，他们用否定一切、破坏一切、反抗一切的"疯言疯语"喊出了内心的痛苦，用形形色色的貌似疯狂举动维护自我生存空间和个体生命价值；他们的"疯癫"行为既隐喻了现实社会的各种病症，又体现出深刻的悲剧性美学内涵。

在中国当代文学的残疾书写中，除了精神残疾被用作社会病症隐喻之外，其他残疾也常常被用来隐喻与之相关的社会问题。苏童中篇小说《刺青时代》中的主人公安平是一个肢体残疾者，出生没几天母亲就死了。他的家就"像一个肮脏的牲口棚"，他和他的哥哥姐姐们"像小猪小羊在棚里棚外滚着拱着，慢慢地就长大了"。9岁那年，安平与小伙伴们在铁轨上做"钉铜游戏"时，不幸被火车轧断了一条腿，从此要借助拐杖才能行走，于是便被人们称为"小拐"。因为残疾而被视为"另类"的小拐渐渐地变得孤僻自卑，"心里生长出许多谵妄阴暗的念头"。小拐对周围的一切越来越冷漠，复仇的渴望也越来越强烈。他拜师习武、结帮拉派，到后来成为"新野猪帮"的头领，整天领着一群男孩在街道上胡作非为。这群孩子模仿黑社会帮会在胳膊上刺青，还套用解放军的三大纪律八项注意发布条令。学校贴出了开除小拐及其他从初一到高二的几十名学生的告示，"龙飞凤舞的毛笔字流露出校方卸除一份重负后的喜悦"。"新野猪帮"分裂成两派，红旗出狱后加入了与小拐对立的一派，设下圈套控制了小拐，并在他额头上刺上了"孬种"二字，理由是"山中无老虎，猴子称大王，香椿树街怎能让一个小拐子称王称霸"，"孬种小拐羞于走到外面的香椿树街上去，渐渐地变成孤僻而古怪的幽居者"。

《刺青时代》中的小拐生不逢时，发育成长的关键年代又正值"文化大革命"。残缺不全的身体、单亲失爱的家庭、缺失规范的社会等一系列环境因素，没有能够让他像同龄儿童一样享有快乐的童年，迫使他以一种不顺应儿童成长规律的方式非常任性地自由"发展"自我，提前走向了一个"不成熟的成人阶段"。母爱的缺失使他缺少家庭的温暖，父亲的无能使他的压抑与苦恼得不到及时的宣泄与排解，肢体的残疾对他性格生成产生了较大负面影响。孤僻自卑是他悲惨命运的原因之一，"文化大革命"的社会动乱更是不容忽略的环境因素。有生以来，死亡的阴影总是与小拐相随相伴：婴儿时的他遇上母亲的溺水而亡，幼年时的他目睹了邻居男孩大喜的意外死亡，童年时的他被火车轧掉一条腿而与死亡擦肩而过，少年时的他护送哥哥的尸体去火化场。小拐因为身体的残疾更需要同龄人的接纳，结果却被视为"另类"而遭人欺侮；小拐因为弱小而格外渴望强大，不得不诉诸暴力来引起别人的关注；小拐因为得不到人们的承认而格外需要关心，学校却以一纸公文将他开除了事。青春期的叛逆使得小拐一次又一次地产生盲目的冲动，社会的不良影响使他陷入了恶性循环的怪圈，世人的冷漠将他一步步推向孤独的深渊，教育的无能使他的性格一天天走向扭曲。他崇尚暴力反而被暴力所害，前额上还被刺了"孬种"二字。如此命运、如此结局，催人泪下、发人深省。作品的结尾非常简单："命运如此残忍地捉弄了小拐，他额上的孬种标志是一个罕见的物证"，这个物证见证了家长的失职、学校的失职、公安、政法等国家机器的失能，隐喻了那个动乱年代的社会残疾！

莫言在短篇小说《民间音乐》中以全新的视角隐喻了计划经济向市场经济过渡时期的社会病症，讲述了流浪艺人"小瞎子"途经马桑镇时的遭遇，其中大大小小的人物都被用作了隐喻社会病症的叙事符号。《民间音乐》发表于1983年，它跳出了当时"伤痕文学""反思文学"的主流叙事轨道，开始了残疾书写聚焦平民生活的转型，将隐喻的焦点对准了市场经济条件下"利益至上"的问题。作品人物大多是残疾人：瞎子、瘸腿、黄眼、麻子、三斜，就连妖媚娇艳的酒店老板花茉莉也长着"一对稍斜的眼睛"。莫言设计这些残疾丑怪类人物，不仅没有任何贬低残疾人的意思，而且充满了对残疾人生存境况的深切同情。当小瞎子在听到酒徒们将自己的音乐与花茉莉的烧酒相提并论时，他的"脸变得十分难看，他的两扇大耳朵扭动着，仿佛两个生命在痛苦地呻吟"。残疾人也是社会的人，残疾人也有喜怒哀乐，残疾人也受各种社会风气的影响。在莫言的笔下，斜眼、瘸腿、黄眼、麻子象征的是物质至上、利益为先的生意人，小瞎子象征的是精神追求、艺术至上的文化人。有了这样一群符号化的残疾人物，莫言就搭起了一座隐喻性的平台，掀起了一片叙事的波澜。小瞎子是一个温文尔雅、超凡脱俗、具有音乐天赋的奇才，他与唯利是图、尔虞我诈的生意人形成了鲜明的对照。小瞎子是真善美的化身，他的到来给马桑镇带来了一道奇异的灵光；他的演奏具有净化人的心灵的无形力量，不仅使得人们的污言秽语销声匿迹，而且使得人们忘记了自私、超脱了庸俗，使得"人们欣赏畸形与缺陷的邪恶感情已经不知不觉地被净化了"。在生意人看来，小瞎子的音乐才能是一棵"摇钱树"，是他们可以利用的生财之道；在读者的眼里，小瞎子的人格是一面"照妖镜"，可以照出那些店家贪婪自私的丑恶本性;在作者的笔下,小瞎子这个残疾人是一个文学叙事的符号,他的言行可以净化人的心灵、呼唤人的本真。小瞎子与花茉莉爱情冲突的情节,使得视力残疾衍生出了人性善恶。按照作者在这篇小说中的说法,"仅仅以外貌来判断一个人的内心世界,往往要犯许多严重的错误。人们都要在生活中认识人的灵魂,也认识自己的灵魂"。虽然花茉莉留宿小瞎子的行为"主要是同情心和恻隐心",但她人性中的"善"的确也占了上风。花茉莉是否真心爱上了小瞎子,"这个问题谁也说不清"。不过,有些问题对读者来说是可以一目了然的:花茉莉"托人去上海给瞎子买花呢西服黑皮鞋",是为了包装小瞎子,好让他更好地为她扩大经营规模服务;她主动向小瞎子求爱,目的是对抗其他店家"让小瞎子轮流坐庄"的企图。花茉莉对小瞎子的"爱",具有"钱欲"和"情欲"的双重寓意:嫁给小瞎子,小瞎子就可以长期由她一人所占有;有了小瞎子,她就可以在生意场和情场上获得"双丰收"。小瞎子在马桑镇借宿被拒绝、艺术被商品化、人格被亵渎的情节隐喻了商品经济社会金钱至上的社会病症。史铁生说过,"残疾人以及所有的人,固然应该对艰难的生途说'是',但要对那无言的坚壁说'不',那无言的坚壁才是人性的残疾"。[①] 人可以通过意志、工具或各种辅助手段来完成因身体残疾而不能做的事情,但人性的残疾要比人的身体的残疾严重得多,其根源在于社会的残疾。"小瞎子走了",他的悄然离去不仅使得作品呼唤人性真善美的主题曲更加动人心弦,而且使得"让民间音乐回到民间、让人性之美永在人间"的作品意旨格外凸显于字里行间,留存于社会民间。

  在上述作品中,不同类别的残疾承担了不同的角色,隐喻了不同的社会病症,但是它们有一个共同的特点,那就是作家对残疾进行了诗意的想象,在身体残疾与人格健全的相互映照中,展现了残疾人的人性光辉,流露出残疾书写的共同思想倾向:身体残疾不可怕,真正可怕的是人性残疾和社会残疾;人如果能够摆脱功名利禄、超越自我,就一定能获得精神的自由,走向人格的高尚,到达完美的境界,并且促进人类社会逐步进入理想的状态。

[①] 史铁生:《病隙碎笔》,陕西师范大学出版社2002年版,第4页。

二 "残疾"用作文化现象隐喻

文化是一种社会现象，是人类长期社会活动形成的产物；文化是一种历史现象，是人类社会历史发展的积淀物。隐喻是在文化环境中形成的，与文化具有密不可分的关系。隐喻以人的活动与经验为基础，经验产生于人与现实社会和文化世界的互动。按照美国加州大学圣克鲁斯分校教授吉布斯的观点：隐喻是文化在语言中的具体体现，处在语言与文化的结合点上；人的文化体验为隐喻的产生提供基础，反复体验加深对新事物的理解，催生出新的隐喻；隐喻随人类文化的发展而产生，是人们对文化世界进行概念化和范畴化的工具。[1] 文学作品是作家用语言建构的建筑在现实生活基础上的"虚拟世界"。在这个世界中，隐喻为看上去互不相干的事物建立一种联系，使读者产生好奇感，从而激发读者的想象力，使作品产生特殊的文体效应；隐喻可以拉近作者与读者之间的距离，在文本与读者之间建起相互联系的桥梁和互动作用的纽带。残疾是一种特殊的社会现象，残疾人与其所生存的社会在政治、经济、文化等诸多方面有着密切的联系。90年代中期以前，中国当代文学的残疾书写，继承"为人生"的文学传统，顺应伤痕文学、反思文学、寻根文学的文学思潮，将着力点主要集中在表现人生、揭示社会病症、拷问人的灵魂上。随着中国社会的现代化、都市化进程不断加快，"城市小说"一度成为文学创作的主流。虽然苏叔阳、王安忆的残疾书写也创作了具有对城市文化心态进行现代性思考的《傻二舅》《阿跷传略》等作品，但中国当代文学残疾书写的着力点仍然主要集中在"重建文学与乡土的血肉联系"上，并且出版了《爸爸爸》《高老庄》《秦腔》《麦河》等一批影响力较大的残疾书写作品。在这些作品中，"残疾"既是作家书写的对象，也是作家借以表达思想的隐喻工具。塑造"隐喻性残疾者"形象，用"残疾"隐喻现实社会中的文化现象，构成了这些作品的共同特征。

文学寻根和"现代派小说"是80年代文学创新潮流中首先出现的现

---

[1] R. W. Gibbs, Jr., and G. J. Steen, *Metaphor in Cognitive Linguistics*, Amsterdam Philadephia: John Benjamins Publishing Company, 1999, p. 90.

象，韩少功是艺术表现手法革新的代表人物，其中篇小说《爸爸爸》不仅在开创当代文学现代派小说先河中举足轻重，而且也在残疾书写表现形式的创新中发挥了先锋作用。《爸爸爸》的主人公"丙崽"是一个典型的"隐喻性残疾者"，韩少功将其作为一个蒙昧、愚蠢但又生命力顽强的物化意象，使其在作品中发挥了特殊的隐喻功能。丙崽出生在湘西深山中的鸡头寨，这里的村民几乎与世隔绝，长期处于一种封闭、凝滞、愚昧、落后的民族文化形态之中。崇拜原始图腾、占卜打冤、活人祭神、饮毒殉道等愚昧现象在这里常有发生，直至如今似乎一切都板结不动、亘古如斯。丙崽长相丑陋、智力发育停滞不前，从小到大只会说两个词："爸爸"和"×妈妈"。丙崽的呆傻和愚钝与日趋复杂的现实形成了巨大的反差，而丙崽作为一种生命存在又必须对变化的现实做出相应的反应，其结果则是丙崽的病态愈发严重。外面的世界天翻地覆、日新月异，而鸡头寨里的时间似乎不再流动。鸡头寨的人几次要弄死丙崽，但祭刀砍不掉他的头，"雀芋"毒不死他的命，丙崽总是能够在鸡头寨的落后文化与历史时代新发展的冲突中苟且偷生。

虽然从时间上看鸡头寨已经进入了民主主义革命时代，但鸡头寨的村民却仍然保留了原始、封建的文化意识，仍然处于原始文化与封建文化混存的文化氛围之中。呆傻的残疾人丙崽既是这种文化怪象的一种表现形式，也是文化发展与时代发展出现错位的产物。从客观意义上说，时代的变迁与文化的演变应当是同步的，但世世代代的与世隔绝造成了鸡头寨人的封闭性、自足性、保守性和抗变性，根深蒂固的旧文化吞食了新时代的文化信息，造就了特殊的"丙崽现象"。有论者认为："韩少功的《爸爸爸》是寻根文学的力作，其批判风采大有鲁迅之遗风，在某种程度上，主人公丙崽极似阿Q，都是否定性的文化象征载体。"[①] 笔者认为，鲁迅笔下的阿Q虽然荒唐可笑，但鲁迅仍然是在写实；韩少功笔下的丙崽虽然同样荒唐可笑，但韩少功却是在以虚喻实；虽然丙崽与阿Q都是被用来隐喻文化与时代的错位，但韩少功没有像鲁迅那样对传统文化进行坚决彻底的批判；虽然阿Q的"精神胜利法"和丙崽的"爸爸""×妈妈"具有相似的象征意义，但丙崽隐喻绝不像阿Q隐喻那样具有由表及里的深邃性和惊世骇俗的爆炸力。然而，丙崽这一隐喻性残疾人物毕竟是一具历

---

① 王铁仙等：《新时期文学二十年》，上海教育出版社2001年版，第82页。

史的活化石，落后文化的抗变力是丙崽不死的真正原因。丙崽这一"隐喻性残疾者形象"，被作者放置在一个偶然的荒诞逻辑序列之中，不仅是我们认识文化与时代错位的工具，而且也是我们摒弃旧文化、发展新文化的警醒物。

20世纪90年代，中国社会正处于变革转型的时期，乡村文明与城市文明、传统文化与现代文化的矛盾冲突日益加剧。贾平凹的长篇小说《高老庄》，以"残疾"为引子，构建了一个意蕴深厚的隐喻世界，生动地再现了当时的文化现象。在贾平凹的笔下，儒家文化对高老庄人的影响比比皆是，"儒家碑记""烈女墓碣""觉世篇碑""三圣庙碑"等儒家文化的载体抬头可见，"不孝有三，无后为大"的传统文化观念在村民们的心里根深蒂固。不同民族的人相互交往、彼此融合，既是一种自然的社会现象，也是一种历史发展的必然。然而，高老庄人偏执于人种的纯粹性，顽固地坚持不与外族人通婚，"为了自己的纯种与南蛮北夷不知打了多少仗"。长期的自我封闭使得高老庄人开始承受由此引起的恶果：高老庄人个个生来"腿短个矮"，高庆升夫妇连生数胎都是怪胎，高子路与菊娃的儿子石头生下来就是身体残疾。作者使高子路与孔子的弟子子路同名，以其象征儒家文化的嫡系传承。传统的乡土文化将高子路养育成人，这里的风土人情、审美爱好、价值判断等都在他身上打下了深深的烙印，成为他终生难以抹去的胎记。他与菊娃生下的残疾儿子石头，寓意他的"根"是在高老庄。然而，高子路不甘心于困守乡村的命运，进省城读书成了大学教授。生活环境与文化身份的改变、城乡文明形态的巨大反差，使他在情感上更倾向于认同城市文明，产生了对乡土文化的焦虑和寻求精神突围的冲动。这种焦虑与冲动导致了他与一城市女子的婚外恋，导致了他与菊娃的离婚。与高挑漂亮、热情开朗的现代城市女性西夏的结合，使得高子路焦虑的心灵得到了暂时的慰藉。然而，由于与城市文化孕育下长大的西夏的婚姻生活并不幸福，他经常想念前妻菊娃和残疾儿子，并且时时感到灵魂的不安。文化差异与精神痛苦的双重压力，使得高子路在传统与现代之间显得极为尴尬，形成了精神文化上的难解之结。于是，高子路带着西夏回到了高老庄。一回到熟悉的乡土文化环境之中，他就像"地里长成的萝卜，在城里的阁楼上风干了，重新投回到家乡的水土里便又很快复原"。熟悉的乡土文化氛围使得高子路回归了原有的文化心理和生活习惯：吃完了伸长舌头舔碗、毫无顾忌地放屁、蹲在尿桶上拉屎……按照西夏的理解，他是"猪八戒回到了高老庄，完完全全还原成了一头猪子"。更让西夏所不能容忍的是，高子路的性行为方式也变得粗鲁起来，她抱怨高子路回到高老庄后怎么性功能就越来越不行了，就是生下个孩子，恐怕也还是腿短个矮、身带残疾的。回到家乡久了，荣归故里的新鲜感逐渐淡去，高子路也逐渐使自己置身于高老庄人的生存活动之外，既不能给乡亲们什么帮助，乡亲们似乎也不再需要他了。既然精神已经无处寄托，他在高老庄也就难以再继续待下去。于是，高子路撕掉了有关高老庄方言土语的笔记本，扔下西夏，独自一人匆匆返回了城里。

按照贾平凹本人的说法，《高老庄》"是我营建我虚构世界的一种载体，载体之上的虚构世界才是我的本真"①。作者要表现的本真是什么？是乡村文明与城市文明的冲突，是传统文化与现代文化的矛盾。作者在表现这种冲突与矛盾时，以"高老庄"为载体，以"残疾"为隐喻，在审视高老庄社会转型期有关现实问题的同时，从历史文化变迁的角度对高老庄的人进行了反观。传统、封闭的乡土文化造成了高老庄人种的退化，不仅使高老庄人有着"腿短个矮"甚至身带残疾的外形，而且使其内在特征上存在某些文化人格的缺陷。高子路与菊娃这两个"腿短个矮"之人的"残疾婚姻"隐喻传统文化的封闭性、守旧性和抗变性；两人所生的残疾儿石头隐喻文化封闭、传统守旧所带来的恶果，暗示乡土文化不寻求开放与转型必将走向退化；高子路与西夏的结合隐喻传统文化与现代文化的融合是大势所趋，二者在性关系上的不协调隐喻新旧文化的融而不合的客观现实，折射乡土文化与城市文化融合之路的艰难与坎坷；高子路还乡后又返回城里的情节寓意他想再次从乡土文化传统中突围出去，但他在城市文明的围城中又将往何处去？高老庄人又将如何生存发展下去？他们究竟应当采取何种方式寻求精神突围和文化转型？小说就此终结，作者没有给出任何答案，但无论是作者还是读者，都希望高老庄人不要再生下像石头那样的残疾儿，都希望高老庄人能够在传统文化与现代文化的融合中顺利实现文化转型，构建更加符合时代需要的文化人格，融入新时代的文化环境之中。

20世纪90年代以来，随着市场经济的不断发展，城乡经济一体化的现代化转型也拉开了序幕。随着各种新兴娱乐文化形式的不断涌现，传统

---

① 贾平凹：《高老庄·后记》，长江文艺出版社2016年版，第394页。

的农耕文化和乡土艺术开始走向衰退，中华传统文化载体之一的"秦腔"也面临着重大的传承危机。"当作家无法以完整的历史意识把握不断变动、富有生机、喧嚣混乱的现实历史时，在情感上也陷入了深深的矛盾中，这种矛盾就在于一方面对正在变动的乡土世界中已有文化形态的消失有着深深的眷恋、悲悯、忧伤，另一方面又意识到了这种变动的不可抗拒性，有着痛苦的惶惑和无奈。"① 始终关注农民命运、关心乡土文化的知名作家贾平凹，"目睹农村情况太复杂，不知道如何处理，确实无能为力，也很痛苦。实际上我并非不想找出理念来提升，但实在寻找不到。最后，我只能在《秦腔》里藏一点东西"②。贾平凹在《秦腔》里藏了点什么东西？他又是如何藏的呢？贾平凹在《秦腔》里藏的是他对乡土文化的情义，藏的是他对传统文化与现代文化相互融合的希望；他藏这些东西的手法就是塑造出"疯子"这一"隐喻性残疾者形象"，并且借助其疯言疯语的叙事来警示乡土文化在转型期所面临的危机。

《秦腔》以第一人称"我"作为叙事者，"我"在小说中的身份是一个叫张引生的疯子。"我"经常灵魂出窍，思维时而混乱时而清晰；"我"酷爱"秦腔"，单纯固执地暗恋秦腔剧团演员白雪，从偷盗白雪的乳罩发展到对着捡来的白雪用过的手帕手淫，最后导致了阉割自残。白雪嫁给了新派知识分子夏风，"我"对这个"听到秦腔就反感"的人恨断肝肠。"秦腔"在与流行歌曲的对抗中处于下风：夏雨酒楼开张唱戏，秦腔剧团演唱时观众的鼓掌"啪啪的只有几片响"，甚至还有人在喝倒彩，而陈星演唱的流行歌曲却"使剧团的演员惊喜不已，那一个下午和晚上，他们几乎都唱起了流行歌曲"。乡亲们对这种现象不以为然，"我"却是耿耿于怀、忧心忡忡。他悄悄地问秦腔剧团的团长："这儿没人，你给我说实话，你也当了一段时间的团长了，你说说这秦腔还有没有前途？"白雪与夏风的婚姻并不幸福，自生了个残疾孩子后，"夏风长久不回来，回来了在家坐不住"，二人最终还是因为合在一起"日子过不成"而离婚。夏风的父亲去世时，离了婚的儿媳白雪"穿了一身白孝"，给"我爹"唱起了秦腔，一直唱到"泪流满面，身子有些站不稳"。丧事结束后，夏风返回了省城，"我""从那以后，就一直盼望着夏风回来"。小说就此戛然画上

---

① 王光东：《"乡土世界"文学表达的新因素》，《文学评论》2007年第4期。
② 赵园：《地之子》，北京大学出版社2007年版，第70页。

了句号。在《秦腔》中,疯子这一"隐喻性残疾者形象"所代表的是秦腔所寓含的乡土文化精神,他的自残不单单是一个事件,而且是一个贯穿整个文本的文化隐喻。秦腔与流行歌曲是两个基本对立的文化意向,疯子对秦腔的酷爱折射了乡土中国的文化状态,他对白雪的痴情暗示传统文化的吸引力,他的自残隐喻乡土文明面对现代文明挑战时的无奈,秦腔演员白雪与新派知识分子夏风的婚姻象征传统文化与现代文化的融合,二人生下的残疾孩子暗喻融合不好就会出"怪胎",二人的离异说明文化的融合并非一蹴而就。有论者认为,"《秦腔》中的乡土叙事所达到的审美效果是乡土文明在面对现代文明冲击时走向了无可挽回的消亡,是一首乡土抒情的挽歌"[①]。我们认为,乡土文明面临现代文明冲击是不争的事实,但"秦腔"所代表的乡土文明不会消亡,《秦腔》不是挽歌,而是警钟!"秦腔"是一种既原始又具有生命力的戏曲,是中国的非物质文化遗产,它体现了秦地人民的个性,蕴含着独特的文化意蕴,正在得到国家的保护。贾平凹借助疯子"我"这一"隐喻性残疾人物"的叙事,警示了乡土文化传承所面临的危机,小说结尾句"从那以后,我就一直盼望着夏风回来"隐喻了叙事者对白雪与夏风破镜重圆的期盼,寄托了作者对传统文化与现代文化相互融合实现现代化转型的希望。

随着中国农村现代化建设过程的加快,《农村土地承包经营权流转管理办法》《关于引导农村土地经营权有序流转发展农业适度规模经营的意见》等政策法规相继颁布,"土地流转"成为当时中国农村生活中的热点问题。关仁山的长篇小说《麦河》,是一部以土地问题为线索反映中国农村现代化转型时期农民现实生活的小说,作品通过"隐喻性残疾者"瞎子白立国的叙述,既以鹦鹉村土地流转过程中的点点滴滴呈现了普通农民的人生百态,又以其自身的文化特质、文化内涵参与到了土地文化格局的重构当中。《麦河》的叙事者白立国是个双目失明的残疾人,但他也是乐亭大鼓的传承人,是村里为数不多的文化人,被乡亲们赞为鹦鹉村的智者。他的眼睛虽然看不见,但听觉、触觉等方面却有着常人无法企及的超能力。他与视力独特的苍鹰虎子结合在一起,组成了一对超强的身体组合,担负起了《麦河》的叙事使命。作为一个乡村话事人,白立国亲历

---

① 曹刚:《论新世纪以来贾平凹的乡土叙述和修辞美学——以〈秦腔〉〈古炉〉和〈老生〉为考察对象》,《小说评论》2016年第3期。

了鹦鹉村的土地改革、合作化、分田到户、联产承包、土地流转（转包、出租、互换、转让）的全过程，他明白："一家一户经营土地，各过各的光景，农民劳苦，赔本赚吆喝，资源浪费，谷贱伤农"，流转土地搞集约化生产"弄好了确实能降低种粮成本，多打粮食，多赚钱。只要看到钱，大多数农民都拥护"。然而，瞎子白立国这个文化人明白的道理普通村民们却弄不明白。在麦河集团与众乡亲商量签订土地流转合同的过程中，玉堂大叔犯牛脾气睡在承包地里，瞎子白立国陪他在地里过夜，对他进行耐心劝导；刘凤桐发誓"宁可土地荒着也不能流转出去"，经过白立国的思想工作"这么快就开窍啦"；郭富九"宁可受穷也要当钉子户"，瞎子白立国反复和他讲道理被误解为得了股份，被当成"是曹双羊的托"；自私自利的陈玉文想大捞一把，坚持要上万元投入补偿才肯将转包给他的土地退给村里搞土地流转，白立国当众揭穿了他的"讹人"把戏。在白立国的大力促成下，乡亲们与麦河集团签订了土地流转合同，搞起了小麦规模种植。麦子丰收了，农民日子逐渐好起来了，可土质变差了，意见越来越多了，曹双羊也发生动摇了，产生了"让我精耕，让我细作，让我养护土地，我得投入多少钱？将来，土地将来和我曹双羊有什么关系"的错误想法。"这点可怜的地啊，它担负着乡亲们的社会保障！是保命地啊！"白立国将群众的呼声"替乡亲们吼了出来"，教育曹双羊"给我走正道，养护土地，给咱农民留点希望吧！"在白立国的规劝下，曹双羊幡然醒悟，发誓"从今以后要养护土地、孝敬土地"。麦河集团请来了农业专家、实施科学种田、建起了葡萄园、办起了葡萄酒厂，制定三十年发展规划，投资养护土地、建高产田、小麦胚芽基地……

　　社会的转型发展与文化的转型发展密切相关、相互促进。"中国的现代性——乡村文明溃败和新文明的迅速崛起——带来的必然结果"①，乡村生活已经"以其自身的文化内涵及文化诉求，深刻影响了文化表层的思想观念，并大规模参与到文化格局的重构当中"②。为了创作《麦河》这部小说，关仁山曾经回到家乡体验生活，既看到了农村复杂的土地问题，又感受到评剧、皮影和乐亭大鼓等乡土文化的神奇力量。他怀着"写一部土地的悼词、一首土地的颂歌"的心愿创作了《麦河》，并且在

---

① 孟繁华：《乡村文明的变异与"50后"的境遇——当下中国文学状况的一个方面》，《文艺研究》2012年第6期。

② 乔焕江：《日常的力量》，广西师范大学出版社2011年版，第163页。

评论家何镇邦先生的建议下,深入开掘"小麦文化"①。在作者的不懈努力下,《麦河》最终成为一部给予农民对于土地的希望、为乡土文化重建提供精神资源的作品。关仁山在塑造瞎子白立国这一残疾形象时,赋予其作品叙事和文化隐喻的双重使命。虽然作者给了瞎子白立国一个残疾的身体,但同时也配给他明察一切的苍鹰虎子,使他具有了常人所不具备的超凡能力。鹦鹉村发生的点点滴滴逃不出瞎子白立国的"慧眼",乐亭大鼓说书人的文化身份更使他得以参加到利用土地、滋养土地、敬畏土地的全过程之中。白立国既是一个"符号化的残疾者",同时又是乡土文化和土地情怀的隐喻体。作为传统文化中"连安地神"的化身,瞎子白立国殚精竭虑地化解了村民的精神危机,使他们回归对土地敬畏。《麦河》基于白立国的"残疾",再现了农村生活的真实面貌;利用白立国的"特异功能",呈现了鹦鹉村土地流转过程中的人间百态;借助白立国的乐亭大鼓,唱出了新时代的"土地精神";依托白立国"娓娓道来",重建了文学与乡土文化的血肉联系。

如果说鲁迅、许地山、路翎、张爱玲等现代作家的"残疾书写"折射出的是旧中国封建文化的荒诞与弊端,那么,韩少功、贾平凹、关仁山等当代作家的"残疾书写",则隐喻了新中国不同时期社会变革、文化转型的阵痛与必然。

三 "残疾"用作伦理道德隐喻

文学与道德密不可分,文学的道德属性是文学社会属性的重要组成部分。自古以来,中国文人就非常重视文学与道德的关系。曾子主张"吾日三省吾身",唐代文学家、思想家韩愈倡导"文以载道",元末戏曲家高明《琵琶记》的开场白有"不关风化体,纵好也徒然"之说,理学兴盛的宋明时期"善"被提升到至高无上的地位,"五四"新文学运动反对文学成为伦理道德的工具,批判"三纲五常"的封建道德,提倡建立"以自由、平等、独立为大原"的现代伦理道德体系。代表中华民族新文化方向的鲁迅在激烈批判封建礼教的同时,极力主张现代的人性与道德。

---

① 关仁山:《麦河·后记》,作家出版社2010年版,第531页。

英国历史学家汤因比指出,"无论人类灵魂的本性将被证明是什么,我们都已经能够或多或少地确定,在象我们这样的现代人类中,在象新几内亚土人和中非洲小黑人那样的彻底原始人中,人类的本性大体上是一样的"①。残疾人与健全人一样,都是生物学意义和社会学意义上的"人",其人性与健全人一样也是无本质上的不同的。在现实社会中,残疾人或遭到歧视与偏见,或享受关爱与同情,如何对待残疾人的问题关系到社会的文明程度和伦理道德水平。或多或少地出于对残疾人的偏见,传统文学书写中曾经出现过一定的偏差,产生了诸如"盲人摸象""盲人骑瞎马""聋者之歌""哑子吃黄连""聋子听到哑巴说瞎子看见了爱情"等对残疾人不够尊重的语言文字。当代文学的残疾书写改变了这种状况。在当代作家的眼里,绝大多数残疾者的心智都是健全的,他们可以用其独特的方法去感知世界、认识现实、区分善恶。在中国当代文学的残疾书写中,生活经过作家视角的审视、情节经过作家的苦心设计、人物经过作家的精雕细镂之后,瞎子能够"看得见"明眼人熟视无睹的社会现实,聋子可以"听得进"耳聪者充耳不闻的道德伦理,哑巴甚至可以"道得出"善言者缄默不言的人性善恶。

　　残疾者因为身体受制约而行为受限,社会生活中屡屡经历健全人所无法想象的尴尬与困难,肉体与精神的双重重轭促使他们不得不以生命之力去追求人格价值的平等。在人与人的关系中,残疾人不仅会特别在意人们对其生命存在的肯定,而且会强烈希望将这种态度渗透到现实生活的方方面面。残疾人的残缺只是躯体的残疾,其生命的力量不可磨灭,躯体的残疾并不意味着精神、情感和人格的尊严可以受到随意的侵犯。新时期文学作品塑造了一大批有血有肉的残疾人物,如莫言《屠夫的女儿》中天生没脚的香妞儿,严歌苓《老人鱼》中的瘸腿外公,胡功田《瞎子·亮子》中的四瞎子,东西《没有语言的生活》中的瞎子父亲、聋子儿子和哑巴媳妇,王安忆《阿跷传略》中的跛脚阿跷等。这些残疾人物,无论是在作品中充当主要人物还是次要人物,他们都是服务于作者文学叙事的语言符号。他们有的做主角、有的当配角,有的从正面、有的从反面,以其生理的残缺和心理的创伤隐喻了现实社会中的伦理道德。

　　莫言短篇小说《屠夫的女儿》中的小女孩香妞儿天生没有脚,两条

---

① [英]汤因比:《文明经受着考验》,沈辉等译,浙江人民出版社1988年版,第216页。

腿像鱼尾巴一样。她不能行走,整天躺在篓子里。由于自出生以来一直生活在一个封闭的极小空间,她对事物感知的结果与客观现实之间存在很大距离:她似乎有一个属于自己的家,有小黑狗,有妈妈,还有外公;她似乎有着自己的童话世界,每天坐在挂在小推车上的篓子里幻想小牛犊总有一天会对自己说话。然而,严酷的事实解构了小女孩诗意盎然的童话世界:她有生以来从来没有跟村里的孩子们一块儿玩过,当她挣扎着跳下炕去用仅有的双手往院子里爬时,小黑狗高兴极了;当村上的孩子看到她"那两条像鱼尾巴一样的腿",就立刻被她的畸形身体吓得大喊:"妖精,妖精,没有脚的妖精!"终于有一天,香妞儿得知自己是外公和妈妈乱伦的产物,自己心目中的家原来是一个背离了伦理道德的"家"。

虽然《屠夫的女儿》不足 8000 字,情节也非常简单,但其中的伦理寓意却极为深刻。作品从香妞儿这个没有脚的儿童的视角,以怜悯、同情的笔调表现了残疾儿童对健全人世界的向往。香妞儿虽然肢体残疾,但她的心智是健全的,小小年纪就一直遭受生理残疾和心理痛苦的双重困扰。香妞儿观察到"外公从来不说话","想说话又说不出来",发现"妈妈从来不把烧饼递到外公手里","也从来不招呼外公吃什么",感觉到"妈妈总像随时都要流眼泪",知道"妈妈的眼泪一旦流出来就会不断头地流","生怕我妈妈流眼泪",希望"妈妈你千万别流眼泪"!香妞儿生活中所见、所想、所希望的背后是一个严峻的伦理道德问题,是成人世界给无辜儿童带来的严重心理创伤。香妞儿梦见"妈妈披散着头发,双手高举起那根沾血的木棍子,一下一下地敲打着蜷缩在地铺上的外公",怀疑地问妈妈"他是我的爹吗?"妈妈怔了怔,然后"把那柄弯弯的长刀用力捅进了猪腹,还在刀柄上打了一拳";她在梦中还听说"爹是个漂亮的大汉子","我的爹有一双大脚,总有一天,我也会长出一双大脚"。香妞儿梦中所见、所想、所希望的是长期精神压抑所诱发的一种幻象,是伦理缺失和道德沦丧所导致的儿童身体创伤和精神创伤。在《屠夫的女儿》中,香妞儿的残疾所隐喻的是一种催人泪下、发人深省的道德现象,既体现了作家的伦理道德观,也暗含了特定时代的道德现象。

严歌苓的短篇小说《老人鱼》从主人公穗子的儿童视角出发,讲述了一个她与残疾外公的故事,揭示了"文化大革命"所导致的人性裂变和道德灾难。穗子的外公是一个伤残老兵,打仗时冻掉了三个足趾。穗子与外公一起生活，大概九岁那年终于明白："早在五十年代，政府出面撮合了一些老兵的婚配，把守寡多年的外婆配给了外公。被穗子称为外公的老头，血缘上同她毫无关系"。然而，外公对于穗子的关爱却是无微不至，穗子对外公也是形影不离、特别依赖。"外公对于她，是靠山，是胆子。是一匹老坐骑，是一个暖水袋。"外公老了，"对历史的是非完全糊涂，不知道自己在战争中做的是好人还是坏人"。"文化大革命"期间，穗子的父母领走了女儿，理由是"长期以来他们是被迫跟女儿骨肉分离，让自己的孩子给一个不相干的老头做伴，而且是历史不清不白的一个不相干老头！"从此，外公孤身一人生活，不久便患骨癌去世，"老人没有一个亲人，他的亲属栏里只填了一个人的名字，当然是穗子"。

《老人鱼》的故事情节和人物设置虽然十分简单，但儿童视角下的政治隐喻和道德内涵却十分深刻。"人与人之间的关系是伦理性质的，因此以相互帮助和共同协作的形式建立的集体或社会秩序就是伦理秩序。人类最初的互相帮助和共同协作，实际上就是人类社会最早的伦理秩序和伦理关系的体现，是一种伦理表现形式，而人类对互相帮助和共同协作的好处的认识，就是人类社会最早的伦理意识。"① 外公与穗子以及穗子的父母虽然没有生理学上的血缘关系，但他们在社会学意义上的伦理关系是毋庸置疑的。外公虽然身体残疾、外表邋遢、言行古怪，但他倾其所有去疼爱、关心、抚育穗子，尽了他一个做外公的道德本分。穗子的母亲虽然是个知识分子，外表上显得比外公高雅，但她忘记了亲情、丧失了道德、扭曲了人性。她居然暗示穗子："外公只是叫叫而已，并非血亲的外公"，她将外公对穗子的养育说成是"让自己孩子给一个不相干的老头做伴"，她甚至还用造反派对外公勋章质疑的理由去说服穗子离开外公，其行为显然是不道德的。儿童"往往要靠形象直观的帮助才能理解抽象的或者超出经验的字词意义。"② 穗子太年幼了，无法弄懂成人世界的政治概念，只好"装傻，顽固地沉默"。外公有时一点也不糊涂，"你们夫妻俩的心思我有数，我知道你们良心喂了狗，不过我都原谅。现在哪里的人不把良心去喂狗？不去喂狗，良心也随屎拉出去了"。自从离开外公以后，"穗子非常意外地发现，自己很少想念老人"，入团填表时"把外公填在亲属

---

① 聂珍钊：《文学伦理学批评：基本理论与术语》，《外国文学研究》2010 年第 1 期。
② 李丹、刘金花编：《儿童发展》，台北：五南图书出版公司 1989 年版，第 215 页。

栏中,想了想,又将他涂掉",以后再填此类表格时也"不再把外公填进去"。外公死了,"他的亲属栏只填了一个人名字,当然是穗子"。外公的朴实善良、对穗子超越血缘的无私爱心、对穗子父母宽容原谅的宽阔心胸,与穗子母亲要领走穗子时的狭隘私心及其要隔断亲情的道德沦丧之举,形成了非常鲜明的对比,给读者的内心以强烈的冲击。严歌苓曾经说过,"作家就要有一个完全没有 judgemental 的 mind,你不能预先的去仲裁一个事情,是不是美,是不是丑,是不是道德,这都是不能仲裁的"[①]。作者是这样说的,也是这样做的,严歌苓在作品中既没有进行道德说教,也没有给予道德评判。她相信读者的分析能力,把评判的权力交给了读者。政治环境的压力迫使穗子填表时不再把外公填进亲属栏,可外公去世前却仍然将"穗子"的名字填在亲人一栏中。这看似不经意的一笔,其中既蕴含了老人对穗子的浓厚亲情,也展现了老人身上超越生命周期的一种道德力量。

  胡功田的中篇小说《瞎子·亮子》,是一部反映社会底层人物生存境况、隐喻人性善恶的作品。主人公四瞎子小的时候因一次事故失去了双眼,进入了一个没有光亮的黑暗世界,但他不愿接受命运的摆布,立志自立自强,从按摩学院毕业后到按摩院当了一名按摩师。四瞎子遇见了据说从小因娃娃亲出嫁、后被丈夫抵赌债、不堪虐待逃出来的杨小玉。两人结合之后,四瞎子暗下决心,要加班加点多挣点钱去治好眼睛,以便能够好好看看充满光明的世界,好好看看老婆漂亮的面容。杨小玉突然不辞而别离家出走,从此杳无音信。年轻顾客女老板洪秀秀爱上了四瞎子,主动出资送他到省城医院治好了双眼,使他从"瞎子"变成了"亮子"。洪秀秀执着地追求四瞎子,四瞎子却执意要找回杨小玉。四瞎子虽然找到了杨小玉,杨小玉却因车祸而死去。四瞎子事后得知杨小玉原来是个拐卖妇女儿童的骗子,她与自己结婚,是为了有个栖身之地来逃避法律惩处。治好了眼睛,四瞎子变成了亮子;变成亮子后,他看到了有生以来从未见过的"阳光下的罪恶",看到了"阳光下的世界太肮脏",觉得"只有回到瞎子世界去心里才是干净的!心灵才是纯洁的!人才是自由的!世界才是完美的"。于是,他用石灰弄瞎了自己的双眼,重新回到了按摩院。

  从叙事手法上看,《瞎子·亮子》似乎是承袭了中国古典戏剧和古典

[①] 严歌苓著,李憬宗整理:《严歌苓谈人生与写作》,《华文文学》2010 年第 4 期。

小说爱情故事的叙事框架,讲述了一个动人的爱情故事,但胡功田"旧瓶"中装的"新酒"很值得人们去细细地品味:四瞎子、杨小玉、洪秀秀三角关系的背后蕴含着关于人性善恶的深刻隐喻。在传统文学作品中,人物大多都是非善即恶,要么是"善"的代表,要么是"恶"的化身;胡功田《瞎子·亮子》中的三个人物既非全善,亦非皆恶,三个人都是集善恶于一身的一般意义上的"人"。先说四瞎子:由于有了洪秀秀的热情关心和资金帮助,他才得以治好眼睛重获光明,其内心对洪秀秀的好感及感恩都是不言而喻的。然而,他对洪秀秀的求爱毫不动心,念念不忘结发之妻杨小玉。他对杨小玉的突然出走,不但没有任何抱怨,而且还给予充分的理解,觉得杨小玉是个"亮子",本来就"不应该嫁给一个什么都看不见的瞎子做老婆",杨小玉嫁给自己"本来就是一个错误的选择"。眼睛治好成了"亮子"之后,四瞎子不但不肯与恩人喜结连理而且坚持苦寻发妻的行为,的确体现了四瞎子身上的"善"。然而,如此"大善"之人绝非"小恶"皆无。四瞎子并没有完全"独善其身",他和杨小玉是法律意义上的夫妻,他与洪秀秀的关系是典型的"婚外恋",尽管他心里想着要去寻找杨小玉,但他仍与洪秀秀行鱼水之欢,"一阵功夫下来,弄得汗流浃背有气无力了,像一头被宰杀快要断气的公猪躺在洪秀秀身边喘着粗气"。再说洪秀秀:面对处于社会底层、双目失明的四瞎子,她发自内心地怜悯、同情;当四瞎子被权贵欺侮的时候,她挺身而出、百般呵护;她慷慨解囊送四瞎子去省城治疗眼睛,使他由瞎子变成了亮子;当四瞎子要去找杨小玉,她虽然心里不愿意,却仍然出钱资助四瞎子上路。所有这些行为,都可以被看成是一个富有同情心、正义感的女老板的"善举"。然而,洪秀秀也不是一个"尽善尽美"的人。她在"行善"的同时也在立马横刀、夺人所爱,充当了不光彩的"第三者"。其举之"不善",显而易见!她一边与四瞎子谈婚论嫁、行鱼水之欢,一边又在关心找杨小玉。"爱情、婚姻与性,这在世俗看来本应是三位一体的,但到了他们这里,似乎变成了各不相干的东西了。"① 最后再说杨小玉:她是一个参与拐卖妇女儿童的骗子。她与四瞎子结婚,是为了有一个栖身之地来逃避法律的惩处;她不辞而别,是因为欠了一屁股的赌债。如此看来,杨小玉似

---

① 陈仲庚:《谁来为当今的爱情"开光"——读胡功田〈瞎子·亮子〉所想到的》,《湖南科技学院学报》2008年第9期。

乎是个地地道道的邪恶化身。然而，这个万恶不赦的女人身上却仍然残存着"善"。四瞎子找到杨小玉是因为碰巧两人在汽车上坐在同一排，就在汽车快要翻下山沟的一刹那间，她将四瞎子的头紧紧贴在自己的胸脯上，用自己的死换回了四瞎子的生。弗洛伊德认为，人具有本能的生物欲望（本我 Id），人具有人格、道德、良心（超我 Superego），人本身（自我 Self）则是前二者的中介；法国思想家帕斯卡尔认为，人的一半是天使，另一半是魔鬼。胡功田之所以塑造这样三个集善恶于一身的人物，是希望读者能够感悟出一个道理：人之初，既非性本善，亦非性本恶。人是善恶共存的结合体，在现实生活中善恶只在一念之间。控制本能的生物欲望、厚德向善达到"超我"难，放纵本能的生物欲望、恶性抬头易，"扬善嫉恶"永远都是残疾人和健全人的共同追求。

在《瞎子·亮子》中，视力残疾隐喻了人性善恶，引发了人们对"人性"问题的思考。评论界对这部作品进行了多角度的论述：有人认为，四瞎子恢复光明后又主动放弃光明的故事情节非常荒诞；有人认为，《瞎子·亮子》"竟然匪夷所思地得出'瞎子的黑暗世界更为安全和光亮'的怪论，四瞎子的这种自欺欺人的无奈之语，显然蕴含着对社会现实的巨大反讽与嘲弄，对光亮世界里良知缺失的尖刻责难与挖苦"[①]。其实，这部作品的力量要远远大于反讽、嘲弄、责难和挖苦。作者建构"瞎子变亮子、亮子变瞎子"的荒诞情节，就是要以"荒诞"为手段，凸显人性善恶之间的格格不入。荒诞在古今中外的文学作品中早已有之，现代派艺术的出现才使得荒诞感从现实生活中升华出来，成为一种自觉的审美意识，使得荒诞"从一般的历史社会范畴上升到人类存在的范畴，从一种批判意识发展成为一种彻悟意识；荒诞并不仅仅在于社会现实中的事物，而在于人的整个存在，在于人的全部生活与活动"[②]。"瞎子变亮子、亮子变瞎子"的荒诞情节，隐喻了人在社会生活与活动中的人性变异：杨小玉由一个淳朴的山村妇女变成拐卖妇女儿童的罪犯，又在生死关头变成一个舍己救人者；洪秀秀由一个富有同情心、正义感的女老板，变成了夺人所爱的第三者，又由第三者变成四瞎子寻找杨小玉的资助者；四瞎子由主动收留杨小玉的同情者变成一个"婚外恋者"，又由"婚外恋者"变成不

---

① 杨金砖：《物欲世界的灵魂拷问——读胡功田先生的〈瞎子·亮子〉》，《湖南科技学院学报》2008 年第 3 期。

② 柳鸣九：《二十世纪文学中的荒诞》，湖南教育出版社 1993 年版，第 2 页。

忘结发之妻的苦苦寻找者。三个人物的人性都经历了由"善"向"恶"、由"恶"向"善"的不断转变，抑制"本我"、追求"超我"构成了作品的人性主题。"作家的使命不是发泄，不是控诉或者揭露，他应该向人们展示高尚。这里所说的高尚不是那种单纯的美好，而是对一切事物理解之后的超然，对善与恶一视同仁，用同情的目光看待世界。"[①]虽然四瞎子恢复光明后又用石灰弄瞎了双眼的情节貌似荒诞，但这是胡功田的神来之笔，是作家赋予笔下人物对一切事物理解之后的超然。"阳光下的罪恶"太多，四瞎子般的弱势群体又能奈之若何？既然改变不了现实，那就只好改变自己，回到那个干净、自由的瞎子世界中去。如此"荒诞"的决策与行动，对读者的震撼是巨大的，其背后的道德寓意也是作者留给读者去仔细玩味的。

　　东西的中篇小说《没有语言的生活》也是一部基于残疾、隐喻人性善恶的力作。小说按照"没有语言造成的误解、没有语言引来的伤害、没有语言选择逃避、逃来逃去还是失败"的叙事线路，通过由残疾人王家宽一家组成的"弱势群体"与村上健全人组成的"强势群体"之间的矛盾冲突，从人性的角度向读者展现了一个残疾人家庭的生存困境。作品主人公王家宽是个聋子，他父亲王老炳是个瞎子，老婆蔡玉珍是个哑巴。这家人为人忠厚老实、心地善良，残疾人的弱势地位使他们常常处于被欺凌、被戏弄、被侮辱的境地，在与村上人的交往过程中，他们经常主动选择隐忍与退让。在东西的笔下，这家残疾人的淳朴善良与身体健全的村民的卑劣无耻形成了鲜明的对照：王家宽虽然是个聋子，但他的人品明显高于身体健全的村上人。他坦率真诚，心口如一，对人性善恶、是非曲直有着自己的独立判断。村民老黑把得瘟病死掉的鸡"埋在地里、丢在坡地"，王家宽拦住老黑并指责他"真缺德，鸡瘟来了为什么不告诉大家"；当初哑巴蔡玉珍到村里推销毛笔，色胆包天的村民调戏她，无知孩子乱起哄，只有王家宽挺身而出保护她，并且陪着她走了七天、卖了十支毛笔；照相师傅将为朱灵拍摄的照片送到村里时，朱灵已经上吊死去，她母亲不要照片也不肯付钱，王家宽主动出钱将照片全部买下来。父亲王老炳虽然是个瞎子，但他心地善良、待人宽厚，面对偷他家腊肉、被村民反剪双手捆起来的刘挺梁，"他把绳子松开，说今后你们别再偷我的了，你走吧"。

---

① 余华：《为内心写作》，《灵魂饭》，南海出版公司2002年版，第222页。

哑巴蔡玉珍心胸开阔、人格高尚,虽然在心里已经深深地爱上了王家宽,但在朱灵被张复宝玩弄怀孕后上门请求与王家宽结婚时,主动成人之美选择离开。朱灵自杀以后,蔡玉珍嫁给了王家宽,会说话的聋子、看得见的哑巴、听得见的瞎子组成了一个在身体上交叉互补的家庭。

聋子、瞎子和哑巴组成的残疾人家庭的话语环境,是一个失语的小世界,处于众多村民组成的强大的有语世界的包围之中,丧失了本该拥有的话语权。对于这样一个由残疾人组成的可怜家庭,身体健全的村民不但没有给予应有的怜悯与同情,反而更加显露出人性中恃强凌弱的一面。王老炳被马蜂蜇伤,中医脱去他的衣裤为他涂药,围观的村民不是同情,而是对其隐私处交头接耳;聋子王家宽因为听不见,将收音机的声音开得最大,村民不是善意提醒,而是做淫秽手势羞辱他;王家宽不识字,每天为教师张复宝挑水换取其代写一封情书,张复宝却在落款处签上了自己的名字;王家宽顶着烈日为朱大爷家盖房,狗子将他骗到老黑家捆起来,还将他的头反复摁在热水里,把他的头发剃成阴阳头;王家宽顶着阴阳头爬上朱大爷家屋顶继续盖瓦,狗子等人却对着屋顶上的王家宽大声喊:"电灯泡——天都快黑啦,还不收工";为了摆脱村民的骚扰与欺凌,王家将房子改建到了河对岸,可哑巴媳妇蔡玉珍还是遭到了村民的强奸;王胜利的出世似乎给王家带来了希望,可这个健全的第三代上学第一天从健全人世界学会的竟是一首侮辱残疾人人格的歌谣:"蔡玉珍是哑巴,跟个聋子成一家,生个孩子聋又哑。"

"小说家的使命,就是要在现有的世界结论里出走,进而寻找到另一个隐秘的、沉默的、被遗忘的区域——在这个区域里,提供新的生活认知,舒展精神的触觉,追问人性深处的答案,这永远是写作的基本母题。"[①]《没有语言的生活》将人们的关注点引入了隐秘的、沉默的、容易被人遗忘的残疾人生存困境问题,从人性的高度向读者展现了所谓"残缺世界"和"健全世界"的是非曲直,以残疾人的天真、淳朴与善良比照健全人的卑劣、无耻与凶残。王家宽一家的悲惨遭遇、一家人与健全人的隔绝,都是健全人对他们的歧视、压迫、虐待、驱赶所造成的。在残疾人的健全人性面前,健全人却显得相形见绌了。这家残疾人只是由于生理

[①] 谢有顺:《中国小说的叙事伦理——兼谈东西的〈后悔录〉》,《南方文坛》2005 年第 4 期。

上的残疾而陷入生活困境，村上的健全人却因为人性中的残疾而导致道德的沦丧，二者相比起来，健全人则更是需要救治的对象。在物质文明高度发达的社会，人是否更应当不断地拷问自身、反省自身、遵守社会公德、追求人性的至善至美呢？王家宽、王老炳、蔡玉珍三个残疾人通过交叉互补的方式，实现了对生理残疾的自救；健全人如何摆脱道德困境、实现对人性残疾的自救呢？这是作者留给读者、留给世人的严峻而又迫切的问题！

王安忆的短篇小说《阿跷传略》中的主人公阿跷是一个肢体残疾者，他的生存环境与《屠夫的女儿》《老人鱼》《瞎子·亮子》《没有语言的生活》中的人物截然不同，亲情与道德不断为他输入的是促进健康成长的正能量。王安忆是20世纪80年代初登上文坛的青年作家，在"伤痕文学""反思文学"的创作热潮中，她不是随波逐流，而是逆流而上，在《阿跷传略》中写出了激流之外的历史，呈现出了日常生活的内涵。在王安忆看来，"历史的面目不是由若干重大事件构成的，历史是日复一日、点点滴滴的生活的演变"①，正是基于这样的认识，她将目光聚焦于肢体残疾的阿跷，使叙事回到了个人，将隐喻指向了人性道德。阿跷出生在大都市上海，生下来的时候四肢完整、哭声洪亮，得了小儿麻痹症留下后遗症而成为"跷脚"，所以大家都称他"阿跷"。阿跷因为跷脚而怕大家耻笑，因为"刁钻古怪"而成为同学恐惧的对象。阿跷始终觉得自己难以与环境之间达成认同，总觉得自己是一个无法与社会融为一体的"边缘人"，如何获得他人的"承认"成了他内心的最大焦虑。阿跷是不幸的，他有"跷脚"的残疾；阿跷是幸运的，他生活于社会公德水准较高的上海。用王安忆自己的话说，"我是在上海弄堂里长大的，在小市民堆里长大的……我对上海的认识是比较有草根性的，不像别人把它看得那么浮华，那么五光十色的，那么声色犬马的"②。在学校里，阿跷有过畏畏缩缩，有过战战兢兢，但同学们没有歧视他；在工厂里，阿跷绕线圈绕不起来，领导给他调换工种；按照当时的规定，"文化大革命"期间中学毕业的工人要参加统考，考不及格者要被扣奖金。厂里额外给他一个月的假，让他脱产补习备考。邻里、家庭、单位都没有将阿跷视作"他者"，他从

---

① 徐春萍：《我眼中的历史是日常的——与王安忆谈〈长恨歌〉》，《文学报》2000年10月26日。

② 王安忆：《王安忆说》，湖南文艺出版社2003年版，第207页。

众人的人文关怀中找到了失落已久的尊严和勇敢面对生活的信心。阿跷的残疾所隐喻的是善待弱者的社会伦理道德：上海在不断变化，但她的道德底蕴没有变，她的生命力存在于阿跷身边的那些普通人的人性和正能量之中，对残疾人的关爱永远是中华民族的传统美德。

隐喻作为一种重要的文学现象，"不仅能折射出人类诗性智慧的光辉，也能揭示出人类认识世界、改造世界的哲学睿智；不仅是人类改造世界的桥梁，也是人类认知自身的途径"[①]。中国当代文学残疾书写，以"残疾"为隐喻，折射出现实社会的种种病症、表现了现实社会中的人性善恶、引发了对社会道德伦理问题的深刻思考。虽然古华、宗璞、余华、莫言、东西、胡功田、严歌苓、王安忆、苏童等作家并非刻意地使用象征化或者寓言化的创作手法，但其作品中时隐时现的由各类残疾所派生出来的物化意象，被附着了作者对残疾、对时代、对现实、对人生的理性思考和独到见解，既能启发读者去体会和品味作品主人公的残疾人生，又有助于读者从表层的残疾叙事中洞悉其背后的道德寓意。

[①] 季广茂：《隐喻视野中的诗性传统》，高等教育出版社1998年版，第11页。

第四章

叙事策略:"双向多元"的叙事模式

　　叙事作为话语的虚构,同现实世界之间是有一定距离的;叙事的视角、线路、语言、方式是可变的,对于同一件事也存在各种不同表述的可能性,所以不同的叙事策略产生的叙事效果也是不一样的。叙事策略的核心是如何叙述,包括叙事时序的安排、空间的设置、视角的选择、线路的设置、重心的掌握、语言的运用,等等。文学叙事的本质是叙述事件,也就是通常所说的"讲故事"。由于故事叙述者(teller)与故事本身(tale)具有某种互动关系,二者又分别与听故事的受众(addressee)之间存在着一定的互动关系。多重互动下的故事除了传递事件信息之外,总是或隐或显地含有叙述者的一定价值取向,受众也常常会将故事情节与现实世界交织在一起而产生知觉错位,在不知不觉中进入叙述者运用叙事策略所营造出来的叙事空间和叙事情境之中,从而成为文学作品的忠实受众。

　　残疾叙事是文学叙事的一种特殊形式。"残疾"可以服务于不同的叙事意图,可以为不同的审美意愿所编码;"残疾"可以催发出独特的叙事情境,可以打开一条与众不同的叙事蹊径;"残疾"可以将作品的叙述推入美学新境,可以赋予作品特殊的情感张力和深刻内涵。残疾人物由于在身体上和精神上与健全人存在明显差异,总是释放出一种令人好奇的诱惑,吸引着作家对他们进行想象和叙述。残疾叙事不仅可以帮助作家打开一个不同于"健全人"的想象空间,而且可以为作品的情节发展提供充足的动力。中国当代文学残疾书写的叙事特色主要体现在空间的互动、结构的双向和视角的多元上。所谓空间的互动就是构建双向互动的叙事空间,利用虚拟空间与现实空间的互动,营造亦真亦幻的叙事氛围和身临其境的感觉效果;所谓结构的双向就是以残疾为媒介,以身体叙事和身份构建形成一明一暗的两条叙事线路,明暗交织,环环相扣,推动作品情节的发展；所谓视角的多元就是采用视角越界的方法赋予以第一人称叙事的残疾人物全知视角，创造一种陌生化的效果，使得残疾叙事的内容与作家的创作意旨微妙结合，给读者一种新奇的审美体验。

一 故事空间与话语空间的双向互动

现代叙事学认为，文学作品的叙事空间充满了无数根线，它们既在文本内部连接互动，又延伸到文本外部与历史和现实互动，形成作品隐形的、延展的空间形态。美国学者苏珊·斯坦福·弗里德曼认为："叙事表现为在时空坐标中移动，文本叙述的纵横运动和交叉产生事件；语词、句子和故事层面存在对话和互文，文本在纵横两个轴上与作者、读者和语境产生对话。叙述在纵横轴上出现并置、悖反、合并、分歧和模仿等因素，他们合起来形成作者叙述出来的动态文本和流畅故事。"[1]

故事空间和话语空间是叙事空间的两极，故事空间侧重故事发生的地点、场景、人物等，话语空间侧重叙事技巧在文本语境中的应用，故事空间与话语空间的互动赋予作品情感张力和深刻内涵。"人之对空间感兴趣，其根源在于存在。它是由于人抓住了在环境中生活的关系，要为充满事件和行为的世界提出意义或秩序的要求而产生的。"[2] 文学作品的空间，不但是人物行动和情节发展的场所，而且是作者倾注创作情感和人生体验的真实与虚拟相结合的书写空间。中国当代文学的残疾书写常常以残疾现象为媒介，建构虚拟荒诞的故事空间，采用"超现实主义"的叙事手法，构建情景交融、虚实结合的话语空间，并且通过故事空间和话语空间的双向互动，在荒诞与现实之间架起想象的桥梁，揭示隐含在荒诞背后的社会现实。阎连科获老舍文学奖的长篇小说《受活》、东西获首届鲁迅文学奖的中篇小说《没有语言的生活》、迟子建获鲁迅文学奖的《雾月牛栏》等作品，就是利用故事空间与话语空间的互动，实现文学空间与现实空间的对接，使作品超越文本字面而与社会现实相对接的代表之作。

---

[1] Susan Standford Friedman, *A Strategy for Reading Narrative*, Columbus: The Ohio State University Press, 2002, pp. 217-218.

[2] [挪]诺伯格·舒尔兹：《存在·空间·建筑》，尹培桐译，中国建筑工业出版社1990年版，第1页。

《受活》的故事发生地是位于深山峡谷中的"受活庄",人物大多都是瞎子、瘸子、瘫子、聋子、哑巴等残疾人。"受活"是北方方言中的豫西方言,意思接近于现代汉语中的"享乐""快活"。居住在这里的人们虽然身体上有残疾,但他们凭借自己的辛勤劳动而得以丰衣足食、其乐融融,村庄也因此得名为"受活庄"。"偏僻落后的山村""身体残疾的村民""其乐融融的生活"与"政治运动""形形色色的健全人""商品经济大潮"等一起构成了《受活》的故事空间。"受活庄"虽然地处偏僻山区,但绝对不是一个与世隔绝的世外桃源,"受活人"与外部世界不可避免地发生某种关联。封闭的"受活庄"小世界受控于外部的"圆全世界","残疾的"受活人"受制于社会的"圆全人"。基于这样一种关联,作者构建了作品的话语空间,通过"受活人"视角与"圆全人"视角的双向互动,讲述了一个反映当代"受活人"生存状态的故事。

　　"受活人"虽然身体上有残疾,但他们都是有健全思维的活生生的人。在"圆全人"的眼里,"受活人"残缺的身体及其赖以生存的"绝技"表演是供人观赏取乐的对象,是可以用来兜售赚钱的工具。为使全县达到脱贫致富的指标,讲究虚荣、只顾个人政绩的县长让受活庄的残疾人组成了绝技表演团到"圆全世界"去表演,以获得"致富"的原始资本。作品叙事采用了大量夸张、变形、荒诞、魔幻化的表现手法,讲述了残疾人的生存境况:"聋子马"表演耳上放炮,冒着生命危险将炸雷放在脸上点燃;小儿麻痹娃儿表演脚穿瓶子跑,瓶子碎了踩着碎玻璃碴血流满地还得跑。残疾人辱没自尊的表演赚得的血泪钱被"圆全人"洗劫一空,到头来还是拖着伤痕累累的残缺身体回到受活庄,回归到原有的生活轨道。

　　《受活》的故事人物是虚构的,故事情节是荒诞的,而荒诞的背后则是严肃的残疾人生存问题。"圆全世界"的商品经济大潮和现代化进程影响到了"受活庄"的边缘存在,"圆全世界"的所谓理性和残疾村民的自然感性之间出现了悖论与反差,如此构成了作品情节荒诞性的原因与特质。"受活庄绝技表演团"的残疾人"成了无法召回的流浪者,因为他们被剥夺了关于家乡的记忆,而同时也缺乏对未来世界的希望;这种人与他自己的生活分离,演员与舞台分离的状况真正构成荒诞感"[①]。正因为如

---

① [法]阿尔贝·加缪:《西绪福斯神话》,郭宏安译,《文艺理论译丛》(3),中国文联出版公司1985年版,第404页。

此，阎连科坚持关注残疾人生存困境的叙事向度，将残疾人物朴实的言行置于荒诞的背景空间中展开叙述，使作品的虚构情节与严酷的社会现实紧密关联。作品超越具体常理所揭示出来的弱势群体的生存艰难，残疾人试图融入"圆全世界"的曲折辛酸，都显得真实而深刻，具有异乎寻常的震撼力量，作品的成功与其独到的叙事策略是密不可分的。《受活》通过故事空间与话语空间的双向互动，营造出了似非而是的叙事氛围和小说情境，展现了残疾人在主体性失落的困境中艰难生存的真实图景，揭示了"受活人"为了过上"受活生活"而付出的沉重代价，表现了偏僻山村融入现代文明的曲折过程，实现了对传统现实主义叙事的创新与超越。

《没有语言的生活》讲述的是一家三个残疾人的生存困境和精神痛苦的故事。父亲王老炳因马蜂蜇伤变成了瞎子，儿子王家宽是个聋子，娶的儿媳蔡玉珍又是个有听觉的哑巴。瞎子说话时聋子听不见，哑巴打手势瞎子看不见，残疾使得一家人的沟通和生活陷入困境：聋子将父亲要买肥皂的吩咐理解为买毛巾；全家人都在场时候，腊肉仍然被村上人偷走。这家人虽然身体残缺，但他们的精神还是健全的。经过三人的不懈努力，全家终于形成了默契：瞎子问话，哑巴点头或摇头，聋子把看到的情况说给瞎子听，如此进行彼此之间的有效沟通，组成了一个在身体上自给自足的家庭，以互相补位的方式抵御外界的语言暴力和行为暴力。然而，身体的残疾还是使他们成为村里人欺凌的对象，导致常常被调侃、被作弄、被侮辱、被偷盗，甚至连哑巴蔡玉珍也被健全人强奸了。为了躲避村里人的侵扰，他们只好另造新屋，把家安在远离村子的河对岸，并且拆除通向对岸的木板桥，断绝了与健全人世界的一切往来。健全的小孙子王胜利的出生似乎给全家带来了些许"有语言的"生活快乐，但他从"有语言的世界"带回来的却是辱骂父母的歌谣。五官健全的王胜利从此渐渐变得沉默寡言，变得"跟瞎子、聋子、哑巴，没有什么两样"，全家人又继续过上了"没有语言的生活"。

《没有语言的生活》在继承传统现实主义线性叙事的基础上实现了创新与超越。作者以盲、聋、哑残疾人的"没有语言的世界"和健全人的"有语言的世界"构成作品的故事空间，用两个世界之间的矛盾冲突解析语言的物理功能和社会功能，引导人们审视后现代人类生存中的失语现象。"无语世界"和"有语世界"的话语环境形成故事的叙事空间，传统的线型叙事与读者的接受心理形成契合，使得故事沿着"没有语言造成的误解、没有语言引来的伤害、没有语言选择逃避、逃来逃去还是失败"的线路行进。作品在利用外聚焦视角叙述推动故事情节发展的同时,采用内聚焦的视角进入瞎子、聋子、哑巴的感知系统,用其视觉、听觉、嗅觉、触觉的生活细节表现残疾人与健全人的矛盾冲突,诉说没有语言的痛苦。通过故事空间与叙事空间的双向互动,揭示出残疾人的生存困境和默默反抗:在河对岸另造新屋、拆除通向对岸的木板桥,既是王老炳一家的无奈之举,也是"无语世界"与"有语世界"决裂的无声宣言。但是,强势话语对弱势话语的欺凌并没有停止,健全人世界对语言秩序的破坏和对失语群体的侵害仍在进行。有人认为,"读东西的小说,给人的感觉就是他在给读者编制着一个个的虚构故事"①。不错,《没有语言的生活》的确是一个寓言性的虚构故事,但这种虚构是建筑在作者对现实的认真审视和严肃思考的基础上的,它引领我们由虚构走向真实、由特殊走向一般,帮助人们从作品人物的悲惨遭遇中窥视残疾人的生存困境,继而引发对物质文化发达时代理性秩序混乱和道德水准缺失的思考。

著名人类学家米尔希·埃利亚德说:"人类从未在由数学家和物理学家们所设想出来的各向同性的那种空间生活过,即未在各个方向的特征都相同的空间生活过。人类在其中生活的空间是有取向性的,因而也是各向异性的,因为每一维和每一方向都有其特殊的价值。"② 作家从事文学创作时也是有取向的,他们往往从自己所熟悉的生活空间选取作品的叙述空间,从而使作品具有鲜明的地域特色。迟子建的短篇小说《雾月牛栏》的叙事空间,与她的故乡,与她的童年,与她所热爱的大自然是紧密相连的,③ 充满了原生态的自然之美。作品的小主人公宝坠在雾月的半夜醒来,看到继父与母亲"叠在一起……弄出的动静跟牛倒嚼的声音一样"④,继父挥拳将他打倒,使他的脑袋撞到了牛栏上,导致部分意识丧失而成了"傻子"。宝坠成了傻子的当天夜里,就不肯和家人住在一起,闹着一定要去牛屋住,继父以为他不过是一时犯糊涂,并未太放在心上,于是就在牛屋给他搭了一张临时铺,宝坠从此便开始了与牛生活在一起的日子。白

---

① 赵双花:《隐喻:通往真实之门》,《名作欣赏》2011年第2期。
② [美]米尔希·埃利亚德:《神秘主义、巫术与文化风尚》,宋立道等译,光明日报出版社1990年版,第38页。
③ 迟子建:《我的梦开始的地方》,《迟子建散文》浙江文艺出版社2009年版,第213页。
④ 迟子建:《中国当代作家选集丛书·迟子建》,人民文学出版社2000年版,第111页。

色的牛栏与雾一样,成了善良的继父心头挥之不去的阴霾,时刻提醒着他的"罪孽"。负疚感使继父变得沉默寡言,母亲的脾气也一天天变坏。妹妹雪儿因父亲对宝坠的偏袒而心生怨气,从来不叫一声"哥哥"。一家人之间出现了冷漠与隔阂,亲情似乎已经名存实亡。年复一年,负罪感如浓雾一般缠绕着继父,使他的生命里见不到阳光。继父死了,浓雾与牛栏的阴影也随之而去,母亲不再暴躁了,雪儿也主动照顾宝坠并且亲切地称呼宝坠为哥哥。雾月过去了,太阳出来了,亲情复苏了!

与《受活》《没有语言的生活》一样,《雾月牛栏》也是一个虚构的寓言故事。宝坠因为继父失手打伤而变成"傻子"的情节,使得这个残疾人物从世俗情理的规约中解脱出来,使他具有了区别于常人的特殊灵性,获得了对自然、对生命的自发体认。原本属于自然空间的"牛栏",既是宝坠的生存空间,也是作品的故事空间;围绕宝坠、继父、母亲、雪儿、雾月的超现实主义叙事,构成了作品情景交融、虚实结合的话语空间。在两个空间的互动中,宝坠的呆言傻语是虚,宝坠的天真率性是实,虚实结合的叙事使得宝坠与自然保持着一种灵性往来。虽然人世间的一切他会事过即忘,但他却能够牢牢记住许多关于自然的知识。傻子的身份使他可以率真、任性,傻子的视角使他可以闻到"梅花朵朵清幽"、摸到"草的柔韧性和纯度之好"、感到"牛的问候与善意"。成为"傻子"后的宝坠似乎脱离了人的社会属性,但坚持从人屋搬到牛屋的"无意识"行为使他更加亲近自然,为他保留了人的自然属性。继父的失手是一种暴力,暴力被作者赋予了象征的意义,象征着蒙昧思想对青少年的伤害和人性的扭曲;"傻子"坚持与牛为伍象征着人对后现代"文明"的排斥;"傻子"对怀孕母牛花儿的养护,象征着人对自然的关爱。正如作者所言,"'痴'是一种可以使心灵自由飞翔的生存状态,它像一座永远开着窗口的房屋,可以迎接八面来风"[1]。在迟子建的笔下,宝坠的"痴傻"不是健全人眼中的所谓"病态",而是一种超脱功利的纯真,一种人类自然本性的回归;宝坠对母牛花儿的痴恋,是人与动物之间的一种超现实的亲善,一次人的心灵的自由飞翔,一种人对自然本质——生命的执着守护。人类只有回归本真、回归自然的心灵状态,才能使自己从充满功利的世俗行为中解放出来,实现人与自然之间应有的"天人合一"的原生态。

---

[1] 迟子建:《周庄遇痴》,《扬子晚报》2017年4月26日B4版。

《雾月牛栏》是迟子建生命哲学观和生态主义思想的具体表现，是她抒发对大自然的钟爱之情、促进人与自然和谐相处的成功之作。借助于宝坠的"痴傻"，迟子建完成了生态主义文学的实践探索，实现了残疾书写与生态文学的微妙结合。

贾平凹的长篇小说《古炉》是一部20世纪60年代中国乡村史，也是一部批判"文化大革命"灾难的力作，讲述了古炉村日常生活中的生老病死、吃喝拉撒、病病恹恹、惊恐不安、互相猜忌、争斗不休，再现了古炉村在"文化大革命"中丑陋横生的历史故事。如何回溯历史，必须找到一个可以依赖的个人视角和微观经验。贾平凹选择了残疾儿童狗尿苔，以狗尿苔所生活的"文化大革命"时代的古炉村为故事空间，将狗尿苔作为贯穿整个作品的关键人物，用村里形形色色健全人与狗尿苔似傻非傻的话语交流构建作品的话语空间，基于狗尿苔的残疾，赋予其"特异功能"，通过他与村民的交流互动，给读者呈现出"文化大革命"时期的人生百态。

狗尿苔是个天生畸形的侏儒，凸眼、乍耳、大肚子、细瘦腿。他既是作者基于残疾虚构的叙事主体，也是当时社会病态的形象性隐喻。"狗尿苔原本是一种蘑菇，有毒，吃不成，也只有指头蛋那么大，而且还是狗尿过的地方才生长；狗尿苔知道自己是个畸形儿，讨厌村里人作践他。起先，谁要叫他狗尿苔，他就恨谁，可后来村里人都这么叫，他也只好就认了。狗尿苔无父无母，是蚕婆从镇上捡来的弃儿。因为丈夫跟着国民党军队去了台湾，蚕婆被定为受管制的反动家属，狗尿苔也相应成了"狗崽子"。然而，尽管狗尿苔身处被歧视、被作践的环境中，但他心灵通透、善恶分明。他整天四处游荡，古炉村发生的一切都被他的眼睛所捕捉；他有特异功能，还可以和花草树木沟通、与飞禽走兽对话；他嗅觉极其敏锐，可以嗅到村子里即将发生的变故。总之，他具有替作者完成乡土生活叙事、把整个长篇小说的枝枝节节都串联起来的一切能力。

基于狗尿苔的残疾，作品再现了因"家庭成分"问题所经历的苦难。作为"反动家属"——蚕婆所捡来的孩子，狗尿苔遭受了一个孩子不该遭受的歧视与侮辱。秃子金摸摸狗尿苔的头说："啊，狗尿苔呀狗尿苔，咋说你呢？你要是个贫下中农，长得黑就黑吧，可你不是贫下中农，眼珠子却这么突！如果眼睛突也就算了，还肚子大腿儿细！肚子大腿儿细也行呀，……你毬高的，咋就不长了呢？！"霸槽说："你得听我的！我告诉你，我和你不一样，我是贫下中农，谁也不能把我怎么样，你出身不好，你就得顺听顺说。""文化大革命"开始时，村里出现了两个派别：榔头队和红大刀队。作为一个孩子，狗尿苔顽皮好奇、爱凑热闹。他拉着伙伴们去参加榔头队，他的名字立刻就出现在两派的大字报上："狗尿苔是什么人，国民党伪军官的孙子……想干什么？是配合台湾国民党还是配合苏联修正主义内应外合着颠覆社会主义？……想干什么？要浑水摸鱼吗，趁机变天吗，真是狼子野心，是可忍，孰不可忍！"

基于狗尿苔的视角，作品呈现了饥饿年代村民渴望食物的细节："狗尿苔又回到了场上，却发现几乎所有歇下的，并不是坐在场边的碌碡上，他们从麦草集子那儿过来坐在了麦粒堆上，或者在麦粒堆上躺下伸懒腰。三婶坐下后在腰里抓痒痒，顺手将一把麦粒放在了裤腰里。上了年纪的妇女都是扎了裤管的，在裤腰里塞进什么都不会漏下来。"基于狗尿苔的视角，作品再现了"文化大革命"给古炉村带来的改变："破四旧"、查封窑神庙、批斗朱大柜、红大刀队的摩擦与对抗等。"文化大革命"改变了人与人之间的和睦关系，原本淳朴善良的村民成了斗得你死我活的仇人。狗尿苔还目睹了形形色色的死人场景：欢喜被毒死、磨子叔叔被毒死、灶火被炸死、马勺被打死、立柱被气死、水皮他大累死、田芽她叔吐血而死、满盆被气病噎死、马勺妈病死等。

基于狗尿苔的"特异功能"，作品具有了某种神秘色彩，情节的推进也产生了一种内在动力。狗尿苔具有超常的嗅觉，能够嗅到各种灾难的降临："狗尿苔觉得很委屈，因为他真的能闻到那种气味。而且令他也吃惊的是，他经过麻子黑的门口时闻到了那种气味，不久麻子黑的娘就死了，在河堤的芦苇园里闻到了那种气味，五天后州河里发了大水。还有，在土根家后院闻到了一次，土根家的一只鸡让黄鼠狼子叼了，在面鱼儿的身上闻到了一次，面鱼儿的两个儿子开石和锁子红脖子涨脸打了一架。"狗尿苔是连通人与动物的桥梁，在他的视角中人与动物本是同类。造反派头头霸槽狡猾、凶狠、残暴，投机倒把、打砸抢、吃拿卡要、耍无赖，村上人对他既怨恨又无奈。狗尿苔"把霸槽认定了是白熊转世的，霸槽就从此真地有意学着白熊的模样，他走路胳膊都是在身后甩，步子再不急促，岔着腿走"。在狗尿苔的眼里，霸槽、天布之流的造反派都不是好人，阶级斗争的急先锋麻子黑、煽风点火的黄生生、怨鬼式的恶魔守灯、杀人帮凶水皮等，都是野蛮凶残的野兽的化身，"他们的脸全变了形，眼珠要从眼眶里暴出来，牙也似乎长了许多"。在小说即将结尾时，狗尿苔目睹了霸槽、天布等人被枪毙后，村庄又回到了常态。善人要把古炉村的未来寄托在狗尿苔身上："你要快长哩，狗尿苔，你婆要靠你哩，村里好多人还得靠你哩。""好多人还得靠我？""是得靠你，支书得靠你，杏开得靠你，杏开的儿子也得靠你。"贾平凹在《古炉》后记中说过："在我的意念里，神明赋给了我的狗尿苔，我也恍惚里认定狗尿苔其实是一位天使。"基于狗尿苔这个天使般的残疾孩子，贾平凹使作品有了一个虚化的主体，借助于这个似傻非傻的孩子与村民的话语互动，那个时代农村日常生活的全景画面、村民们的人生百态等以其本然的状态被活生生地呈现出来，为读者提供了一顿本真性的美学大餐。

人的一切认识活动都离不开心理时空与现实时空的有效对接，中国当代文学残疾书写，通过故事空间与话语空间双向互动的叙事策略，在虚拟与现实之间架构了一座桥梁，使作者和读者在文本基础上构建起一种默契与沟通，实现了文学空间与现实空间的对接，让读者真切触摸到残疾人物思想感情的律动，使作品透过文本字面折射出种种社会现实，继而引发人们对中国现代历史、文化、道德、伦理问题的深刻反思。

二 身体叙事与身份构建的双轨并行

身体是人类生理存在的基础，是人类一切活动的载体；人的身体与社会的政治、经济、文化、生活等有着割不断的联系。一切文学艺术都与人的身体密切相关，不同地域、不同时期的文学文本认识、处理、呈现身体的方式都有其自身的特点。在西方，古希腊文艺崇尚身体美，用维纳斯等神话人物的雕像表现人的内在生命力和人的精神智慧；在宗教、神学盛行的中世纪，人们将身体看作是罪恶的渊薮；文艺复兴时期，人们把身体看作是自然的一部分，认为音乐象征人的身体与灵魂的和谐；近代哲学认为，人的根本性差异铭写于身体之上；现代身体哲学与身体美学则竭力反对现代理性主义身体规训对人的身体的种种限制。在中国，古人就非常重视以身体为载体的人与自然、社会的关系，庄子强调"通天下而一气也"，讲的就是身体的气与神的交融。孔子主张的"修身"，就是要净化人身体内部的灵魂与精神；董仲舒讲究"天人合一"，主张的是感性与理性合一的身体顺应自然规律；几千年的中国封建社会，都主张克制人的身体欲望而服从礼教；近现代以来，人们则常常主张克制人的身体欲望而顺应社会的发展。

拉康的镜像理论认为，刚出生的婴儿并不能区分自己的身体与外部世界，后来随着一天天的成长他们才逐渐意识到身体是自己的，而且是与外部世界分开的。由此看来，人类自我的身体认同是先于对身份的认同。社会学认为：人的身体是自然的身体，当身体进入公共领域时，就会受到社会规制的种种制约；作为肉体的身体是人与世界交互活动的介质，人总是处在与其他社会要素的互动之中，于是身体也就产生了多种多样的身份。人的身份是附着于身体之上的社会地位，社会的政治、历史、文化都隐藏在身体和身份的表层之下，并且暗中支配着人的思想与行动。文学作品对身体的想象和叙述，往往都遵循由表及里的路径，作家在向读者呈现人物的身体和身份时，必然会思考这种表层形态的原因所在，必然会流露出自己的内心倾向。人物的身体欲望赋予故事情节向前发展的动力，叙事者借助人物的身体性存在所处的情境以及如此情境中的人物言行，揭示社会规制对人的身体欲望的压制，表现身体表象掩盖下的人性变异，展示身体现象与身份构建的相互关系。

身体是人类得以生存于世的载体，也是人的主体性和自觉意识的载体，为人提供关于所处环境的观察视点和情境体验。残疾叙事"是通过身体说出的话，是一种用来戏剧性地表达内心情状的语言，是一种自我表达"[1]，残疾书写就是要将那些具有特殊身体者的生存状况呈现出来，让人们从残疾人的社会生活中看到"人"的残疾，但"问题就在于我们是如何解释，并且给予身体以意义"[2]。由于残疾人比健全人更容易形成强烈的身体意识，所以他们格外在意自己的身体特征和特殊身份。由于残疾人的身体、身份构成其与世界及他人之间的一种情境性存在，"身体叙事与身份构建双轨并行"也就自然而然地成了中国当代小说残疾书写的叙事模式之一。史铁生的短篇小说《在一个冬天的晚上》、关仁山的长篇小说《麦河》、刘庆邦的短篇小说《光明行》等，就是采用这一叙事模式揭示残疾人与命运抗争、表现残疾人人性之美的代表之作。这些作品，将残

---

[1] ［美］苏珊·桑塔格：《疾病的隐喻》，程巍译，上海译文出版社2003年版，第6页。
[2] Abigail Bray, *Hélène Cixous, Writing and Sexual Difference*, New York: Red Globe Press, 2004, p. 35.

疾人被压抑的身体、被压抑的心理、被压抑的欲望发掘出来，通过身体叙事反映残疾人身份求索的艰难，揭示残疾人的生存困境，使作者对现实社会的个人理解上升到一种集体性的理解，继而引发全社会对残疾人苦难的集体性反思。

短篇小说"较之长篇、中篇文体有着更高的精神要求和技术指标衡定。这不仅需要作家思考世界的动力，对生活进行有效的甄别，对人性经验的鲜活与丰厚，超越现实的激情和爆发力，而且，需要作家非凡的艺术创新能力"①。史铁生的短篇小说《在一个冬天的晚上》讲述的是一对残疾人夫妇渴望能领养一个孩子的故事。作品没有故事的社会背景、没有奇特故事的情节、没有复杂的人物关系，简约、凝练、精致的身体叙事形成了对故事的支配力量，达到了作品表层叙事与故事深层意蕴相对话的美学效果，使得残疾人与困境抗争的步履艰难和争取与健全人平等身份的心理活动跃然纸上。

《在一个冬天的晚上》的女主人公是一个遗传性侏儒，身材非常矮小；男主人公"架着一支拐，脸被烧伤过，留下了很多可怕的伤疤"。在一个冬天的晚上，他们艰难地走在下过雪、融化了、又冻上了的道路上；目的地是"月亮胡同，五十七号"，去那里是为了领养一个孩子，以便能像健全人一样拥有生活的未来。就小说的叙事方式而言，作者没有花太多的文字去描述男女主人公的残疾，而是通过身体叙事与身份构建的双轨并进展现残疾人的生存困境和寻求平等身份的艰难。"冻结在路面上的、又硬又滑的残雪"与"一只手拄着拐，另一只手提着那辆崭新的三轮儿童车吃力行走的男主人公"形成了巨大反差，"一筒用来喂孩子的饼干"与"一个使尽浑身解数夹不住它的侏儒"形成了鲜明的对比，对读者产生了巨大的视觉冲击。饼干筒太大了，挡得女主人公看不清脚底下，但她还是深一脚浅一脚地往前走，因为他们是去寻找自己未来的希望。到达目的地"月亮胡同"是他们的希望所在，可周边"七拐八弯的小胡同"使得他们的寻找更加艰难；月亮似乎可以照亮他们寻求平等身份的道路，可"月亮那么小，那么远"；风也在不断给他们增添麻烦，"从背阳的屋顶上飘落下雾似的碎雪"使得他们步履维艰，可"风太大"、"风还是很大"，"风仍然不见小"。"风使人想起黑色的海洋和一叶浪谷里颠簸着的孤舟。

---

① 张学昕：《苏童与中国当代短篇小说的发展》，《当代作家评论》2008年第6期。

沙漠也有尽头，海洋也有边际。如果没有绿洲，骆驼走向哪里？如果没有港湾，小船往哪儿划？"男女主人公是两个非常不幸却又非常幸运的人，不幸的是他们身体上的残疾，幸运的是他们的同甘共苦、互相理解、相互关心。恩爱"就是他们的绿洲，他们凭着这个在沙漠中走。还有，他们互相是对方的港湾……"

"月亮胡同，五十七号"找到了，这对残疾夫妇似乎就要抵达希望的彼岸，可无意中听到的中间人和送养孩子夫妇之间的对话，彻底打破了他们登上彼岸的梦想。"换了我，我也不愿意把孩子给两个残废人"，一语道出了由健全人主导的社会对残疾人的吝啬，健全人压根儿就不愿意给残疾人以享受天伦之乐的平等身份。残疾的身体使这对夫妇连名字都没有，故事的叙事从头到尾都称呼他们"男的""女的"；残疾的身体使人们的判断先入为主，连孩子也"一看见长得丑的人就以为是坏蛋"；残疾的身体使"健全人"退避三舍，从胡同里出来的一群姑娘"走近他俩身边时，都没有声音了"。虽然"男的""女的"在追寻身份的路上遇不到任何同情、理解或关爱，但他们对"健全人"的关爱却一刻也没有停止过。他们在昏暗的路上看到过一个没有盖好的下水道井盖，尽管仍处于失去领养孩子机会的深深痛苦之中，他们还是回头找到了那个地方，"男的"用拐杖捣捣，确信"井盖儿一动不动，盖得很牢"；"女的"还是不放心，总是觉得"井盖儿就好像是错开了，因为上面有雪，井盖儿的黑边儿好像是一道缝"。

叙事理论家詹姆斯·费伦指出："如果叙事是有目的的交际，那么文本就不是自足的结构而是作者向读者传达目的的方式。这一文本观表明我不仅对叙事文本的形式特征感兴趣，而且对讲述者（作者与叙述者）和读者（受述者、叙事读者、作者的读者以及真实的或有血有肉的读者）也有着同样的兴趣。因此，在我看来，叙事文本的意义产生于作者代理、文本现象以及读者反应之间的循环交流。换句话说，我把文本看作是作者为了以某种方式影响读者而设计的，这些设计又是通过语言、技巧、结构、形式、文本的对话关系，以及读者用来理解文本的文类与规约来加以传达。"[①]《在一个冬天的晚上》凝聚着史铁生对生活的深刻认识和

---

① 尚必武：《修辞诗学及当代叙事理论——詹姆斯·费伦教授访谈录》，《当代外国文学》2010年第2期。

严肃思考,"身体叙事与身份构建双轨并行"的叙事模式是他为影响读者而设计的。寥寥两页的文字、双轨并进的结构、表面平淡的情节、平静质朴的叙述,引导读者不知不觉地进入作品的文本语境,参与到叙事者的话语建构之中,去品味作者隐含在文字背后的那些值得回味和咀嚼的东西。寒冷的冬天、黑色的夜晚、冻雪的路面、既小又远的月亮、越刮越大的风、黑色的海洋、无尽的沙漠等一系列意象,暗喻了残疾人追求平等身份的艰辛;视残疾人为坏蛋的小孩、对残疾夫妇退避三舍的那群姑娘、七拐八弯的小胡同等,象征着残疾人追求平等身份的障碍;没有盖好的下水道井盖、男主人公用拐杖将井盖盖严的行为、女主人公仍不放心产生没盖好的错觉等,透射出残疾人所具有的淳朴善良的天性。可是,世人为什么对这两个无助的残疾人如此的冷漠?上天为什么对这两个善良的残疾人如此不公?通过身体叙事与身份构建双线并进的叙事模式,史铁生揭示出了残疾人最普遍的生存境况,表达了残疾人追求美好与完满的内心诉求,赋予了读者深层次思考残疾人问题的空间,呼唤社会对残疾人这一弱势群体给予更大的理解、帮助和关爱。

关仁山的《麦河》是一部由五个卷章组成的关于新农民、庄稼、土地及河流的长篇小说,评论界将其看成是一曲献给土地的深情的颂歌,是当时难得一见的呈现社会现实、观照农民问题的重头力作。关于这部作品的叙事艺术,有人认为,《麦河》采用的是"听觉叙事、动物叙事与亡灵叙事等相对复杂的多视角双线叙事方式"[①];又有人认为,《麦河》"复活了中国'志怪'叙事,实现了现代化叙事与'志怪'传统的嫁接"[②];还有人认为,《麦河》"揭示了当下中国农村在现代化过程中出现的生态危机,以复杂严峻的现实性与形而上的哲思达到了中国生态叙事的新高度"[③]。笔者以为:《麦河》的叙事方式是经过精心设计的,农民问题、土地问题是作品情节发展过程中矛盾冲突的焦点。关仁山之所以将五个卷章分别冠名以"逆月""上弦新月""望之圆月""下弦残月"和"朔之逆月",是因为农民的耕作及日常生活,都与月亮的周期变化密切相关。采

[①] 宋学清、张丽军:《〈麦河〉:关于土地的文学书写与现代性思考》,《小说评论》2017年第3期。

[②] 周新民:《〈麦河〉:现代化叙事与"志怪"传统的嫁接》,《文学教育》(上) 2011年第3期。

[③] 王天霞:《论长篇小说〈麦河〉的生态叙事》,《陇东学院学报》2013年第2期。

用月相的周期变化作为叙事时间，是为了借助月亮的阴晴圆缺象征农民、土地问题的矛盾冲突，隐喻主人公命运的起伏变化，同时赋予作品中国特色的文化寓意。评论界所说的"听觉叙事""动物叙事""亡灵叙事""志怪叙事""生态叙事"等，是评论家对作品叙事特点的不同解读，但一切的一切都是建立在作品身体叙事的基础上的。由于本书所论述的是中国当代文学的残疾书写，所以我们在本节中仅以作品主人公盲人白立国与健康女孩桃儿爱情故事的情节为例，从身体叙事的角度，论述作品身体叙事与身份构建双线并进的艺术特色。

《麦河》的主人公白立国自幼耳聪目明，天资过人，小时候的一场无法预料的大病导致他康复后双目失明而成了瞎子，使他无法像正常人那样看清现实世界，但其嗅觉、听觉、触觉、味觉等感官功能也因视觉的丧失而变得格外发达。他以乡村"话事人"的身份参与到鹦鹉村的变革与发展之中，用自己的智慧与胆识支持、配合村干部工作；他利用打卦算命的特长，将土地庙中的土地神神化为保护农民、拯救土地的"连安地神"，在曹双羊痛苦、迷茫之际，以土地"连安地神"的神秘召唤，唤醒了曹双羊，使他重新回到村里、回归对土地的敬畏，使他认识到："人心中得有神，得有敬畏。土地饶恕了我，我再次审判自己。我错啦！我今天对着苍天，对着连安地神，给自己立个规矩。从今往后，我曹双羊回到土地就是回到本真，我要多多行善，宁可赔钱，也绝不当恶人！我给你一把刀，如果我走邪了，你就用这把刀把我的手剁下来！"在农村现代化转型实行土地流转的关键时刻，白立国以一身正气影响了曹双羊："看来，资本太强势了，太野蛮了，这不是我哥一个人的事情，这是土地流转中，民营资本与公权力的交锋！"白立国的苦口婆心使曹双羊终于认识到："我们拿土地做抵押，我们不是在反哺农业，我们是在向土地掠夺啊！"在白立国的大力推动下，鹦鹉村最终成功地将土地流转到了麦河集团，实现了土地的集约化生产，改变了以往分散经营的弊端。

瞎子白立国是小说的叙事者，虽然他可以利用触觉去"感知"世界、利用听觉去"聆察"现实，能够与周围的人畅通无阻地进行交流，但视觉功能的丧失使他作为叙事者的身体仍然处于"残缺"的状态。为了弥补这个缺憾，关仁山为瞎子白立国安排了一个助手"虎子"，让它充当辅助叙事的角色。虎子是一只年近半百、经历了痛苦的生命蜕变之后获得重生的苍鹰。作者赋予它敏锐观察世间一切的能力、准确无误将观察结果转达给主人的能力、常有人所没有的预知未来一切的能力。听觉过人的白立国与视觉独特的虎子这两个元素结合在一起，构成了一对超强的身体组合，不仅为白立国这个残疾人物奠定了完成叙事任务的坚实基础，而且也使得作品的叙事具有了一种魔幻现实主义的色彩。

爱情是残疾人作为"人"的正常精神需求，残疾的身体是他们追求爱情的最大障碍。世俗的眼光、功利的驱动使得"健全人"主导的社会不愿意给予残疾人享受平等爱情的"人"的身份。残疾人在追求爱情的过程中往往处于不利地位，但瞎子白立国却是身份构建的胜利者，也是爱情追求的幸运儿。白立国与桃儿爱情故事的情节是建立在身体叙事基础上的：瞎子白立国虽然身体有残疾，但他的内心是敞亮的。在"虎子"参与下，白立国具有了超越常人能力的"身体"。凭借这个"身体"，白立国充满了智慧与胆识，赢得了全村人的信任与尊敬；桃儿原本是个美丽、善良的姑娘，虽然有着健全的身体，却在社会现代化的历史潮流中，以青春美貌的身体为代价，作为从农村进入城市的"入场券"，误入歧途成了人所不齿的妓女。桃儿"在市里一家宾馆卖淫时被警察带走，劳教了半年"，被村支书领回后觉得没脸见人，试图跳进麦河一死了之。山洪暴发，泥石流将桃儿冲走，众人找回了她的"尸体"，白立国坚决不让下葬，一个人对着"尸体"唱出了唤醒迷途羔羊的歌声，唱了三天三夜，白立国"一头晕倒了，奇迹出现了，桃儿长长地吐出一口浊气，眼角竟然爬出两行泪水"。白立国的歌声唤醒了桃儿的生命，唤回了桃儿的良知，燃起了桃儿对新生活的渴望，引导她慢慢走上了自我救赎的道路。桃儿历尽艰辛建立了一家保洁公司，帮助曾经和她一起充当妓女的姑娘们脱离了色情行业，凭借自己劳动的双手换取幸福的生活。白立国因为身体的残疾，不敢奢望得到桃儿的爱情，但他以高尚的品格和过人的智慧，帮助桃儿洗去身体上的污垢、治愈心灵上的创伤，以自己的真诚赢得了姑娘的芳心。桃儿决定嫁给白立国，并且决心通过自己的努力帮助白立国实现重见光明的愿望。桃儿四处求医问药，终于让白立国通过手术治愈了眼睛、重新获得了光明。可是天公不作美，在白立国重见光明后的第二天，桃儿却因遭遇车祸而失去了眼睛。桃儿的结局似乎让人难以接受，但这也是作品身体叙事与身份构建双线并进的策略性安排。白立国重获光明、与桃儿终成眷属仅仅是残疾人摆脱生存困境、超脱世俗困扰的个案，但对于绝大多数残疾人而言，残疾的身体始终是他们自我压抑的客观存在，爱情的困境始终是残疾人生活中难以逾越的一大障碍。眼睛的治愈使白立国摆脱了残疾的身体、获得了健全人的身份,遭遇车祸又让桃儿有了残疾的身体、丧失了健全人的身份,身体与身份的转换提升了情爱相守与相离的价值。"人性本质的物质性始终是处于无法冲破的各种障碍中,是不能满足的各种残缺、限制的组合,而具有灵魂意识的精神载体则是充满无限欲望的爱情,它是对现实残缺、限制的补足与拯救。"[1] 白立国和桃儿如何承受命运的打击?他们将如何面对角色转换后的爱情生活?作品的叙事戛然而止,但身体叙事与身份构建双轨并行的模式还要进行,这是关仁山留给读者去思考、去感悟、去续写的关于人的生命与爱情的一道形而上的文学命题。

美国社会学家约翰·奥尼尔指出,"身体作为一种感性的生命存在,它一方面体现着反理性主义的快感、力比多、欲望和无意识的客观存在,另一方面无法割裂地与阶级、种族、性别以及权力政治和意识形态有着深刻复杂的历史关联"[2]。刘庆邦的短篇小说《光明行》,将残疾人的身体作为一种媒介,通过"身体叙事与身份构建双轨并行"的叙事方式,表现了残疾矿工的身体与社会现实的复杂关联。故事主人公凌志海原本拥有健全的身体,"那时的他,大眼睛,高鼻梁,脸上干干净净,相貌相当值得自赏",但他不幸在采煤过程中被哑炮炸瞎了双眼,爆炸"喷射而来的碎煤把凌志海的脸皮也打烂了。等他的脸皮长好后,那些如墨般化开的碎煤就永久性地嵌在他脸上的肉皮里","眼珠子没有了,眼皮也如采空区的顶板一样塌陷下去,不会眨动"。拖着一副满脸漆黑、双眼全盲的残缺身体,凌志海无法再从事采煤工作,健全矿工的身份也随之消失。他像所有后天残疾的残疾人一样,必须重新定位自己与社会的关系,继而在同事当中建立一种新的认同。作品的身体叙事为他新身份的建立奠定了基础:"对于凌志海的黑脸,窑哥儿们有不同的说法,爱看戏的人把他比成包公,有点宗教见识的人说他脸上好像蒙了一层面纱。"于是,他有了一个新的身份——矿上的"包公",这个与其身体形态相像的身份得到了矿工们的高度认同。因为矿难而双腿致残的老孔找他帮忙:"志海老弟,你可

---

[1] 付用现:《新时期以来残疾叙事小说中的情爱叙事解析》,《中国文学研究》2016 年第 1 期。

[2] [美]约翰·奥尼尔:《身体形态》,转引自张晶主编《论审美文化》,北京广播学院出版社 2003 年版,第 249 页。

是咱矿上的包公，咱这帮残废弟兄的事就指望你了，我的困难你不能不管哪！"凌志海坚定地回答："你的事儿，我管！""包公"这个与其身体相称的新的身份的建立，驱使凌志海敢于直闯矿长办公室，"我只要你一句话，你解决不解决吧？我是脸上抹把煤，谁也不认识谁，你要是不给老孔房子，就别怪我不客气！"美国文学批评家简·盖洛普说，"假如我们能够通过身体来思考灵魂与肉体的冲突这一问题的话，灵魂与肉体之间的冲突就会成为一个充满了令人震惊的暴力的形象"[1]。残疾的身体赋予了凌志海与矿长直接对话的权利，让他有了不畏权贵、依"残"犯上的勇气，使他从灵魂深处产生了维护残疾职工权益的冲动，并且用近乎暴力的方式使正义得到了伸张。

要做好一个"包公"，必须有一双明察秋毫的"眼睛"，凌志海向矿上讨来了一根"活拐棍"，让一个名叫邢小阳的人为他引路。"这根活拐棍很听话，很好使，凌志海想上哪里，邢小阳就带他去哪里。"借助于邢小阳的眼睛，凌志海"像一个正常上班的人，更像一个勤于视察的领导，机关大楼、俱乐部、生产调度中心、灯房、食堂等，处处都可见他的身影"。于是，凌志海有了又一个新的身份，人们给他新起了一个外号，叫他"凌矿长"。矿工遇到了难处求助于他，他就去找矿长。可是时间一长、次数一多，就引起了矿长的反感，到后来"矿长把凌志海给骗了"。原来，"矿上保卫科的人找过邢小阳，不许邢小阳再带领凌志海去干扰矿长的工作。保卫科的人指定了一间从里面封死的房子，只许邢小阳带凌志海去敲那间房的房门"，凌志海再去找矿长，矿长办公室的门都是"紧闭着"。凌志海感觉到不对劲，一把抓住邢小阳质问："你小子跟我说实话，是不是矿上的人把你收买了，你跟他们一块儿蒙我？"邢小阳一口咬定"矿长可能外去开会去了，还没回来"。邢小阳将肩膀一拧，从凌志海手下摆脱出来说："凌哥，你说这话让我伤心，你这么不相信我，我还怎么伺候你？"失去了"活拐棍"，凌志海的"胳膊垂了下来，手里一下子变得很空"。他不敢向前迈步，"他的面部表情变化经过了几个阶段，从惊愕、恼怒、木然到沮丧"，最后，无奈之下他只好妥协，"我跟你说着玩呢"。残疾身体的悲剧使他内心产生了一种深深的"弱势感"。

---

[1] [美]简·盖洛普：《通过身体思考·序言》，杨利馨译，江苏人民出版社2005年版，第1页。

在《光明行》的叙事中,残疾人的身体是一种叙事的媒介、一种抗争的符号、一种批判的载体。作为"包公"的凌志海,被安上了一双监视的"眼睛",他的残疾身体被作者拉入了社会空间之后,就不再是一种沉默不语的生理性存在,而是作为一种生产性的话语方式,依托煤矿作为话语空间,发挥揭示社会现实的作用。透过凌志海的痛苦身体,读者看到的是一个个逼真的社会矛盾。在作者的笔下,凌志海的身体被附着了普遍意义,凌志海的痛苦是所有残疾人的痛苦,凌志海的抗争代表了全体残疾人的抗争。人的身体是思考问题的主体,也是与之相关的各种社会意义的载体。凌志海凭借残疾身体的抗争,虽然也为其他伤残职工争得了一些权益,但他最终还是"斗"不过健全人。矿长的"避而不见"使得他的抗争完全失效,残疾所导致的"视而不见"更使他蒙受了不堪的耻辱。邢小阳本来是凌志海通过抗争得来的一根"活拐棍",但他不仅没有与凌志海的身体融为一体,反而利用凌志海"视而不见"的残疾与凌志海的妻子用手打哑语、以目传情,给凌志海戴上了"绿帽子"。大家心目中的"包公",最终不但无力维护残疾职工的正当权益,而且连自己的尊严都没能保住。事情为什么会这样?原因就在于凌志海是一个双眼全盲的残疾人。无论他如何以"包公"的姿态审视一切,他都要借助别人的眼睛来与世界建立联系,而这双借来的"眼睛"却早已将他本人置于别人的监督之下。正如有论者所言,"身体一旦进入剧场政治的空间实践,也就是进入公共空间的关注视野,它便成为一个携带意义的符号体。那些赤裸的、痛苦的、丧失尊严的、毫无伦理颜面的身体背后,是底层群体深深的绝望、无奈与抗争"[①]。凌志海残疾的身体虽然为他在残疾矿工中赢得了"包公"的"美名","包公"的身份似乎也为他的积极抗争增添了力量,但他瞎了眼的身体、残疾人的身份说到底也只是"一个携带意义的符号体"而已。残疾不但没有给他带来尊严,反而使他"赔了夫人又折兵",最终陷入"深深的绝望、无奈"之中。

三 多元视角与多重叙事的交叉递进

叙事视角是"叙述者或者人物与叙事文本中的事件相对应的位置或

---

① 刘涛:《身体抗争:表演式抗争的剧场政治与身体叙事》,《现代传播》2017年第1期。

者状态，或者说，叙述者或者人物从什么角度观察故事"[1]。叙述任何一个故事，叙述者都要从一个特定的语言角度来展开。叙事视角反映叙述者和叙事内容之间的关系，是叙述者主体性的重要体现。由于作为文本世界的任何事件都是叙述者在特定的视角下阐释和表现出来的，所以视角对叙事的结构和意义具有决定性作用。视角在叙事过程中决定谁在看、看到了什么？视角不仅是作者建立虚构世界的起点，也是读者瞭望文本内景的窗口。

多元视角是中国当代文学残疾书写的重要特征，以残疾人的身体、智力、精神等障碍为视角，不仅可以构建一个超越常理的叙事空间、创造一种陌生化的效果，而且能够使作品的叙事不顾道德伦理的牵绊，不受现实主义成规的制约，不循故事变化的线性逻辑，摆脱传统理性的束缚，在假定的基础上自由地向前伸展。所谓多元视角，是指傻子"我"（纯粹傻子）的视角、似傻非傻的"我"（表面上傻、内里充满智慧）的视角和全知全能的"我"的视角（上帝视角）构成的多元视角；所谓多重叙事，是指叙述者只讲述人物知晓事件的限制叙事、叙述者不作主观评论的客观叙事和"叙述者无所不在、无所不知的全知叙事构成的多重叙事"[2]。多元视角与多重叙事的交叉配合，可以造成叙事话语、叙事逻辑、叙事时态、叙事语态的转移与交错，形成现实与历史的穿插对比，促成叙事内容与作品意旨的微妙结合。阿来的《尘埃落定》、莫言的《丰乳肥臀》、阎连科的《黄金洞》、余华的《我没有自己的名字》、贾平凹的《秦腔》、迟子建的《雪坝下的新娘》等作品，都是利用了多元视角与全知视角交叉递进的叙事策略，将作者对事件的主体体验转化为作品的文字，引导读者进入作品创造出来的陌生化世界，去领略阅读所带来的新奇体验。

阿来的长篇小说《尘埃落定》是一部带有魔幻现实主义色彩的叙事作品，叙述者——"傻子"以第一人称"我"出场，"我是个傻子""那个傻子就是我"是叙述者的口头禅。傻子"我"是土司的二少爷，是土司醉酒后与汉族女人生下的。傻子"我"因为智力所限而不谙世事，只是随自己既有的天性、从傻子的视角去感知生活，因而具有"傻言无忌"的特权。傻子的叙述是无时序的，"那是个下雪的早晨，我躺在床上，听

---

[1] 胡亚敏：《叙事学》，华中师范大学出版社2004年版，第19页。
[2] 陈平原：《中国小说叙事模式的转变》，上海人民出版社1988年版，第66页。

见一群野画眉在窗子外声声叫唤",可话锋一转时间又跳到了"我"的幼儿时期,"一个月时我坚决不笑","两个月时,任何人都不能使我的双眼对任何呼唤作出反应",刚说两句时间又跳转回来,"天啊,你看我终于说到画眉这里来了"。傻子"我"的叙述是非理性的,也是超逻辑性的:"我母亲的奶水更多的是五颜六色的味道,把我的小脑袋涨的嗡嗡作响","白色,在我们的生活里广泛存在","而我又看见另一种白色了","这要先说我们白色的梦幻";"骨头在我们这里是一个很重要的词,与其同义的另一个词叫做根子","在我们信奉的教法所在的地方,骨头被叫做种姓"。傻子"我"的叙述虽然听起来前言不搭后语,但给了作品充分的模糊空间,使得小说具有了文本的多义性和不确定性。

　　似傻非傻的"我"是一个用智慧和理性成全和丰富了的"我",在作品中发挥了普通意义上的傻子所无法替代的作用。"我知道自己什么时候应该显出是世界上最聪明的人,叫小瞧我的人大吃一惊。可是当他们害怕了,要把我当成一个聪明人对待的时候,我的行为就像一个傻子了。"似傻非傻的"我"眼光锐利,经常用自己心中的虚幻世界来取代现实世界:"那样的目光,对我来说是剂心灵的毒药。好在我的傻能使心灵少受或不受伤害。一个傻子,往往不爱不恨,因而只看到基本事实。这样一来,容易受伤的心灵也因此处于一个相对安全的位置"。似傻非傻的"我",因为"傻",说起话来让人摸不着头脑:"满世界的雪光都汇聚在我床上的丝绸上面,我十分担心丝绸和那些光芒一起流走了";因为"傻",而表现得无爱无恨,只看到事物的基本事实,一切按本性处世,凭直觉行事;因为"傻",而与世无争,既与权力无缘,也不对他人构成威胁。似傻非傻的"我",因为不是真傻,说起话来常常"言之有理":"完全是因为我,和平才降临到了这片广大的土地上。傻子被赋予了命运、福气、天意等同样的意思";因为不是真傻,用粮食慷慨救助百姓,赢得了百姓的爱戴;因为不是真傻,对哥哥继承王位造成了现实威胁,引起了哥哥的嫉恨。似傻非傻的"我"的叙述虽然听起来似是而非、似非而是,但给作品带来了陌生化的效果,使得小说具有了历史、哲学、生活等多种寓意。

　　全知全能的"我"有着独特的思维方式和超乎寻常的预见能力,能够像"上帝"一样以多维视角洞察一切,从任何角度、任何时空来进行叙事。正如"我"自己所说,"是的,上天叫我看见,叫我听见,叫我置身其中,又叫我超然物外,上天是为了这个目的才让我看起来像个傻子"。全知全能的"我",不仅对人物的过去、现在、未来了如指掌,而且还可以随意窥见人物的内心,坐在自己屋子里就可以知道翁波意西牵着一头骡子来了,就可以发现妻子和哥哥私通,就可以知晓哥哥已经被仇人杀害;全知全能的"我",可以预知未来:"我什么都能看见,不仅今天,还有明天,我都全部看见了。天就要亮了。我突然看到了自己的将来","要不了多久,土司就会没有了","我在那天突然感到了结局,不是看到,是感到。感到将来的世上不仅没有了麦其土司,而是所有的土司都没有了","我看到土司官寨倾倒腾起了大片尘埃,尘埃落定后,什么都没有了。是的,什么都没有了"。全知全能的"我"的叙述,虽然听起来非常玄乎、神秘莫测,但可以使作品蒙上一层魔幻现实主义的色彩,并与傻子"我"、似傻非傻的"我"一起,构成多元叠置的叙事视角,形成一个超越常理的叙事空间,架构起一座勾连历史与现在的桥梁,使读者在了解一个藏族家族的兴衰的同时去理解人性的善恶、去感悟人的生存意义,去对历史文明进程进行严肃的思考。

20世纪80年代,随着计划经济体制向市场经济体制的转型,"致富"成为许多人的追求目标,现实生活中出现了不少权力与利益、金钱与欲望、贪婪与自私的现象,迟子建的短篇小说《雪坝下的新娘》就是一个利用故事的主人公"傻子"来揭示这些现象的典型作品。故事主人公刘曲是个开豆腐坊的小商贩,在他给镇招待所食堂送豆腐的时候,被县长的儿子当作练习武功的活靶子,被打得昏死过去大半年,醒来后成了傻子。镇长为了不让他的家人控告县长的儿子,指令全镇市场上任何一家店铺都允许傻子白吃白喝。权力"不是旨在建立和肯定一个自由的主体,而是制造一种与日俱增的奴性,屈从它狂暴的本能"[1]。在县长的淫威下,傻子刘曲丧失了自由主体的地位,成了屈从于狂暴权力的牺牲品。傻子刘曲以第一人称的"我"出场。因为傻了,他对老婆花袖只要情人一来就支他出去找猫找狗的小伎俩毫不察觉,对镇上人的讥讽、嘲弄浑然不觉,整日糊里糊涂:"我很糊涂,不过糊涂很好,糊涂让我心里美滋滋的,老是想笑","以前我是不爱笑的,但我现在爱笑。我的笑声就是我心底发出的风,它吹拂着我,舒服极了"。傻子叙述了镇上店家接受镇长指令之

---

[1] Michel Foucault, *Language*, *Counter Memory*, *Practice*, Ithaca, NY: Cornell University Press, 1980, p. 163.

前、之后的不同嘴脸,他的叙述也是在傻子视角下的一种主体体验:"以前我在镇子里走,见到我的人都对我爱理不睬的。现如今呢,只要我出了家门,碰到我的人都和我打招呼,他们还冲我笑,这真让人愉快啊。以前我觉得这镇子的每一座房屋都是一头野兽,凶巴巴的,要吃我的样子,令我压抑。可如今这些房屋在我眼里全成了绵羊,温驯极了。"傻子的叙事虽然听起来既单纯又天真,但社会底层民众沦为权力碾压下的牺牲品之后,所承受的痛苦却是显而易见,不说自明。

傻子刘曲有时表现为一个似傻非傻的"我","我"的叙事不但不傻,而且符合理性、具有文学性。"我"喜欢护士刘小玲的漂亮。在"我"的眼里,"她的那双大眼睛比刚摘下的葡萄还要诱人";"我""老是想生病,好让刘小玲能给我扎上一针。想想她的手指能捏着酒精棉球在我的屁股的针眼上揉一下,我觉得进棺材都值了。可我一直没能生上够打针资格的病"。似傻非傻的"我"经常为自己娶的老婆已经"不是黄花闺女了"而苦恼,常常因此而耿耿于怀。"我""觉得冤枉,我的新娘不是新娘,谁提前代替我做了新郎倌?花袖没有对我说,我也就不问。只是以后再搂着她时,我总觉得她像一根朽木一样干瘪,虽然她的腿和腰丰腴得很"。似傻非傻的"我"对如何被县长儿子打傻的情节记忆犹新,能叙述当时的所有细节:"还没等我反应过来,他就一拳把我砸倒在地,我的豆腐也跟着掉进土里了","我去捡豆腐。可我才伸出手,就被那个年轻人给提了起来,这畜生的力气可真大啊,他提我就像提着一只鸡那么轻松。他对着我的脑袋左右开弓地又是一通重拳,把我打得眼冒金星,又一次倒在地上。大家鼓着掌,跟着叫好"。似傻非傻的"我"的叙述听起来一点也不傻,既表现了一个社会底层民众对真、善、美的追寻,又展现出一个普通人对人性之恶的愤怒和在权力话语的压制之下的无奈。

傻子刘曲有时还表现为一个全知全能的"我",显示出与常人非常不一般的眼力,他的眼睛能够看到普通人看不出来的极富寓意的"幻象"。饭馆是请客吃饭的地方,也是各种钱权交易的场所。故事一开始,全知全能的"我"就看到了别人看不到的表象背后的东西:"饭馆的幌子我见过,除了红的,还是红的。我不喜欢吊在门楣前的红幌子,看上去就像颗刚被砍下的人头,血淋淋的。我也不喜欢那些红幌子垂下来的穗子,在我眼里,它们就是告密者写的一条条出卖人的纸条。"傻子"我"对老婆花袖的偷情小伎俩浑然不觉,可全知全能的"我"对此却明察秋毫:"最近家里常常多一些东西，比如花头巾，香水瓶，绣花鞋，点心盒子以及花花绿绿的布制绢花。这些东西进了我家门，没人跟我打招呼，看来是谁送给花袖的。陌生东西一多，我就觉得家不是过去的家了"，"两道黑眉和一圈滴血红似的红唇，常让我觉得这是什么接头暗号。一个女人把黑色和红色涂到眉毛和嘴唇上，弄得眉不像眉，嘴不像嘴的，肯定是有什么阴谋。"雪坝下是一条结了冰的河，冰面上一无所有，一般人看不出任何东西，可全知全能的"我"却能看到一个金色的睡美人："她躺在冰河转弯处，双腿并拢，一只胳膊微微展开，另一只则弯向胸部。她的腰，看上去是那样的纤细柔软！我不知道她从哪里来，躺在这里又有多久了，她在等谁？她光洁明艳，浑身散发着暖融融的光。"全知全能的"我"的叙述，不仅使小说"在结构上的开合自如，能给叙述者在叙述时间上的转换提供更大的方便，和对叙述手段的更自由的调度"[1]，而且使得现实世界中形形色色"健全人"的钱权交易、人性善恶等一系列问题暴露无遗。傻子"我"的叙述，既可以激起读者对社会底层民众的深切同情，又能够引发社会对诸如此类现实问题的严肃思考。

　　贾平凹的长篇小说《秦腔》与《尘埃落定》《雪坝下的新娘》一样，采用了"多元视角与多重叙事交叉递进"的叙事策略。《秦腔》的故事发生在陕西丹凤县棣花镇的清风街，作品叙述主要围绕四条线索展开：张引生对白雪的暗恋、清风街道的管理、夏家的历史变迁、"秦腔"的传承危机。故事的叙述者"疯子"张引生敦厚善良、豪爽多情，酷爱地方剧"秦腔"，仰慕、暗恋秦腔剧团演员白雪。正是由于有了张引生这个"疯子"，作品才得以将众多的人物、故事和事件串联起来，营造出一个疯癫叙事的历史场景，通过与"疯子"身份相匹配的"我"的视角、拥有智慧和理性的似疯非疯的"我"的视角和第三人称全知全能的"我"的视角的多元组合与纵横交叉，讲述了一个可以引发对农民的境遇、乡土文化传承等社会问题深刻思考的故事，构建了一部关于中国农村历史、现状与发展的宏篇大论。

　　"我"（疯子），时而清醒、时而疯癫；"我"疯癫状态下的叙事，使得叙事的时空转换容易自如，使得不同的事件碎片相互勾连；"我"讲述的清风街那些鸡零狗碎的日子和生活中的吃喝拉撒，体现了作品在揭示乡

---

[1] 徐岱：《小说叙事学》，中国社会科学出版社1992年版，第276页。

土生活历史和现状时所显示出的一种不受规制约束的活力。"我"代表着秦腔所寓含的乡土文化精神,"我"对白雪的"痴恋"象征着对秦腔的挚爱,"我"的疯言疯语体现了对"秦腔"的一片痴情。白雪嫁给听到"秦腔"就反感的新派知识分子夏风之后,"我"的愤恨情绪上升到了极点,"我的心剜着疼,张嘴一吐吐出一节东西来,我以为我的肠子断了,低头一看,是一条蛔虫。……那天下午我见谁恨谁,一颗牙就掉了下来。牙掉在尘土里,我说:牙呢,我的牙呢?捡起来种到院墙角。种一粒麦能长出一株麦苗,我发誓这颗牙种下了一定要长出一株带着刺的树的,也毒咒了他夏风的婚姻的不到头"。"我"的这段叙述,貌似疯人疯语,实际却有着合理的逻辑和深刻的寓意:"我"已经恨断了肝肠,别人不是我肚子里的蛔虫,又如何懂得"我"的心思?"秦腔"的传承,靠的是口口相传;演唱"秦腔",离不开口和牙。牙就是白雪,现在牙掉到了尘土里,嫁给了尘土般的夏风,"我"怎么能不恨呢?牙就是"秦腔",现在牙掉到了尘土里,但它能长出一株麦苗,它要长成一株带着刺的树!刺,就是"秦腔"的护身武器,你夏风所代表的那些新派影视、卡拉OK等又能奈"我"如何!

  英国学者马克·柯里在《后现代叙事理论》一书中指出,"'疯子'为了稳定自己作为叙事(narrative)的身份,就得抹去一种新的胡言乱语的疯癫痕迹,或让这种疯癫变得自然"[①]。作者贾平凹让《秦腔》的主人公张引生以"似疯非疯"的方式叙事,既使其言行与作为叙事主体的身份相吻合,又使得作品的叙事"变得自然"。似疯非疯的"我"叙事时遵循的是有限视角的叙述原则,"我"用自己的眼睛观察清风街不同人物的言行和发生的各种事件。"我"整天四处游荡,关注清风街的历史与现在,关心各种家长里短的事情。"清风街好长好长的时间没有新闻了,这让我觉得日子过得没意思","我好事,曾经去君亭家和夏天智家的周围偷偷观察"。从表象上看,"我"的行为似乎疯疯癫癫,但"我"的"游荡""我"的"好事",使得清风街上形形色色的人、大大小小的事,甚至连蜘蛛、老鼠、苍蝇、树木、小鸟、水流等一切都被"我"的眼睛所捕捉,从而为"我"的叙事提供丰富的素材。"我"的叙事与"秦腔"

[①] [英]马克·柯里:《后现代叙事理论》,宁一中译,北京大学出版社2003年版,第130页。

如影相随：在"我"的眼里，狗也会唱秦腔，"哑巴牵着的那只狗，叫来运的，坐在院门口伸长了脖子鸣叫起来，它的鸣叫和着音乐高低急缓，十分搭调，院子里的人都惊呆了，没想到狗竟会唱秦腔"，"秦腔声越来越大，来运突然地后腿着地将全身立了起来，它立着简直像个人，而且伸长了脖子应着秦腔声在长嚎"。"我"说话时有句口头禅："我这说到哪儿啦？我这脑子常常走神"，"刚才咱说染坊哩，咋就扯到二叔的雪花呢大衣上？咋就不能扯上？扯得顺顺的么！"从表象上看，"我"说话时常常走神，东拉西扯，精神似乎不太正常，但这恰恰是作者贾平凹的一种叙事策略，"我"的"走神""我"的"东拉西扯"，扯出了清风街从"土改"到"公社化"，从"文化大革命"到"改革开放"半个多世纪以来所发生的一切，扯出了几代农民的思想观念和生活状况的变迁，扯出了乡镇干部之间的权力之争，扯出了老百姓鸡零狗碎的世俗生活，扯出了陕西农村人对"秦腔"的真切感情，还扯出了作者对农民生存困境的深切同情。似疯非疯的"我"的视角，支撑起了作品叙事的内在逻辑要求。"我"的行为是疯癫与明白的相互掺杂，"我"的叙事是限制叙事与客观叙事的交叉混合。"我"似疯非疯，贯穿于作品的字里行间，营造出一种失落、迷惘、忧伤的情境；过往的历史与当今现实的穿插对比，促成了叙事内容与作品意旨的微妙结合。

全知全能的"我"脱离了时而清醒、时而疯癫的状态，此时的"我"换了一个口头禅："我知道我的灵魂出窍了"。"灵魂出窍"使得故事的叙述扩展到"我"所见所闻的范围之外，"我知道我的灵魂出窍了，我就一个我坐着斗'狼吃娃'，另一个我则撵着鼓声跑去，竟然是跑到了果园，坐在新生家的三层楼顶了"。贾平凹借用魔幻主义的手法，完成了对第一人称限制视角的超越，使"我"长出了一双"上帝的眼睛"。清风街的人"我"无所不知，清风街的事"我"无所不晓，清风街所发生的一切及其背后的东西"我"都能洞悉无遗。镇上向县财政局要加固河堤拨款逃不过"我"的法眼，"两万元打点了人家，能指望再让人家还打个收条吗？"夏天礼有钱、吝啬、抠门，"我"能看到"他每天早晨起来熬药，药罐子里熬的不是中药材，而是把人民币剪成片片了熬着喝人民币汤的"。"我"的叙事游走于在场、不在场之间："我"说着说着能看到的在场的事件，很快又跳到"我"不在场的人和事。"我"以张引生的身份讲着讲着，不知不觉中又过渡到全知全能的身份进行讲述："我遵从他的命令去了秦安家，他自己竟翻过了沟脑去水库上骂了一通站长，质问为什么同意了拿四个鱼塘换七里沟，又逼着站长翻箱倒柜地寻着了当年放水淤地的留在站上的那份方案，然后马不停蹄地返回到了七里沟。"全知全能的"我"具有很多特异功能，"我"能驱使蜘蛛、蚊虫等进入"我"所不能进入的场所，为"我"的叙述获取素材："蜘蛛蜘蛛你替我到会场上听听他们有提没提到还我爹补助费的事，蜘蛛没有动弹，'蜘蛛你听着了没有，听着了你往上爬！'蜘蛛就真的往上爬了，爬到房梁上不见了"；会议室里的人看到了蜘蛛，觉得奇怪，认为"蜘蛛蜘蛛，是知道了的虫，你讲的这些事情它都知道了"，便"伸手去捉蜘蛛，蜘蛛却极快地顺着墙往上爬，爬到屋顶席棚处，不见了"。贾平凹曾经说过，"我不是不懂得也不是没写过戏剧性的情节，也不是陌生和拒绝那一种'有意味的形式'，只因我写的是一堆鸡零狗碎的泼烦日子，它只能是这一种写法，这如同马腿的矫健是马为觅食跑出来的，鸟声的悦耳是鸟为求爱唱出来的。我惟一表现我的，是我在哪儿不经意地进入，如何地变换角色和控制节奏"①。多元视角与多重叙事的交叉配合正是贾平凹"不经意地进入""变换角色和控制节奏"的有意安排，观察视点的转换、叙述方式的切换、叙事内容的跳转，既符合作品情节发展的内在逻辑需要，同时又使得作品的叙事以更加自由、灵动的形式帮助贾平凹完成了"我决心以这本书为故乡树起一块碑子"②的心愿。

　　文学叙事的根本任务就是在主体意识的掌控下，将主体感知获得的客观现象用语言呈现出来并且赋予其特定意义。"残疾"可以服务于不同的叙事意图，可以为不同的审美意愿所编码，不同的叙事策略会产生不同的读者反应。阎连科、东西、迟子建、贾平凹等作家的残疾叙事，通过"故事空间"与"话语空间"的双向互动，营造出一种"似非而是"的叙事氛围和小说情境，在引领读者由虚构走向真实、由特殊走向一般的过程中，既让读者对残疾人的生存困境产生一种身临其境的切身体验，又使读者的内心萌发出对残疾人悲惨遭遇的深切同情；史铁生、关仁山、刘庆邦等作家的残疾叙事，使"身体叙事"和"身份构建"在双轨并行中达到辩证统一，在引导读者不知不觉地进入作品文本语境的过程中，既使读

---

① 贾平凹：《秦腔·后记》，作家出版社 2012 年版，第 501 页。
② 贾平凹：《秦腔·后记》，作家出版社 2012 年版，第 500 页。

者在残疾人"失能"身体的视角冲击下体会到残疾人的"失衡"心理，又让读者在残疾人追求平等身份的抗争中感受到社会对残疾人关爱的缺失；阿来、迟子建、贾平凹等作家的残疾叙事，通过"多元视角与多重叙事的交叉递进"，建构出了一个超越常理的叙事空间，利用智力残障者痴言傻语架设起勾连荒诞与现实的桥梁，既使作品产生出一种陌生化效果，又使故事具有历史、哲学、生活等多种寓意。

第五章

主题思想：与苦难抗争、让生命增值

主题思想是作者在生活中切身体验到的、从人生经历中深刻感悟到的、引起作者内心强烈反响的、寄托了作者感情的一种思想，是作者在其作品中反映出来的对现实生活的一种审美意识，也是文学作品所表达的代表作者思想倾向的核心要素，更是作品的"灵魂"和"统帅"。茅盾在《〈子夜〉是怎样写成的》一文中说过，"我所要回答的，只是一个问题，即是回答了托派：中国并没有走向资本主义发展的道路中。中国在帝国主义的压迫下，是更加殖民地化了"①。按照托尔斯泰的观点，"假如我想用语言来说出我原来打算并用一个长篇去表现的那一切思想，那么，我应当从头去写我已经写完的那部小说"②。茅盾关于作品主题思想的表达，是指从理性出发，用具体的生活和形象来展现作家要表达的倾向；托尔斯泰关于作品主题思想的表达，是指从感性出发，将生活中切身体验和深刻感悟到的东西随着激动的感情流淌出来。然而，"无论是理性归纳，还是情理融合，对于文学主题来说，都是一个问题的两个方面，二者不排斥，但又不容混淆，各有其特点"③。因此，文学作家在创作过程中，作品题材的选择、情节的设计、人物的塑造等都应当服从并且服务于主题思想的表达需要。美国文学理论大师 M. H. 艾布拉姆斯认为，"主题有时可以与'题旨'互换使用，不过，这个词更常用来表示一般的概念或信条"，"题旨是文学作品中经常出现的一个值得注意的成分，它可以是一类事件、一种手段、一项关联或一个程式"④。文学作品中的事件是一定社会生活在

---

① 茅盾：《茅盾论创作》，上海文艺出版社 1980 年版，第 59 页。
② [苏联] 古德济：《托尔斯泰评传》，朱笄译，时代出版社 1950 年版，第 110 页。
③ 田文强：《从审美心理看文学作品的主题思想》，《湖北师范学院学报》1986 年第 2 期。
④ [美] 艾布拉姆斯·迈耶·霍华德：《文学术语词典》，吴松江等译，北京大学出版社 2009 年版，第 339—341 页。

作家头脑中反映的产物，作品中描绘的生活是经过作家选择、加工、改造后的生活，它融合了作家对生活的认识与评价，渗透了作家的思想与感情，体现了作家的态度与倾向。

由于带有"异体"的残疾人所对应的是一个庞大的健全人群体，他们在日常生活中常常处于弱势的地位，他们在现实社会中所经受的苦难常常是健全人所难以想象、难以理解的。"苦难是历史叙事的本质，而历史叙事则是苦难存在的形式。对苦难的叙事构成了现代性叙事的最基本的一种形式。"[①] "人类的历史，就是一部苦难的历史，而且这个历史还将继续延伸下去。"[②] 苦难是任何时代、任何人身上不可避免的客观存在。残疾的身体是残疾人区别于健全人的显著特征，残疾给残疾人带来的身心痛苦和生存苦难是文学残疾书写必须面对的现实问题。"就病患作用于人身心的向度而言，可以有着负性和'负负得正'两种状态：它可以是确认疾病能削弱人的生命力、改变其正常的心理状态，从而出现使生命贬值的现象；也可以使疾病成为一种让人跌入生命谷底又努力攀援高峰的状态，从而出现使生命升值的现象。"[③] 正确面对身体残疾、努力挣脱各种心理压抑、积极直面人生的各种苦难，不断提升生命的存在价值，是残疾人生存于世的真正意义所在。因此，"与苦难抗争、让生命增值"便成了中国当代文学残疾书写的共同主题思想。

残疾、困境、爱情、人生是不同作家残疾书写的共同对象，它附着了作品人物对待苦难的态度，融合了作家的思想与感情。残疾书写作家对苦难的态度与倾向，就是"要让你有在精神里诞生的那种复活，有了一种精神应对苦难的时候，你就复活了"[④]。如何让笔下的人物具有一种挣脱苦难、自我救赎的精神？如何让"与苦难抗争、让生命增值"的主题思想得以凸显？如何使这种思想产生出令人心动的审美效果？纵观中国当代文学的残疾书写作品，多数作家都采用了"两点三线"的叙事路径，即从残疾人的"苦难"与"抗争"这两个点出发，沿着"无视世俗偏见、追求平等爱情""直面社会歧视、捍卫人格尊严""对

---

① 陈晓明：《无根的苦难：超越非历史化的困境》，《文学评论》2001年第5期。
② 曹文轩：《美丽的痛苦》，《青铜葵花》，江苏少年儿童出版社2005年版，第246页。
③ 邹忠明：《疾病与文学》，《江西社会科学》2004年第12期。
④ 史铁生、王尧：《文学对话录·"有了一种精神应对苦难时，你就复活了"》，《当代作家评论》2003年第1期。

抗苦难命运、实现人生价值"的三条线路，展现残疾人"与苦难抗争、让生命增值"的人生追求，发挥残疾书写的表现作用、启示作用和审美作用。

一 无视世俗偏见，追求平等爱情

何谓"爱情"？"爱情是人类特有的一种感情，指男女两性之间产生的相互吸引和依恋的一种特殊的强烈感情。"① 爱情既具有来自动物性本能所赋予的自然属性，又具有来自人类文明情感所寄托的社会属性。在远古时代，人类两性还处于人的自然与生理要求的混沌之中，性爱仅仅表现为一种生物关系；随着人类文明的发展，性爱逐渐被附着了人的社会情感，由单纯的生物关系转化为将人的自然属性与社会属性联系在一起而表现出来的生物关系与社会关系。恩格斯指出，"人与人之间的、特别是两性之间的感情关系，是自从有人类以来就存在的。性爱特别是在最近八百年间获得了这样的意义和地位，竟成了这个时期中一切诗歌必须环绕着旋转的轴心了"②。事实上，爱情不仅是西方文学所环绕旋转的轴心，也是中国历代文学创作的永恒主题。

西方文学对待性爱的态度呈一种扬抑交替状态。希腊神话中的阿佛洛狄忒是爱情自由的象征，虽然宙斯将她嫁给了火神赫菲斯托斯，但是她与战神阿瑞斯相爱，并且与后者生下了小爱神厄洛斯以及其他几个儿女。柏拉图主张性爱是人的灵魂之爱、精神之爱，这种性爱观在很长时间里影响了西方文学对待性爱的态度，使得中世纪文学出现了一种禁欲主义的趋势。文艺复兴运动将人从宗教禁欲主义的束缚中解放出来，薄伽丘的《十日谈》中的故事大多都将性爱看成是人类不可压抑的天性，莎士比亚的剧作则揭示了人类"各种情欲的全部系统"③。17世纪以后，理性主义哲学思潮给文学中的性与爱加上了道德主义的因素，卢梭的《新爱洛伊

---

① 时蓉华主编：《社会心理学词典》，四川人民出版社1988年版，第234页。
② ［德］马克思、恩格斯：《马克思恩格斯全集》第42卷，中共中央马克思恩格斯列宁斯大林著作编译局译，人民出版社1979年版，第119页。
③ ［德］威廉·席勒格：《戏剧艺术与文学演讲》，张可译，中国莎士比亚研究会编《莎士比亚研究》，上海译文出版社1982年版，第48页。

丝》、歌德的《少年维特之烦恼》、拜伦的《唐璜》、福楼拜的《包法利夫人》、哈代的《德伯家的苔丝》等,都试图通过道德与情感世界的融合,来渲染人与人、人与自然、人与社会之间的关系。19世纪中叶,随着非理性主义哲学思潮的出现,尼采的"强力意志"、拉康的"欲望主体"和弗洛伊德的"原欲"等,促成了西方文学"欲望主体意识"的不断强化,乔伊斯的《尤利西斯》、西蒙的《弗兰德公路》、斯泰伦的《索菲的选择》、纳博科夫的《洛丽塔》等作品中的性爱,既有自由灵魂之下的欲望,又有性爱的人生化思考。

中国文学对待性爱的态度不同于西方,虽然《礼记》中也有"饮食男女,人之大欲存焉"的观点,承认并且肯定人对性爱的追求,但"三纲五常"的封建礼教控制了人的欲望本能和人生情感需求。直到"五四运动"期间,人们才从封建文化的性压抑中解放出来,对爱情的追求才被视为"人"的主体性而得到肯定。在此后的若干年中,性爱文学叙事又被流行一时的"革命与恋爱"的创作模式所制约。直到20世纪80年代,我国的"人学"观念发生了变化,人性的内涵得到了丰富,人性中的欲望得到了一定的认可和尊重,性爱文化的宽松语境才得以逐渐形成。张贤亮的《男人的一半是女人》、张弦的《被爱情遗忘的角落》、王安忆的《小城之恋》《荒山之恋》《锦绣谷之恋》、贾平凹的《废都》、陈染的《私人生活》等,通过对残疾人情爱、性爱、欲望的书写,展现出"无视世俗偏见、追求平等爱情、与苦难抗争、让生命增值"的力量;通过对现代人本能欲望的关注,触摸社会现实和人的各种生存状态,继而掘进到对人性的深层思考。

马克思曾经说过,"人作为自然存在物,而且作为有生命的自然存在物,一方面具有自然力、生命力,是能动的自然存在物;这些力量作为天赋和才能、作为欲望存在于人身上"[①]。残疾人虽然在身体上与健全人存在着一定的差异,但他们在性爱方面却有着与健全人一样的生理欲求。爱情和婚姻是人与生俱来的权利,但残疾人在现实生活中往往得不到平等的性爱权利,"残疾"成了他们爱情追求中的苦难根源。按照史铁生的观点,"残疾人的爱情所以遭受世俗的冷面,最沉重的一个原因,是性功能障碍。这是一个最公开的怀疑——所有人也都在问:他们行吗?同时又是

---

① [德] 马克思:《1844年经济学哲学手稿》,人民出版社1985年版,第124页。

最隐秘的判决——无需任何听证与申辩,结论已经有了:他们不行。这公开和隐秘,不约而同都表现为无言,或苦笑与哀怜,而这正是最坚固的壁垒、最绝望的囚禁"①。

残疾人行吗?中国当代文学残疾书写所给出的答案是"行"!艾伟长篇小说《爱人同志》中的伤残退伍军人刘亚军与张小影结合后,邻居们常常想:"躺在这床上的两具身体是怎么回事?他们结合了吗?或根本就没有这回事?或用其他方法?她们想知道他们最为隐秘的生活,她们是一群可恶的窥探狂。"面对邻居们的猜疑,刘亚军吼道:"他们他娘的怀疑我干不了那事,我他娘的真想当着他们的面干给他们看";关仁山长篇小说《麦河》中的瞎子白立国"好长一段时间基本上都是靠'手淫'生活。手淫无奈,但很自由,在黑夜里想到谁就有谁";陈染《私人生活》中的"我"被医生诊断为自闭症,然而,"性,从来不成为我的问题","我"有一张"焦渴地呼吸着盎然生机的嘴唇,一个敞开的等待雨露滋润的子宫,一只泪水流尽、眼望欲穿的眼睛,……也许,我还需要一个爱人。一个男人或女人,一个老年人或少年,甚至只是一条狗";张贤亮《男人的一半是女人》中的章永璘看到黄香久赤裸的身体时,"觉得口干舌燥,有一股力在我身体里剧烈地翻腾,促使我不是向前扑去,便是要往回跑。但是,身体外面似乎也有股力量钳制着我,使我既不能扑上去也不能往回跑",窥视促使章永璘通过婚姻解决肉体欲望,但他感到"理智不能代替感情,理智更不能分析感情。维系我们的,在根上恰恰是情欲激起的需求,是肉与肉的接触,那份情爱是由高度的快感所升华出来的。离开了肉与肉的接触,我们便失去了相互了解、相互关怀的依据";莫言《白狗秋千架》中的女主人公"暖","除了缺一只眼,什么都不缺",她唯一的希望就是"我"能和她在高粱地里做一次爱,以求得一个会说话的孩子,"你答应了就是救了我了,你不答应就是害死我了。有一千条理由,有一万个借口,你都不要对我说";石杰《水边梧桐》中的杨瞎子喜欢"在女人身上用心思,听见女人的说话声,步子就慢下来,露出两排黑黄的牙齿笑,睁着的那只白眼也眨巴眨巴地朝着那声音望;有时候到别人家去串门,嘴和男人说着话呢,耳朵却专往女人坐的地方溜,和五里外小镇上的一个女人做成了一

---

① 史铁生:《病隙碎笔》,陕西师范大学出版社2002年版,第73页。

回,却被女人的丈夫找了个机会,推下了镇外不远处的一座石桥";毕飞宇《推拿》中的盲人们虽然身体残疾,但都具有作为人的正常生理欲望与能力。王大夫与小孔从相恋,到相爱,再到共枕而眠,一切水到渠成。王大夫作为一个男人,身材"魁梧,块头大,手指上的力量游刃有余";小孔"热爱吻,接吻的时间每一次都不够",她"需要他的重量,希望他的体重'镇'在自己身上";无意触碰到小孔的乳房促进了小马青春期性欲成长,青春躁动使他陷入巨大烦恼与痛苦;张一光因为无法忍受性压抑的痛苦,"隔三差五就要去一趟洗头房,三四回下来,张一光感觉出来了,他的内心发生了相当大的变化,他不再'闷'着了,他再也不'闷骚'了,比做矿工的那会儿还要活泼和开朗"……上述作品中残疾人物的性经历表明,残疾人不仅与健全人一样具有正常的生理欲求,而且也与健全人一样具有正常的性能力。然而,社会没有为残疾人的力比多释放留出一定的空间,总是使它处于一种被压抑的状态。

叔本华认为:"爱情事件,是战争的原因,也是和平的目的;是严肃正经的基础,也是戏谑玩笑的目标;是智慧无尽的泉源,也是解答一切暗示的锁钥——男女之间的互递暗号、秋波传情、窥视慕情等,这一切,无非是基于爱情。"[①] 理想的情爱建立在和谐美满的性爱基础之上,没有性爱的情爱不是理想的爱情。残疾人与健全人的情感需求是完全一样的,力比多的释放必须建立在互相吸引、互相接受、相互尊重的基础之上,这个基础就是人的情感关系——爱情。"爱情除了以性欲的吸引作为重要的基础以外,它还总是同一定时代的政治、经济、文化、伦理观念、道德意识等直接地或间接地联系着,是人的社会关系总和的一种具体表现。"[②] 在现实生活中,让一个人凭空去爱一个残疾人是不可能的,身体条件上的劣势使得残疾人始终处于爱情上的劣势之中。莫言的《白狗秋千架》叙述了女主人公"暖"的"爱情"。潇洒英俊的解放军蔡队长带着一群吹拉弹唱的文艺兵住在暖的家里,"暖和蔡队长混得很熟,蔡队长让暖唱歌给他听",暖被一根槐针刺瞎右眼成了残疾,朦胧的爱情也不了了之,暖被迫嫁给了一个"满腮黄胡子两只黄眼珠的剽悍

---

① 周兆平编:《心灵与激情的抚慰——情爱卷》,中共中央党校出版社1998年版,第82页。

② 李复威:《新时期以来爱情文学的遭遇》,《北京师范大学学报》1996年第4期。

哑巴","独眼嫁哑巴,弯刀对着瓢切菜"。王心钢的《水滴》中的盲女乔花遭到了强奸,因目盲说不出强奸者是谁,"一个被破了身的盲女除了能陪男人睡觉会生孩子外还有什么用?"只好又被绑着嫁给了一个比她大三十多岁的老男人,沦为其泄欲生子的工具;失去左腿的残疾人阿蓝与月儿两情相悦、自由恋爱,可未来的"岳母"见了他"气不打一处出,两只手一伸,把阿蓝推出门外,用难听的土话对着月儿就是一顿臭骂:你不嫌丢人我还嫌丢人!"陈染《私人生活》中为人师表的T先生,借着解释"私部"一词在女学生"我"的胸部和大腿间乱摸,致使"我"后来得了自闭症,陷入了爱情困境;"狡猾的家伙!想骗取一个好心的姑娘。大家本来都同情你,你要是这么狡猾,谁还愿意再同情你呢?!"史铁生《没有太阳的角落》中靠双拐行走的主人公"我",喜欢王雪的单纯,爱她"长得真实,她的心写在脸上,她看得起我们",可是社会环境的压力使"我"不敢与王雪相爱,让"我"感到"我没有爱和被爱的权利,我们这样人的爱就像是瘟疫,是沾不得的,可怕的";《山顶上的传说》中双腿瘫痪的小伙子与一位姑娘相爱了,姑娘的父母因为小伙子的残疾,就是坚决不同意他们相处下去,小伙子与姑娘约会时别人可以随意闯入且毫无歉意,因为他们认为残疾人爱别人或接受了别人的爱都是居心不良。众人的舆论压得小伙子喘不过气来:"那个姑娘不过是同情他,可他就想利用人家的同情","就是他!他要毁掉一个姑娘的青春!"《老屋小记》中那个双腿残废的男青年,"爱上了一个健康、漂亮又善良的姑娘",但"只有一个词属于他:折磨";《务虚笔记》中双腿残疾的C与其恋人X想爱却不能爱,C的恋爱权利从他身体残废的那一刻起就被剥夺了,众人无所不在的眼光和声音时时刻刻都在提醒他:"你已经残废,难道你还要再把她的青春也毁掉吗?"石杰《小村残照》中的瞎三爷虽然眼睛看不见,但作为一个生理健全的男人,对女人有本能的追求欲望,爱上了村里的冯寡妇,可是他们的恋爱却触犯了村上人的道德观念,他也差点儿为此付出生命的代价。不仅残疾人与健全人的爱情遭到世俗的偏见,残疾人与残疾人的爱情也常常受到重重阻碍:《四儿和哑巴》中的四儿和哑巴是天生的一对,可是四儿的爹却坚决反对,硬是生生地将一对恋人拆散,因为他认为女儿与哑巴结合是伤风败俗;毕飞宇《推拿》中的王大夫与小孔双方都是盲人,俩人情投意合、相亲相爱,可小孔的父母坚决不同意他们的结合，"把一切都对小孔挑明了，概括起来说，你的恋爱和婚姻我们都不干涉，但你要记住了，生活是'过'出来的，不是'摸'出来的，你已经是全盲了，我们不可能答应你嫁给一个'摸'着'过'日子的男人！"

  与健全人相比，残疾人除了身体残缺会给生活带来不便外，应当与正常人享有平等的"爱"与"被爱"的权利。爱情的幸福大门应当对所有人敞开，残疾人应当与健全人一样有希望获得幸福。然而，残疾人为了获得幸福的爱情，往往需要比健全人付出十倍的艰辛。在现实生活中，残疾人爱情苦难的根源是世俗的偏见，世俗的偏见剥夺了残疾人应享有的平等爱情权利。只有平等，爱才有意义；只有平等，爱才有价值；平等是残疾人的抗争所求，平等是残疾人让生命增值的基点。因此，中国当代文学残疾书写在描写残疾人爱情时，残疾人物往往都表现出一种与世俗偏见相抗争的勇气和追求平等爱情的执着。《私人生活》中的"我"得了自闭症以后，一直生活在别人的歧视和自我的痛苦之中，但"我"在追求平等爱情上却显露出极大的勇气。在与尹楠的恋爱过程中，是"我"主动地把握住机会，确立与尹楠的恋爱关系；在与尹楠加深情感的过程中，也是"我"鼓励、激发、引领他完成了做爱的全过程。《推拿》中的盲女小孔，面对坚决不同意她嫁给盲人的父母亲，表现出一种"我的爱情我做主"的勇气，她与王大夫私订终身、体验性爱，坚信"等事态到了一定的火候，也就是人所说的'生米煮成了熟饭'，回过头来总是有办法的"。她坚信在自己的爱情问题上，不能指望别人施以援手，只能靠自己自救。她主动与父母亲摊牌："妈，我恋爱了。""是男的还是女的？""男的，还是全盲呢。""你怎么就这么不听话呢？""我爱他是一只眼睛，他爱我又是一只眼睛，两只眼睛都齐了。——爸，你女儿又不是公主，你还指望你的女儿得到什么呢？"直白的语言使得小孔的父母无言以对，帮助小孔赢得了自己的爱情权利，"一句实话，所有的死结就自动解开了，真叫人猝不及防"。《水滴》的主人公曹一木与神秘网友"泪花"——华蕾，双方在网聊中产生了许多共同语言，碰撞出了爱情的火花，华蕾"决定来到曹一木身边，不管他是否有钱有势是否长得帅气，不管他是否是残疾人，也不管其他人如何看待自己"。华蕾不仅具有尊重残疾人爱情权利的美德，而且具有冲破世俗偏见的勇气。然而，她妈"对'残疾'二字可谓是恨之入骨"，她爸认为"女儿要嫁给一个像自己一样的残疾人，那还不是比杀他还难受"？为了能够顺利地拿到结婚证，华蕾瞒着父母从家里偷出了户口本，与曹一木办好了结婚证，完成了"没有来自父母祝福"的婚礼。爱情叙事体现创作主体对待爱情的基本态度，蕴含着作家的文化立场和价值取向。上述作品主人公们的爱情经历说明，健全人对残疾人的情爱欲求存在一定的偏见，传统文化中郎才女貌、门当户对等世俗化的成规是残疾人爱情婚姻的最大障碍。自己的命运要靠自己来把握，爱情之路要靠自己来走。残疾人唯有无视世俗偏见，才有获得追求平等爱情的机会；唯有鼓起"我的爱情我做主"的勇气，敢爱敢恨，敢于舍弃一切、不顾一切，才能冲破世俗观念的束缚，才能修成属于自己的爱情正果。

在中国当代文学残疾书写中，史铁生对残疾与爱情的理解比一般作家要深刻得多，他将爱情主题上升到了生命与存在的本体价值层面。在《务虚笔记》中，双腿残疾的 C 与其恋人 X 真心相爱，但是他们害怕强大的社会舆论偏见，害怕健全人的冷嘲热讽，害怕世俗人间的异样目光，"害怕那些山和海一样的屋顶和人群，害怕那些比星光还要稠密的灯火，害怕所有不说话的嘴和总在说话的眼睛，害怕无边无际的目光的猜测和探询"。世人的眼光和声音时时刻刻都在提醒着 C："你已经残废，难道你还要再把她的青春也毁掉吗？……如果一个男人，他再也站不起来，他永远都要坐在轮椅上，可他还要他所爱的女人做他的妻子，要那个女人抛弃她自己的幸福走进这个男人的苦难，那么这个男人他，不是太自私吗？他还能算一个好人吗？"世俗的偏见把 C 和 X 压得喘不过气来："我们的爱情好像是不正常的，在那无尽无休的猜测和探询的目光之下，我们的爱情慌慌张张就像是偷来的……"世俗的力量太强大了，有一种不拆散他们决不罢休的力量："C，你太自私了，你让 X 离开吧，你仍然可以做她的朋友，一般的但是最亲密的朋友"，"X，你太自私了，别为了满足你的同情和怜悯，让一个痛苦的人更痛苦吧"。C 与 X 陷入了无法摆脱的情爱困境，按照世俗的观点，如果他们想做社会认可的"好人"，C 就不能以自身的残疾去拖累 X 的灵魂，X 也不能以同情去代替爱情。为了不做众人眼中的"坏人"，一对心心相印的恋人无奈之下只以分手的方式来回避世俗的偏见。C 与 X 虽然天各一方，但"长相思"的痛苦激起了他们"长相守"的渴望，他们最终还是勇敢地冲破了世俗偏见的重重堡垒，实现了结为夫妻的愿望。C 与 X 的爱情经历说明，只要是真心相爱，任何力量都不可阻挡。C 与 X 的情爱经历具有人类追寻情爱理想的共性，"谁都可以是C，谁都可能是C。但是没有谁愿意是他，没有谁愿终生坐进轮椅，那恐惧，仅仅是不能用腿走路吗？"残疾人C与X爱情经历是残疾人爱情困境的典型案例，"这一心灵压迫的极例，或许是一种象征，一种警告，以被排除在爱情之外的苦痛和投奔爱情的不熄梦想，时时处处解释着上帝的寓言。也许，上帝正是要以残疾的人来强调人的残疾，强调人的迷途和危境，强调爱的必须与神圣"①。在史铁生的笔下，主人公C的残疾象征着人类的残疾；史铁生向读者所表现的是：人类的残疾远要比身体的残疾更严重。作者史铁生是个残疾人，在创作过程中以生命之力与身体的苦难抗争，并且在抗争中努力使生命增值。他留给读者的思考题是：面对自身的残疾，人类又当如何呢？

二 直面社会歧视，捍卫人格尊严

尊严是人之所以为人的基本条件，是人作为社会关系主体的重要前提。人在一定社会中得以生存，不仅要维持生命的存在，而且还要活得有尊严。"尊严"一词来源于拉丁文（dignitas），意指尊贵、威严。在古罗马时代，人格尊严与人的地位和身份紧密相连，但它不适用于所有的自然人，只是为少数贵族所享有。后来，著名政治家、哲学家西塞罗（Marcus Tullius Cicero）将人格尊严的概念扩大，使之适用到所有的自然人。按照西塞罗的观点，"我们称之为人的那种动物，被赋予了远见和敏锐的智力，它复杂、敏锐、具有记忆力、充满理性和谨慎，创造他的至高无上的神给了他某种突出的地位；因为在如此多的生物中，他是唯一分享理性和思想的"②。西塞罗虽然肯定所有的人在本质上都享有的地位，但他对人格尊严的理解与现代意义的人格尊严仍然有着较大的差异。康德将人格尊严提升到"人的目的"的高度，认为"不论是谁，在任何时候都不应把自己和他人仅仅当作工具，而应该永远视为自身就是目的"③。1948年联

---

① 史铁生：《病隙碎笔》，陕西师范大学出版社2002年版，第59页。
② [古罗马] 马尔库斯·图利乌斯·西塞罗：《论共和国·论法律》，王焕生译，中国政法大学出版社2003年版，第113页。
③ [德] 伊曼努尔·康德：《道德形而上学原理》，苗力田译，上海人民出版社2005年版，第53页。

合国大会第 217A（Ⅱ）号决议通过的《世界人权宣言》的第 1 条明确规定："人人生而自由，在尊严和权利上一律平等。"① 此后，各种保护人格尊严的条款也陆续进入了欧美诸国的法律条文。中国封建社会只强调统治者的威严，不尊重普通百姓的人格尊严。新中国成立后，人民当家做了主人，普通公民的人格尊严得到了尊重。1982 年《中华人民共和国宪法》第 38 条对保护人格尊严进行了明确的规定："中华人民共和国公民的人格尊严不受侵犯。禁止用任何方法对公民进行侮辱、诽谤和诬告陷害。"② 2008 年《中华人民共和国残疾人保障法》第一章第三条对保护残疾人的人格尊严进行了明确的规定："残疾人在政治、经济、文化、社会和家庭生活等方面享有同其他公民平等的权利。残疾人的公民权利和人格尊严受法律保护。禁止基于残疾的歧视。禁止侮辱、侵害残疾人。禁止通过大众传播媒介或者其他方式贬低损害残疾人人格。"③

人的完整性包括生物、心理和社会三种属性。生物学意义上的"人的尊严"，是指人有别于其他生物的一种生命存在形式，一种独立而不可侵犯的身份或地位；心理学意义上的"人的尊严"，是指人的自尊意识和自尊心理，是人由于自己的主体地位和社会价值而产生的一种自尊心和自豪感；社会学意义上的"人的尊严"，是指一定社会关系下对个人地位、价值的承认与尊重。文学语境下的"人的尊严"，同时涵盖了人的生命尊严、心理尊严和社会尊严。人格尊严既是作品人物个人的一种主观内在的意识或体验，又是他人、社会对个人的认可和评价。每一个生物意义上的人都是人权的主体，都应当享有不可剥夺的人权，残疾人应当与健全人一样享有生命、自由与尊严。然而，残疾人由于身体上的缺陷，不幸沦为了现实社会中的弱势群体。随着社会文明发达程度的不断提高，虽然残疾人的人格尊严和公民权利得到了一定的尊重，残疾人应有的平等地位和均等机会也得到了一定程度的保护，但世俗的偏见仍然根深蒂固，对残疾人的歧视也是屡见不鲜。美国人本主义哲学家弗洛姆说过，"人从那标志着动物存在的与自然统一的原始结合中分裂出来。由于他既有理性，又有想象，他意识到了他的孤独与分离、他的无力与无知，以及生与死的偶然性。如果他找不到与同胞相连的新联系，以取代受制于本能的旧联系，那

---

① 转引自王利明《人格权法中的人格尊严价值及其实现》，《清华法学》2013 年第 5 期。
② 转引自王利明《人格权法中的人格尊严价值及其实现》，《清华法学》2013 年第 5 期。
③ 王纪明：《残疾人概念的文化解读》，《临沂大学学报》2016 年第 6 期。

么,他一刻也不能忍受这种存在状态"①。残疾人和健全人一样是从动物存在中分裂出来的人,残疾人最不能忍受的不是残疾本身,而是被置于社会边缘的那种疏离感。他们虽然躯体残缺,但仍然渴望平等、追求尊严,试图以精神的力量抵御社会的歧视、颠覆世俗的偏见。因此,残疾人的尊严、价值等关乎人的精神的内容便成为中国当代文学残疾书写的对象,"直面社会歧视、捍卫人格尊严、与苦难抗争、让生命增值"也就成了残疾书要表达的主题思想。

美国社会心理学家马斯洛的需求层次理论将人的需求由低至高分为五种:"生理需求、安全需求、归属与爱的需求、尊重需求、自我实现的需求。"② 在现实社会生活中,残疾人从最低级的生理需求,到最高级的自我实现需求,都存在于"内在需要"与"外部现实"的尖锐矛盾之中。残疾人属于社会的弱势群体,在社会生活中常常备受歧视,往往要承受比健全人更多的生存压力和精神痛苦,潜意识中的自卑感使得他们有着比健全人更强的自尊心,现实生活中的一些偶然事件可能会造成他们一辈子的切肤之痛。莫言《民间音乐》中的流浪艺人"小瞎子"路过马桑镇请求借宿,当他听到"瞎子,老子倒是想行行善,积点德讨个老婆,可惜家中只有一张三条半腿的床""快甭提俺家,老爷子就差点没睡到狗窝里去了"等侮辱性的回答后,虽然他的自尊心受到了极大的伤害,但他还是不卑不亢地说了声"既然如此,就不打扰了,多谢诸位乡亲","挥动竹竿探路,昂然向前走去";"当听到酒徒们把自己的音乐与花大姐的烧酒相提并论时,小瞎子的脸变得十分难看,他的两扇大耳朵扭动着,仿佛两个生命在痛苦地呻吟";"听到自己将在这个安乐窝里永远充当乐师时,他的脸上出现了踌躇不快的神情"。为了维护自己的人格尊严,小瞎子"坚决地从花茉莉怀里挣脱出来",傲然拒绝了那份"嗟来之爱",义无反顾地离开马桑镇,继续踏上了用民间音乐让生命增值的旅程。史铁生《没有太阳的角落》中的三个残疾青年都非常看重自己的人格尊严,讨厌别人议论自己身上的残疾,可碰到孩子天真无知的语言伤害,他们还是默默地忍受了:"如果换了相反的情况,我们三个会立刻停了下来,摆开决

---

① [美] 埃里希·弗洛姆:《健全的社会》,孙恺详译,贵州人民出版社1994年版,第23页。

② Abraham Maslow, "*A Theory of Human Motivation*", *Psychological Review*, Vol. 50, No. 4, 1943, American Psychological Association, Washington, D. C., pp. 370-396.

死的架势。"史铁生《在一个冬天的晚上》中的残疾人夫妇，为了能像健全人一样拥有生活的未来，冒着严寒、踏着冻雪前往"月亮胡同，五十七号"去领养一个孩子，可他们一路上碰到的是歧视的眼光和有伤尊严的话语：孩子看到他们长得丑，以为他们是"坏蛋"；唧唧嘎嘎、又嚷又闹、说说笑笑的姑娘们，"走近他俩身边时，就都没有声音了"；他们听到一对中年夫妇谈论领养孩子的事，"换了我，我也不愿意把孩子给两个残废人"，等等。为了维护自己的人格尊严，这对残疾人夫妇没有再与中间人见面，因为他们不堪再次承受有辱残疾人尊严的话语。史铁生《山顶上的传说》中双腿残疾的小伙子从事小说创作，出版社的编辑出于对残疾人的同情愿意降低标准发表，这不但没有给他带来任何快乐的感觉，反而使他的自尊心受到了极大的伤害。他痛切地做出了即兴反应："人的尊严不是西红柿，又大又红的就涨价，有点伤残的就降价。"他希望用创作来为自己的生命增值，但这必须建立在平等竞争的基础上，因为"伤残人的创作不需要宽容，反抗歧视和偏见的办法，没别的，保持你人的尊严"。

毕飞宇曾经说过，"在中国，盲人，或者说残疾人，始终是遮蔽的，或半遮蔽的，他们的日常从来就没有在阳光的下面得到充分的展示"[1]。盲人的行为是在"健全人"的目光下进行的，盲人生活面临来自"健全人"方面的无形压力。"健全人"所主导的时空，构成了盲人生活的潜在背景。毕飞宇的小说《推拿》将视点聚焦于一群盲人推拿师，通过对盲人生存现象的书写，将盲人这一残疾形象建构成携带超量意义的信息体，借助对这群"没有眼睛"的盲人的日常生活和情感追求的描写，展现了残疾人对生命尊严、健全人格和平等身份的执着追求，为"有眼世界"打开了一片灯下黑的"盲区"。

《推拿》是一部以维护残疾人人格尊严为主题的作品，推拿馆与主流社会构成了一种相对的情境性存在，"推拿"使得与顾客的身体接触和语言交流构成了盲人按摩师与社会人群的直接联系。毕飞宇在创作过程中，没有从一个健全人的角度去审视盲人群体，没有用好奇、怜悯、同情的目光去俯瞰盲人生活，而是以一颗平常之心引领读者去感悟盲人按摩师丰富的内心世界，让读者从字里行间感受到盲人是和健全人一样有血有肉、有

---

[1] 毕飞宇、张莉：《牙齿是检验真理的第二标准》，人民文学出版社2015年版，第358页。

喜有怒、有情有义的普普通通的"人"。"尊严"是这群盲人按摩师的抗争所求,"尊严"是他们置身社会的立足基础,"尊严"是他们让生命增值的起跑线。盲人以推拿服务实现自己的人生价值、以独特方式捍卫自己做"人"的尊严。他们追求与健全人平等身份的点点滴滴,对推动作品情节发展、烘托作品主题起到了重要的促进作用。

在现实生活中,健全人出于自身的习惯思维和认识偏见,往往都将残疾人视为一个不能"自食其力"的群体。"沙宗琪盲人推拿中心"的老板之一沙复明有着一颗极强的自尊心,他"从打工的第一天起就不是冲着'自食其力'而去的,……'自食其力',这是一个多么荒谬、多么傲慢、多么自以为是的说法……他们永远都会对残疾人说,你们要'自食其力'。自我感觉好极了。就好像只有残疾人才需要'自食其力',而他们则不需要,他们都有现成的,只等着他们去动筷子;就好像残疾就只要'自食其力'就行了,都没饿死,都没冻死,很了不起了。去你妈的'自食其力'";残疾人按摩师王大夫的弟弟打电话告诉他自己要结婚,其目的是想向哥哥讨要红包,但又因怕丢人而不想让瞎子哥哥参加婚礼。王大夫"本打算汇过去五千块的,因为太伤心,因为自尊心太受伤,王大夫愤怒了,抽自己嘴巴的心都有。一咬牙,翻了两番"。五千元翻两番就是两万元,这对一个盲人推拿师来说是一笔很大的开销。王大夫平常非常节俭,但在维护自己做哥哥的尊严时,他宁可更多地付出用血汗赚来的金钱;自卑和自尊如影相随,泰来因为自己的"乡下人身份"非常自卑,但他又有着极强的自尊心。同事模仿他的苏北方言,他会感到十分羞辱,有时甚至会以拳脚相加。泰来的女友小梅则非常顾及他的尊严、尊重他的方言、尊重他的说话个性,小梅的理解使他获得了生活的自信;金嫣是个敢想敢为、为爱痴狂的女子,当得知小梅父命难违而离开了泰来、泰来因此而痛不欲生的故事后,她不远千里从大连赶到上海、又辗转来到南京。她甘愿为爱付出一切,"自己可以一丝不挂,却愿意把所有的羽毛毫无保留地强加到对方的身上"。金嫣的到来使得泰来重新燃起了对生活的希望,但是为了维护自己的尊严,"金嫣死死保留了自己的女儿身,无论泰来怎样地死缠烂打,金嫣永远说'不'。不!不!不!她在婚前绝对不可能和泰来有任何性行为的。她要等到洞房——像张爱玲所说的那样——再和泰来'欲仙欲死'";小马因为车祸损毁了视觉神经而"彻底地瞎了,连最基本的感光都没有",但从外表上看,"小马眼睛却是好好的,看上去和一般的健全人并没有任何区别"。按照规定残疾人乘车可以免票,小马也当然可以免票,可是司机不相信他的眼睛有残疾,"不停地用小喇叭呼吁:乘客们注意了,请自觉补票"。小马没有解释,司机就是不开车。"等过来等过去,车厢里怪异了,有了令人冷齿的肃静。僵持了几十秒,小马到底没能扛住。补票是不可能的,他丢不起那个脸;那就只有下车了,小马最终还是下了车。"小马不愿解释是为了维护自己的尊严,因为没有哪个盲人愿意"向全世界庄严宣布:先生们女士们,我是瞎子,我是一个真正的瞎子啊";小马选择下车也是为了维护自己的尊严,因为他认为一步一步地"摸"到目的地要比一分一秒地忍受司机和其他乘客的讥讽更有自尊;小马的行为是对健全人歧视残疾人的一种抗争,他从此以后"再也没踏上过公共汽车"。

英国作家高尔斯华绥认为,"人受到的震动有着种种不同:有的是在脊椎骨上;有的是在神经上;有的是在道德感受上;而最强烈、最持久的则是在个人的尊严上"[①]。在现实生活中,健全人出于习惯性的思维和认识上的偏见,往往将残疾人视作一个"不能自食其力"的群体;残疾人比健全人更容易形成强烈的身体意识,对任何有伤自身尊严的情境都极为敏感。"盲人的自尊心是骇人的,在遭到拒绝之后,盲人最通常的反应是保全自己的尊严,做出'此处不留爷自有留爷处'的派头。"残疾人按摩师都红是《推拿》中最看重人的尊严的人物。为了维护自己作为一个"人"的尊严,面对人们所谓的"爱心"和"关爱",都红两次选择了"逃离"。

身体是自我与世界进行交流和相互认同的重要媒介,身体欲望赋予故事情节发展的动力,赋予叙述内容特殊的意义。在《推拿》所塑造的一群残疾人物当中,都红是一个自尊心极强的盲人。惹人喜欢、令人同情是源于她漂亮的身材,被人歧视、被伤自尊是由于她残疾人的身份。都红虽然身体有残疾,但她"是个美女,'惊人'的漂亮",就连美术教授也"夸都红漂亮,像从事创作一样把都红的身躯和面部都拆解开来了,一个部分、一个部分地夸","都红只要一落座,身姿就绷得直直的,小腰那一把甚至有一道反过去的弓"。在别具一格的身体叙事将都红的美丽呈现给读者的同时,维护残疾人人格尊严的情节也在发展。在向残疾人献爱心

---

① [英]约翰·高尔斯华绥:《福尔赛世家·出租》,周煦良译,上海译文出版社1978年版,第158—159页。

的慈善晚会上演奏钢琴时,都红因压力过大"'无名指无力'的老问题再次出现",只能"顺着旋律把她的演奏半死不活地往下拖","提起胳膊,悬腕,张开她的手指……把她所有的手指一股脑儿摁在了琴键上","弹完最后一个节拍,都红吸气,提腕,做了一个收势。总算完了"。表演失败了,可主持人却祝贺她演出成功,"开始赞美都红的演奏,一连串用了五六个形容词,后面还加了一大堆的排比句",残疾人的身份使她赢得了"那种热烈的、经久不息的掌声"。这赞美、这掌声意味着什么?意味着"健全人"的"宽容"与"关爱",意味着都红要欠健全人一笔人情债!"她知道了,她来到这里和音乐无关,是为了烘托别人的爱,是为了还债。""身份的焦虑是一种担忧,担忧我们处在无法与社会设定的成功典范保持一致的危险中,从而被夺去尊严和尊重。"[1] 客观事实是,都红没有"演出成功",所谓的成功是健全人因为她的残疾人身份而强加给她的,她无法心安理得地处于"健全人"为她设定的讽刺意味的环境之中。

为了维护残疾人的尊严,为了不欠"健全人"的人情债,都红选择逃离音乐的世界,来到了"沙宗琪推拿中心"。推拿中心的老板给了都红一个月的试用期,也许是由于"无名指无力"的老问题,她的推拿技术"不是一般的差",可精明的老板还是把她留了下来,原因是她的美貌使得推拿中心在"生意上热火朝天"。都红留了下来,但不幸接踵而至。都红的手被门重重挤了一下,"大拇指中间的那一节凹进去好大一块,两边都脱节了"。身体叙事一线向前发展的同时,作者也在进行都红作为"人"的身份的构建。"对于一个推拿师来说,右手的大拇指意味着什么,不言自明了","盲人本来就是残疾,都红现在已经是残疾人中的残疾了"。金嫣为都红发起了"募捐运动",老板沙复明也明确向她求爱,但都红不愿接受怜悯的爱,不愿欠下同行的债,因为"欠了总是要报答的,都红不想报答。都红对报答有一种深入骨髓的恐惧。她只希望自己赤条条的来了,走了"。都红再次选择了"逃离"!马克思说过,"尊严就是最能使人高尚起来,并高出于众人之上的东西"[2]。都红的"逃离"也是一种抗争,"逃离"不仅为她构建了作为"人"的身份,而且为她赢得了高于

---

[1] [英] 阿兰·德波顿:《身份的焦虑》,陈广兴、南治国译,上海译文出版社2007年版,第6页。

[2] [奥] 阿尔弗雷德·阿德勒:《自卑与超越》,黄光国译,作家出版社1986年版,第6页。

众人之上的尊严。作品身体叙事与身份构建双线并进的文学叙事,不仅将残疾人的苦难身体生动地展现给了读者,而且把盲人内心世界形象地呈现给了大众,使得人们明白"悲悯是好的,悲悯是人类最美好的感情之一,但是,这里头有一个前提,那就是尊严"[①]。

《推拿》中的每个盲人都有其不同的残疾经历,每个盲人都经历过尊严难求的痛苦体验,社会的偏见、健全人的歧视使他们产生过被抛掷到社会边缘的遗弃感。然而,毕飞宇的创作是建立在对盲人与健全人一视同仁的基础上的,作品的残疾叙事体现了对盲人生命尊严的高度尊重,展现了盲人与苦难抗争、让生命增值的巨大力量。《推拿》中的这群盲人,尽管他们的躯体存在残缺,但他们都非常渴望平等、追求尊严,都试图靠推拿挣脱残疾的苦难、以精神的力量突破世俗的藩篱。《推拿》的尾声"夜宴"以象征的形式生动展现了盲人群体的尊严。沙复明"原本是为了庆祝都红出院邀请大伙儿出来宵夜的",但此时都红已经离开了,而且是拒绝了沙复明的求爱而离开的。大伙儿都建议取消这次宵夜,可是沙复明坚决不同意。沙复明如此的反应不失做人的尊严,他坚持"都红出院了,总该庆祝一番吧",但是,"这样的庆祝究竟是怎样的滋味,只有沙复明一个人去品味了";合伙人张宗琪本来打算与沙复明散伙,而且与其在财产的分割上产生了矛盾。都红的离去使他本能地为都红和沙复明惋惜,但他也惊讶地发现自己的心中"充满了一种怪异的喜悦","这个发现吓了张宗琪自己一大跳,都有点瞧不起自己了。怎么会这样呢?"张宗琪的内心独白和自我批判给了这个人物以做人的尊严。宵夜中沙复明突发胃出血,手术抢救需要有人签字负责,张宗琪主动按上手印承担责任的举动更使得这个人物有了敢于担当的尊严;"高唯一把拉住了王大夫的手,王大夫又拉起张宗琪的手。张宗琪又拉起金嫣的手。金嫣又拉起小孔的手。小孔又拉起徐泰来的手。徐泰来又拉起张一光的手。张一光又拉起杜莉的手。杜莉又拉起了小唐的手。小唐又拉起了金大姐的手。"沙宗琪推拿中心的所有盲人的手拉在了一起,这手拉手的情节象征着盲人的团结,象征着盲人推拿师的集体尊严,象征着盲人与残疾抗争的力量。他们靠这一双双手在为他人推拿的过程中使自己的残疾生命增值,他们活出了属于自己

---

① 张莉、毕飞宇:《理解力比想象力更重要——对话〈推拿〉》,《当代作家评论》2009年第2期。

的尊严!"跟在医生后面的器械护士目睹了这个动人的场面,她被这一群盲人真切地感动了","护士突然就明白过来了,她看到了一样东西。是目光。是最普通、最广泛、最日常的目光。一明白过来,护士的身体就是一怔。她的魂被慑了一下,被什么洞穿了,差一点就出了窍"。这"目光",不仅是护士从一个健全人的明眼中射出的,更是从这群盲人推拿师的瞎眼中射出的!这"目光",其背后不仅仅是盲人的、更是许许多多健全人的尊严,尊严的力量可以洞穿一切!这"目光",不再是一般的视线,而是对"人"的尊严的理解与洞察!

三 对抗苦难命运,实现人生价值

"苦难"是一个内涵极为丰富的概念,是人在现实生活中所遭遇到的不幸以及这些不幸作用于人的主观世界而产生的一种痛苦体验。苦难是人的一种存在状态,人是承受能力有限的生命个体。人活在世上,常常会不知不觉地处于自然和社会各种力量的压制之下,这种压制所导致的苦难有时甚至会与人终身相伴。"苦难"也是一个带有浓厚宗教色彩的概念,各种宗教都试图对现实苦难予以回应,都试图通过对苦难原因的阐释为芸芸众生指点迷津,指出一条通往极乐世界的途径。基督教"原罪说"认为,人类的先天之罪来自其祖先——亚当与夏娃,人天生有罪,苦难也与生俱来。罪恶感是人赎罪自觉的基础,苦难的意义在于承受苦难的自觉,苦难的经历是人自我拯救的必要手段。佛教对现实苦难的反应极其敏感,对人生忧患的体味甚为深切。释迦牟尼食不甘味、夜不能寐,苦苦求索人生的意义和摆脱苦难的出路。他放弃荣华富贵离家出走,去追寻人生幸福的真谛,但数年过后却仍然一无所获。最后,他坐在一棵菩提树下,凝神苦思了七天七夜,终于豁然顿悟:人生犹如苦海,苦海无边,苦难是人生的真实本相。

"苦难几乎是永恒的。每一个时代,有每一个时代的苦难。苦难绝非是从今天开始的。……人类的历史,就是一部苦难的历史,而且这个历史还将继续延伸下去。"[①] 虽然苦难也是中国文学的永恒主题之一,但中国

---

① 曹文轩:《美丽的痛苦》,《青铜葵花》,江苏少年儿童出版社2005年版,第245—246页。

古典文学叙事并没有形成苦难书写的传统，苦难更多的是被看作是一种"天命"，文学叙事中表现人生苦难时，不是将苦难作为一种生命体验沉淀于作品中，而是将苦难作为一种隐性的情绪贯穿在对个人、社会和历史的叙事之中。因此，苦难的书写总是摆脱不了与道德相关作品主题"先离后合、先苦后甜"的大团圆结局。在20世纪初的中国现代文学中，苦难书写被用作启蒙手段，批判封建制度和封建文化、号召人民群众奋起抗争成了苦难书写的目的，苦难书写的着力点更多的是启蒙，而不是人生苦难的本质问题。在新中国成立后的十七年文学中，苦难书写被置于现实政治的话语体系之中，苦难的本质是什么？苦难的根源在哪里？造成苦难的非正义行为、解除苦难的正义行为的两分法，使得苦难叙事格式化、意识形态化。苦难书写的目的不是要将读者引向身临其境的痛苦体验，而是要向读者传递一种对苦难造成原因的哲学思考。在朱光潜看来，"悲剧所表现的情节一般都是可恐怖的，而人们在可恐怖的事物面前往往变得严肃而深沉"[1]。苦难是孕育悲剧的土壤和温床，悲剧意识是作家将现实苦难转化为主体精神体验的必要条件，新时期的"伤痕文学作品虽然重新出现了悲剧意识，但其悲剧精神却具有表层性的弱点，作品一味注重悲剧故事的叙述而忽视了对人性的发掘，这样，主人公就只是单纯的受难者而非美的体现者，其悲剧只是灾难的展现，而不能给人以永恒的震撼和心灵的升华"[2]。从反思文学开始，苦难书写逐步摆脱了文学以政治服务为主的创作倾向，作家也不再按照人们对社会的共同理解进行创作，而是以残疾人的苦难体验来直面现实、书写人生。莫言、王安忆、韩少功、史铁生、余华、阎连科等作家，他们的苦难书写"或者开创了新的个人叙事风格，或者从独特的视点出发对中国历史重新做出阐释，或者在对时代的思考中融入个人生命中最隐秘的经验，或者是在对以往宏大叙事进行解构的过程中表达自己的思想意识，或者把个体心灵与广大的民间世界结合在一起来抒写，也或者干脆是从最本己的生命力出发去破除一切社会文化意识的成规"[3]。

残疾是人类社会的一种常见的现象，是文学作品的书写对象。残疾人由于身体上存在缺陷，常常要比健全人承受更多的生存压力和精神痛苦，

---

[1] 朱光潜：《悲剧心理学》，人民文学出版社1983年版，第31页。

[2] 颜敏、王嘉良主编：《中国现当代文学史》（下册），上海教育出版社2009年版，第192页。

[3] 陈思和：《中国当代文学史教程》，复旦大学出版社2014年版，第339页。

往往要面对来自个人命运与社会蔑视的双重苦难。残疾人在面对残疾的所带来的生理、心理问题和生活中形形色色的苦难时，有人自卑、有人坦然，有人压抑、有人笑对。文学的取材来源于生活，但又不等同于生活。文学是一种区别于生活的审美创造，作品主人公对待苦难的态度是作家个人所能成就的。由于残疾与苦难总是相随相伴，残疾书写便成了苦难书写的一种特殊形式，对苦难根源的追究、对苦难本质的探询、对苦难现实的超越，也就成了中国残疾文学书写的重要的内容。"如果苦难落在一个生性懦弱的人头上，他逆来顺受地接受了苦难，那就不是真正的悲剧。只有当他表现出坚毅和斗争的时候，才有真正的悲剧，哪怕表现出的仅仅是片刻的活力、激情和灵感，使他能超越平时的自己。悲剧全在于对灾难的反抗。陷入命运罗网中的悲剧人物奋力挣扎，拼命想冲破越来越紧的罗网的包围而逃奔，即使他的努力不能成功，但在心中却总有一种反抗。"① 正是基于这种对苦难的深刻理解，中国当代文学残疾书写所塑造的悲剧性残疾人物，大多都是正视残疾、笑对人生、率真向善、自立自强的化身。面对巨大的苦难，他们非但没有萎靡消沉，而且是以积极主动的姿态面对残酷的现实。因此，表现对苦难的超越、揭示苦难生存背后的悲剧美便成了残疾叙事的着力点，"对抗苦难命运、实现人生价值、让残疾生命增值"也就成了残疾书写要表达的主题思想。

阎连科的长篇小说《受活》中的茅枝婆，是一个直面自身生存困境、对抗苦难命运，以自救、自立、自强的方式使残疾生命增值的典型人物。作为一名老红军战士，茅枝婆在长征途中"爬雪山时，五对脚趾被冻掉了三对，左腿又因为从山上坠沟而骨折，从此彻底致残，离不开拐杖"，她在回乡途中路过受活庄，被石匠从路边搭救而留了下来。在残疾人比比皆是的受活庄，茅枝婆成为见过世面的实际管理者。她虽然人在受活庄，可心却总是在山外。她始终记住自己是到过延安、干过革命的人，始终觉得自己有责任帮助乡亲们过上好日子。新中国成立后，茅枝婆拖着伤残的左腿带领村民成立互助组、加入合作社，带领乡亲们用自己的双手使生活慢慢得到改善。然而，天灾人祸不断袭来。面对旱灾、蝗灾、饥荒，在茅枝婆的带领下，受活庄不仅没有饿死一个人，而且还拿出粮食救助了一批又一批的讨饭人。新任县长柳鹰雀讲究虚荣、只顾个人政绩，强迫乡里的

---

① 朱光潜：《悲剧心理学》，人民文学出版社1983年版，第206页。

青壮劳力外出赚钱,"只要能赚钱,去偷去抢去卖淫都行"。茅枝婆不畏权贵,带领乡亲们与县长抗争。县长让受活庄的残疾人组成绝技表演团到"圆全世界"去表演赚钱,茅枝婆一家一家地去游说:"你们不能拿着孩娃的缺残去让人看呀","你去在人前穿针纫线,那是辱你哩,辱你的眼,辱你的脸,那是把你当成猴耍哩"。绝技表演团的汽车要开动了,年近古稀的茅枝婆极力阻拦,甚至穿上寿衣趴在汽车前拼死阻拦。

阎连科曾经慨叹:"自20世纪90年代之后,中国的写作已经渐趋成熟,产生了许多优秀的作家和作品,但是面对我们苦难的民族历史时,我们确实没有充满作家个人伤痛的深刻思考和更为疼痛的个人化的写作,没有写出过与这些苦难相匹配的作品来。这是我们中国作家的局限,也是中国作家和当代中国文学面对民族苦难的历史的伤痛和内疚。"[①]

《受活》的故事人物是虚构的,故事情节是荒诞的,但虚构的背后是真实的现实社会,作者通过对受活庄残疾人苦难命运的描写表达了对人类生存问题的深刻思考。就茅枝婆带领受活人与命运抗争的叙事而言,解放初期带领残疾乡亲们"入社"时,茅枝婆采取的是正视残疾、积极应对的态度;当发现在"圆全人"为主宰的"社"里人祸不断、难以生存时,茅枝婆又带领大伙儿谋求"退社",对实现自我人生价值过程中的错误予以及时纠正;在与柳县长为首的"圆全人"的斗争中,茅枝婆以命相拼、直到生命的最后一刻。抗争使茅枝婆的人生价值获得实现,抗争让茅枝婆的残疾生命得以增值。

《受活》中的女主人公茅枝婆是一个真实与荒诞并存的人物,在村民们的心目中是一个类似于原始社会部落酋长的领头人,其人生价值的实现主要体现在对村民的启蒙教育和引导乡亲们与命运进行抗争上;《心香》中的哑巴少女、《民间音乐》中的小瞎子、《天狗》中的瘫子等,都是现实中普普通通的残疾人,他们对抗苦难命运、实现自我人生价值则体现在平平常常的生活当中。

叶文玲获全国优秀短篇小说奖的《心香》,讲述了下放到偏远山村大龙溪插队接受改造的右派"老岩"和哑巴少女"亚女"的故事。亚女自幼没有母亲,父亲也在前年入了土。她虽然天生聋哑,但心眼灵透,绣的

[①] 阎连科:《民族苦难与文学的空白——在剑桥大学东方系的讲演》,《渤海大学学报》2009年第2期。

花"全村闺女媳妇谁也赶不上"。亚女"又安分又精灵,白日随队里人下田上山,早早晚晚在家捧着花绷子绣花,挣了钱供奉小兄弟上学"。当年,师范学院美术专业的学生老岩,为了完成一幅理想的毕业创作,来到这个叫大龙溪的小山村去寻找题材。在村头的小溪边,他第一次看到了亚女,一个在落日余晖中汲水的姑娘:"眼睛映着溪流波光、胸前松松搭拉着乌缎似的长辫,右脚夹起了一块圆圆的鹅卵石,犹如一座完美的浮雕像。"这童话般的画面所呈现出的美感深深地打动了老岩,他以此为场景创作了油画《溪边》。在《溪边》被发表并获得了稿费后,老岩给亚女寄去了一笔钱,但"事隔半月后,那笔钱原封不动地退回来了"。在后来的"整风反右"运动中,《溪边》不可避免地成了"黑画",夕阳、小溪被指认为"没落的资产阶级情调",老岩也莫名其妙地被划为"补充右派",并且被下放到大龙溪去插队改造。此时的大龙溪已经不是当年的大龙溪,"家家炊烟、户户新竹的美景没有了",到处都是大炼钢铁遗留下来的"颓垣断壁似的小高炉"和"矿渣糟蹋了的山地",全村人都生活在吃不饱肚皮的愤懑之中。来接受劳动改造的老岩只能吃到"掺了许多薯藤叶子的稀粥,终日是饥肠辘辘"。为了让他能够多吃一点,亚女用一把瓦壶偷了公社食堂的饭,被人发现抓住后脖子上挂着瓦壶游街示众。亚女不堪侮辱,跳下断崖自杀身亡。亚女是一个不识字的乡下姑娘,她听不见、说不出,自身残疾的苦难无法表达,对老岩这个落难人的同情也只能是用瓦壶为他烧点水、偷点饭,很难做出什么惊人之举。但通过亚女这个普普通通的残疾人物,作品的价值取向可以窥见一斑:哑巴亚女残缺的是身体,完美的是心灵。她的思维不受政治取向的左右,她的行为只听从纯洁内心的召唤。她的"偷窃"行为是对生存苦难的一种抗争,其目的是救助陷入饥饿苦难的知识分子;她的跳崖自杀也是一种抗争,她以死维护了自身的清白;她是心灵美的化身,是作品主题思想的代言人,用作者叶文玲自己的话来说:"我写亚女异于常人的哑,是因为冰清玉洁的她,不用言语便能教人洞悉她透亮如水晶的心灵和品质。"[①]

贾平凹长篇小说《天狗》中的井把式李正凭借一手"打井"的独门绝技,与夫人过着相互恩爱的小日子,不料在一次打井中因意外压折了腰而导致下肢瘫痪。李正的残疾不仅使得这个家庭饱受难以为继的生存苦

[①] 庞安福:《美学的研究途径》,《团校学报》1984年第2期。

难，而且也使自己的情绪陷入了终日的苦闷之中。经过激烈的思想斗争，李正选择了走"招夫养夫"这条无奈之路。"这条路象征着人的变形，这条路是贫困和愚昧铺就的坎坷之路，这条路也是无数丧失了爱的权利和共同迎受生活重担压的人们，为了生存于无可奈何中踩出的崎岖小径。"① 李正主动选择退出、让徒弟天狗与妻子结合入赘进门之后，"一日为师终身为父"的传统观念使得天狗陷入了道德伦理的焦虑和情欲压抑的双重折磨之中。他白天外出干活维持一家人的生计，晚上不与师娘同居，独自一人悄悄地回到破屋睡觉。师娘借"蝎子挤在一块、相拥相抱做一团"的场景启发天狗被压抑的性爱本能，天狗却始终不为之所动。当得知天狗是因为他而不愿与妻子住在一起之后，李正陷入了深深的愧疚之中。由于深知自己的存在不仅不能给这个新家带来幸福，而且会使这个新家更加破败，李正陷入了深深的痛苦之中。此时此刻的李正已经没有什么可以贡献给这个家了，只能将自己卑微的身躯献给自己的爱徒和前妻。他最终毅然选择了无私奉献，以自杀成全了天狗与前妻的幸福。贾平凹说过，"从小我恨那些能言善辩的人，我不愿和他们来往。遇到一起，他们愈是夸夸其谈，我愈是沉默不语，他愈是表现，我愈是隐蔽，以此抗争……"② 《天狗》是一部表现残疾人默默抗争的优秀作品，它在展现一曲爱情悲歌的同时，也向读者展示了残疾人李正的崇高与善良。李正无奈之下选择自杀似乎是一个消极的行为，但这也是他正视残疾、实现自我人生价值时唯一能做、唯一有可能做成的事情。他以死解除了家人的痛苦，以死实现了自己的人生价值。李正的悲剧"不但没有因为痛苦和毁灭而否定生命，相反为了肯定生命而肯定痛苦和毁灭"③。

莫言短篇小说《民间音乐》中的小瞎子，虽然长着一张"清癯苍白的脸"和两只大大的"黯淡无光的眼睛"，但他能坦然面对人生的苦难，傲然面对世人的歧视。当方六、黄眼、杜麻子和三斜都表示不愿意给他借宿时，他"挥动竹竿探路，昂然向前走去"；他凭借自己的音乐才能顽强地生活，吹出的箫音"仿佛有滔滔洪水奔涌而来，竟有穿云裂石之声"；拉出的二胡旋律，使"人们的思维被音乐俘虏"，让人的"心随着他的手

---

① 转引自雷达《〈远村〉的历史意识和审美价值》，《当代》1985年第3期。
② 李星、孙见喜：《贾平凹评传》，郑州大学出版社2004年版，第10页。
③ [德]弗里德里希·尼采：《悲剧的诞生》，周国平译，生活·读书·新知三联书店1986年版，第17页。

指与马尾弓子跳跃"；弹奏的琵琶，"奏出了银瓶乍裂，铁骑突出，珠落玉盘，间关莺语般的乐章"。他精湛而玄妙的演奏，让"人们欣赏畸形与缺陷的邪恶感情已经不知不觉地被净化了"。虽然人们都对小瞎子演奏的曲子"百听不厌，每听一遍都使他们感叹、唏嘘不止"，但他自己还是因为没有新的音乐奉献给大家而深深内疚、惶惶不安。小瞎子的演奏在使茉莉花酒店的生意愈发兴隆的同时，也导致了周边饭店对他这棵"摇钱树"的争夺。面对几个老板对待他态度由原先的拒绝到后来的争抢，"小瞎子直挺挺地站在门外，像哲学家一样苦思冥想，明净光洁的额头上竟出现了一道深深的皱纹"；当他听到女店主茉莉花要嫁给他、让他在这个安乐窝里永远充当乐师时，"他的脸上出现了踌躇不快的神情"；面对茉莉花娇嗔的关心和火热双唇的亲吻，他"坚决地从花茉莉怀里挣脱出来"。音乐是小瞎子的生命，他所能做的就是用"逃离"来与诱惑进行抗争。命运的安排使得小瞎子有过一段与茉莉花交往的经历，但他坚决不愿接受命运的摆布，他的离去也是一种与命运的抗争。小瞎子走了！他从哪里来，又往哪里去？我们一无所知！对莫言来说，这也不重要！重要的是让读者看到了小瞎子义无反顾的选择，看到了他傲然拒绝变味"爱情"的明智之举，看到了他为了音乐的理想而继续行走民间。民间音乐只有回到民间才能充满活力，小瞎子只有行走民间才能实现他的人生价值。

  陈染《私人生活》是一部叙述现代都市女性生命历程的"身边小说"，是一部女性肉体的、生理的成长史，同时也是一部女性心灵的成长史，以女性隐秘的内心生活为视角，对人的生命意义进行了阐释。作品残疾主人公"我"，经历了难以启齿的苦难，成了"自闭症患者"。被送入精神病院后，"不知道我需要什么，在我不很长久的生命过程中，该尝试的都尝试过了，不该尝试的也尝试过了……我的问题在别处——一个残缺时代里的残缺的人"。20世纪之初的"狂人"以非理性的呐喊，揭示了封建礼教吃人的本质，20世纪之末的"我"以自言自语的方式展现了现代女性进退维谷的心理困境："不知为什么，我的身体还是那么年轻，但我的心里在很多时候像一个老人一样习惯于沉思默想，我觉得我已经失去了生活的真谛。"在日复一日的沉思默想之中，"我"对生命有了自己真切的感悟："生命像草，需要潮湿，使细胞充满水，所以只能在污泥之中。"生命的意义是什么？存在的价值在哪里？"我"没有继续往下说，但作者帮她说了出来："就是只能去做、只能飞翔，只能'To be'，而不能是哈姆雷特式的'To be or not to be'。为了生存,只能去做!去飞!别无选择!"①陈染用简洁而朴素的语言回答了生命的意义和存在的价值。按照她的观点:哈姆雷特式的彷徨绝对要不得,残疾人首先是要勇敢地活下去,其次就是要尽作为一个人应当尽的本分,然后就是为实现自己的人生理想而义无反顾、勇往直前,这就是作者对人的存在价值和生命意义的正面回答。

阎连科的中篇小说《耙耧天歌》也是一部典型的对抗苦难命运、实现人生价值的作品。作品中的每个人物几乎都背负着难以应对的苦难,苦难远远超出了生命所能够承受的范围,要活下去只能靠本能的生命意志与之抗衡。在阎连科看来,"人不过是生命的一段延续过程,尊贵卑贱,在生命面前,其实都是无所谓的"②。《耙耧天歌》的故事主人公尤四婆,一直处于儿女残疾和生存苦难的重重包围之中:"她生的大妞、二妞、三妞竟然都是痴呆,都是在长至半岁当儿,目光生硬,眼里白多黑少,到三岁、四岁才能开口叫娘,五岁六岁,还抓地上的猪屎马屎,十几岁还尿床尿裤",她"怀着撞命的心情"生了个男娃,"哪知孩娃岁半时候,淋雨发烧,本是家常病症,可烧了一夜,来日做爹娘的细心一看,孩娃嘴歪眼斜,话又不会说了,饭碗也不会端了,除了呵呵地傻笑和嘿嘿哦哦地呆着,其余一无所知"。咨询医生以后得知,尤家祖上就有羊角风遗传史,不管生多少个孩子,仍然个个都是痴呆。丈夫尤石头不堪忍受命运的作弄,以跳河自尽的方式逃避了做父亲的责任。尤四婆不肯向命运低头,数十年如一日,含辛茹苦地将四个痴呆的孩子慢慢抚养大。邻村人因为她生了四个痴傻而将尤家村称为"尤四呆子村",尤家村的人也"一边恼怒外乡人的无礼,一边恼怒尤四婆败坏了村里的洁净清名"。世人的歧视加重了尤四婆和四个痴呆儿女的苦难,"大妞、二妞曾寻过几处婆家,都是村人告密使她们姐妹迟迟嫁不出门去"。尤四婆毫不客气地给村里人一顿痛骂:"喂——,尤家村的老少都听着——我日你们祖宗八代哩,挖你们八代祖坟哩,你们不让我家大妞、二妞有个好婆家,你们说告人家我尤四婆一窝傻痴,一窝傻痴是碍了你们日夜在床上日弄的事还是挡了你们家老人想去找阎王老爷的道——?喂——,尤家村的人都听见了吗——从今儿起

---

① 陈染:《私人生活》,百花洲文艺出版社2015年版,第233页。
② 阎连科:《日光流年·自序》,春风文艺出版社2004年版,第1页。

我家妞嫁儿娶谁家要多说一个字我让他嘴上长疮牙缝流脓喉咙眼里得绝症死了入坟遇上盗墓贼——盗墓贼盗了他家新坟老坟骨头还被野狗扯咬到荒岭上——"

尽管村上人都被吓得再也不敢多言了,可命运还在继续作弄尤四婆和她的四个痴呆儿女:"大妞、二妞都出门远嫁了。大妞的男人是瘸腿,一根拐杖连睡觉都得靠在床头上。二妞的男人是个独眼龙,那一只坏眼永远都没有洗净沾有泥黄的物。"大妞、二妞的遭遇使尤四婆痛下决心,一定要给三妞找一个健全人的丈夫。几经周折,终于在丈夫尤石头和吴树妻子鬼魂的帮助下,以倾家荡产为代价,将三妞嫁给了健全人吴树。三妞的痴傻稍稍有了好转,可四儿的痴呆却因此而渐渐加重。二女婿梦中得到一位老中医的指点,说用死去的尤石头的骨头熬汤可以治愈二妞的疯病,尤四婆毫不犹豫地和二女婿一起去刨坟,挖出死人的骨头为二妞熬汤治病。可是命运的作弄仍在继续,懒惰贪婪的三女婿趁尤四婆不在家,将家里的柴米油盐全部洗劫一空,尤四婆在他身上托付三妞终身的希望也随之化为了泡影。情况终于出现转机,二妞喝了尤石头的骨头汤后,疯病竟然奇迹般地痊愈了。尤四婆决定以自己的生命救治大妞、三妞、四傻。她让尤石头的鬼魂请来邻村刚死去的屠户帮忙劈开自己的头颅取出脑髓,大妞、二妞、四傻喝了她脑髓熬成的汤之后,终于摆脱了痴呆,获得了痊愈。

尤四婆死了!为了孩子的未来她宁愿死而不愿生,她的生命在子女身上得到了再造和延续。她以自己的牺牲换回了四个残疾子女的痊愈,使下一代人的生活有了希望。既然苦难是一种无法摆脱的客观存在,那么,最好的自我救赎方式就是正视苦难、接受苦难、承担苦难、化解苦难。面对人世间的一切苦难,尤四婆用死来与命运抗争,证明了自己的人格尊严和生命存在价值。阎连科创作《耙耧天歌》的目的,"不是要说终极的什么话儿,而是想寻找人生原初的意义"[①]。在他的笔下,尤四婆没有狭隘地在自己身上寻找人的生存意义,而是以自己的死换来了四个残疾子女的生命增值。对于尤四婆来说,死并不意味绝望和悲伤,亦非等于终结和消逝,而是生命的开始与升华、人生的未来与希望。

尤四婆的死使得故事以悲剧而结束,但作品的悲剧性结局并不重要,"对悲剧来说紧要的不仅是巨大的痛苦,而是对待痛苦的方式。没有对灾

[①] 阎连科:《日光流年·自序》,春风文艺出版社2004年版,第2页。

难的反抗，也就没有悲剧。引起我们快感的不是灾难，而是反抗"①。故事到此本该结束了，可作者偏偏不让它结束，死去的尤四婆又开口说话了，"这疯病遗传，你们知道将来咋治你们孩娃的疯病了吧？"尤四婆的死后遗言该如何理解？有论者认为，她是在"提醒尤家的儿女，也提醒了读者，原来命运的罗网早就张得圆圆的，看谁能逃得出去！它让人类意识到：在命运面前，自己的抗争行为是多么渺小、荒谬、无意义！尤四婆那悲壮而富于英雄色彩的行为都成了人类反抗命运荒谬性的注脚"②。此番解读我们不敢苟同，笔者的一管之见是：病是可以遗传的，那人呢？人才是最重要的因素！作者让死去的尤四婆再次开口说话，意在借其之口提醒尤家的儿女，同时也提醒广大读者：人在与残疾、与疾病抗争的过程中，应当表现出像尤四婆那种钢铁般的生存意志，应当具有像尤四婆那样敢于面对、敢于担当的勇气，应当展现出"尤四婆式"的与命运顽强搏斗的超越精神。正如德国哲学家雅斯贝尔斯所言，"生命就像在非常严肃的场合的一场游戏，在所有生命都必将终结的阴影下，它顽强地生长，渴望着超越"③。

　　文学书写的主题是作品的灵魂，是作家创作的目的之所在，也是作品的价值之所在。文学作品的价值主要依靠创作主体、接受主体和评价主体的多向互动来实现，创作主体在互动中起主导作用。中国当代文学残疾书写的主题，蕴含了创作主体尊重残疾人平等人格、平等生存权利的价值取向，体现了创作主体对残疾人情感需求、人格尊严、生命意志和抗争精神的充分肯定。中国当代作家笔下的各种残疾人物，虽然常常因为生理缺陷的制约而能力受限、生活不便，极易产生孤僻自卑的心理，社会的冷漠与歧视也更加加重了他们的精神负担，但是，在残疾人艰难生存的现实背后，揭示出来的是严肃的社会问题，残疾人的生命体验催人泪下，残疾人的悲剧命运引发了人们对社会道德伦理的深层思考，残疾人"与苦难抗争、让残疾生命增值"的勇气感人至深，这既是中国当代文学残疾书写作品主题的价值取向，也是感染读者、打动读者、震撼读者、影响读者的正能量。

---

① 朱光潜：《悲剧心理学》，人民文学出版社1983年版，第206页。
② 屠志芬：《宿命的泥淖——〈耙楼天歌〉叙事结构分析》，《名作欣赏》2014年第11期。
③ ［德］雅斯贝尔斯：《存在与超越》，余灵灵等译，生活·读书·新知三联书店1988年版，第144页。

第六章

残者心声：残疾人作家的残疾书写

"残疾"作为一种特殊的社会现象，其背后凸显的是残疾个体的心理状态、生存困境和与之相关联的社会现实。尊重残疾人的基本生存权利，使其普遍享有基本生活保障以及康复、教育、就业等平等权利，是一个国家或地区社会文明进步的重要标志。虽然我国的残疾人事业随着社会经济的发展取得了举世瞩目的成就，但由于不同地区社会经济发展水平的差异，部分地区的残疾人生存状况仍然令人担忧。身体残疾对于残疾人来说是不可回避的客观事实，但"社会模式所涉及的根本问题是将注意力从关注特定个人的身体限制转移到了关注物理和社会环境对某些群体或类别的个人施加限制的方式上"①，将残疾人的各种社会不利状况完全归因于身体的损伤，残障问题也就完全变成了由残疾人身体残损而引发的个人问题或个体悲剧。② 残疾人是一个特殊的弱势社会群体，由于身体上的残疾而行为能力受到一定限制。受社会文明程度的局限和世人偏见的影响，"人们在无意识层面上更愿意将残疾人和消极词汇联系在一起，在内隐层面上往往对残疾人持有消极的刻板印象"③，这种印象直接影响了普通大众对残疾人的正确认知，导致残疾人不能以与健全人相平等的身份真正融入主流社会。社会没有充分考虑残疾人群体的特殊需要，更没有为残疾人提供充分的服务，残疾人的正当诉求常常难以得到社会的理解与尊重。于是，从事文学创作、用文学的形式诉说残疾苦衷、塑造自我形象、表达内心情感、呼唤公平正义、求索生命意义便成了许多残疾人作家的共同

---

① [美]朱丽叶·C.罗斯曼：《残疾人社会工作》，曾守锤、张坤译，华东理工大学出版社 2008 年版，第 15 页。

② 马艳宁：《残疾人就业障碍及促进残疾人就业的路径选择——残障社会模式的视角》，《济南大学学报》2022 年第 5 期。

③ 王凤丽：《残疾人刻板印象的研究综述》，《绥化学院学报》2018 年第 4 期。

追求。

"文化刻写在身体上，我们关于身体的信仰，对于身体的感知，以及赋予它的特性，无论是本意还是象征的，都是被文化所建构的，身体总在被发明出来。"[①] 由于文学创作既是一种脑力劳动又是一种体力劳动，对写作者的身体素质、文化素养、感悟能力、表达能力等的要求都非常高，因此，残疾人的文学创作之路，走起来要比健全人艰难得多，往往要付出比健全人高出数倍的心血和汗水。春秋末期的鲁国人左丘明，双目失明后写成了我国第一部记言体国别史鸿篇巨制《国语》；战国时期齐国人孙膑，被剜去两块膝盖骨成了无法行走的残疾人后写成了中国古代最著名的军事著作之一《孙膑兵法》；汉代史学家、文学家、思想家司马迁，在遭受腐刑后写成了中国有史以来的第一部纪传体通史《史记》。然而，上述古代残疾伟人的率先垂范，并没有引发连锁效应，中国古代、近代残疾人的残疾书写始终寥寥无几。由于时代的局限，加之世人对残疾人的偏见，中华人民共和国成立之前，我国残疾人的文学创作一直处于一种单一的、零散的、自发的、无人关心的、自生自灭的原生状态之中。

20世纪50年代初，只有小学四年级文化水平的兵工功臣、残疾人吴运铎，在工人日报社编辑任家栋的指导下，以自身的残疾经历、奋斗人生为线索，成功创作了一部自传体小说，开创了中国当代文学残疾人残疾书写的先河。苏联出了个奥斯特洛夫斯基，创作了《钢铁是怎样炼成的》，中国也有了自己的残疾英雄吴运铎，写成了《把一切献给党》。该书1953年由工人出版社出版后，立即在全社会引起了强烈的反响。出版不到一年，就连续再版四次，印数高达200万册。在此后的10年时间里，该书又陆续印刷数十次，总印数达到500多万册，还被翻译成了俄、德、英、蒙、日、朝鲜6种语言。残疾人吴运铎残疾书写的巨大成功，主要不是由于其作品的文学价值，而是因为他身残志坚、把一切献给党的英雄形象与中华人民共和国成立初期的时代要求高度吻合，是当时革命人生观教育不可多得的生动素材。然而，在此后的若干年里，无论是由于历史的机缘，还是时代的需要，均未催生出有重大影响力的残疾人作家。

随着我国社会文明程度的不断提高，残疾人的文学创作越来越引起

---

① Katharine Young, "*Introduction*" *of Young Katharine Bodylore*, The University of Tennessee Press, 1933, p. xvii.

全社会的广泛关注。80年代改革开放之初，出现了两位中国残疾人文学发展史上的重要人物张海迪和史铁生。1983年3月7日，《中国青年报》发表了高位截瘫的山东姑娘张海迪的自述性通讯《是颗流星，就要把光留给人间》，既标志着张海迪文学创作的开始，又带来了中国残疾人作家残疾书写的春天。1983年，在插队生涯中不幸双腿瘫痪的知识青年史铁生，在《青年文学》第1期发表短篇小说《我的遥远的清平湾》，获得了当年的"全国优秀短篇小说奖"，赢得了文化部部长王蒙的高度赞誉："《我的遥远的清平湾》是小说，更是优美的抒情散文，是诗，是涓涓的流水，是醇酒，是信天游，是质朴而又迷人的梦。'清平湾'触动的不是痒痒筋，而是你的灵魂里那个最温柔的部分。"①1985年，张海迪以自己的成长经历为线索，创作了长篇小说《轮椅上的梦》，塑造了方丹这一残疾少女形象，感动和影响了当时的一代青年人。张海迪、史铁生的残疾书写作品，不仅极大地鼓舞了残疾人的生活热情和工作热情，而且也使得残疾人作家的创作热情随之高涨。中国当代文坛涌现出了史光柱、王占君、阮海彪、车前子、杨嘉利、贺绪林、张云成、刘水、显晔、黄冗、马爱红等一大批有影响力的残疾人作家，出版了《眼睛》《藏地魂天》《死是容易的》《日常生活———一个拐腿的人也想踢一场足球》《青春雨季》《不发光的珍珠》《假如我能行走三天》《残爱》《和魔鬼亲吻的羊》等一批有影响力的作品。

　　2004年12月，在文学巨匠巴金的倡导、时任中国残联主席邓朴方的支持下，在史铁生等十一位残疾人作家发起倡议下，中国残疾人作家联谊会正式宣告成立，362位残疾人作家成为首批会员，史铁生当选为联谊会会长，标志着中国残疾人作家拥有了自己的专门组织机构。截至2009年，中国残疾人作家联谊会会员已经发展到1132人。黑龙江、湖北、广东、四川、湖南等省市还分别成立了省市级残疾人作家联谊会，为残疾人从事文学创作提供了重要的组织保障，有力地推动了残疾人文学创作活动的开展。1989年1月，中国残疾人联合会主办的"中国残疾人杂志社"宣告成立，出版《中国残疾人》《三月风》《盲人月刊》（盲文版）三本杂志。此后，海南省宝岛残疾人文化艺术研究中心编辑出版了《海南残疾人》杂志，湖北宜昌残疾人文学艺术协会编辑出版了残疾人文学刊物

---

①　王蒙：《读八三年一些短篇小说随想》，《文艺研究》1984年第3期。

《自强文苑》，湖北武汉市残联与武汉市文联定期共同举办"长江笔会"，广东省作家网残联爱心文学网开通了《自强涛声》。残疾人作家发表作品的途径越来越多，他们的作品如雨后春笋般地不断问世，他们在文学领域的影响力也在日益提升，"他们为当代文学的发展注入了无限的生机，已经成为当代文坛一个不可或缺的创作群体"[1]。残疾人作家的残疾书写是中国当代文学中的一道独特景观，其文学创作活动作为一个群体性事件或现象，不再是零散的、自发的、个人的创作，而是作为一个独特的群体，逐渐形成了个性鲜明的特点，展现出"焦虑中淡定、困境中坚守、抗争中奋发、创作中奉献"的艺术特色。

一 残疾人作家残疾书写的典型类别

20世纪80年代以来，众多的残疾人作家纷纷登上了文学创作的平台。残疾人作家从事文学创作的原因具有一定的共性，史铁生的说法更具代表性："写作就是要为生存找一个至一万个精神上的理由，以便生活不只是一个生物过程，更是一个充实、旺盛、快乐和镇静的精神过程。"[2] 在文学创作的平台上，虽然残疾人作家与健全人作家都在书写"残疾"、表现生活、剖析人生，但两类作家残疾书写的方式是有所不同的。健全人作家常常从同情、理解、尊重的角度去书写"残疾"，用残疾叙事来折射形形色色的社会现象；残疾人作家往往从与"残疾"的抗争中挖掘存在的价值，从残疾人生的哲思中体悟生命的意义。健全人作家笔下的"残疾"常常具有符号化、象征化的倾向，"残疾"的工具性特征较为明显；残疾人作家书写"残疾"，不仅将"残疾"作为符号或象征，而且将"残疾"作为情节设计、人物刻画、冲突缘起、情节发展、思想表达等创作要素的核心，其创作目的更多的是以"残缺的身体来诠释至高无尚的生命，以一种时不我待的意识去开拓精彩的、有意义的生命，彰显

---

[1] 《残疾人挑战命运自强不息的精神感动每个人》，《文艺报》2008年9月9日第3版，转引自苏喜庆《自卑与超越——中国当代残疾作家创作心理初探》，《西北大学学报》（哲学社会科学版）2010年第6期。

[2] 史铁生：《写作的事》，东方出版社2006年版，第23页。

出自我存在的生命价值"①。

美国学者凯西·卡鲁斯在《沉默的经验：创伤、叙事与历史》一书中指出，"突发事件可能在受害者的心理上留下阴影，可能会影响到受害者未来的生活，对受害者的人生观、价值观都会产生巨大的影响"②。残疾人作家往往会由于身体上的残疾而对各种现实事件更加敏感，往往会由于对自身生存现状的不满足，而更加渴望超越自身的生理缺陷，通过自己的劳动得到社会的肯定和认可，期望进入艺术的世界里，借助于语言文字实现与社会的交流、合作、互动，通过文学创作来反思自身的社会存在，探讨人生的终极意义，实现自己的人生价值。残疾人作家的残疾书写，是源自于作家对现实社会生活的切身体验，是作家克服了生理残疾和心理创伤之后所创作出来的文学作品，寄托了残疾人作家的思想感情，体现了残疾人作家的人生观和价值观。残疾人作家残疾书写的形式呈多样化趋势，既有传统形式的文学创作，在各类文学期刊、论坛、沙龙上发表诗歌、小说、散文等作品，又有网络文学创作，很多残疾人作家还开设了网络博客，与更多的读者分享他们的人生经历、生活感悟、精神文化追求。综观中国当代文学，残疾人作家的残疾书写有三种典型类别：一是"展现自强不息的'励志篇'"，二是"呼唤公平正义的'呐喊篇'"，三是"求索生命意义的'沉思篇'"。

1. 展现自强不息的"励志篇"

美学的根本问题是人的问题，而人的问题又与人的生命活动紧密关联。生命的实践与人生的价值，从每个生命个体在人与自然、人与人、人与自我的各种活动中得以体现。文学作品反映人与社会的关系，不但能够传达作者对人生的思考与追问，而且能够体现作者的人生观、价值观和创作观。残疾人从事文学创作，不仅是一种克服残障、磨炼意志、改善生存状态的努力，而且也是一种既迎合自身内在需要，同时又能焕发活力、证明自我、重塑自我的活动。这种活动不仅有利于"强化主体意识、改善残障人的劣势地位，还有利于残障人发挥积极性、主动性、创造性，从而自觉自愿地履行其社会责任与义务，创造健康丰满的人格，是残障人战胜

---

① 邓利：《残疾人作家论——以四川残疾人作家为例》，《当代文坛》2017年第1期。

② Cathy Caruth, *Unclaimed Experience: Trauma, Narrative and History*, Baltimore, Maryland: Johns Hopkins University Press, 1966.

自我的良方"①。残疾人如何战胜自我？如何谋取平等做"人"的权利？如何更加有尊严地活着？美国心理学家亚伯拉罕·马斯洛认为："一个就是要完满的人性的实现，包括人的友爱、合作、求知、审美和创造等特性的实现，一个是个人潜能或特性的实现，主要是指作为个体差异的个人潜能的自我实现。"② 要做到这两点，残疾人首先需要在与社会人群相处的过程中达成一种相互认可，其次才是通过自身能力去勇敢地生存并逐步实现自我的人生价值。因此，从事文学写作、以自己的残疾人生体验与读者及社会人群相交流，便成了许多残疾人的一种自然的选择，展现残疾人自强不息精神的"励志篇"也就成了残疾人作家残疾书写的重要形式之一。

　　残疾人作家张海迪历时5年艰苦创作完成的《轮椅上的梦》是一部长篇自传体小说，也是改革开放后第一部典型的励志性作品。作者用第一人称讲述了残障少女方丹的故事，表现了残障者被残疾禁锢但又渴望自由的心灵世界。作品还用第三人称的视角描写了方丹身边的一群朋友，以此拓宽了残疾主人公的生活空间，衬托出方丹直面人生困境、努力实现自我的人生价值取向。方丹出生在一个知识分子家庭，小时候因生病而导致双腿瘫痪。父母亲上班时方丹整日被锁在屋里，"生活中没有学校，没有老师"。方丹自幼性格坚强，心中有悲伤、有委屈、有失望。她"常常想哭，可从不在别人面前掉眼泪，更不在别人面前抽泣，总是把眼泪憋到喉咙里咽下去"；她不甘终日与猫弟弟做伴，用写纸条挂在猫脖子上和大声唱歌的办法引来其他孩子，以摆脱孤身一人的寂寞世界。"文化大革命"来了，爸爸妈妈被红卫兵带走了，方丹领着幼小的妹妹学习洗衣做饭。红卫兵上门逼她与父亲划清界限，她含泪将与爸爸的合影剪断。逆境中她偷偷地读完了许多中外名著，并且从中"看到了一种力量，在那骨瘦如柴、奄奄一息的人体内，有一种看不见的力量"。"文化大革命"后期，方丹随父母亲下放到了贫穷落后的陶庄。因为找不到愿意到村上小学教书的老师，15岁的残疾少女方丹就让孩子们将她抬上讲台，担负起了教书育人的职责，每天在油灯下备课到深夜甚至到天明。方丹教孩子们语文、数学、唱歌，为孩子们理发。方丹还利用业余时间自学了《基础医学》《解

---

①　宋玉芳：《残障人体育的社会文化意义》，《西安体育学院学报》2003年第2期。
②　马欣川：《现代心理学理论流派》，华东师范大学出版社2003年版，第261页。

剖学》《外科学》《内科学》，在掌握了基本医疗知识的基础上、克服出行困难，义务为乡亲们治病。方丹在"给陶庄人做点事情"的过程中找到了服务他人的路径，发挥了自己的绵薄力量，感受了属于自己的人生快乐，体会了自己的存在价值。方丹的成长经历是张海迪残疾人生的真实写照，用张海迪自己的话来说，"我感谢生活给了我一支能说话的笔，它让我去倾诉了，去抗争了，我不仅活着，而且在写作中放飞了心灵"①。《轮椅上的梦》不仅给读者展现了艰苦的生活环境中一代少年的纯真梦想和对理想的追求，而且还用一位残疾女性的宁静、沉思和温婉来感悟人生，用发自内心深处的坚强和勇气来对抗命运的悲剧。

在张海迪《轮椅上的梦》的激励下，一大批残疾人书写残疾人生的励志性作品纷纷问世，如王丹的《爸爸陪我一起长大》，刘海英的《只要生命还在》，赵冬梅、巴特合著的《有爱的世界没有残缺》，张继波的《放飞心灵的翅膀》，王芳的《生命的烛光》，春曼、心曼合著的《如果我能站起来吻你》，杨嘉利的《我要站起来》，李仁芹的《重见光明》，等等。自幼患脑瘫的广西少女王丹，从来没有上过一天学，靠家人教和查字典学会识字，12岁开始自学写作，写成了励志性自传体小说《爸爸陪我一起长大》。该书记述了王丹的成长过程：残疾使她孤独、恐惧、自卑，文学使她振作、自信、坚强。在克服写作中遇到的一个个困难的过程中，在对父爱的亲身体验中，王丹对残疾有了正确的理解，深切体会到"每一个残疾孩子，都是璞玉，都要经过雕琢和风雨历练，才会闪现原有的光芒"。终于有一天，她忽然明白了："命运纵然有逃不出的漩涡，可是希望却一直在心里，这就是在困境中活下去的所有理由"；济南市重度残疾人刘冰，出生仅6天时，因发高烧而罹患脑瘫疾病，成了一名重度残疾人，全身肢体基本不受大脑控制，但他凭借着惊人的毅力和耐力，用左脚脚跟敲击键盘，创作出300余首诗歌作品；大连姑娘刘海英，20岁那年患上类风湿性关节炎和关节骨结核，全身的关节僵直变硬、生活难以自理，靠一根严重变形的手指在一台老式电脑的键盘上敲击，以一颗执着的写作之心，开始了诗歌、小说的创作。尽管大多数作品寄出后都犹如石沉大海，但她毫不气馁、笔耕不辍，终于在2006年出版了22万字的自传体长篇小说《只要生命还在》。"只要生命还在，自己就会怀有一颗感恩的

---

① 余玮：《张海迪的励志神话》，《传承》2008年第10期。

心去生活、去写作",其作品中的励志话语激励了许多残疾人走上了创作之路。她还义务担任大连市残疾人联合会主办的《自强》杂志的栏目主持和业余编辑,发表残疾人撰写的散文、随笔和故事,帮助残疾人实现文学创作之梦;哈尔滨的残疾女作家赵冬梅,5岁时被确诊为重度脑瘫,靠自学修完初、高中及电大的语文课程。由于手臂无力,赵冬梅只能用两只脚来操作鼠标和键盘从事创作。经过不懈的努力和大量的创作实践,其诗歌《冬天里的梅花》《醒来》获得了北方文学优秀作品奖,《快乐脑瘫人生》在新浪UC脑瘫人生征文活动中获得了一等奖,《同一个世界,同一个梦想》获得"奥运在我身边"有奖网络征文活动特等奖。赵冬梅与残疾丈夫巴特共同创作的《有爱的世界没有残缺》,是我国第一部由残疾人夫妇作家创作的自传体小说,该书用平直朴素的语言讲述了一个脑瘫、一个腿残的残疾人勇敢相爱、不离不弃的感人故事,以走出"小我"、播撒"大爱"的残疾人生激励残疾人和健全人,用双脚"敲"出来的文字为中国当代文学的百花园增添异彩。正如他们在书中所说:"每个人都像小小的花朵,只要尽情地挥洒自己的芬芳,这个世界就会充满爱的温暖。"吉林省残疾人作家协会主席李子燕,18岁时意外导致高位截瘫,腰椎需要两根一尺多长的钢板支撑,双下肢无知觉,但却从未放弃轮椅上的文学梦,以顽强的毅力克服残疾身体的困难从事文学创作,出版长篇小说《左手爱》、散文集《向往天空》、报告文学集《奋斗的青春》《喝彩中国》等近百万字的文学作品。

  由于个人生活经验、文化修养和审美能力的局限,残疾人作家的文学书写大多都是借助个人想象而作的,有些作品的叙事视角不够宽广,有些作品的叙事融入了较多的个人情感因素,励志主题的表现形式也比较浅白和直露,艺术表现力尚需进一步提升,但他们笔下的人物都是生存困境下的正能量传递者。挣脱心理压抑、直面人生困境是残疾人作家励志性作品主人公的共同特征;表现生命的顽强、彰显与命运抗争的勇气、书写为实现人生理想的奋斗历程,是残疾人作家的共同追求。虽然有人对残疾人作家励志性作品的文学性提出质疑,但我们应当给予他们更多的鼓励和支持,而不是苛求与指责。"对于残疾人作家创作的文学来说,真正有价值的正是那种源自自身生命体验与精神冲动的原生态、自然、粗犷、野性的文学性。这相对于长期以来被各种文学观念、文学教条甚至各种道德说教拘牵、约束过的文学性而言，残疾人作家的作品更为清新、原始而有力量。"①

残疾人作家朱彦夫2014年出版的自传体小说《极限人生》是近年来影响最大的一部励志性作品。朱彦夫1933年7月出生在沂源县张家泉村一个贫苦农民的家庭，1947年14岁时参加中国人民解放军，两年后加入了中国共产党。在解放战争血与火的战场上，他英勇作战、不怕流血牺牲，每次战斗总是随着号角第一个冲上前去与敌军搏斗，先后参加了淮海战役、渡江战役和解放上海等上百次战役、战斗，数十次身负重伤，三次荣立战功。1950年11月，朱彦夫作为中国人民志愿军战士参加了抗美援朝战争。在长津湖战役争夺250高地的战斗中，朱彦夫所在连队冒着零下30多度的严寒，与装备精良的两个营美国兵进行了殊死搏斗，弹尽粮绝仍然坚持与敌人激战3天3夜，战友们伤亡殆尽，集枪伤、烧伤、冻伤于一身昏死过去的朱彦夫成了全连唯一的幸存者。战斗结束后，朱彦夫被紧急送往后方医院救治，两只手因为伤口感染齐手腕被截肢，两条腿因为冻伤太严重齐膝盖被锯掉，左眼球被炸没了，右眼受影响而导致视力下降至0.3，整个人成了一个"手脚皆无、面目全非的'肉轱辘'"。国家将他安置在"重残所"，生活有专人"专护"。朱彦夫无法忍受今后以如此形象示人，无比绝望之下想到了死，曾试图用自杀结束生命，可他连自杀的能力都没有。在医生护士的劝慰下，他想到连长在牺牲前"活下去，记住二连的所有人"的嘱咐，决定活下去，而且每一天都要为了自己的战友而活。如何活下去？朱彦夫不愿意躺在床上熬岁月，不愿意当一辈子"大粪加工机"。他不吃不喝，以近乎"绝食"的办法求得领导同意返回了老家张家泉村。

为了能够不依赖他人帮助而生活，朱彦夫经历了6年的苦涩煎熬和艰苦锻炼，终于从舌舔饮食、牙装假腿，到抱勺自食、臂嘴装腿；从由他人喂饭解便，到自筹、自炊、自食，一丝丝一点点，实现了生活自理的第一步目标。朱彦夫的"残躯不时亮出'红灯'，但他对'红灯'置之不理，把残体忘得无影无踪"；他带领村民自力更生、艰苦奋斗，使张家泉村在"全县第一个有了拖拉机，第一个平均亩产过300公斤，全乡第一个用上电，村民人均收入第一……""文化大革命"中他偷偷地根据自己的人生

---

① 邓利：《残疾人作家论——以四川残疾人作家为例》，《当代文坛》2017年第1期。

经历撰写《极限人生》的自传书稿。为了保险起见，朱彦夫将写出来的书稿藏在不为人注意的假肢里，不料还是让造反派发现了，12万字的书稿被付之一炬，但他坚信"草稿烧了还有腹稿，还有大脑，只要死不了，就有永远烧不毁的'底稿'"。"文化大革命"结束后，朱彦夫又重新开始了《极限人生》的创作，利用仅有0.3视力的右眼，"啃"下了100多本中外名著，用绑笔、咬笔、残臂抱笔、腿臂配合等各种用笔方法一笔一画地艰难书写，历时7年终于完成了这部33万字的作品。朱彦夫的一生，充满了传奇色彩。长津湖的冰天雪地、枪林弹雨没有打倒他，重度残疾的心理折磨、生理困难没有打倒他！正如他自己所言，"回看走过的一生，我不相信命，更不相信运。只要信念不倒，精神不垮，什么都能扛过去！"《极限人生》全书贯穿着一条"求生、拼搏、奉献"的写作主线，透露出一种坚强不屈的信念和百折不挠的力量，既讴歌了作品主人公建筑在残疾身躯之上的完美人生，又为具有健全身躯的人们树立了不虚人生的光辉榜样。朱彦夫的残疾与病痛不仅没有削弱他的生命力量，反而促使他在不断超越生命局限中实现了生命的增值，他像一只折翼的凤凰，在战火中涅槃重生，其榜样力量照亮了一个时代，给后人留下了宝贵的财富。

残疾人作家车前子，原名顾盼，七个月时因患小儿麻痹症右腿留下残疾，读书只到初中，凭着顽强的毅力和对生命与世界的善意，自学成才成为著名青年诗人，并担任中国残疾人作家联谊会副会长。车前子的诗歌《日常生活——一个拐腿的人也想踢一场足球》，之所以成为经典的"励志篇"，不是因为这首诗在取材上的新奇，而是由于该诗超越了"身残志不残"的残疾书写程式：

每扇门里摆满了"世界杯"/我也想踢一场足球了/或者把足球/抱在胸前/像抱着一捧水果/于是就想到结婚/这唯一不意外的奇迹/娶一个健康的女子/若干年后的若干年后/我就有一个儿子/这唯一不意外的奇迹/飞跑在足球场上/就像我自己正跑着似的/坐在栅栏外/我温情地观看/阳光金黄/草坪碧绿/射门：我儿子就像我/把一个个字/填进格子一样自然/足球滚过身边/我抚摸着枯萎的右腿/注视着足球滚远/滚得远远/一直滚到我结婚之前/现在的桌边/叫我去想以后会遇到的好事/真忍不住要哭上几声/一个拐腿的人为了踢一场足球

这是一首表达残疾人身世感的诗歌,该诗没有"迈向太阳""叩开宇宙门环"等空泛、华丽的词句,而是用"日常生活"抒发残疾人的生命体验。诗中没有任何与"身残志坚""自立自强"相关的说教,只是写了"日常生活——一个拐腿的人也想踢一场足球"。这看似平淡的"日常生活"中,包含了残疾人的生命苦衷和对命运的挑战,深深地搅动起读者心中的湖水,使人看到了诗人悲郁中的自勉与乐观。一个拐腿的人想踢一场足球,并非是每个残疾人"日常生活"中都有的感觉,诗人的愿望亦非是"日常的",正是从这里,我们看到了一个苦难的生命,一个勇敢的生命,他要的不是简单的同情,而是深切理解。"一个拐腿的人也想踢一场足球",难道只是想参加一种游戏吗?不是,绝对不是!这包含了一个坚强的灵魂与命运的默默抗争!踢足球的最高境界是什么?每扇门里摆满了"世界杯",看你如何去拼搏、如何去摘取桂冠!诗人没有大声疾呼地抒写他的情感,只用了淡淡的语气、平缓的声音唱出了一首别具一格的"励志篇"。

2. 呼唤公平正义的"呐喊篇"

"残疾"是人类社会的一种常见的现象,是文学作品不能、也无法回避的一个问题,更是残疾人作家文学创作时必须面对的现实问题。文学的取材来源于生活,但又不等同于生活。文学是一种区别于生活的审美创造,作品的价值取向是作家个人所能成就的。自古以来,中国文人就高度重视文学的价值。房玄龄在《晋书·文苑传序》中指出:"移风俗于王化,崇孝敬于人伦,经纬乾坤,弥纶中外,故知文之时义大哉远矣!"[1] 魏征在《隋书·文学传序》认为,"文之为用,其大矣哉!上所以敷德教于下,下所以达情志于上,大则经纬天地,作训垂范,次则风谣歌颂,匡主和民"[2]。苏轼提倡"文章以华采为末,而以体用为本"[3],顾炎武主张"文之不可绝于天地间者,曰明道也,纪政事也,察民隐也,乐道人之善也"[4]。当代作家余华认为,"生活是规范的,是受到限制的;而写作则是随心所欲的,是没有任何限制的,任何一个人都无法将他的全

---

[1] (唐) 房玄龄:《晋书·文苑传序》,中华书局1974年版,第2369页。
[2] (唐) 魏征:《隋书·文学传序》,中华书局1973年版,第1729页。
[3] 孔凡礼:《苏轼文集》,中华书局1986年版,第1363页。
[4] (清) 顾炎武:《日知录集释》,岳麓书社1994年版,第27页。

部欲望在现实中表达出来，法律和生活的常识不允许这样……然而写作伸张了人的欲望，在现实中无法表达的欲望可以在作品中得到实现"①。坚持个人的自主、自立，维护自己的人身权利，对每一个残疾人都至关重要。文学为残疾人作家提供了伸张人之欲望的阵地，残疾书写也就成了他们为呼唤公平正义而呐喊的一种方式。

大庆市残疾人作家协会主席邢继芳的杂文集《为公平正义而歌唱》，汇集了他表现残疾人生存困境、揭示世人对残疾人的偏见、呼唤社会公平正义的杂文，其中《谁解天下残疾人的疾苦与心声》《师德建设的薄弱与缺失》《愿西归的母亲不再为残儿生活牵挂》《别给残疾人就业亮红灯》《残疾人事业是政府镜鉴而非花瓶》等，在当时社会上产生了较大的影响。在《师德建设的薄弱与缺失》一文中，邢继芳坦承，"儿时，我身患麻痹后遗症，走路艰难，上学较晚，羞于见人。由于右臂残疾，我只好用左手写字。在老师的鼓励帮助下，我下了一番功夫，才练出了一手还算端庄的字。……一个羸弱并不乏顽皮的残疾孩子，成长为一名有益于社会，并同样为国家建设添砖加瓦的人，因素可能很多，但最重要的，是得益于老师的教诲和鼓励"，但话锋一转，他又一针见血地指出："现在我们有些老师，不善于理解和尊重学生，总是爱以'先生'自居，惯于呵斥、挖苦甚至侮辱学生。这样的老师与当年慈母般的老师相比真是天壤之别！这样的老师早就应该让他'下课'了！"

在《愿西归的母亲不再为残儿生活牵挂》一文中，邢继芳大声疾呼："和谐社会的一个重要标志就是人与人之间的和谐。如果残疾人的生存环境很艰难，生活水平很低下，很难说这个社会是和谐的、幸福的、文明的。愿社会各界能够通力合作，尽快解决残疾人的就业问题；愿西归的慈母能够在天堂里安息，不再为残疾儿子生活而挂牵！"残疾人作家史铁生曾经说过："说残疾人首要的问题是就业，这话大可推敲。就业，若仅仅是为活命，就看不出为什么一定比救济好；所以比救济好，在于它表明残疾人一样有工作的权利。既是权利，就没有哪样是次要的。一种权利若被忽视，其他权利为什么肯定有保障？倘其权利止于工作，那又未必是人的特征，牛和马呢？"②从表面上看，西归的母亲所牵挂的是残疾儿子的生

---

① 余华：《余华作品集》（第 2 卷），中国社会科学出版社 1995 年版，第 17 页。
② 史铁生：《病隙碎笔》，陕西师范大学出版社 2002 年版，第 152 页。

存问题，邢继芳所希望的是解决残疾人的就业问题，他呼唤社会公平正义的方式也显得简单直白，但问题的关键并非如此简单。邢继芳的大声疾呼与史铁生的推敲分析，虽然方法各异，但产生的效果是异曲同工的，残疾人作家所看重的是残疾人的人身权利，他们所发出的是为残疾人争取公平就业机会的呐喊。

与邢继芳的大声呐喊不同，广东省残疾人作家联谊会常务副会长、残疾人作家王心钢对公平正义的呼唤渗透在他的文学作品和日常工作之中。王心钢出生时因医生的处置不当而落下残疾，但他天生聪颖，被称为"行动上的矮子，思想上的巨人"。由于当地民风淳朴，他从小到大很少受到歧视。2002年调到残联工作后，"才知道天底下还有这么多各种各样的残疾人，有眼看不见的，有耳听不见的，有嘴说不出话的，有腿走不了路的，还有四肢五官健全却对人不闻不问的……"①王心钢多年来"一直忌用'残'字，哪怕夸我'身残志坚'，我也听得心惊肉跳"。王心钢在阅读中发现，"虽然写残疾人题材的作品不少，但大多都是自传体励志型的作品，写着写着都成了'自强不息'的固定模式，残疾人被打造成'超人'，真正反映残疾人生活境况的作品并不多，他们像在现实世界一样，被忽视或者说被屏蔽了"②。鉴于此，王心钢创作了中篇小说《水滴》，专门反映残疾人的现实生活状况。故事主人公曹一木腿有残疾，在青州市残联办公室负责信访工作，常常以残疾人和残疾人工作者的双重身份接待前来上访的残疾人，故事的情节也围绕着他在工作中所遇到的那些残疾人而展开：右腿残疾的刘小兰，丈夫9年前去世，3个孩子两个病残，儿子考上大学后学费无处着落，到残联来请求曹一木帮助想办法；拉煤司机牛腩因为交通事故而失去一条腿，妻子带着孩子与煤老板私奔，生活陷入困境、心理接近崩溃，爬到青州大桥拱顶处，威胁残联要再不管他就跳桥；阿蓝采煤时因为瓦斯爆炸而失去了左腿，法院判决煤老板赔偿十万元，因为煤老板耍赖不给钱而来找残联……林林总总、所有的一切，让曹一木每天应接不暇、疲惫不堪，但他仍然振作精神、积极应对，日复一日地为残疾人争取正当权利而奔走呼号。双腿残疾的班固在青州大学法律系本科毕业，并且顺利通过了全国律师资格考试，"却迟迟拿不到律师

---

① 王心钢：《水滴·后记》，花城出版社2014年版，第295页。
② 王心钢：《水滴·后记》，花城出版社2014年版，第295—296页。

执照，原因非常简单，他是个残疾人，在当时的司法界，尚没有一个残疾人当律师"。曹一木为之大声疾呼："为什么一方面鼓励残疾人自强自立，另一方面残疾人奋斗成功了却得不到社会的认可？"盲人乔花开的"女人花"按摩院遭到蛮横顾客的打砸，到派出所报案却碰上了与打砸者有特殊关系的警察，公平正义得不到声张。曹一木四处奔走，试图帮助乔花讨回公道，区政府的人竟然来电话"善意"提醒他，"别在此事上陷得太深，都是场面上的人，抬头不见低头见"。曹一木一听立刻火冒三丈，他大声吼道："你口口声声称自己为我着想，我是残联的，难道不为残疾人说话，还为打人者？"

"任何现实的个人都是社会的人，是'一切社会关系的总和'，离开了社会关系，他的生存和发展需要的满足也就成了无源之水、无本之木了，他的自我价值也就不可能得到实现。"[①] 在曹一木奔走呼号、呼唤公平正义的呐喊下，阿蓝从煤老板那里讨回了赔款，刘小兰筹到了儿子的学费、拿到了低保，班固成了一名为残疾人争取合法权益的法律援助公职律师，打砸盲人按摩院的坏人和包庇坏人的警察受到了应有的处理。在曹一木克服自身残疾困难、履职尽责地维护残疾人正当权益的示范作用下，《水滴》中的残疾人在走出身体压抑、积极与命运抗争的同时，始终不忘自己应尽的社会责任，在努力实现自我价值的过程中为社会增添了力所能及的正能量，正如作者在《水滴》的题记中所言："或许，我们每个人都是水滴，柔弱而又很坚强，水滴石穿不是一个神话。一切努力，都会水到渠成。"

残疾人作家史铁生以其作品的数量、表现力、震撼力而著称，其作品中对社会公平正义的呼声也非常响亮。《没有太阳的角落》中的"我"、铁子、克俭三个残疾青年都非常看重自己的人格尊严，都祈求获得与健全人平等的就业机会。可社会阳光的温暖却惠及不到他们，"不平等"就像乌云一样笼罩着他们。三人插队返城后在街道小工厂待业，等待被挑选进入正式单位。他们"忍着伤痛，付出比常人更大的气力，为的是独立，为的是回到正常人的行列里来，为的是用双手改变自己的形象——残废"，可是他们的隐忍所换来的仍然是社会的歧视，"那些像为死人作祈祷一样地安慰我们的知青办干部，那些像挑选良种猪狗一样冲我们翻白眼的招工干部，那些在背后窃笑我们的女的，那些用双关语讥嘲我们的男

[①] 匡利民：《略论人的社会价值和自我价值的关系》，《学理论》2009 年第 19 期。

的,还有父母脸上的忧愁,兄弟姐妹心上的负担……够了!既然灵魂失去了做人的尊严,何必还在人的躯壳里滞留?!"史铁生笔下返城知青的求职经历说明,残疾人就业的最主要障碍不是来自残疾人的身体残损所导致的功能障碍,而是来自被残疾人的身体残损所遮蔽的各种社会力量,包括对残疾人的偏见、歧视、排斥、不公等。知青办干部给"铁子、克俭和我"留下的被漠视、被鄙视、被歧视的痛苦体验,是史铁生所亲身经历的、不堪回首的切身心理感受的真实再现,是残疾人对不平等社会现象的血泪控诉。

在史铁生的眼里,残疾人与健全人的人格尊严和生命价值是平等的,身体的残疾不等于人格的尊严就可以受到贬抑。对残疾人的同情与帮助必须建立在人与人之间的平等关系上,而决不应该以残疾者的生理缺陷为先决条件。史铁生笔下的残疾人物对社会的公平正义是非常敏感的:《山顶上的传说》中的双腿瘫痪的小伙子,不能忍受任何对残疾人的歧视,他"一听什么'身残志不残'一类的话就够了。人都不应该志残,和人都应该吃饭一样,与身残没有任何必然关系。干吗总是要把'身残'和'志不残'相提并论呢?"与广大残疾人一样,小伙子有着极强的自尊心。他积极与命运抗争,尝试从事文学创作,"……写,写……让心沉进那些方格子里去,离现实远一点,沉到那想象出来的世界中去……"然而,"好像连发表伤残人的作品也不过是对他们的救济……那篇唯一发表的小说引来过几封读者来信,信中都三番五次地提到保尔,都是凭想当然"。他不停地写啊写啊,希望通过自己的创作"让那些歧视伤残人的心理遭到打击,让那些轻蔑伤残人的断言遭到失败",可写出来的东西却再也得不到发表。有位作家想通过关系帮他出版小说,但他不需要怜悯与同情:"残疾人写的又怎么样呢?又不是跳高或跑步,又不是智力有缺陷,有什么新鲜的?!我们不需要怜悯。"小伙子对不平等高度敏感,痛恨被同情、被照顾,他的内心有一个声音时刻在提醒他,"真正的东西才有价值。作一个平等的人,才有意思"。他当然非常希望自己创作的小说能够发表,但如果由于他是个残疾人而被照顾发表,"那却是最大的失败,或者说是最大的屈辱",甚至"比不发表还难受",因为"善意的宽容比恶毒的辱骂更难忍受";他"清晰地感到,所有的人,所有的好人,在心底都对伤残人有一种根深蒂固的偏见或鄙视",他"似乎是被一种莫名其妙的力量抛进了深渊。你怒吼,却找不到敌人。也许敌人就是这伤残,但你杀不了它，打不了它，扎不了它一刀，也咬不了它一口！它落到了你头上，你还别叫唤，你要不怕费事也可以叫唤，可它照旧是落到了你头上"，他大声疾呼："我是人！人！！""歧视也是战争，不平等是对心灵的屠杀！"

在散文《我的梦想》中，史铁生从一个双腿残疾者的视角流露出对体育的深深喜爱，表达了对运动员奔跑跳跃的无比羡慕，通过短跑运动员约翰逊与刘易斯的对比剖析了人的欲望，希望人们摆正欲望与幸福的关系，并且要"在超越自我局限的无尽路途上去理解幸福"。在史铁生眼里，"上帝从来不对任何人施舍'最幸福'这三个字，他在所有人的欲望面前设下永恒的距离，公平地给每一个人以局限"。当约翰逊因为服用兴奋剂而取得9秒79成绩的丑闻被媒体曝光后，史铁生将对社会公平正义的呼唤上升到了道德层面。他谴责作弊行为是对其他运动员的不公平，在希望约翰逊"既有一个健美的躯体，又有一个了悟了人生意义的灵魂"的同时，发出了更为发人深省的大声呐喊："难道我们不应该对灵魂有了残疾的人，比对肢体有了残疾的人，给予更多的同情和关爱吗？"史铁生是一个肢体残疾但精神高度丰满的作家，是一个处于边缘境地的冷静的观察者，他用残缺的身体说出了健全而深邃的思想：如果我们将视域进一步拓展，残疾的隐喻就会涵盖整个人类。身体的残疾是残疾，灵魂的残疾更是残疾！残疾无处不在，公平正义是医治灵魂残疾的一剂良方！

3. 求索生命意义的"沉思篇"

文学即人学，文学从人与自然的关系和人与人的社会关系出发，塑造人物形象、反映人的生活、表达人的思想、再现一定时期一定地域的社会现实。人的一生中会经历很多：逆境、顺境、残缺、圆满、善举、丑行等。所有这一切，每时每刻都在鞭挞着人的灵魂。人活着是为了什么？人类生存的意义又是什么？这些问题既是文学作品关注的重点，也是中国当代文学残疾书写的经常性主题。美学大师朱光潜先生在《谈美》中指出，"人生本来就是一种较广义的艺术，每个人的生命史就是他自己的作品。这种作品可以是艺术的，也可以是不艺术的，正犹如同是一种顽石，这个人能把它雕成一座伟大的雕像，而另一个人却不能使它'成器'，分别全在性分与修养。知道生活的人就是艺术家，他的生活就是艺术品"①。在中国现当代文学史上，有的作家出于济世情怀和救世理想，基于反映社

---

① 朱光潜：《谈美》，广西师范大学出版社2004年版，第84页。

会现实、追求人生目的去实践"人生艺术化"的理想；有的作家虽然主观上想适当淡化文学的社会功利性，但也情不自禁地将个体生命融入社会、历史的广阔图景之中，使个体生命的价值有了更加宽广的参照系，使"小我的范围解放，入于社会大我之圈，和全人类的情绪感觉一起颤动……并扩充张大到普遍的自然中去"①。基于超越小我、入于大我、使残疾书写的价值具有普遍参照意义，是许多残疾人作家的创作初衷，在艰苦的文学创作之路上，他们是这样想的，也是这样做的。张海迪的《生命的追问》，春曼、心曼的《如果我能站起来吻你》《心潮》和《不要问我后不后悔》，纯懿的《零度寻找》，史铁生的《命若琴弦》《宿命》和《老屋小记》等作品，以"残疾"为叙事符号，以作家对现实的细致观察、对生活的理性思考为基础，超越残疾叙事的表层边界，直面人性复杂多元的深层内涵，引导读者进入求索生命意义的沉思之中，给读者带来了发人深省的人生启示。

残疾的身体是残疾人区别于健全人的显著特征，是残疾人作家在创作实践中必须面对的现实问题。"就病患作用于人身心的向度而言，可以有着负性和'负负得正'两种状态：它可以是确认疾病能削弱人的生命力、改变其正常的心理状态，从而出现使生命贬值的现象；也可以使疾病成为一种让人跌入生命谷底又努力攀援高峰的状态，从而出现使生命升值的现象。"②人活着为了什么？人的生存目的是什么？如何使生命升值？残疾人作家在生理痛苦、心理焦虑和创作冲动的合力作用下，在书写家庭、社会以及个人残疾人生的同时，不约而同地将笔触转向了对生命意义的求索，将书写的重点指向了自己的心魂，直面人的生存意义问题。人的终极完美存在吗？与苦难如影随形的人类能够到达吗？人究竟怎么做才能实现自我救赎？就是在这样的沉思与求索中，残疾人作家使残疾的痛苦与生命本体的追问相连接，使作品具有了融人类生存困境与精神突围于一体的现代性特征。

生命的意义究竟是什么？张海迪在《生命的追问》一书中写下了她对这个问题的求索，从生命的自然形态、生命的崇高、博大与无限、古往今来诗人对生命的敬畏与赞颂、古今中外残疾伟人的生命力量等多重角

---

① 宗白华：《艺术生活——艺术生活与同情》，《宗白华全集》（第1卷），安徽教育出版社1994年版，第319页。

② 邹忠明：《疾病与文学》，《江西社会科学》2004年第12期。

度，结合自己残疾人生中的体悟，对生命的意义进行了反复追问，按照张海迪的观点，"人的生命的潜力是多么巨大，残疾带给人的痛苦也许远远超过其他困境带给人的痛苦……活着就要创造，就要探索，即使肢体已经残疾，思想的火花也绝不停止迸发。这就是生命，这也是许多诗人和艺术家在他们的作品里还没有表现出来的生命的美丽"①。

生命的意义究竟是什么？春曼、心曼姐妹俩用她们的残疾人生和残疾书写给出了她们的答案。姐妹俩出生在黑龙江铁力市桃山镇，幼年同时被诊断患有"婴儿型进行性脊髓肌萎缩症"。二人都没有上过一天学，全部依靠自学读书识字，自 1995 年至今已发表文学作品数十万字。在小说《如果我能站起来吻你》中，她们讲述了残疾人的爱情，思考了生命的意义。在这姐妹俩看来：每个人的生命都有属于自己的价值，或许短暂但也能发出耀眼的光亮；人活在这个世界上，就是要于灾难中体验活着的美好，于失落中感受获得的欣喜，于沉思中领悟生命的意义。按照这姐妹俩的观点，"每一个生命的个体都是完整和崇高的，每一颗心灵都有权利和资格去追求自己圣洁的感情，保持尊严，勇敢地追求。纵然，结果并不完美，过程才是生命和爱情的终极意义"②。

生命的意义究竟是什么？著名的对越自卫反击战一级战斗英雄、"盲人诗人"史光柱，以其对亲身经历的那场战争的直觉记忆与价值判断，经过反反复复的理性思索，在他的诗歌《心潮》《不要问我后不后悔》和《我是军人》中给出了与众不同的答案：

> 幽幽地思索/心潮撞击着心崖/汇成波涛滚滚的江河/振作，振作/快用痛苦的汁液/为毅力淬火/宁肯失去身体/也不愿精神上有任何残缺/伤了腿的骏马常想昂首驰骋/折了翅膀的海燕仍要飞翔遨游/啊，生活的一切终将归还于我
>
> 不要问我/失去双泉/后不后悔/要追寻/就寻祖老山/黄土高原的皮肤/十亿中的一只鹰/只要血管/还奔腾着长江的波涛/只要心灵/还有烽火台的烙印/风暴来临/抗争就是长城……
>
> 军人啊军人/天地的忠魂/铜墙铁壁贯穿终生/贯穿我终生/尽管我

---

① 张海迪：《生命的追问》，海豚出版社 2014 年版，第 118 页。
② 春曼、心曼：《如果我能站起来吻你》，安徽文艺出版社 2008 年版，第 285 页。

只是风雷的化身/我对和平一往情深/我是军人 我是军人/舍己震军威 忘我壮国魂/我是军人 我是军人/哪里艰险哪里上 赤胆又忠诚/赤胆又忠诚

史光柱是经历过对越自卫反击战战火考验的、数次闯过鬼门关的战斗英雄，他的诗歌透露出军人般的炽热、雄浑、粗犷与豪放，"折了翅膀的海燕仍要飞翔遨游""抗争就是长城""舍己震军威、忘我壮国魂"是他对生命意义的独特理解，用中国诗歌协会副会长程步涛的话说："史光柱的诗集，是一部特殊的生命交响曲。读史光柱的诗，不光是听一个英雄的歌唱，更多的是要思考，要掂量，思考自己的生命意义，掂量自己的人生价值。"①

生命的意义究竟是什么？纯懿将自己对这个问题的沉思融入了自己的作品之中。纯懿获首届"天山文艺奖"的长篇小说《零度寻找》，讲述了轮椅上姑娘简伦的故事。简伦是一位美丽端庄、才情横溢的少女，在父母的百般宠爱中逐渐长大。她虽然无法行走，却不服命运的安排："我的命是给轮椅束缚住了，直到老死，我也脱离不了那辆轮椅，我会死在轮椅上，所有的人都这么认为，包括我自己。是的，这是我命中的成分，我无法跟我的命讨价还价，但是我可以从另外一个角度去享受命对我的关照。"为了寻找心中的白马王子、寻找自己的人生理想，简伦坐着轮椅跋涉于茫茫大漠，开始了她的零度寻找。简伦遇到了一个名叫桑的男人，在与同伴失联后，桑与她不离不弃，背着简伦走了三天三夜，终于走出了沙漠。简伦深深地爱上了桑，桑却因为自己已被诊断患了绝症而不愿拖累别人，编造了已有家室的谎言拒绝了简伦的爱。当得知自己被误诊后，桑毫不犹豫地选择了与残废的简伦相爱，可正当他们决定终身相伴时，桑却遭遇不幸葬身于火海。虽然与袁朗的结合解决了处于非常时期的简伦的生理和心理需求，但"在离开桑的日子里，我像一具行尸走肉，一具被偷空了的蜗牛空壳"，简伦陷入了深深的痛苦之中。正如作者所言，命运中有许多不可确定的因素，"一辈子就像一根细针那么长，你还没来得及穿线，稍不留意，它就掉到地上被黑黑的夜幕盖住了"，"追根溯源，我们

---

① 程步涛：《留存在记忆中的悲壮和飞舞在想象中的绚丽》，《阳光一点》，中国盲文出版社2015年版，第290页。

谁也无法说清一个人的命运,就像我们谁也无法说清一片落叶和一只蝉的命运一样"。生命的意义究竟是什么?作者通过第一人称与第三人称两种视角的反复切换,将自己对残疾、对人生的主观体验和对生命意义反复沉思的心路历程捧给了读者。正如小说的书名"零度寻找"所隐喻的那样:意义的追寻永无终结,一切从零出发,每一天我们都会面临新的开始……

生命的意义究竟是什么?有的残疾人作家在沉思中找到了答案,有的没有找到答案,但残疾书写和求索沉思是残疾人作家的共同追求。残疾意味着什么?生命的意义究竟是什么?史铁生在《命若琴弦》《宿命》《老屋小记》和《山顶上的传说》中借残疾人物之口,给出了他自己的答案:"残疾无非是一种局限。你们想看而不能看。我呢,想走却不能走。那么健全人呢,他们想飞但不能飞——这是一个比喻,就是说健全人也有局限,这些局限也送给他们困苦和磨难。……生命就是这样一个过程,一个不断超越自身局限的过程,这就是命运,任何人都是一样,在这过程中我们遭遇痛苦、超越局限,从而感受幸福。"①

史铁生的短篇小说《命若琴弦》讲述了老瞎子与小瞎子师徒二人追求光明的故事,主人公的人生经历隐喻了"人"的生存困境。师徒二人跋涉在方圆几百上千里的大山中,以走村串户、弹琴说书为生。为了消解途中的枯燥与疲劳,老瞎子又给小瞎子讲起了曾经讲过成百上千遍的故事:师傅临终前交给老瞎子一张药方,让他在弹断一千根琴弦后去抓那付药,吃了药就能恢复光明看见东西了。小瞎子认为:"一千根断了的琴弦还不好弄?"老瞎子坚持"得真正是一根一根弹断了的才成"。老瞎子默默地"一根一根地回忆着那些弹断的琴弦",他已经盼了五十年了!"五十年中翻了多少架山,走了多少里路哇。挨了多少回晒,挨了多少回冻,心里受了多少委屈呀。一晚上、一晚上地弹,心里总记着,得真正是一根一根尽心地弹断了才成。现在快盼到了,绝出不了这个夏天了。"二人来到野羊岭上的一座小破庙,以此为栖身之地,每晚到岭下的"野羊坳"说书弹唱。老瞎子全身心地说书弹唱,小瞎子心猿意马想着心仪的小女孩兰秀儿。老瞎子终于弹断了一千根弦,兴冲冲地一个人下山抓药,没想到"那张保存了五十年的药方原来是一张无字的白纸","吸引着他活下去、

---

① 史铁生:《给盲童朋友》,《现代交际》2015年第10期。

走下去、唱下去的东西骤然间消失干净。就像一根不能拉紧的琴弦，再难弹出悦耳的曲子"。老瞎子想一死了之，但他想到了徒弟，"又试着振作起来"回到了"野羊坳"，可小瞎子已经去向不明，原因是"兰秀儿已嫁到山外去了"。老瞎子想起了师傅的话："人的命就像这琴弦，拉紧了才能弹好，弹好了就够了。"师傅的话使他陷入了沉思，悟出了人生的道理："他的一辈子都被那虚设的目的拉紧"，但"重要的是从那绷紧的过程中得到欢乐"。老瞎子在深山里找到了小瞎子，帮他将药方封存在琴槽里，并且郑重地指出：小瞎子的目标是"弹断一千二百根弦"。

人的存在本性中有一种不安现状的内在驱动力。人既是一种现实的存在，又是一种超越性的存在。《命若琴弦》看似一个真实故事，更是一个反映人的存在与超越、探索人的生命意义的虚构寓言。老瞎子"悟"到了什么？他悟到了师傅让他"弹断一千根弦"是一个虚设的目的、一个美丽的谎言。他悟到了"目的虽是虚设的，可非得有不行，不然琴弦怎么拉紧"。对目的的期待，使得他满怀信心地翻越峰峦叠嶂、跨过深谷沟壑；对目的的向往，使得他把"身上的疲劳和心里的孤寂全忘却"；对目的的追求，使得他"那三弦子弹得轻轻漫漫、飘飘洒洒、疯颠狂放"；对目的的虔诚，使得他"全心沉到自己所说的书中去""享受到最知足的一刻"。老瞎子终于明白："目的本来就没有"，但追求目的的过程更重要！由于"他的一辈子都被那虚设的目的拉紧，于是生活中叮叮当当才有了生气"，才"给寂寞的山村带来欢乐"，他本人也才有了"人人都称赞他"的人格尊严。老瞎子"在药铺前的台阶上坐了一会儿，他以为是一会儿，其实已经几天几夜，骨头一样的眼珠在询问苍天，脸色也变成骨头一样的苍白。有人以为他是疯了，安慰他，劝他"。老瞎子没有疯！在这几天几夜里，他陷入了求索生命真谛的沉思之中。沉思使他明白了师傅的良苦用心，沉思使他参透了芸芸众生："生命就像在非常严肃的场合的一场游戏，在所有生命都必将终结的阴影下，它顽强地生长，渴望着超越。"[1] 老瞎子想到过死，但他没有去死。活得无意义是个体生命的最大悲剧，老瞎子已经拥有了有意义的人生，他已经超越了个体的残疾，超越了个人目标的局限，他还要超越个体的生命存在，去完成生命的传递。老

---

[1] ［德］雅斯贝尔斯：《存在与超越》，余灵灵等译，生活·读书·新知三联书店1988年版，第44页。

瞎子为小瞎子虚设了一个目的,让他拥有超越自身命运的动力,去享受人的生命的精彩过程。"生命的意义就在于你能创造这过程的美好与精彩,生命的价值就在于你能够镇静而又激动地欣赏这过程的美丽与悲壮。但是,除非你看到了目的的虚无你才能够进入这审美的境地,除非你看到了目的的绝望你才能找到这审美的救助。"① 史铁生通过《命若琴弦》向读者传达的是:理想与现实之间的距离就是生命的过程,"一个不断超越自身局限的过程"②;人生的价值不在于如何摆脱生存的困境,而在于体验摆脱困境的实际过程。唯有全身心投入生命的过程之中,人才能超越人生的困境,才能实现真正的生命价值。

生命的意义究竟是什么?在史铁生看来,"谁又能把这个世界想明白呢?世上很多事是不堪说的。你可以抱怨上帝何以要降诸多苦难给这人间,你也可以为消灭种种苦难而奋斗,并为此享有崇高与骄傲,但只要你再多想一步你就会坠入深深的迷茫了:假如世界上没有了苦难,世界还能够存在吗?要是没有愚钝,机智还有什么光荣呢?要是没了丑陋,漂亮又怎么维系自己的幸运?要是没有了恶劣和卑下,善良与高尚又将如何界定自己如何成为美德呢?要是没有了残疾,健全会否因其司空见惯而变得腻烦和乏味呢?"③ 在史铁生中篇小说《宿命》中,一个茄子引起了一场车祸,造成主人公莫非命运的瞬间改变,导致他成了终身截瘫,使他"像一棵'死不了儿'被种在花盆里那样",陷入了遥遥无期的人生苦难之中。在经历了痛苦发泄和对无常命运的无奈反抗与诅咒之后,莫非感悟出"有谁不是活到死呢?……在活到死这一漫长的距离内有一些更重要的东西",于是,他坦然面对无常的命运,开始了生命意义的思索与人生价值的寻求:"对于那棵'死不了儿'来说,世界永远是一只花盆、一个墙角、一线天空,直到死为止。我要比它强些,莫非要比它强些!"人世间的偶然事件太多,因偶然造成命运的骤变是不可避免的,既然"上帝已经把莫非的前途安排好了,在劫难逃",那就坦然接受命运的安排吧!莫非最终成了"与小说相互救助度日"的作家。他笑对人生,将引发命运骤然变化的原因看作是一个响而发闷的狗屁,"那声闷响仍在轰鸣,经久不衰,并将继续经久不衰震撼莫非的一生"。正如一位论者所言,"史铁

---

① 史铁生:《想念地坛》,南海出版公司 2003 年版,第 48 页。
② 史铁生:《给盲童朋友》,《现代交际》2015 年第 10 期。
③ 史铁生:《我的梦想》,《史铁生自选集》,天地出版社 2017 年版,第 333 页。

生肉体残疾的切身体验，使他的部分小说写到伤残者的生活困境和精神困境。他超越了伤残者对命运的哀怜和自叹，也超越了肉身痛苦的层面，由此上升为对普遍性生存，特别是'精神伤残'现象的关切"[①]。

　　生命的意义究竟是什么？史铁生短篇小说《老屋小记》中的人物，每个人几乎都有自己的梦。面对现实生活中的苦难，他们都在痛苦、烦闷、绝望中苦苦求索活下去的理由，都在无一日休止的内心起伏中寻找心魂的宁静。23岁双腿残疾的"我"，爱上了"一个健康、漂亮又善良的姑娘"。然而，对于这个终身只能与轮椅相伴的"我"而言，爱情所意味的不是一种"幸福"，而是一场"折磨"。"残疾已无法更改，他相信他不应该爱上她，但却爱上了，不可抗拒，也无法逃避，就像头上的天空和脚下的土地。因而就只有一个词属于他：折磨。并不仅因为痛苦，更因为幸福，否则也就没有痛苦也就没有折磨。"不起眼的"老屋"以意象化的空间形式成了传达作者自我体验和切身感悟的媒介，老屋北面的河水充当了史铁生对人类生存意义进行哲学思考的重要载体："长久地看那一浪推一浪的河水，你会觉得那就是神秘，其中必定有什么启示。'逝者如斯夫'？是，但不全是。……浪是什么呢？浪是水的形式，是水的信息，是水的欲望和表达。浪活着是水，浪死了，还是水，水是什么？水是浪的根据，是浪的归宿，是浪的无穷与永恒。""那两间老屋便是一个浪，是我的7年之浪。我也是一个浪，谁知道会是光阴之水的几十年之浪？这人间，是多少盼望之浪与意料之浪呢？""我"在这里将光阴比成水，把时空中的人与事比作浪。"我"关于浪和水的一连串想象，充满了作者对人生的深切体悟。借助对浪与水之关系的演绎，"我"引领读者对现实生活进行了哲学思考，对人的生存意义进行了反复追问。虽然作品最终没有给出确切的解答，但还是让读者总是觉得似乎有了解答，并且是一个具有积极意义的解答。

　　生命的意义究竟是什么？上述残疾人作家在肉体苦痛与精神折磨的相互交织中进行了反复思考，在自己的作品中用亲身经历、切身体会、真切感悟进行了沉思与求索，"残疾""苦难""命运"是他们叙事的焦点，"世界""生命""死亡"是他们作品中出现频率最高的词汇，他们将叙事者残疾人生中的一个个片段与对时间、对空间、对人类生存意义的思考

---

① 洪子诚：《中国当代文学史》，北京大学出版社2007年版，第275页。

有机结合,用残缺的身体,说出了既健康又富有哲理的思想。正如2002年华语文学传媒大奖年度杰出成就奖对史铁生的授奖词所言:"他体验到的是生命的苦难,表达出的却是存在的明朗和欢乐,他睿智的言辞,照亮的反而是我们日益幽暗的内心。"①

二 残疾人作家自传体作品的书写范式

"残疾"是残疾人作家的典型特征,是其自传体作品的叙事核心,是推动作品情节发展的动力源。"残疾"既是文学作品的书写对象,也是作者审美意愿的形象载体。自传体作品的叙事主体与叙事对象的特殊关系决定,文学书写的目的是在文本中实现自我建构。残疾人作家自传体作品往往都是以"我"为叙事对象,以"我的残疾""我的人生""我的感悟"等为视角,开启作品的叙事。"残疾"使"我"经历了常人难以想象的生理困境和心理体验,激发了"我"的创作潜能,促成了"我"在与挫折和创伤的抗衡中实现自我超越,促使"我"通过残疾经历的自述,去体悟命运的荒诞、影射社会的病症、探寻生命的意义、走出自我实现的道路。书写策略既是作家与读者的对话口径,又为作品的叙事在叙事视角、叙事语境、思辨脉络等方面提供技术支持。残疾人作家是作家群体中的一个特殊群体,综观当代残疾人作家的自传体作品,残疾叙事的书写范式主要有以下三种:一是生理困境与心理体验的双向互动,二是生死思索与自我超越的交叉递进,三是身体残疾与社会病症的隐喻关联。

1. 生理困境与心理体验的双向互动

残疾人作家是作家群体中的一个非常特殊的群体,他们大多都经历过常人所难以理解的病痛、冷眼、孤寂、苦闷,品尝过比常人更多的人世悲凉,甚至还面临过常人难以想象的生死考验。"残疾"是残疾人作家亲身经历的刻骨铭心的苦难,与其一生有着拆解不开的情缘、言说不尽的"情结"。"苦难是历史叙事的本质,而历史叙事则是苦难存在的形式。对苦难的叙事构成了现代性叙事的最基本的一种形式。"② 任何事物都有两

---

① 史铁生:《给盲童朋友》,《现代交际》2015年第10期。
② 党圣元:《论文学价值观念的基本规定性》,《学术研究》1996年第3期。

重性，残疾人作家由于身体上的"残缺与局限"，常常要比健全人承受更多的生存压力和精神痛苦，要面对来自个人命运与社会歧视的双重苦难，但是，对各种苦难的切身体验，也给残疾人作家带来了创作的灵感和叙事的启发。"残疾"给作家带来的身心痛苦和生存苦难，构成残疾人作家残疾书写必须面对的现实问题。如何将"残疾"所引发的生理痛苦和心理感受诉诸笔墨？如何从个人遭遇的苦难出发去追溯人类的苦难？如何去探究人类生命存在的价值与意义？"生理困境与心理体验的双向互动"就成了残疾人作家自传体作品叙事策略的一种选择。

"残疾"是人生的一种极大不幸，身体缺陷使得残疾人知觉迟钝、行动受限。残疾不仅给残疾人的生活带来诸多不便，而且使他们沦为社会的弱势群体，甚至成为引发不屑、嘲弄乃至攻击的直接诱因。家人的冷眼、世人的歧视构成了残疾人独特的外部生存环境，对其身心产生一种强烈的外部刺激，形成其心理体验的外部诱发条件。面对所处环境的外力作用，残疾人往往会不自觉地将自身境遇与他人相比较，不自觉地放大自己的缺陷与不足，从而造成一种心理不平和对自我的否定。因此，残疾人大多都或多或少地怀有"自卑情结"。美国心理学家西尔瓦诺·阿瑞提认为，"一种不是苛刻到能严重伤害人的精神的、适度的差别甚至比在绝对自由的情况下更能刺激人们去创造。这是很容易理解的。向困难挑战，为消除现存的任何差别而斗争，去获得从前不准获得的东西，这些愿望都能成为强大的动力"[1]。身体致残给残疾人的打击常常是意外的，有时甚至是晴天霹雳式的。与普通的残疾人一样，残疾人作家也要经历一个"身体致残、心理失衡、自我否定、接受现实、自我平衡"的心理适应过程，但相对于普通残疾人而言，残疾人作家的自我调节能力要更强一些，心理适应的过程也相对短暂一些。生理残疾给残疾人作家造成的精神创伤，不但没有使他们自卑、失望、消沉，反而激发出了与命运抗争的强大动力，因为他们从内心明白，消除自卑的最好方式就是激发自己的趋优本能，促使自己去设定超越自身局限的行动目标，尝试用尚存的健康大脑去寻找自我实现的道路。于是，从描写残疾的躯体出发，直面自己的自卑，以"生理困境与心理体验双向互动"的方式，将亲身体验过的痛苦、失望、挣

---

[1] [美] 西尔瓦诺·阿瑞提：《创造的秘密》，钱南岗译，辽宁人民出版社1987年版，第409页。

扎、救赎等以自传的形式呈现给世人,也就成为残疾人作家实现自我价值的一种范式。

"一切严肃的作品说到底必然都是自传性质的。一个人如果想要创造一件具有真实价值的东西,他便必须使用自己生活中的素材和经历。"① 当代残疾人作家自传体作品的创作都是从自我的生活经历和生存经验出发的,对残疾所引发的生理困境与心理体验的自叙大多都是双向互动的。面对突如其来的身体灾难,张海迪自传体小说《轮椅上的梦》的主人公方丹突然感觉"双腿仿佛不是自己的,因为他们完全不能按照自己的意愿伸屈,那颗刚才还兴奋发烫的心一下子就冰冷了,于是低下头,脸涨红了"。在张海迪的笔下,主人公的身体残疾所带来的困境总是与其内心的心理活动结伴而行。残疾所带来的悲伤、委屈、失望,使得方丹"总想使劲儿哭,总觉得那样哭会很快乐,很想快乐地哭";残疾所导致的自卑心理使她"总是竭力掩盖自己的缺陷,不让别人看出她的双腿是瘫痪的"。然而,她"从不在别人面前掉眼泪,更不在别人面前抽泣,总是把眼泪憋到喉咙里咽下去"。双腿瘫痪的折磨让方丹产生了对生命的绝望,并且想到了死。在对"死"的心灵拷问中,她最终战胜了自我,因为"我知道,死了就什么也没有了,没有一切了,假如我没有了一切,别人还有,我愿用我的死为人们换来幸福"。在"为人们换来幸福"信念的支持下,方丹"看到了一种力量,在那骨瘦如柴、奄奄一息的人体内,有一种看不见的力量",产生了"给陶庄人做点事情"的信念。由于找不到愿意到陶庄小学教书的老师,方丹自告奋勇地让孩子们将她抬上讲台,教授孩子们学习语文、数学、唱歌。为了能够更好地胜任教学工作,她每天都拖着残疾的身体点灯熬夜自学、备课到深夜甚至一直到天明。方丹在与孩子相处的过程中找到了生存的乐趣,在教书育人的过程中找到了前进的方向,在"给陶庄人做点事情"的过程中体会到了自己的生命价值。张海迪在自传体小说《轮椅上的梦》的残疾叙事过程中,没有渲染身体和心理给主人公带来的苦痛,而是在生理困境与心理体验双向互动的艺术创造中,生动地再现了残疾主人公战胜自卑、超越创伤、书写美丽人生的心路历程。

---

① [美] 托马斯·沃尔夫:《一部小说的故事》,黄雨石译,生活·读书·新知三联书店1991年版,第24页。

"创伤性经验作为潜在因素对创造性思维产生深层影响。"[1] 残疾作家开始从事文学创作的重要诱因大多都是源自残疾给他们带来的生理痛苦和心理创伤,残疾的创伤性体验激发了他们的心灵机制,引发他们的内心产生出一种创造性冲动,促使他们从更深的层次去思索生命的价值。史铁生21岁时因双腿瘫痪落下终身残疾,原有的人生愿望被突然打乱,生理的困境几乎摧毁了他的生存意志。随着时间的推移,渴望关爱、反思人生、寻求超越逐渐发展成为一种强烈的创造性动机。与许多残疾人作家一样,史铁生的文学创作是在不断战胜残疾所造成的生理痛苦与心理困境的过程中进行的,其作品的残疾叙事也是以生理困境与心理体验的双向互动而展开的。《山顶上的传说》中的小伙子,在寻找被他视为精神寄托、生命支点的那只叫"点子"的鸽子时,残疾的双腿会经常"一抽一抽地疼起来,萎缩得很厉害的肌肉突突直跳",生理上的折磨令他难以忍受,心理上的追问使他想到"这么难,这么苦,这么费劲儿,这么累,干吗还一定要活着?"然而,每当他一想起那只鸽子,他就会忘记了身体的疼痛,因为每次"点子"从天空中飞下来,飞到他身旁的时候,他都觉得是一个启示,他渐渐明白:"人,活着,并且想得到幸福,也许这正是宇宙间的悲剧,也许这才是痛苦的原因。"在努力克服残疾带来的痛苦和积极的思想斗争中,小伙子渐渐懂得:困境是"上帝"(客观存在本身的代名词)设置的,困境与生俱来、与人共存,困境永远困扰着人类,给人带来生存的痛苦;人生在世"要么别去追求,忍受、压抑、苟活,用许多面盾牌封锁住自己的心;要么就拼力去摇动这沉重的浆,两样之中总得接受一样"。在生理困境和心理体验的双向互动中,小伙子终于悟出了一个道理:对待困境没有别的办法,唯有正视它、藐视它、战胜它,才能从精神上实现超越,从不断的自我超越中实现人的价值,获取人生的意义,因为"在命运的航道上挥起你的双桨,这样至少可以在沉重的桨端感到抗争的欢乐,要比随意受摆布舒服,要比闲着忍着多一些骄傲"。

2. 生死思索与自我超越的交叉递进

"生与死"是任何人都无法回避的问题。如何看待"生与死",古今中外名人名句俯拾皆是。庄子曰:"死生为昼夜。"孔子曰:"志士仁人,无求生以害人,有杀身以成仁。"孟子曰:"生于忧患而死于安乐。"王羲

---

[1] 童庆炳、程正民:《文艺心理学教程》,高等教育出版社2001年版,第144页。

之的《兰亭序》中有"死生亦大矣,岂不痛哉";陶渊明的《挽歌》中有"得失不复知,是非安能觉。千秋万岁后,谁知荣与辱?"文天祥的《过零丁洋》中有"人生自古谁无死?留取丹心照汗青"。鲁迅的《生命的路》中有"生命不怕死,在死面前笑着跳着,跨过了灭亡的人们向前进"。莎士比亚认为,"命运,我们等候着你的旨意。我们谁都免不了一死;与其在世上偷生苟活,拖延日子,还不如轰轰烈烈地死去"。尼采认为,"何为生?生就是不断地把濒临死亡的威胁从自己的身边抛开"。泰戈尔认为,"生命像个孩子,边笑边摇动死亡的拨浪鼓向前奔跑"。古今中外的名人,在谈论生命与死亡的过程中,感受到生命的真正意义,领悟到许多人生哲理,给后人留下了很多启示。

人是一个生命体,由生命主宰,能量运作。"本能"是生命体趋向于某一特定行为的内在倾向,是有机体生命恢复事物早先状态的一种冲动。弗洛伊德认为,人类具有"生之本能"和"死之本能"。"残疾"是一种特殊的生命现象,"残疾"使人行动受限、心理负重,会在一定程度上强化人的"死之本能"。从一定意义上来看,身体的残缺是一种机体衰亡的先兆,会使人较早地感觉到"死亡的临近",产生出对"死亡的恐惧",催生出对"死亡的思考"。与大多数残疾人一样,残疾人作家在身体致残的初期,会对自身的能力产生怀疑,并由此导致自卑情结,甚至自暴自弃行为。但是,随着时光的流逝,残疾人作家会比普通残疾人更快地走出死亡的阴影,逐渐从对环境的激烈对抗走向接受顺应,并且在对现实的适应中学会正确面对现实,继而以超越机体局限的方式去与命运抗争,去探索战胜苦难、实现自我的道路,用自传体小说书写去创造人生的价值。

子路随孔子周游列国时,曾就生与死的问题请教孔子:"敢问死?"子曰:"未知生,焉知死?"孔子的话翻译成现代文就是:"不知道活着的道理,又怎么能知道死呢?""生与死"是一个人类无法回避的问题,人既需要明白活着的道理,同时也应当对死亡有着正确的认识。反言之,人如果认识不到人活在世上是一种趋向于死亡的存在的话,就不可能正确认识到生命的价值与意义。处于健康状态下的人与处于残疾状态下人对于"生与死"的感受是不同的。"残疾"往往会给人带来趋向于死亡的痛苦体验,使人的生命感受更多地偏向于"死"的一侧。"残疾"常常会使人的生存偏离常规生活,让人对"生与死"的问题更为敏感。"残疾"是一种催化剂,促使人更多地去思索生命的本真及存在的意义。美国著名哲学家、人本主义心理学的主要创始人之一马斯洛认为,"只有体验了丧失、困扰、威胁甚至是悲剧的经历之后,才能重新认识其价值。对于这类人,特别是那些对实践没有热情、死气沉沉、意志薄弱、无法体验神秘感情,对享受人生、追求快乐有强烈抵触情绪的人,让他们去体验失去幸福的滋味,从而能重新认识身边的幸福是很有意义的"[1]。残疾人作家在体验了身体机能的局部丧失和由此而带来的生存痛苦之后,对生命本质和人生意义的理解往往要比健全人更加真切,更为深刻。人既是生命的主体,也是生命价值的主体。一个人活着,只有在满足自身发展需要和社会发展需要的前提下,才能够创造出属于自己的人生价值。"对于有意识的生命来说,存在就是变化,变化之后便要成熟,成熟之后便成了自我的创造。"[2] 残疾人作家是一个有意识的生命群体,"残疾"给他们的生命存在带来了巨大变化,深切的创伤体验使其内心产生出一股强大的创作冲动,自传体小说的书写使他们对"生与死"的认识不断成熟,"生死思索与自我超越的交叉递进"也就成为其作品叙事的一种范式。

残疾人作家阮海彪的自传体小说《死是容易的》讲述了作者的"残疾人生",书中的"我"是作者设计的一个多重角色组成的人物。"我"既是叙事者,也是叙事对象;既是饱受残疾折磨"八岁那年就想到了死"的"我",也是二十多年后走出死亡阴影、实现自我超越的"我"。"我"目睹了许许多多活生生的人的死亡,而早就可能死去的"我"却偏偏还活着。作品反映了作者对"死亡"的深刻体验,表现了作者战胜自我的艰难曲折,以"交叉递进"的方式,将"我"一步一步走出死亡阴影、一点一滴超越自我的心路历程生动地呈现给读者:"我"自幼就因残疾的折磨而陷入肉体与精神的双重苦难之中,"我感到情况严重了。浑身发烧,小腿肿胀,疼痛难忍。我迷迷糊糊,讲起了胡话……我觉得活着没有意思,别说割去一条腿,就是割去两条腿,我也情愿,人,反正要死的"。面对"生与死"的问题,"我"经历了反复的思想斗争:"我想,可以活,就尽量活下去吧。我有什么理由轻生,有什么理由放弃自己的追求呢";"死是容易的,在我那不太长的生命史上,已有五十多人在我的眼皮底下告别了人生,在一阵呼号、挣扎、呻吟、转辗后,一具被改变了

---

[1] [美]亚伯拉罕·马斯洛:《马斯洛人本哲学》,成明编译,九州出版社2003年版,第80页。

[2] [法]亨利·柏格森:《创造进化论》,姜志辉译,商务印书馆2004年版,第13页。

第六章 残者心声：残疾人作家的残疾书写

称呼的人体就从你的头上抬过"；"我用被子蒙住头，哭了。眼泪流尽了，忽然，我的心底萌生起一股蛮劲，人都是要死的，不能死得被人可怜可笑"；"剩下的还有什么呢？剩下的只是我那个永远僵直的胳膊，剩下的只是我这具日益残破的躯壳，剩下的只有我这颗经受着七情六欲折磨的痛苦而破碎的灵魂"，"人活着就是了不起的，人生就是伟大的。人活着，不仅是为着自己那个有限的充满痛苦的生命，他能从有限的生命创造出无限的价值来"。阮海彪的生命是在与死神的殊死搏斗中得以延伸的，"生死思索"使得"我"在"生与死"的心灵拷问中感悟到"死是容易的"，而"活着是不容易的"，"今天的文明，就是无数代人、无数个人创造的大于自己生存需要的价值的积累，包括思维、情感成果的积累。人生的完美与缺憾，也许都要从这样的角度去度量"。阮海彪笔下的那个穿梭于死亡恐惧和自我超越过程中的"我"，既为作品的叙事营造了相对自由的空间，又给读者的想象和感悟创造了可能，使得读者在对"我"的遭遇深感同情的同时，不由地为"我"毫不留情的自我解剖而受到震撼，并且真切地领略到作者对生活的洒脱和对生命的自信。

史铁生，在青春年少的时候突然双腿瘫痪。"残疾"将他的生活永远束缚在轮椅上，使他不堪忍受的不仅是生理上日益加重的困扰，而且是心灵上无休无止的痛苦。社会的歧视、世俗的偏见像黑云一样压得他喘不过气来，使他痛恨命运对残疾人的不公，使他很早便开始思考生与死的严肃问题："我一连几小时专心致志地想关于死的事，也以同样的耐心和方式想过我为什么要出生。"苦思冥想让史铁生对"生与死"的本质有所感悟，认识到生命就是一个"向死而生的过程"，认识到人只有坚持与命运抗争、不断超越局限，才有可能获得人生的幸福。这就是他对生死问题的求索结果，这就是他所信奉的生命哲学。在以自己的亲身经历、切身体验和哲学思考为叙事对象、以"生死思索与自我超越的交叉递进"为叙事策略的自传体作品中，史铁生直面了三个问题：一是要不要去死？二是为什么活？三是应当怎样活？史铁生自传体作品的主人公与史铁生一样也是双腿瘫痪，《我与地坛》中的"我"、《好运设计》中的"我"、《病隙碎笔》中的"我"、被文学界称为"史铁生的精神自传"的《山顶上的传说》中的"小伙子"等，都与史铁生经历过相同的生理痛苦和心理折磨。作品的叙事对象实际就是史铁生本人的残疾人生，就是史铁生本人对"生死"问题的哲学思考的过程。"双腿残废之后，他首先想到的是死。

当那个港湾出现之前,他一直都盼望着死","他用目光在屋顶上发狠地写着'死',写着'癌',写'氰化钾'、'DDV'。只要虔诚,上帝会派死神来帮个忙"。然而,他没有去死,因为"死之思索"使他明白了一个道理:"一个人,出生了,这就不再是一个可以辩论的问题,而只是上帝交给他的一个事实;上帝在交给我们这件事实的时候,已经顺便保证了它的结果。所以死是一件不必急于求成的事,死是一个必然降临的节日"。通过思索而正确面对死亡之后,就是为什么活和怎样活的问题。按照史铁生的理解,人活着本身就是一个"向死而生的过程",但"死神也无法将一个精彩的过程变成一个不精彩的过程,因为坏运也无法阻挡你去创造一个精彩的过程,相反你可以把死亡也变成一个精彩的过程……过程!对,生命的意义就在于你能创造这个过程的美好与精彩,生命的价值就在于你能够镇静而又激动地欣赏这个过程的美丽与悲壮"。

"小说应该具备某种境界,或者是朴素空灵,或者是诡谲深奥,或者是人性意义上的,或者是哲学意义上的,它们无所谓高低,它们都支撑小说的灵魂。"[①] 无论是长篇、中篇还是短篇,史铁生的自传体作品都体现了对人生、对生命等宏大命题的关注与思考,反映了作者对生命历程中生与死、悲与欢、现实与梦想的独特体悟。既有人性意义的反思,又有哲学意义的开掘;既向读者呈现了残疾人所面临的生存尴尬和精神困境,又向人们传达了自己的人生理想和精神追求。利用"生死思索与自我超越交叉递进"的叙事手法,史铁生用残缺的身体说出的健康而又富有哲理的思想,不仅对残疾人而且对健全人突破生存环境制约、走出心理精神困境、实现自我超越都具有非常重要的启示意义。

3. 身体残疾与社会病症的隐喻关联

"隐喻"是文学语言的重要特征之一。对于某个"隐喻"的理解,不在其文字的表面意义,而在其背后的"言外之意"。"隐喻"给人们提供一种认识世界的方法,引导人们发现原来没有任何联系的事物之间的相似性,为人们理解事物的基本特征提供特殊的视角,启发人们通过对不同事物间的相似性比较去认清事物的本质。文学作品中隐喻性语言的运用,是用具体的意象表现理智、感情等方面的感受与经验,刺激人的感官、唤起人的联想,暗示读者沿着意象所指引的方向进入文学语篇的意境,引领读

---

① 苏童、王宏图:《苏童王宏图对话录》,苏州大学出版社 2003 年版,第 85 页。

者从作者虚构的情节迈入联想的世界,从作品所描述的典型现象进入对与此相关的一般社会现象的关联性反思。身体是人的生理存在的基础,是人类社会活动的载体,也是文学作品的修辞载体。"隐喻"作为一种重要的修辞手段,"应当从有关系的事物中取来,可是关系又不能太显著;正如哲学里一样,一个人要有敏锐的眼光才能从相差很远的事物中看出它们的相似之点"①,"若想编出好的隐喻,就必须看出事物间可资借喻的相似之处"②。"残疾"是人的一种特殊生存状态,与某些社会病症具有"可资借喻的相似之处",残疾隐喻将始发域的框架投射到目标域之上,可以暗指与之相关的社会现象,折射人与人之间的伦理关系。"没有比赋予疾病更具有惩罚性的了——被赋予的意义无一例外地是道德方面的意义……疾病本身变成了隐喻"③,"目盲或许可以理解为人性对于未来的短视,腿瘸有可能是对社会意识形态缺陷的反映,耳聋则暗示领导对民众建议的充耳不闻"④。在文学作品当中,各种身体残疾常常被用来隐喻现实社会的种种病症,表现现实社会中的人性善恶、引发对社会道德伦理问题的深刻思考,因此,"身体残疾与社会病症的隐喻关联"也是残疾人作家自传体作品的一种书写范式。

"残疾"是一种特殊的生命现象,残疾人与健全人生活在现实社会的共同时空中。在世界发展的历史长河中,只要有人存在,就一定有"残疾"存在,"残疾"也一定是文学创作的永恒话题。法国哲学家、社会思想家福柯认为,"人的身体在历史上的各种不同的遭遇就是各种社会历史事件的见证;在人的身体上面,留下了各种社会历史事件的缩影和痕迹。身体成为不折不扣的社会历史事件的烙印"⑤。"残疾"既是作家文学书写的对象,也是他们借以表达倾向的叙事符号。围绕残疾人的生理障碍、心理困惑,残疾人作家采用"身体残疾与社会病症的隐喻关联"书写范式,将那些被主流视野所遮蔽的白眼、歧视、不公等丑陋的社会现象呈现给读者,用自己的残疾人生体验与世人相互交流,使自传体残疾书写成为让世

---

① 罗念生:《罗念生全集》(第1卷),上海人民出版社2016年版,第342页。

② [古希腊]亚里士多德:《诗学》,陈中梅译注,商务印书馆2017年版,第158页。

③ [美]苏珊·桑塔格:《疾病的隐喻》,程巍译,上海译文出版社2003年版,第53页。

④ Sharon L. Snyder, *Disability Studies: Enabling the Humanities*, New York: Modern Language Association of America, 2002, p. 25.

⑤ 高宣扬:《福柯的生存美学》,中国人民大学出版社2005年版,第102页。

人正确认识、客观理解残疾人的桥梁纽带，成为折射社会现实、隐喻社会病症的文字载体。

残疾人作家朱彦夫的自传体小说《极限人生》，以描述"石窟猿人化石图案"为开篇，以"残疾"隐喻作为作品的叙事脉络，建立贯穿作品语篇的信息流，使隐喻的内涵渗透于作品全篇。小说的第一小节，开宗明义，向读者展示了一幅寓意深刻的石窟猿人化石图案："在云蒙山下的峭壁间，镶嵌着一片大小各异的天然石窟，石窟内光滑如镜的石壁表面，有数量颇多，形态奇妙的猿人化石图案，其状或四肢触地，或前肢撑空半立，或前肢断缺……趴、卧、蹲，四肢大致相似，唯有直立状后肢长，前肢短或干脆全无"。从文字表面上看，"石窟猿人化石图案"所表现的是人类始祖的生存状况，但文字背后所隐喻的是古代残肢断臂的猿人与现代社会的残疾人之间息息相通的血脉关系。"'猿人'——更确切地讲应当叫'圆人'……是20世纪50年代的猿人后裔，名叫石痴，四肢全无，集枪、烧、冻伤于一身。"《极限人生》借助"石窟猿人化石图案"的残疾隐喻，引导读者沿着作品设计的路线去思索：上古时代"残肢断臂猿人"与现代"圆人"的命运也是相通的，"他们同样是在与异族、猛兽的搏斗中被咬残、击伤的，同样处于'支离破碎'、觅生求异的重大转折关头"。人类始祖能够战胜残缺而生生不息进化为现代人，当代残疾人和健全人又应当从中参悟到什么呢？在作品主人公石痴这样一个手脚皆无、面目全非、活像个肉轱辘的"圆人"身上，透露出的是一种坚强不屈的信念和勇往直前的力量，"猿人化石图案"彰显了作者的哲理智慧，以一种放达、朴实的笔调，透射人生、隐喻世界，在淡定平静的叙述中启开人们的想象之门。"猿人化石图案"所隐喻的是人类不断向困境挑战、与命运抗争、自强不息、百折不挠的精神；作品主人公——20世纪现代"圆人"石痴的残疾人生，对残疾人和健全人如何不虚度人生具有感同身受的启发、引导意义。

身体功能受限常常使残疾人对自然环境和社会环境产生敏锐的直觉，强烈的个体生命体验使得太阳、月亮、乌云、浓雾、狂风等自然现象与残疾人的心理感受也常常在残疾人作家的笔下形成独特的隐喻。在史铁生《一个冬天的晚上》中，"月亮"似乎可以照亮残疾主人公寻求生命希望的道路，可"月亮那么小，那么远"，既小又远的月亮隐喻残疾人生之路缺少光明前景；"风"也在不断给增添麻烦，使得"背阳的屋顶上飘落下雾似的碎雪,使得行进异常困难","只有风声,风使人想起黑色的海洋和一叶浪谷里颠簸着的孤舟"。风、雪、黑色、海洋、孤舟构成了一幅令人揪心的画面,暗喻残疾人生存环境的恶劣和孤立无援的生存状态。在《没有太阳的角落》中,残疾主人公始终得不到阳光的温暖,"不平等"就像乌云一样笼罩着残疾主人公生存的角落;在《老屋小记》中,双腿瘫痪的主人公总是想,"这个世界又与你何干?睁开眼,还是风,不知所来与所去,浪人一样居无定所。身上的汗凉了,有些冷。我使劲地往前摇,也许我想:摇死吧,看看能不能走出这个很大的世界……"在史铁生的精神自传《山顶上的传说》中,"太阳还没有出来,天色依然有些昏暗","风还是不小,天也阴着。一会儿,风把云撕开了,月亮在奇形怪状的云层里颠簸。一会儿,云又合拢",与残疾主人公相依为命、作为其精神寄托的那只叫"点子"的鸽子飞走了,他踏上了寻找"点子"的旅程,可"风还是那样,一阵不比一阵小","不知那依然强暴的寒风把它刮到哪儿去了","他坐在黑夜里,在风中,在乌云的下面","睁开眼睛,世界是崎岖的山路。他站起来,又走,又往前爬,他艰难地爬着,爬向山顶……他看见了他的鸽子。鸽子看他看见了它,就又飞起来,向更远更高的山峰上飞去了……"在史铁生的笔下,自然现象与残疾人的心理感受相互关联,构成了渗透整个语篇、渲染作品主题的独特隐喻,折射残疾人面临的生存困境,象征残疾人追求平等身份的艰辛,暗示现实社会中的种种病症。"布满崎岖山路的世界""艰难攀爬到达山顶""又看见了他的鸽子""向更远更高的山峰上飞去"等意象,在引导读者进入文本语境、品味文字背后意蕴的过程中,发挥了桥梁纽带的作用,使得残疾人"不囿于环境、不服命运、积极抗争、自我超越"的自强精神得以再现和升华。

综上所述,当代残疾人作家自传体作品所采用的"生理困境与心理体验双向互动、生死思索与自我超越交叉递进、身体残疾与社会病症隐喻关联"的书写策略,为作品情节的发展和叙事的生动创造了条件,既生动地再现了残疾主人公战胜自卑、超越创伤的心路历程,又引发了人们对生命意义和人生价值的理性思索,同时也给文学传记类作品的叙事提供了可供借鉴的书写范式。

三 残疾人作家自传体作品的价值取向

文学作为人类的一种实践活动，同人类社会构成一定的价值关系；文学作为人的精神活动，凝结和体现人的价值追求。文学创作者和接受者的一切活动都渗透着文学价值观念的影响，"文学价值观念与一般文学观念之间又有相互联系、相互转化的一面……凡文学观念都有特定的价值所指，而文学价值又无不有一定的观念所依。所以，在实践中，它们往往相互渗透，相互转化"①。文学的价值观念同道德、宗教等的价值观念一样，都是一定历史实践的产物，受一定时代社会、政治、经济、文化的影响，并且随着这些因素的变化而变化。文学的价值存在于人的文学实践之中，包括作家的创作实践、读者的阅读实践和批评家的批评实践。作家是文学作品价值的主要创造者。为了创造和实现文学作品的价值，作家必然要对作品创作的方向和价值实现的途径做出选择，作品也就因此而有了价值取向一说。文学作品的价值取向是指作家在从事文学创作过程中面对或处理各种矛盾、冲突、关系时所持的基本价值立场。"文学价值取向在根本上受文学特质即社会意识性与特殊审美性的规定和制约，由此决定了文学价值关系中规律性的两大类价值取向，即可能的价值取向和必然的价值取向。"② 文学价值主要指文学作品的内在艺术价值，包括审美、思想、核心价值理念等，既体现反映的社会生活的广度、深度，又代表作品的审美艺术高度，"可能价值取向和必然价值取向"在作品创作的过程中得到统一，作家是实现二者统一过程中的"能动实践者"。所以，文学作品的价值取向既是作者人生观、价值观、创作观在作品中的基本反映，同时也蕴含着作家个人对现实世界的理解、对书写对象的把握以及对情感理想的寄寓。

"残疾"是一种特殊的社会现象，残疾书写所表现的是残疾人的心理状态、生存困境以及与之相关联的社会现实。残疾人是一个特殊的弱势社会群体，由于身体方面的功能障碍，加之社会的歧视、偏见和不公平的待

---

① 党圣元：《论文学价值观念的基本规定性》，《学术研究》1996年第3期。
② 侯文宜：《当代文学观念与批评论》，中国社会科学出版社2007年版，第101页。

遇，使他们在康复、教育、就业、婚姻家庭等方面都面临大量的实际困难。受社会文明程度的局限和世人偏见的影响，残疾人的正当诉求常常较难得到社会的广泛理解和积极肯定。残疾人如何战胜自我？如何谋取平等做"人"的权利？如何有尊严地活着？要做到这些，残疾人首先需要在与社会人群相处的过程中达成一种相互认可，其次才是以自身能力勇敢生存、实现自我人生价值。于是，从事自传体文学创作、以自己的残疾人生体验与读者及社会人群相交流，便成为许多残疾人作家的一种自然的选择。

"文学价值观蕴藏着主体自身的文学追求和理解，也引导着公众思维的趋向和文学活动的目的取向。"[1] 正确的价值取向可以感染读者、打动读者、震撼读者、影响读者，给读者以源源不断的正能量。"一种时代的文学价值观念必然留有以往时代文学价值观念的痕迹，一般的情况都是以往文学价值观念的遗存因素与现时的社会心理、政治伦理观念等升华因素相融合，而构成一种既具有传统性又具有时代性的文学价值观。"[2] 文学作品凝结和体现人的价值追求，文学创作者和接受者的一切活动都渗透着文学价值观念的影响，作品的价值取向既是作者人生观、价值观的具体反映，也蕴含着作家个人对现实世界的理解、对书写对象的把握和对情感理想的寄寓。"把一切献给党""给陶庄人做点事情""为国为民当好公仆""为灵魂寻找生命支点"等发自内心的话语，既体现了当代残疾人作家自传体作品主人公的人生追求，又体现了相关文学作品的价值取向。

苦难是任何时代、任何人身上不可避免的客观存在。苦难是文学创作的永恒主题之一，是体现作家价值观的载体之一。任何有着强烈生命意识的作家不会看不到人们曾经遭受或正在遭受的苦难，残疾给残疾人带来的身心痛苦和生存苦难也是残疾人作家自传体作品必须面对的现实问题。文学作品对苦难的叙述是对生活本质的一种呈现，"苦难在文学艺术表现的情感类型中，从来都是占据优先的等级，它包含着人类精神所有的坚实力量。苦难是一种总体性的情感，一种终极的价值关怀，说到底它就是人类历史和生活的本质"[3]。残疾的苦难不仅导致人的身体功能的变化，而且也引发人的身份地位的变化，"既然决定上层社会地位的因素一直处于变

---

[1] 程金城：《关于21世纪中国文学价值重建的思考》，《甘肃社会科学》2006年第6期。
[2] 李青春：《文学价值学引论》，云南人民出版社1984年版，第128页。
[3] 陈晓明：《无根的苦难：超越非历史化的困境》，《文学评论》2001年第5期。

化当中，当然这种变化也是自然而然的，那么导致身份焦虑的因素也随之在不断发生变化"①。残疾人作家在创作过程中有时会产生身份焦虑，在书写苦难时常常会情不自禁地融入自己的切身感受。对于残疾人作家来说，正确面对身体残疾、挣脱各种心理压抑、积极与苦难抗争，可以提高自身的存在价值。由于残疾人作家个性特征、文化信仰、价值观念等的不同，其苦难叙事流露的情感态度也存在差异性，有的用思索化解苦难，有的用呐喊对抗苦难，有的用抒情表现对生命的体恤、对命运的怜悯。然而，就文学与社会现实的关系而言，残疾人作家对苦难的书写，目的是要通过自己的发现和书写来实现对劳动及劳动者价值的一种伦理性捍卫，并由此完成对自己心灵的净化与升华。如何书写苦难？"重要的不是'对苦难的拯救'，而是'看见'。你不能要求苦难的叙述者去消除苦难本身，他做不到，事实上，'悲剧'的意义也许从来就不是意味着对命运本身的拯救。古典悲剧的美学与精神内涵同样也不包含这些，它们只包含了怜悯、恐惧、净化和崇高的意义"②。于是，以自己的亲身经历为线索、用自传体文学书写残疾苦衷、塑造自我形象、表达内心情感、呼唤公平正义、求索生命意义便成了许多残疾人作家的共同追求。综观当代残疾人作家的自传体作品，最具典型性的主要有吴运铎的《把一切献给党》、张海迪的《轮椅上的梦》、朱彦夫的《极限人生》和史铁生的《山顶上的传说》等，而"为党、为国、为人人"则是这些残疾人作家自传体作品的共同价值取向。

1. "把一切献给党"

文学创作既是一种脑力劳动又是一种体力劳动，对写作者的情商、智商、人文素养、感悟力、理解力、表达力的要求很高，所以，残疾人的文学梦想之旅，常常要比健全人艰难得多，往往要付出数倍于健全人的心血与汗水。先秦时期的史学大家左丘明，双目失明后，将几十年来的所见所闻、各诸侯的要闻和君臣得失的话语记载下来，汇集成我国第一部记言体国别史——二十一卷的《国语》；汉代的司马迁，在遭受腐刑后曾经痛不欲生，但在"文王拘而演《周易》、仲尼厄而作《春秋》、屈原放逐乃赋

---

① [英] 阿兰·德波顿：《身份的焦虑》，陈广兴、南治国译，上海译文出版社 2007 年版，第 21 页。

② 张清华：《"底层生存写作"与我们时代的写作伦理》，《文艺争鸣》2005 年第 3 期。

《离骚》"之精神的激励下,终于写成了中国第一部纪传体通史《史记》。20世纪50年代初,只有小学四年级文化水平的兵工功臣、残疾人吴运铎,克服常人难以想象的困难,在工人日报社编辑任家栋同志的指导下,以自己的亲身经历为线索,创作了自传体小说《把一切献给党》,开创了中国当代文学残疾人残疾书写的先河。

《把一切献给党》是20世纪50年代影响最大的残疾人自传体作品,书名就开宗明义地将作品"为党、为国、为人人"的价值取向宣示了给读者。该书既是作者吴运铎残疾人生的真实写照,也是一个共产党员人格风范的客观再现。吴运铎曾经三次身负重伤,炸瞎了左眼,炸坏了右腿,炸断了左手腕骨和四根手指,留下了终身残疾。吴运铎第一次负伤是在左脚踝部,由于缺医少药,"伤口内部全烂了,烧到40℃,医生挖去腐烂了的肌肉,沿着踝骨挖了一个月牙形的大洞,足有半个菜碗口大",可他根本不在乎伤口的疼痛,"心里惦记的是工厂,一闭眼,就好像听见发动机嗡嗡转动着,请求医生发给一些药膏绷带,腋下夹两根拐杖,一只脚跳回工厂去,马上投入了紧张愉快的劳动";他第二次负伤是在制作炮弹雷管时,"左手炸掉了四个指头,肉和皮炸得飞起来,膝盖炸开了,露出了膝盖骨,左眼直淌血,什么也看不见了,脸上炸了几个洞,浑身麻木得失去了知觉",可他在昏迷中还"时常猛地从床上跳下来,一直往大门外跑,挥舞着缠着绷带的胳膊,高声喊叫:'我要回去,前方等着炮弹哪!'"他第三次负伤是在试制炮弹时,"左手腕被炮弹炸断了骨头,右腿膝盖下被炮弹炸劈一半,脚趾被炸去了一半,脸上许多伤口不断流血,炸烂的衣服被血浸透,成了血人",治疗期间,腿上被炸断的筋被割掉了,腿骨缺了一寸多,短时间内是长不好的,他几次要求医生:"锯掉腿,装一只假腿,回去马上就可以工作了。"

吴运铎的三次负伤,一次比一次重,可他总是不安心养伤,始终一心惦记着兵工厂的工作,手术以后伤口还没长好就回到工厂上班。为什么吴运铎能够以坚忍不拔的毅力战斗在军工事业第一线?为什么吴运铎能够用忠诚和坚强书写不平凡的人生?是因为"把一切献给党"的信念使其身体的疼痛被忘却、被转移、被升华,是因为他始终觉得"前方多么需要炮弹,我却老是躺着,一动也不能动,总觉得没有尽到责任",是因为他执着地认为"一个人的生命是短促的,而我们的事业却无限长久。个人尽可以遇到许多不幸、许多痛苦,但是只要我的劳动融合在集体的胜利里,那幸福也就有我一份。只要我活着一天，我一定为党、为人民工作一天"。这就是中国残疾军人的人生追求，这就是吴运铎自传体作品的价值取向。《把一切献给党》1953年由工人出版社出版后，立即在全社会引起了强烈反响，全国机关、企业、学校等都开展了向吴运铎学习的活动，有的工厂、学校还组织了"吴运铎小组""吴运铎班"，开展劳动竞赛、学习竞赛。《把一切献给党》还被选编进了小学语文教材，成了时代青少年的生活教科书，书中的革命英雄主义和乐观主义的精神，深深地打动了所有的读者。残疾军人吴运铎自传体创作的巨大成功，主要不在于作品的文学价值，不在于作者对残疾、苦难、人生等问题的直接描写，更多是因为作品主人公"把一切献给党"的英雄形象与新中国成立初期革命人生观教育的时代需求的高度契合，是因为作品"为党、为民、为人人"的价值取向的感召力，是因为作者"与苦难抗争、让生命增值"自立自强精神的示范作用。

2. "给陶庄人做点事情"

吴运铎的《把一切献给党》写于需要英雄、崇拜英雄、塑造英雄、歌颂英雄的年代，弘扬的是"把一切献给党"的英雄豪情；张海迪自传体作品《轮椅上的梦》创作于20世纪80年代，该书以作者的成长经历为线索，塑造了方丹这一普通残疾少女的形象。方丹"给陶庄人做点事情"的价值追求虽然不像吴运铎"把一切献给党"那样具有革命性、英雄性、感召性，但也是"为党、为国、为人人"价值取向的重要组成部分，其质朴无华的一面曾经感动和影响了一代青年人。

《轮椅上的梦》用第一人称讲述了残障少女方丹的故事，表现了残障者被残疾禁锢但又渴望自由的心灵世界。作品还用第三人称的视角描写了她身边的一群朋友，以此拓宽了残疾主人公的生活空间，衬托出方丹直面人生困境、努力实现生命增值的价值取向。方丹出生在一个知识分子家庭，小时候因病而双腿瘫痪，到了上学的年龄不能去学校读书，父母上班时被整日锁在屋子里。方丹自幼性格坚强，虽然残疾的厄运无情地剥夺了她与健康孩子一样接受学校教育的权利，但她仍以乐观的心态对待命运的不公，用自学的方式读完了许多中外名著，从《牛虻》《斯巴达克斯》等作品主人公的身上获取正视现实、走出困境的勇气和力量。方丹将书籍视为帮助自己成长的良师益友，如饥似渴地摄取知识，坚持不懈地积累自立自强的生活能力。虽然健全的身体已经失去，但人生的快乐仍然可以拥有，因为快乐来自于对生命意义的正确理解，来自于对人生的积极态度。知识的力量使方丹重新树立了为自己、也为他人活出快乐、活出幸福的梦想，重新编织属于自己、也属于他人的"轮椅上的梦"。"哦，一切结束了，又重新开始了，结束也许就是另一次开始。我曾期待结束这一切，开始另一切，让所有的一切重新开始，就像蛹变成美丽的蝴蝶……"积极的思索使方丹明白：人生就是一段旅程，既有风和日丽的坦途，又有崎岖不平的山路，无论是健全人还是残疾人，任何时候都不应该抱怨；任何人的路都是自己选择的，谁也不可能代替别人走完人生的旅程，任何人都应该以坚强与勇敢、爱心与奉献来走好自己的路。"文化大革命"后期，方丹随父母下放到贫穷落后的陶庄。因为没有老师愿意到村上的小学教书，腿脚残疾的方丹让孩子们将她抬上讲台，担负起了教书育人的职责。村小的教室非常简陋，"讲台、课桌、凳子都是用泥坯垒的，黑板歪歪斜斜地挂在土墙上的一个木楔子上，木楔子的另一头穿过土墙，做了隔壁磨坊里拴驴的桩子，那边的毛驴一摆头，这边的黑板跟着一晃悠。上课的时候，磨坊里不断传来石磨碾压的轰响"；"满屯儿把一只黑乌鸦带进教室，乌鸦扇着翅膀张开嘴巴啊啊地乱叫……三梆子嗖地一下跳上桌子，手里高高地擎起一只小草筐，草筐里是他那只灰不溜秋的小刺猬"；"教室里乱极了，孩子们有的无拘无束地大声嚷嚷，甚至还旁若无人地哈哈大笑"。就是在如此艰苦的条件下，方丹使满囤儿、五星、三梆子、小金来、素英、小飘、大称、刘锁等懂得了遵守课堂纪律，教他们学习语文、数学、唱歌。为了教好课，方丹拖着残疾的身体每天在自制的小油灯下备课到深夜甚至到天明，业余时间还自学针灸为乡亲们治病，"每天都在自己腿上练习进针、捻针、起针"，因为残疾的腿上没有知觉，"针眼儿周围红肿起来才发现，可已经晚了，发了几天烧，从县里请来医生打了针才控制住感染"。刻苦钻研和勇于实践使得方丹的医术不断长进，"来治病的排起了队，有的人甚至从十几里以外过来"。秋收的那天，陶大叔站在地头数了数，在那儿干活的人几乎都找方丹看过病。

方丹自身双腿瘫痪，饱受残疾的困扰，可她为什么还如此卖力地给孩子上课、为村民治病呢？是因为"给陶庄人做点事情"的信念在支撑着她，是因为她从内心觉得"能够用自己学到的知识教孩子们读书，能够看到孩子学习有进步，就是最大的幸福"，更是因为她深切地感悟到"当能给陶庄人做点事情而感到快乐的时候，也发现了自己生命的更深意义"。张海迪在探索人的存在意义时曾经说过,"每个人的生命都是一只小船,理想是小船的风帆","生命总是在抵抗一些东西,抵抗伤痛需要非常顽强的意志,在这种抵抗的过程中人们会发现自己新的力量"①。方丹在和身体残疾的抵抗中发现了生命中蕴含的力量,在"给陶庄人做点事情"的过程中体会到自己个人的生命价值,实现了残疾生命的增值。她的行动与感悟不仅为残疾人的人生树立了光辉的榜样,而且也给健全人提供了穿越困境、摆脱苦难、书写美丽人生的伟大力量。

3. "为国为民当好公仆"

朱彦夫以自己人生经历为线索创作的《极限人生》是近年来影响最大的残疾人自传体作品,"为党、为国、为人人"是作品书写的价值取向。主人公"石痴"是位一级伤残军人,为了摆脱伤残的困扰,实现生活自理,石痴打碎饭碗141个、盘碟23个、茶碗7个、茶壶暖壶各5把,泼掉饭菜数百次,摔伤、冻伤用药90余次,但"他那一切自理的理想被现实蚕食、吞噬了,他胸中对未来生活的憧憬也在朦胧、迷离,他沉浸在紧张、孤独和空虚中"。经过痛苦的内心挣扎,石痴最终摆脱了残疾的苦恼,克服了心理的障碍,暗暗下定了正视残疾、直面人生困境的决心。"经过6年苦涩的煎熬、艰难的锤炼后,终于跨入了生活逐步自理的'黄金时代'!在生理困境与心理体验的双重压力之下,"石痴"没有倒下,残缺的躯体中涌动出了顽强的生命活力。他一步一步地由极度的"心理自卑"迈向对生活的"乐观自信"。

实现了生活自理后,石痴又为自己设定了新的人生目标,决心"为国为民当好公仆"。他主动筹建村图书室,既做图书管理员,又担任扫盲夜校的教师,教乡亲们学文化,后被乡亲们选为村支书,一干就是25年。他带领村民战胜三年自然灾害,他提出治山治水三年方案,组织村民艰苦奋斗,将荒地改造成为水浇田,全村没有饿死一个人。石痴不相信命,更不相信运,以常人难以想象的毅力,利用仅存微弱视力的右眼,通读中外文学名著提高文化修养,前后翻烂了四本字典,用了几百斤的稿纸,历时7年完成了33万字的《极限人生》,以亲身经历证明"人是一个不同于非人自然实体的,具有自我意识、具有超越他的环境和超越他自身能力的统一整体。作为一个个体的人,他同时既包含于特

---

① 张海迪:《绝顶》,中国青年出版社2015年版,第52页。

定环境又超越这种环境"①。

　　《极限人生》是朱彦夫残疾人生的真实写照,"为国为民当好公仆"是他生命不息、奋斗不止的人生格言,他竭尽全力实现自我人生价值的精神感人至深。《极限人生》是一个重度残疾人现实生活的真实记录,没有夸大,没有想象,没有太多的文学再创造,没有运用更多的叙事策略和技巧,艺术表现手法以平铺直叙为主,字里行间劝人励志的痕迹也较为明显。虽然该书"说句大实话,如果我不是党员,忘记了举拳头,器官早就萎缩了,精神早就崩溃了"等话语听起来似乎有点像说教,但这些都是作者发自内心的肺腑之言。"石痴"的坚强意志、不屈品格、积极与命运抗争的优秀品质具有极大的感染力和极强的激励作用。"石痴"的极限人生显示了残缺与奉献完美结合所创造的人间奇迹,使得这部小说的意义远远超越了文学作品本身。"逆境,只能捉弄、束缚弱者;磨难,在造就痛苦的同时也迸发出生命的辉煌!"朱彦夫的残疾文学书写,既彰显了残疾人的生命力、想象力和创造力,又从行动和精神两个层面为当今社会增添了"与残疾抗争、让生命增值"的榜样力量。

4."为灵魂寻找生命支点"

　　史铁生的《山顶上的传说》是一部最典型的对抗苦难命运、求索生命意义的自传体作品,是作者以自己的残疾经历、苦难体验、哲学思考和人生体悟为素材而创作的,被文学界称为"史铁生的精神自传"。小说的主人公是一位双腿残疾的小伙子,"他的身份证上有一个'残'字,像犯人头上烙下的印疤";他喜欢文学、热衷创作,有着与史铁生相同的残疾和命运。他与一个姑娘相爱了,但"他们的爱情像是偷来的……这些感觉就像是一把'达摩克利斯剑',悬在他们心上,使幸福的时光也充满了苦难"。世人对残疾人的偏见,姑娘父母的坚决反对,使得姑娘最终离他而去,与他相依为命、作为他精神寄托、生命支点的那只叫"点子"的鸽子也飞走了。小伙子"走遍了小城的每一条街道……到处去喊,去找。他找了好多天,都没有找到……"他"觉得心里空寂、落寞,觉得一切都缥缈、虚幻",他不明白命运为什么如此不公,不理解为什么"所有的人,所有的好人,在心底都对伤残人有一种根深蒂固的偏见或鄙视,不能

---

① [美]亚伯拉罕·马斯洛:《马斯洛人本哲学》,成明编译,九州出版社2003年版,第308页。

像要求一个正常人一样地要求一个伤残人……这两条残废的腿对他的命运起了多大作用啊！"小伙子看看自己的两条残腿，想想他的那只鸽子，似乎有点明白了："命运，一种超人的力量，有时候把你弄得毫无办法。……何必不承认命运呢？不承认有什么用呢？……宇宙中没有一个全能的神；它不是人，你理它没用。它混蛋透顶，你却只好由它去。你自己要不混蛋，你就只好自己去想点办法。"小伙子对残疾、对命运的理解虽然带有一定的宿命论倾向，但同时也渗透着一种顽强抗争的奋斗意识。他埋头从事文学创作，"……写，写……让心沉进那些方格子里去，离现实远一点，沉到那想象出来的世界中去……"然而，"好像连发表伤残人的作品也不过是对他们的救济……那篇唯一发表的小说引来过几封读者来信，信中都三番五次地提到保尔，都是凭想当然"。他想到了死，他反复自问："为什么一定要活着呢？这么难，这么苦，这么费劲儿，这么累，干吗还一定要活着？"

"活着，还是去死？"这个莎士比亚在《哈姆雷特》中提出的问题被史铁生再次提了出来。在史铁生看来，"残疾，并非残疾人所独有。残疾即残缺、限制、阻障。名为人者，已经是一种限制。肉身生来就是心灵的阻障，否则理想何由产生？残疾，并不仅仅限于肢体或器官，更由于心灵的压迫和损伤……也许，上帝正是要以残疾强调人的残疾"。为什么一定要活着？史铁生笔下的残疾小伙子给出了他的观点："就是要给那些歧视和偏见作出相反的证明。抗争！否则，就这么死了真不服气，不甘心……""生命是有限的，不能耽误，他想。否则，什么欢乐也没得到，什么事也没做好，多不开心！"于是，小伙子有了自己的生活方向："以后除了扫街，还是要写些东西，按照自己的心去写。为伤残的人们去写。为自己制造深渊才是伤残，是罪恶。要走出深渊，不能光咒骂歧视和偏见。要让人们懂得伤残人的尊严是怎么一回事。"小伙子的心在走出深渊，他终于明白："神不告诉你鸽子在哪儿，也不担保你努力就会找到。神不给你指路。神知道，不给人指路，人也还是会去找。不停地去找，就是神指给你的路。什么是神？其实，就是人自己的精神！"他振作起自己的精神，又踏上了寻找"点子"的旅程，"闭上眼睛，世界是嗵嗵的心跳声；睁开眼睛，世界是崎岖的山路。他站起来，又走，又往前爬"，"他艰难地爬着，爬向山顶"，"传说，他爬上了山顶。他站在山顶上，接近了天上数不清的星星，望着地上数不清的灯火。就在这时候，他看见了他的鸽子。

鸽子看他看见了它,就又飞起来,向更远更高的山峰上飞去了……"

法国哲学家加缪说过,"当西绪福斯朝着他不知道尽头的痛苦走去的时刻,他高于他的命运,……因为每一步都有成功的希望支持着他,那他的苦难又将在哪里?……登上顶峰的斗争本身足以充实人的心灵。应该设想,西绪福斯是幸福的"[1]。残疾只是生命中的一片阴影,虽然它给生命带来毁灭性的威胁,但生命的伟大与顽强也在与这种威胁的抗争中展现出来,"谁能够保持不屈的勇气,谁就能更多地感受到幸福"。[2]《山顶上的传说》中的残疾小伙子与西绪福斯一样是幸福的,因为他在与残疾苦难和世俗偏见抗争的过程中终于明白:"除去与困苦抗争,除去从抗争中得些欢乐,活着还有什么别的事吗?人最终能得到什么呢?只能得到一个过程!在这个过程中,谁专门会唉声叹气,谁的痛苦就更多些;谁最卖力气,谁就最自由、最骄傲、最多欢乐。"小伙子终于找到了自我拯救之路,终于在抗争中赢得了人的尊严、人的骄傲,终于获得了心灵的充实与幸福。小伙子的心路历程是史铁生残疾人生的心灵独白,是他为灵魂寻找生命支点的探索过程,是他对人类生命意义的独到见解,也是他精神生活的艺术再现。

综上所述,文学作品的价值取向是作者人生观、价值观、创作观的基本反映,也蕴含着作家个人对现实世界的理解、对书写对象的把握以及对情感理想的寄寓。"把一切献给党""给陶庄人做点事情""为国为民当好公仆""为灵魂寻找生命支点"等人生追求,既体现了残疾人作家自传体作品主人公的朴实信念,又体现了相关作品的价值取向。残疾人作家用残缺的身体,书写出既健康又富有哲理的思想,呈现出"与苦难抗争、让生命增值"的人生经历。他们的坚强意志、奋斗精神令人敬佩,他们"为党、为国、为人人"的人生价值追求充满了感染读者、打动读者、震撼读者、影响读者的正能量。

---

[1] [法]阿尔贝·加缪:《西绪福斯神话》,郭宏安译,《文艺理论译丛》(3),中国文联出版公司1985年版,第149—152页。

[2] 史铁生:《给盲童朋友》,《现代交际》2015年第10期。

结　　论

　　在人类数千年的文学活动中，"残疾书写"一直是中外作家创作实践的重要内容。综观中国当代文学不同时期的作品，"残疾书写"是其不可或缺的重要组成部分。从现当代文学历史转换时期至 20 世纪 70 年代末，"高大全"被认可的美学符号，塑造"残疾英雄"这一极富政治色彩的文学形象，成为残疾书写顺应文学为现实的特殊途径。1980 年前后，作为对崇尚"匀称和美"的古典主义的反叛，文学创作摆脱了"优雅"的束缚，盲、聋、哑、瞎、疯、傻、颠、瘸等残疾人物形象出现于新时期以来的文学作品之中。古华、余华、莫言、迟子建、东西、苏童、宗璞、阎连科等人的残疾书写，继承了"为人生"的文学传统，顺应了伤痕文学、反思文学、寻根文学的文学思潮，将着力点主要集中在借助"残疾"隐喻表现人生、揭示社会病症、拷问人的灵魂上。20 世纪 80 年代中期以后，随着中国社会现代化、都市化进程的不断加快，王安忆、苏叔阳等作家将残疾书写汇入了城市小说的潮流，创作了《阿跷传略》《傻二舅》等作品；莫言、贾平凹、迟子建、韩少功等则力图重建文学与乡土的血肉联系，将残疾书写聚焦于农村生活和传统文化向现代文化的转型上。1990 年以后，残疾书写呈多元、快速发展之势，既有贾平凹《古炉》、关仁山《麦河》那样以"残疾"隐喻社会历史问题的宏大叙事，又有毕飞宇《推拿》、王心钢《水滴》那样用残疾人生活的点点滴滴折射社会人生百态的细腻书写，还有史铁生《务虚笔记》、陈染《私人生活》那样以"残疾"的切身体验反思社会与人生的心声告白。2000 年以来，残疾人作家的残疾书写蜂拥而至，残疾人作家以残疾人生为主线塑造自我形象、表达内心情感、呼唤公平正义、求索生命意义，用残缺的身躯、特殊的文笔为中国当代文学的发展助力。

　　文学作品是作者人生观、价值观、创作观和创作力的基本反映，体现了作者对社会现实的理解、蕴含着作者对书写对象的思想情感。由于作家个人生活经验、文化修养和审美能力的不同，中国当代文学残疾书写中既有获鲁迅文学奖的《雾月牛栏》《没有语言的生活》《黄金洞》《老屋小记》《病隙碎笔》和获茅盾文学奖的《芙蓉镇》《秦腔》《推拿》等高水平杰作，也有为写残疾而写残疾、对残疾人物孤独、自卑、失望、惆怅、无助、茫然等焦虑情绪渲染过度、对残疾人生存环境的隐喻过多使用黑天、黑夜、乌云、浓雾等灰暗喻体而受到诟病的作品；部分残疾人作家的作品具有较多的个人情感因素，残疾叙事以平铺直叙为主，励志主题的表现形式比较浅白直露，呼唤社会公平正义的方式也比较简单直白。然而，瑕不掩瑜，残疾人作家的残疾书写仍然是中国当代文学百花园中的一片绚丽多彩的花朵，一直以其独特的形式、奇异的芬芳为中国当代文学的发展奉献自己的独特力量。

　　本书以"残疾书写"的文本为基础，引入镜像理论、人格特质论、创伤理论、文学伦理学的研究视角，在参考、借鉴现有研究成果的基础上，较为全面、客观、系统地分析了中国当代文学残疾书写中的人物形象、修辞载体、叙事模式、主题思想、书写范式和价值取向，旨在深入挖掘残疾书写对各种社会现象和文化现象的折射，揭示"残疾书写"在中国当代文学发展中的地位与作用。

　　就人物形象而言，由于残疾人物与健全人物相比存在明显的身体缺陷或智力差异，"异体"便成了"残疾"的代名词，常常被用来作为表现残疾人特殊生存状态的载体。本研究从残疾"异体"的形象基点、残疾人物的意志品质、残疾与环境的矛盾冲突等角度，既分析了"英雄式执着者形象"的政治化、理想化、神圣化特征，又离析出其异体化、合理化和真实化的特质；既指出了"理性型启蒙者形象"在烘托"文明与愚昧冲突"的文化批判主题中的作用，又阐明了其在丰富新文学启蒙叙事话语生产中的贡献；既探讨了"符号化残疾者形象"在文学书写中的语言符号意义，又分析了其使作品的叙事摆脱理性的束缚、产生陌生化效果的语义学特征。如此三种类型的分类是否科学、是否合理、是否全面，笔者不敢妄言，但本书至少可以为后来的研究提供某种借鉴。

　　就修辞艺术而言，"残疾"既是作家文学书写的对象，也是他们借以表达倾向的叙事符号。聋子、瞎子、哑巴、疯子、傻子、瘸子等作为一种物化意象，常常被用作残疾书写的修辞载体，构成色彩斑斓的隐喻世界，驱动读者进入作家所设定的象征系统，引领读者从虚构的情节走向联想的世界。本书解析了"残疾"用作社会病症隐喻、文化现象隐喻、伦理道德隐喻的符号意义，探讨了"残疾"在中国当代文学书写中的隐喻功能，既分析了残疾书写"寓真实于荒诞"的艺术手法，又探讨了"残疾"与时代、政治、文化、历史、道德的有机关联；既肯定了残疾书写对新时期"反思文学"的积极贡献，又阐述了其跳出"反思文学"的主流叙事轨道、聚焦平民生活的书写转型。客观地说，残疾意象所蕴含的隐喻意义远不止上述三个方面，笔者对残疾隐喻的研究仍需进一步深化，目前的研究结果仅仅可以充作引玉之坯。

就叙事策略而言，叙事作为话语的虚构，与现实世界之间是有一定距离的，叙事的视角、线路、语言、方式是可变的，不同叙事策略产生的叙事效果也是不一样的。中国当代文学残疾叙事的主要策略有三种：一是通过"故事空间与话语空间的双向互动"实现文学空间与现实空间的对接，营造亦真亦幻的叙事氛围和身临其境的感觉效果，架起荒诞与现实之间的联想桥梁，揭示作品荒诞情节背后的社会现实；二是通过"身体叙事与身份构建的双轨并行"，使残疾人被压抑的身体、被压抑的心理、被压抑的欲望生动再现，引导读者进入作品的文本语境、参与叙事者的话语建构，品味表面文字背后的深层意蕴；三是通过"多元视角与多重叙事的交叉递进"，建立超越常理的叙事空间，架起勾连历史与现在的桥梁，将作者对事件的主体体验转化为叙事文字、引导读者进入作品创造出来的陌生化世界，领略阅读所带来的新奇体验。除了上述三种叙事模式外，笔者尚未发现残疾书写的其他共性程度较高的叙事策略，此类研究也有待于今后的进一步拓展。

就作品的主题思想而言，中国当代文学的"残疾书写"具有"与苦难抗争、让生命增值"的共同主题，多数作家都采用了"两点三线"的叙事路径，即围绕"苦难"与"抗争"这两个核心点，沿着三条路线表现作品主题：一是通过对残疾人情爱、性爱、欲望的书写，展现残疾人"无视世俗偏见、追求平等爱情"的抗争勇气；通过对现代人的本能欲望的关注，触摸社会现实和人的各种生存状态，继而掘进到对人性的深层思考。二是通过对残疾人拥有健全人格、讲究生命尊严、追求平等身份的书写，展现残疾人"直面社会歧视、捍卫人格尊严"的抗争精神；通过残疾人人权难得、尊严难求的痛苦体验，表现其抵御社会歧视、颠覆世俗偏见的勇气，影射健全人社会的傲慢与虚伪。三是通过对残疾人笑对人生、自立自强行为的叙事，表现残疾人"对抗苦难命运，实现人生价值"的抗争目的；通过对残疾人敢于担当精神的刻画，呈现其在抗争中使生命增值的"完美人生"，发挥残疾书写的表现作用、启示作用和审美作用。本书关于中国当代文学残疾书写主题思想的上述观点，仅是笔者的一管之见，诚恳期待建设性的批评意见。

就残疾人作家的残疾书写而言，残疾人作家的残疾书写，具有"为党、为国、为人人"的共同价值取向，他们"把一切献给党""给陶庄人做点事情""为国为民当好公仆""为灵魂寻找生命支点"的人生格言，充满了感染读者、打动读者、震撼读者、影响读者的正能量；残疾叙事的书写范式主要有三种：一是生理困境与心理体验的双向互动，二是生死思索与自我超越的交叉递进，三是身体残疾与社会病症的隐喻关联，既为作品情节的发展和叙事的生动创造了条件，又可引发人们对生命意义和人生价值的理性思索；残疾人作家残疾书写的典型类别有三种："展现自强不息的'励志篇'""呼唤公平正义的'呐喊篇'"和"求索生命意义的'沉思篇'"。本书既肯定了残疾人作家励志性作品的文学教化力量，又指出了此类作品的艺术表现力尚需进一步提升；既肯定其呼唤公平正义是医治灵魂残疾的一剂良方，又指出其呼唤社会公平正义的方式过于简单直白；既肯定残疾人作家表现顽强生命意志、在与命运抗争中实现人生理想的共同价值追求，又阐明了残疾人作家求索生命意义的沉思给读者带来的人生启示。由于残疾人作家、作品数量众多，相当一部分作品的印数较少，有些通过有限信息渠道发现的好作品一直无法购到，给残疾人作家残疾书写的研究留下了缺憾，这只好寄希望用今后的研究来弥补了。

由于中国当代文学的残疾书写是一个较为宽泛的概念，涉及诸多的文学样式，本书对当代小说涉及较多，对诗歌、散文、杂文、随笔等其他文学样式虽有涉及，但比重相对较少，加之本人学识、能力、水平的限制，本研究中难免存在不妥和错误之处，诚恳祈盼专家、学者批评指正。

参考文献

中文著作

毕飞宇、张莉：《牙齿是检验真理的第二标准》，人民文学出版社2015年版。

曹文轩：《20世纪末中国文学现象研究》，北京大学出版社2002年版。

曹文轩：《美丽的痛苦》，《青铜葵花》，江苏少年儿童出版社2005年版。

曹禺：《曹禺选集》，人民文学出版社2002年版。

陈平原：《中国小说叙事模式的转变》，上海人民出版社1988年版。

陈染：《私人生活》，百花洲文艺出版社2015年版。

陈思和：《中国当代文学史教程》，复旦大学出版社2014年版。

程步涛：《留存在记忆中的悲壮和飞舞在想象中的绚丽》，《阳光一点》，中国盲文出版社2015年版。

春曼、心曼：《如果我能站起来吻你》，安徽文艺出版社2008年版。

迟子建：《我的梦开始的地方》，《迟子建散文》，浙江文艺出版社2009年版。

迟子建：《中国当代作家选集丛书·迟子建》，人民文学出版社2000年版。

迟子建：《周庄遇痴》，《扬子晚报》2017年4月26日B4版。

（唐）房玄龄：《晋书·文苑传序》，中华书局1974年版。

高宣扬：《福柯的生存美学》，中国人民大学出版社2005年版。

（清）顾炎武著，陈垣校注：《日知录校注》，安徽大学出版社2007年版。

（清）顾炎武：《日知录集释》，岳麓书社1994年版。

参考文献

关仁山：《麦河·后记》，作家出版社 2010 年版。

郭庆光：《传播学教程》，中国人民大学出版社 1999 年版。

何帆、文祥编：《现代小说题材与技巧》，中国文联出版公司 1989 年版。

洪子诚：《中国当代文学史》，北京大学出版社 2007 年版。

侯文宜：《当代文学观念与批评论》，中国社会科学出版社 2007 年版。

胡亚敏：《叙事学》，华中师范大学出版社 2004 年版。

季广茂：《隐喻视野中的诗性传统》，高等教育出版社 1998 年版。

贾平凹：《高老庄》，长江文艺出版社 2016 年版。

贾平凹：《秦腔》，作家出版社 2012 年版。

孔凡礼：《苏轼文集》，中华书局 1986 年版。

李丹、刘金花编：《儿童发展》，台北：五南图书出版公司 1989 年版。

李赋宁：《欧洲文学史》（第 3 卷上），商务印书馆 2001 年版。

李青春：《文学价值学引论》，云南人民出版社 1984 年版。

李星、孙见喜：《贾平凹评传》，郑州大学出版社 2004 年版。

柳鸣九：《二十世纪文学中的荒诞》，湖南教育出版社 1993 年版。

罗念生：《罗念生全集》（第 1 卷），上海人民出版社 2016 年版。

马欣川：《现代心理学理论流派》，华东师范大学出版社 2003 年版。

茅盾：《茅盾论创作》，上海文艺出版社 1980 年版。

潘智彪：《喜剧心理学》，三环出版社 1989 年版。

乔焕江：《日常的力量》，广西师范大学出版社 2011 年版。

时蓉华主编：《社会心理学词典》，四川人民出版社 1988 年版。

史铁生：《病隙碎笔》，陕西师范大学出版社 2002 年版。

史铁生：《给盲童朋友》，《史铁生作品集》（第 3 卷），中国社会科学出版社 1995 年版。

史铁生：《没有太阳的角落》，《命若琴弦》，人民文学出版社 2008 年版。

史铁生：《我的梦想》，《史铁生自选集》，天地出版社 2017 年版。

史铁生：《想念地坛》，南海出版公司 2003 年版。

史铁生：《写作的事》，东方出版社 2006 年版。

苏童、王宏图：《苏童王宏图对话录》，苏州大学出版社 2003 年版。

王安忆：《王安忆说》，湖南文艺出版社 2003 年版。

汪民安：《身体的文化政治学·导言》，河南大学出版社 2003 年版。

王铁仙等：《新时期文学二十年》，上海教育出版社 2001 年版。

童庆炳、程正民：《文艺心理学教程》，高等教育出版社 2001 年版。

王心钢：《水滴》，花城出版社 2014 年版。

（唐）魏征：《隋书·文学传序》，中华书局 1973 年版。

徐岱：《小说叙事学》，中国社会科学出版社 1992 年版。

阎连科：《日光流年》，春风文艺出版社 2004 年版。

颜敏、王嘉良主编：《中国现当代文学史》（下册），上海教育出版社 2009 年版。

余华：《为内心写作》，《灵魂饭》，南海出版公司 2002 年版。

余华：《现实一种》，作家出版社 2014 年版。

余华：《余华作品集》（第 2 卷），中国社会科学出版社 1995 年版。

赵静蓉：《文化记忆与身份认同》，生活·读书·新知三联书店 2015 年版。

赵园：《地之子》，北京大学出版社 2007 年版。

张海迪：《绝顶》，中国青年出版社 2015 年版。

张海迪：《生命的追问》，海豚出版社 2014 年版。

张君川：《时代的风暴——论〈李尔王〉》，中国莎士比亚研究会编《莎士比亚研究》，浙江人民出版社 1983 年版。

《中华人民共和国残疾人保障法·劳动保障》，中国民主法制出版社 2008 年版。

周兆平编：《心灵与激情的抚慰——情爱卷》，中共中央党校出版社 1998 年版。

朱光潜：《悲剧心理学》，人民文学出版社 1983 年版。

朱光潜：《谈美》，广西师范大学出版社 2004 年版。

宗白华：《艺术生活——艺术生活与同情》，《宗白华全集》（第 1 卷），安徽教育出版社 1994 年版。

宗璞、施叔青：《又古典又现代——与大陆女作家宗璞对话》，《宗璞文集》，华艺出版社 1996 年版。

中文译著

［奥］阿尔弗雷德·阿德勒：《自卑与超越》，黄光国译，作家出版社1986年版。

［美］西尔瓦诺·阿瑞提：《创造的秘密》，钱南岗译，辽宁人民出版社1987年版。

［美］迈耶·霍华德·艾布拉姆斯：《文学术语词典》，吴松江等译，北京大学出版社2009年版。

［美］米尔希·埃利亚德：《神秘主义、巫术与文化风尚》，宋立道等译，光明日报出版社1990年版。

［美］约翰·奥尼尔：《身体形态》，转引自张晶主编《论审美文化》，北京广播学院出版社2003年版。

［苏联］贝奇柯夫：《托尔斯泰评传》，吴钧燮译，人民文学出版社1959年版。

［美］埃德加·博登海默：《法理学：法律哲学与法律方法》，邓正来译，中国政法大学出版社1999年版。

［法］亨利·柏格森：《创造进化论》，姜志辉译，商务印书馆2004年版。

［美］韦恩·布斯：《小说修辞学》，华明等译，北京大学出版社1987年版。

［日］川端康成：《川端康成精品集》，叶渭渠、唐月梅译，复旦大学出版社2008年版。

［英］阿兰·德波顿：《旅行的艺术》，南治国译，上海译文出版社2012年版。

［英］阿兰·德波顿：《身份的焦虑》，陈广兴、南治国译，上海译文出版社2007年版。

［德］恩格斯：《反杜林论》，《马克思恩格斯选集》第3卷，中共中央马克思列宁恩格斯斯大林著作编译局译，人民出版社1972年版。

［法］米歇尔·福柯：《疯癫与文明——理性时代的疯癫史》，生活·读书·新知三联书店1999年版。

［法］米歇尔·福柯：《规则与惩罚》，刘北成、杨远婴译，生活·读书·新知三联书店2007年版。

［美］埃里希·弗洛姆：《健全的社会》，孙恺详译，贵州人民出版社1994年版。

［美］简·盖洛普：《通过身体思考·序言》，杨利馨译，江苏人民出版社2005年版。

［英］约翰·高尔斯华绥：《福尔赛世家·出租》，周煦良译，上海译文出版社1978年版。

［德］格奥尔格·威廉·弗里德里希·黑格尔：《历史哲学》，王造时译，生活·读书·新知三联书店1956年版。

［英］泰伦斯·霍克斯：《隐喻》，穆南译，北岳文艺出版社1990年版。

［法］阿尔贝·加缪：《西绪福斯神话》，郭宏安译，《文艺理论译丛》（3），中国文联出版公司1985年版。

［法］勒内·吉拉尔：《替罪羊》，冯寿农译，东方出版社2002年版。

［西］奥尔特加·加塞特：《艺术的去人性化》，莫娅妮译，译林出版社2010年版。

［英］托马斯·卡莱尔：《英雄与英雄崇拜》，何欣译，辽宁教育出版社1998年版。

［德］伊曼努尔·康德：《道德形而上学原理》，苗力田译，上海人民出版社2005年版。

［英］马克·柯里：《后现代叙事理论》，宁一中译，北京大学出版社2003年版。

［美］朱丽叶·C.罗斯曼：《残疾人社会工作》，曾守锤、张坤译，华东理工大学出版社2008年版。

［美］亚伯拉罕·马斯洛：《马斯洛人本哲学》，成明编译，九州出版社2003年版。

［德］马克思：《1844年经济学哲学手稿》，人民出版社1985年版。

《马克思恩格斯全集》第46卷，人民出版社1979年版。

《马克思恩格斯选集》第4卷，人民出版社1996年版。

［德］弗里德里希·尼采：《悲剧的诞生》，周国平译，生活·读书·新知三联书店1986年版。

［德］弗里德里希·尼采：《哲学与真理——尼采笔记选》，田立年译，上海社会科学院出版社1993年版。

［美］苏珊·桑塔格：《疾病的隐喻》，程巍译，上海译文出版社2003年版。

［荷］巴鲁赫·德·斯宾诺莎：《伦理学》，贺麟译，商务印书馆1983年版。

［挪］诺伯格·舒尔兹：《存在·空间·建筑》，尹培桐译，中国建筑工业出版社1990年版。

［英］阿诺德·约瑟夫·汤因比：《文明经受着考验》，沈辉等译，浙江人民出版社1988年版。

［英］奥斯卡·王尔德：《作为艺术家的批评家》，赵澧、徐京安主编《唯美主义》，中国人民大学出版社1988年版。

［美］沃尔夫·托马斯：《一部小说的故事》，黄雨石译，生活·读书·新知三联书店1991年版。

［古罗马］马尔库斯·图利乌斯·西塞罗：《论共和国·论法律》，王焕生译，中国政法大学出版社2003年版。

［德］威廉·席勒格：《戏剧艺术与文学演讲》，张可译，中国莎士比亚研究会编《莎士比亚研究》，上海译文出版社1982年版。

［美］伊莱恩·肖瓦尔特：《妇女·疯狂·英国文化（1830—1980）》，陈晓兰、杨剑锋译，兰州大学出版社1998年版。

［古希腊］亚里士多德：《诗学》，陈中梅译注，商务印书馆2017年版。

［德］卡尔·西奥多·雅斯贝尔斯：《存在与超越》，余灵灵等译，生活·读书·新知三联书店1988年版。

［法］雨果：《克伦威尔》，《雨果论文学》，杨鸣九译，上海译文出版社1980年版。

期刊论文

蔡勇庆：《象征的存在——余华小说人物形象论》，《中南大学学报》2009年第6期。

曹刚：《论新世纪以来贾平凹的乡土叙述和修辞美学——以〈秦腔〉〈古炉〉和〈老生〉为考察对象》，《小说评论》2016年第3期。

陈进武：《反思文学的力度及其局限——重读宗璞的短篇小说〈我是谁？〉》，《湖南工业大学学报》2013年第1期。

陈晓兰：《现代中国"疯狂"观念的衍变——中国现当代文学中的狂人与疯子》，《上海文学》2005年第12期。

陈晓明：《无根的苦难：超越非历史化的困境》，《文学评论》2001年第5期。

陈彦旭：《美国文学中残疾人形象之流变研究》，《东北师大学报》2015年第1期。

陈仲庚：《谁来为当今的爱情"开光"——读胡功田〈瞎子·亮子〉所想到的》，《湖南科技学院学报》2008年第9期。

程金城：《关于21世纪中国文学价值重建的思考》，《甘肃社会科学》2006年第6期。

党圣元：《论文学价值观念的基本规定性》，《学术研究》1996年第3期。

邓利：《残疾人作家论——以四川残疾人作家为例》，《当代文坛》2017年第1期。

窦芳霞：《女性意识的混沌与觉醒——试论英美女性文学中"疯女人"形象的发展演变》，《广西大学学报》2009年第6期。

付用现：《新时期以来残疾叙事小说中的情爱叙事解析》，《中国文学研究》2016年第1期。

胡全新：《论〈月亮和六便士〉的现代性》，《湘潭大学学报》（哲学社会科学版）2002年第26期。

计文君：《论〈红楼梦〉的空间建构》，《红楼梦学刊》2013年第5期。

匡利民：《略论人的社会价值和自我价值的关系》，《学理论》2009年第19期。

雷达：《〈远村〉的历史意识和审美价值》，《当代》1985年第3期。

李复威：《新时期以来爱情文学的遭遇》，《北京师范大学学报》1996年第4期。

刘涛：《身体抗争：演式抗争的剧场政治与身体叙事》，《现代传播》2017年第1期。

孟繁华：《乡村文明的变异与"50后"的境遇——当下中国文学状况的一个方面》，《文艺研究》2012年第6期。

摩罗：《破碎的自我：从暴力体验到体验暴力》，《小说评论》1998

年第 3 期。

聂珍钊：《文学伦理学批评：基本理论与术语》，《外国文学研究》2010 年第 1 期。

庞安福：《美学的研究途径》，《团校学报》1984 年第 2 期。

全国权：《文学艺术创造过程论试谈——二论"文艺是社会生活的反映"》，《延边大学学报》1994 年第 1 期。

沙叶新：《我们都是"残疾人"》，《中国残疾人》1996 年第 12 期。

尚必武：《修辞诗学及当代叙事理论——詹姆斯·费伦教授访谈录》，《当代外国文学》2010 年第 2 期。

史铁生、王尧：《文学对话录·"有了一种精神应对苦难时，你就复活了"》，《当代作家评论》2003 年第 1 期。

石万鹏、刘传霞：《中西方疯癫认知观与中国现代文学疯癫话语建构》，《济南职业学院学报》2010 年第 6 期。

宋学清、张丽军：《〈麦河〉：关于土地的文学书写与现代性思考》，《小说评论》2017 年第 3 期。

宋玉芳：《残障人体育的社会文化意义》，《西安体育学院学报》2003 年第 2 期。

唐小祥：《"疯癫与文明"的悖论》，《牡丹江大学学报》2015 年第 2 期。

田文强：《从审美心理看文学作品的主题思想》，《湖北师范学院学报》1986 年第 2 期。

屠志芬：《宿命的泥淖——〈耙耧天歌〉叙事结构分析》，《名作欣赏》2014 年第 11 期。

王凤丽：《残疾人刻板印象的研究综述》，《绥化学院学报》2018 年第 4 期。

王光东：《"乡土世界"文学表达的新因素》，《文学评论》2007 年第 4 期。

王纪明：《残疾人概念的文化解读》，《临沂大学学报》2016 年第 6 期。

王利明：《人格权法中的人格尊严价值及其实现》，《清华法学》2013 年第 5 期。

王蒙：《读八三年一些短篇小说随想》，《文艺研究》1984 年第 3 期。

王天霞：《论长篇小说〈麦河〉的生态叙事》，《陇东学院学报》2013年第2期。

谢有顺：《中国小说的叙事伦理——兼谈东西的〈后悔录〉》，《南方文坛》2005年第4期。

徐春萍：《我眼中的历史是日常的——与王安忆谈〈长恨歌〉》，《文学报》2000年10月26日。

严歌苓著，李懂宗整理：《严歌苓谈人生与写作》，《华文文学》2010年第4期。

阎连科：《民族苦难与文学的空白——在剑桥大学东方系的讲演》，《渤海大学学报》2009年第2期。

杨金砖：《物欲世界的灵魂拷问——读胡功田先生的〈瞎子·亮子〉》，《湖南科技学院学报》2008年第3期。

余玮：《张海迪的励志神话》，《传承》2008年第10期。

张莉、毕飞宇：《理解力比想象力更重要——对话〈推拿〉》，《当代作家评论》2009年第2期。

张清华：《"底层生存写作"与我们时代的写作伦理》，《文艺争鸣》2005年第3期。

张学昕：《苏童与中国当代短篇小说的发展》，《当代作家评论》2008年第6期。

赵双花：《隐喻：通往真实之门》，《名作欣赏》2011年第2期。

周新民：《〈麦河〉：现代化叙事与"志怪"传统的嫁接》，《文学教育》（上）2011年第3期。

祝彦：《圆球的坠落和浮士德之死——感悟魏玛》，《外国文学评论》1993年第3期。

邹忠明：《疾病与文学》，《江西社会科学》2004年第12期。

外文文献

Barker, Clare, *Postcolonial Fiction and Disability: Exceptional Children, Metaphor and Materiality*, Palgrave Macmillan, Softcover reprint of the hardcover 1st edition 2011 ISBN 978-0-230-30788-9.

Bednarska, Dominika, "A Cripped Erotic: Gender and Disability in James Joyce's 'Nausicaa'", *James Joyce Quarterly*, Fall, 2011, Vol. 49, No. 1

(Fall 2011).

Bray, Abigail, *Hélène Cixous, Writing and Sexual Difference*, New York: Red Globe Press, 2004-3.

Bérubé, Michael, "Disability and Narrative", *PMLA*, 120. 2 (2005) Print.

Caruth, Cathy, *Unclaimed Experience: Trauma, Narrative and History*, Baltimore, Maryland: Johns Hopkins University Press, 1996.

Davis, Lennard J., "Crips Strike Back: The Rise of Disability Studies", *American Literary History* 11. 3 (1999).

Davis, Lennard J., ed., *The Disability Studies Reader*, 1st ed. New York: Routledge, 1996.

Davis, Lennard J., ed., *The Disability Studies Reader*, 2nd ed. New York: Routledge, 2006.

Donaldson, Elizabeth J., ed., *Literatures of Madness: Disability Studies and Mental Health*. Palgrave Macmillan, published by the registered company Springer Nature Switzerland AG, 2018.

Ficino, M., "Three Books on Life", J. Radden ed., *The Nature of Melancholy: From Aristotle to Kristeva*, Oxford: Oxford UP, 2000.

Foucault, Michel, *Language, Counter Memory, Practice*, Ithaca NY: Cornell University Press, 1997.

Friedman, Susan Standford, *A Strategy for Reading Narrative*, Columbus: The Ohio State University Press, 2002.

Garland-Thomson, Rosemarie, "Disability Studies: A Field Emerged", *American Quarterly* 65. 4 (2013).

Garland-Thomson, Rosemarie, *Extraordinary Bodies: Figuring Physical Disability in American Culture and Literature*, New York: Columbia University Press, 1997.

General Assembly of the United Nations, *Convention on the Rights of Persons with Disabilities*, Resolution/Adopted 2007, A/RES/61/106, Article 2.

Gibbs, Jr. R. W., & G. J. Steen, *Metaphor in Cognitive Linguistics*, Amsterdam Philadephia: John Benjamins Publishing Company, 1999.

Gilbert, Sandra M., and Susan Gubar, *The Mad Woman in the Attic:*

The Woman Writer and the Nineteenth - Century Literary Imagination, New Haven and London: Yale UP, 2000.

Goodley, Dan, *Disability Studies: An Interdisciplinary Introduction*, Los Angeles; London: SAGE, 2011.

Goodman, Nelson, *Languages of Art: An Approach to a Theory of Symbols*, Indianapolis: Hackett Publishing, 1992.

Hall, Alice, *Literature and Disability*, Routledge Taylor & Francis Group, London and New York, 2016.

Katharine, Young, "*Introduction*" *of Young Katharine Bodylore*, The University of Tennessee Press, 1933.

Linton, Simi, *Claiming Disability: Knowledge and Identity*, New York: New York University Press, 1998.

Mailer, N., *Advertisements for Myself*, New York: Rinehart, 1959.

Maslow, Abraham, *A Theory of Human Motivation*, *Psychological Review*, Vol. 50, No. 4, 1943, American Psychological Association, Washington, DC.

Milton, John, *The Works of John Milton with an Introduction and Bibliography*, Oxford University Press, L. 1675-1678.

Mitchell, David T., and Sharon L. Snyder, *Narrative Prosthesis: Disability and the Dependencies of Discourse*, Ann Arbor: University of Michigan Press, 2001.

Murdoch, Iris, *The Sovereignty of Good*, London and New York: Routledge, 2001.

Murray, Stuart, "From Virginia's Sister to Friday's Silence: Presence, Metaphor and the Persistence of Disability in Contemporary Writing." *Journal of Literary and Cultural Disability Studies* 6.3 (2012).

Roth, Philip, "The Novel Is a Dying Animal", 2009, *YouTube*, Web. 14 March, 2011.

Self, Will, "The Novel Is Dead (This Time It's for Real)", *The Guardian*. 2 May, 2014.

Shakespeare, Tom, "The Social Model of Disability", Lennard J. ed. *The Disability Studies Reader*, 2nd ed. Davis, New York: Routledge,

2006.

Siebers, Tobin, *Disability Theory*, Ann Arbor: University of Michigan Press, 2008.

Snyder, Sharon L., *Disability Studies: Enabling the Humanities*, New York: Modern Language Association of America, 2002.

Stiker, Henri-Jacques, *A History of Disability*, Ann Arbor: University of Michigan Press, 1999.

Tsiokou, Katerina, "Body Politics and Disability Negotiating Subjectivity and Embodiment in Disability Poetry", *Journal of Literary & Cultural Disability Studies*, 11.2 (2017): Liverpool University Press.

Vidali, Amy, "Seeing What We Know: Disability and Theories of Metaphor", *JLCDS*, 4.1 (2010).

World Health Organization, *International Classification of Functioning, Disability and Health*, ICF, Geneva: WHO, 2001.

后　记

不经一番寒彻骨，怎得梅花扑鼻香？《中国当代文学残疾书写研究》作为2020年江苏省社会科学基金项目，其基础性研究早在2016年就已开始，寒暑七易、嗟叹日短、数易其稿、方成此书。

本项目研究是以我的博士学位论文为基础扩展、修改、完善的，项目的完成离不开导师陈亚平先生的深刻启发、悉心指导，衷心感谢先生带领我走上残疾书写研究之路，感谢先生对我的亲切鼓励、时时鞭策。

衷心感谢南京特殊教育师范学院为本项目提供了优良的研究环境，感谢学校领导的高度重视，得到语言学院江苏省"十四五"重点学科——中国语言文学项目的支持和团队同志们的帮助，让我有机会深入研究中国当代文学中的残疾书写，为文学理论的创新与发展贡献微薄之力。

衷心感谢我的父母。严谨治学的父亲一直是我学习的榜样，书稿的完成离不开父亲犀利的质询和耐心的点拨；年逾花甲的母亲为了使我更好地投入研究，在生活上给予了莫大的帮助；感谢你们让我在项目研究中能够专注投入、尽心尽力完成项目的研究工作。

衷心感谢中国社会科学出版社慈明亮编辑，在本书的出版过程中，一直以专业、负责、耐心的态度提出诸多宝贵意见和建议，对篇章设置、语言修辞等提供了非常细致的指导，确保了本书的出版质量。

《中国当代文学残疾书写研究》的成书过程中，本人参考了诸多国内外学术论著与文献资料，本书列出的"参考文献"中如有遗漏，特此致歉，并对相关作者给我的启示致以诚挚的谢意。

薛皓洁

2023年4月于南京